蒲实 著

穿越
亚欧

生活·讀書·新知 三联书店

Copyright © 2022 by SDX Joint Publishing Company.
All Rights Reserved.
本作品版权由生活·读书·新知三联书店所有。
未经许可,不得翻印。

图书在版编目(CIP)数据

穿越亚欧/蒲实著.—北京:生活·读书·新知三联书店,2022.11
ISBN 978 – 7 – 108 – 07476 – 8

Ⅰ.①穿⋯　Ⅱ.①蒲⋯　Ⅲ.①游记-作品集-中国-当代
Ⅳ.①I267.4

中国版本图书馆 CIP 数据核字(2022)第 142533 号

责任编辑	黄新萍
装帧设计	康　健
责任校对	常高峰
责任印制	宋　家
出版发行	生活·讀書·新知三联书店
	(北京市东城区美术馆东街 22 号 100010)
网　　址	www.sdxjpc.com
经　　销	新华书店
制　　作	北京金舵手世纪图文设计有限公司
印　　刷	天津图文方嘉印刷有限公司
版　　次	2022 年 11 月北京第 1 版
	2022 年 11 月北京第 1 次印刷
开　　本	880 毫米×1230 毫米　1/32　印张 12.25
字　　数	280 千字　图 119 幅
印　　数	0,001-5,000 册
定　　价	88.00 元

(印装查询:01064002715;邮购查询:01084010542)

目录

自　序　　*1*

第一章　远东风景　　*1*
　　浅触堪察加　　*2*
　　穿越辽阔的西伯利亚　　*24*

第二章　俄罗斯：记忆与日常的复调　　*45*
　　莫斯科苍穹下　　*46*
　　圣彼得堡：双重人格城市的文学记忆　　*105*

第三章　中亚之地　　*133*
　　从哈萨克斯坦启程　　*134*
　　从撒马尔罕到布哈拉　　*155*
　　费尔干纳：交汇处　　*187*

第四章　伊朗之国　　*201*
　　不可预测的古国　　*202*

传统社会的灵魂：巴扎与清真寺　　*226*
　　伊朗人眼中的石油史　　*244*

第五章　德国：时间与存在　　*263*
　　柏林未完成时　　*264*
　　生长与消失的空间　　*286*

第六章　旅人，在摩洛哥　　*301*
　　卡萨布兰卡，一座城市的名字　　*302*
　　看不见的花园与迷宫　　*320*
　　撒哈拉二重奏　　*335*
　　马拉喀什的幻梦　　*347*
　　直至大陆尽头　　*368*

自序

　　这组文章源于对远方的渴望，或许还有一些对异域的好奇。它最初没有明确目的和方向，随着时间的延绵，十年之后，逐渐展呈、浮现出一个沿亚欧大陆而行的轮廓。这本书是2010年至2020年这十年间许多次行记的集合。写作每一篇文章时，我还不曾看清亚欧大陆的全貌，只是在它版图内的某个局部游历，渺小地身处其中。从地图上，我知道它的广袤，也知道它终有边界，但并不预期何时会抵达这个边界。

　　我选择以俄罗斯远东风景作为这本书的开头。我难以忘怀它沉郁忧伤的基调，这个基调奇妙地作为我印象中的底色，融于中亚、东欧大陆的辽阔之中。《浅触堪察加》和《穿越辽阔西伯利亚》像一个长镜头，掠过地表的风景和其中的人，时而有一些抒情色彩。风景里的人浮光掠影般与我匆匆擦肩而过。在浅层的片刻交谈中，那些只言片语相比其下整座沉默的冰山，就如露出的一角，让我窥见苦难与匮乏、失落与悲伤的影子，亟待辨识深处的细节。

　　《俄罗斯：记忆与日常的复调》是这组风景画的延续，由一组来自不同社会背景和成长经历的俄罗斯人的口述组成。它尝试以那一年诺贝尔文学奖获得者斯维特兰娜·阿列克谢耶维奇的写作方式，来记录苏联解体这一历史事件对俄罗斯人生活所造成的冲击，聆听历史尘埃落定近三十年、拉开了时间距离后，当代俄罗斯人对这一历史事件的切身体验和反思。复调是由不同独立的声音结合而成的统一体，写作者的主观判断在这些自主的声音中被消解。听格伦·古尔德《北方观念》中的实验广播剧，几个人的声音同时叙述着各自的故事，我立刻感到这就是"复调"更具有音乐性的有声形式。通过文字自身的听觉，可以接近这种形式。

在"乌托邦废墟"这个惯常的称呼之下，埋藏着早已被人遗忘的悲歌，那是失败者和失权者的吟唱。还有谁，会不约而同地说"我们曾经是人性的人""完整意义上的人"，不约而同地把"个人与国家曾融为一体"视为存在的意义呢？放在当下语境中，这实在是极为陌生的状态——今天我们更常谈论的是人的异化和破碎、权力的侵蚀和对抗。于是，在为人所熟悉的历史的背面，在已经获得了"话语权"的主流意识形态和一般性历史观之外，我触及了超越经验的不同叙述和看法。

外国旅行者往往容易爱上所到达的异国，来不及体验久居者深入生活、习俗和人际关系后通常会有的情感低谷和回归曲线。但也正缘于这样一个过客的身份，所在国的人们对旅行者表现得更加无所顾忌和无拘无束，谈话间可感的是无须隐瞒的真诚。他们讲述的语调很平静，饥荒、吃人、战争、死亡、自杀、孤儿、告密、极刑、消失、解体……这些苦难沉重地存在于对生活轻描淡写的只言片语中。它不仅是不可消除的噪音，也是对一段乌托邦历史的伤怀，是我所知晓的这个世界背面的暗影中怀疑的哭泣声。作为悲剧参与者的苏维埃人是没有良知的人类吗？恰好相反：一代人的良知和恐惧随逝去的旧世界消散在风中；一些人活了下来，但也几近死去，世界和读者都是崭新的。

然而，为何俄罗斯人有清醒的良知，如此深情和深刻，却无法逃避集体的悲剧命运？在回首不同年份写下的这两组文章时，我意外地获得了一个整体性的俯瞰视角：作为一个被众多邻国包围的陆上腹地国家，它常常通过树立假想或真实的外部敌人来实现内部团结。在对外战争中，几乎每一个俄罗斯人都是甘愿自我牺牲的英雄。阿列克谢耶维奇所捕捉到的俄罗斯人天性中的"奴性"，与英雄的光芒实则如影随形，此刻成为笼罩他们生活的阴霾。这个时候我看到了一种封闭性——与村上春树在《地下》中所描述的日本岛国"责任回避型"的封闭性不同，俄罗斯的封闭性是大陆征候的：它被围困于严酷的自然环境和四面八方的陆上邻国之中，领土的突围扩张总是与强力和自我毁灭相伴相生。这种封闭性也是中亚那些陆上交通枢纽国家的共同特征，四通八达的交通带来的繁荣与征服战争带来的覆灭相伴相生，这种封闭与汇聚形成了矛盾张力，共同构成了其内部的多元性。中亚式的诗意有时走投无路，无法有所期待，抵达尽头时的那一点时间总是变得非常慢，不见希望的曙光。除了地理环境，这种自我毁灭的内在力量究竟源于何处？这个问题我留给自己进一步思考和解答。

大学时代，我曾在柏林生活、学习过一段时间。德国本是我最熟悉的异国，奇怪的是，我从不曾下笔写它。从远处看，德国近现代历史被人们谈论得最多的是纳粹德国、第二次世界大战、冷战和柏林墙倒塌这一条国家主义的叙述线索。走进它内部，则有一条不太为人所知的线索，如一条暗河流淌在它历史的深处。国家主义和新自由主义皆是时代的产物，充塞着人为设计和话语构建，而这条暗河则是一个民族的集体潜意识，其力量虽时而因压抑而隐匿，却不由人的意志延续着；人的经营一旦变得虚弱，它就凸显出来，呈现出强大的惯性。这股力量就是习俗、习惯、思维方式等种种支配着日常生活和人际关系的无形运转方式所构成的文化传统：德国自身的文化传统是城市联盟与联邦州的传统，以及很强的社会主义传统。这种传统是一时流行的政治话语和观念无法替代的。和德国人深入交谈，会对历史有与大众媒体和政治性宣传全然不同的视角，那些出于政治立场被人为贬低或遮蔽的事物放进德国文化传统的肌理之中，就有了自身的历史张力。唯有此种方式，能使我们穿透话语，获得洞见。比如，对柏林墙倒塌的历史解释不仅与"自由"的胜利相关，也与德国城市传统与国家主义之间、后工业社会运转方式对人的塑造和工业时代的理想人格之间、资本主义与社会主义之间、舒适有活力的生活理想与平等团结的社会理想之间的张力有关。

2019年德国之行，我去一位名叫欧根·鲁格的作家家中拜访。他写了一些书，其中一本小说是《光芒渐逝的时代》，拍成了同名电影,主演是我喜欢的演员布鲁诺·冈茨。小说讲述的是一个德国家庭四代人的家庭史,它将东、西德巨变前的历史浓缩在一个家庭聚会的场景中:外部世界的信仰失落与组织解体以家宴上的种种细节呈现出来,几代人不可弥合的罅隙最后在餐桌断裂的那一刻得以隐喻。这部小说有一些自传色彩,四代人身上各有作者祖父辈、父母、他自己和子女的影子。他的父亲和小说里的中年父亲一样,是东德一位著作等身的知名历史学家,也像电影中所呈现的那样,与儿子共进街头快餐的谈话间还关心着非洲孩子吃不饱饭的悲惨境遇。柏林墙倒塌后,他父亲的所有历史著作变成了无人问津的故纸堆,他对人性的见解在那一场历史变革后也被人遗忘。在这个意义上,整个中亚、东欧那场浩大历史工程的崩塌其实是一种基于理想人格社会实验的失败,在某个时刻,人性光芒曾如流星划过夜空般绚烂,却最终归于消失。它不是反证了自由主义的正确,而是自证了依靠崇高道德的人性乌托邦之不可靠。然而,这一条历史线索很快被胜利者的普世话语所掩盖,成为新自由主义、缺乏辩证、完全以自我为中心的个人主义和原教旨主义市场经济的旁证;在一个新世界中,旧世界的许多人从此沉寂。我希望过去的声音能通过依然会使用旧语言的幸存者来发出回响。在人类周而复始的历史运动中,所谓的新事物,往往不过是对旧事物的重新挖掘罢了。

回头看,2019年的摩洛哥之旅是对这十年来穿越欧亚大陆之行的小结。这小结完全是无意的,在回首中才逐渐领会其意义。结束摩洛哥之旅时，我仍如往常一样期待下一次旅行，但这连续性不久就被突如其来的新冠肺炎疫情打断。2020年上半年，我和许多人一样一直在等待"恢复"到过去，然后逐渐明白，过去已"只道当时是寻常"。当我在京郊家中重新阅读这些曾经写下的文字，恍然身临其境，虽然这些场景已渐成回忆中的远景。在各章节的切换中，候车厅与候机厅独有的万物混杂的气味有时仍会扑面而来。我喜欢火车站和机场的气味，喜欢想象自己站在一张无穷流动的交通枢纽大网中那些静止不动的纽结点上，即将进入某种时间隧道，从一个空间切换入另一个异质空间，从一种生活坠入另一种生活，从一种语言过渡到另一种语言。它是即将终结，也是即将开始——这身处时间之间的感觉还能通过文字在幻想中历历在目地复现。2020年的下半年开始能够在国内局部旅行时，我体验到的是已悄悄改变构造的交通网络——我处于并联电路上，身陷有限的图圈；版图上广大的区域被拉掉电闸，陷入黑暗之中。

重温摩洛哥一章写途中遇到的旅人，有一种遥远的亲切：

他们常兴致盎然地谈起他们所到之处的见闻。他们处于一种半孤独的、超然于世的状态中，吞吐的每个句子里，那些以特别的激情操纵唇齿摩擦而迸发出的每个城市之名，都有一种不同寻常的魅力。那些名字是他们谈话内容的居所，也是他们身心的栖居地：卡萨布兰卡、拉巴特、丹吉尔、舍夫沙万、梅尔祖卡、瓦尔扎扎特、马拉喀什、撒哈拉……我聆听这些名字在他们心中唤起的欲望或记忆：一段沿海的山路，海边露台上的咖啡馆，屋顶阳台的摩洛哥苦茶，难以用语言描摹的日出、日落和星空，旷远的沙漠，钻进衣服的细沙，老城的集体祷告声，动情的相遇……我若把这些城市的名字换作阿纳斯塔西亚、吉尔玛……，也丝毫不会改变它们的内涵。

自由旅行在短时间内暂时不再可能时，这些遥远的名字一次次唤起我心中的回忆和对远方的渴望。当这些名字海市蜃楼般浮现于回忆的地平线，方知作为全球化浪潮中成长的一代人，我所失的竟已是我所有。

从摩洛哥回到北京后，我收到一位定居摩洛哥的法国作家从丹吉尔写来的邮件。这封信在即将结束时写道：

> 我来到你曾来过的同一片沙漠，寻找你所寻找的那个秘密。我相信我找到了你所寻找的，我们所共同寻找的：事物的意义，还有在沙漠深处才能寻觅到的新词语。斯马拉其实什么也没有，只有虚无。这就是全部，空无一物，唯有那个正确的词语，以及事物被埋葬的意义。我敢肯定，这是从未被说出过的本质。

这段话既给我慰藉，也向我揭示了过往这些旅途的意义。在巴西作家保罗·柯艾略的《牧羊少年奇幻之旅》里，西班牙少年在废弃老教堂的无花果树下梦见埃及金字塔里有宝藏。他渡过地中海，穿越撒哈拉，历尽艰辛，却在金字塔下被躲避战乱的难民抢劫殴打。难民领头人告诉少年，自己梦见过在西班牙一座废弃老教堂的无花果树下有宝藏，少年遂回到教堂，挖出了宝藏。这个故事对我来说是一个关于旅行者的故事：梦促使相信它的人上路远行，最后却在旅途尽头追寻到返回起点的归途。旅行者最终都回到原点，但唯有在足够漫长的道路尽头，相通的另一端才通过存在于他人心灵之中的自我生命的一部分浮现出来，映照出旅行者命运的方向。

第一章
远东风景

浅触堪察加

哪儿才有真正的荒野？哪里才是令人望而生畏、难以逾越的险途？作为现代游客，浅触堪察加，不由得生发出这个过去的真正旅行家们曾追问过的问题。

暴雪天的徒步

即使是在5月，寒冬也会随时不期而至。堪察加难以捉摸。

到达位于半岛东南端的省府彼得罗巴甫洛夫斯克时，正下着毛毛细雨。行李传送带边站了些面部表情有点狰狞的当地人：极度瘦削的脸颊，烂掉的牙齿——有时还闪着一两颗金牙的光，几只格格巫一样邪气的鼻子——这是被严酷生活雕琢的面容。前来机场接我们的向导迎头就告诉我，明天如果天气不好，计划中的徒步可能会取消。见我露出不安，她补充道："等待是常事，安全起见。"

第二天，我们从帕拉唐卡河谷出发，在毛毛细雨中上路，前往阿瓦恰火山。计划中的徒步路线，是阿瓦恰火山与科里亚克火山之间的鞍部。阿瓦恰火山是堪察加最活跃的火山之一，有记录的爆发次数有16次。2000年前的一次爆发以后，它从内部毁掉了自己，成了一座"火山中的火山"，比过去矮小了不少。它的火山口不是尖嘴的，而是扁平的，直径400米左右。不过，它个头不高，2741米，跟长白山差不多，且坡缓势平。要是在夏季，它就变得温顺，成为亲民的观光景

进入阿瓦恰火山自然保护区时，陷入季节性河流泥泞河床的越野车

点，从山间小路步行6~8个小时就能到达山顶，无需任何特殊培训和装备。

5月则与夏季不同。汽车离开公路，进入一段进山的泥泞路，蜿蜒颠簸，枝丫丛生。这是一条季节性河流的河床，当地人把这条河唤为"旱河"。入夏后，阿瓦恰山融化的积雪会变成一条极为湍急和相当宽阔的河流，那些枝丫将没在水里，驾船根本无法进来，只得从北部绕道进山。离山越来越近，渐渐地，细雨变成了小雪，地面开始出现积雪。最后，在逐渐开阔的茫茫雪地里，出现了一个小人影。"是来接我们的，营地的人。"向导说。

一下车，我暗自庆幸穿来了厚长靴。向导告诉我，很多抱着旅游心情而来的欧洲游客并不在意指导手册上写着什么，穿着休闲鞋和拖鞋就跑来了，对这里的气候毫无准备，也没有足够的常识去应对真

第一章 远东风景

正的冒险。积雪果然很厚，有的地方一脚下去可以没膝，足以把人绊倒，最深的地方可达两米多。从住地到这儿不过30公里的距离，出发时还显得臃肿的羽绒服现在却感觉极为单薄——眼前，我们已驶入了一个冰天雪地的世界。

来接我们的伊万从他的雪橇摩托上拿下备好的羽绒裤、羽绒大衣、厚靴子、羽绒手套、雪地墨镜，把我们从脚趾武装到了眼睛。我们的队伍很小，除了我和摄影师、我们的向导和伊万，还有一位从俄罗斯来的旅行者。真正的旅游季节尚未到来，此刻活跃在这一带的游客，基本是滑雪俱乐部和直升机滑雪队的成员。一支从莫斯科来的滑雪队早晨5点进入营地，现在正在山里训练。

伊万有一张沧桑的脸，不是世故崭露的神态，而是大自然刻画的痕迹：黝黑、粗粝、皱纹丛生。他原来在西伯利亚当兵，退役后来到这座火山公园的营地工作。他给坐上雪橇摩托的我们盖严实棉被，然后向营地驶去。雪越来越大，从星星点点变成了扑扑簌簌，最后变成鹅毛大雪，被风一吹，漫天呼啸着。我们逐渐看不见路，也看不见山，整个世界除了白色还是白色，只有像针尖一样扑扎在脸上的雪还能让人感到外部世界物质存在的分量。

就这样向雪山深处行驶了大约40分钟。"雪暴天气来了"，向导的提醒证实了笼罩在我心上的不祥预感。所有人都一言不发。偶有一两只北极旅鼠在雪地里蹦跶，雪橇一驶近，它们便钻入厚实的雪被子里，消失了。在这"千山鸟飞绝，万径人踪灭"的奇景里，没人想打破这种孤绝。但它又远非中国古诗里的那种意境——浮现在我潜意识里的，不是"孤舟蓑笠翁"的背影，而是隐隐的不安。

到了火山前面的营地，我们在暖和的茶室里歇脚。柴火堆满了窗边的墙，足够生火取暖。伊万在这里养了一只孤单的狗，它曾经有一只阿纳德尔狐狸做伴——那只棕红色的狐狸经常来营地找吃的，后来干脆住进了狗窝。但在一次外出觅食后，狐狸再也没有回来，估计是落入了猎人的陷阱。

炉子上烧好开水，伊万给我们泡好热茶。我心神不定地在房间里踱步，看着墙上贴满的登山队、滑雪队的照片，火山公园颁发的滑雪资格证书，以及露出两颗小板牙的土拨鼠的特写。我在等待着不可预测的天气对我们行程的宣判。

雪毫无减弱之势，反而越下越大。伊万开始讲述两周前在这儿发生的一场雪崩。幸运的是，那位滑雪者只被雪埋到了脖子，他胸前的呼叫系统发出了信号，救援队及时将他营救出来。但一个月前发生在维柳钦斯克火山的雪崩，将一对登山的父子完全埋进了雪里，待到救援队找到时，他们已失去了生命迹象。

切近的死亡故事并未平息我对此行到达不了火山的懊恼。就在这时，伊万提出用他的摩托雪橇直接把我们送到鞍部上去。暴风雪来得如此之猛烈，雪已经铺满了前往鞍部的缓坡，雪橇车可以行驶了。大约数个小时的徒步登山就这样被替换成了雪橇摩托之旅。伊万一路把我们带到了接近鞍部顶端的高处。我们下车，沿着山脊一步深一步浅地向上攀登。

暴风雪不断从后面冲击着我们，我感到脸部的肌肉在风中颤抖着。向导在后面走不动了，我也逐渐落后，一直沉默不语的俄罗斯旅行者转身下来搀扶起我，拉着我继续往山上走。终于快到顶部了，我往身后看，铺天盖地的雪正被风裹挟着从山脚如潮水般涌上来，迎面扑向我。我想吸气，但吸入的却全是风夹雪。雪密密麻麻地扎在脸

暴雪天气里的火山徒步

暴雪天气里,登上堪察加阿瓦恰火山与科里亚克火山之间鞍部的营地向导伊万,他是一位退役的西伯利亚军人

上、灌进鼻孔,我很快无法找到呼吸的空隙,有种溺水的感觉。我想开口说话倾诉我的不适,那些雪和风则狠狠地灌进我的嘴里、喉咙里,甚至肺里,让我发不出声音来。再往上攀登一段路,越过那条脊线,马上就能看见阿瓦恰山顶了。然而,刚才在营地听到的那些雪崩故事,现在开始落井下石般地笼罩着我。死亡的阴影变得越来越浓,越来越无法摆脱……

我终于从嗓子里成功地吼出了几声"往下走吧",其中的一两句幸运地没有被淹没在风中。伊万走过来抱住我被风雪袭击的头。他背对着山下,试图为我挡风,但根本无法阻挡猛烈的暴雪。最后我几乎是被他夹在腋下拎下山去的。回头看着那位俄罗斯旅伴,正信步缓慢地走下来,对此习以为常的样子,让我感到有些羞愧。

"我如此脆弱,且对雪山一无所知。"我对向导和伊万说。也许是为了安慰我,伊万说:"你已经很勇敢了。前些时候有一位从莫斯科来的壮汉也遇到了这样的暴雪天。他几乎四肢着地,真正意义上'爬'完了这段路,你根本无法说服他站立起来。"伊万这时开始担心起那支早晨进山的滑雪队来,"希望他们已经安全下山了"。

回到营地,依旧一言不发的俄罗斯旅伴掏出了揣在衣服里的酒壶,装着他从家乡带来的"白鹤牌"伏特加。在这种时候,能喝一杯酒是极乐的事。伊万准备好了生鱼片、堪察加独特腌制的生猪肉、肥腻的红肠和黑面包,都是抵御严寒的食物。那位沉默的俄罗斯男人从厨房拿来三只小玻璃杯,与我们对饮起来。俄罗斯各地有各种各样的伏特加,这种"白鹤牌"伏特加带着一点甘甜,此刻异常可口。

我时常觉得俄罗斯人在严酷环境下所表现出来的那种近乎冷静的英雄主义有一种浪漫气质,酒精在这个时候是恰到好处的点缀。但当他们回到生活中,日常生活与战争和苦寒相比,变得轻如鸿毛,竟成了无法承受之轻,酒精成了虚无主义的麻醉剂。

就在这个时候,那支莫斯科登山队的人鱼贯而入。他们赶在雪暴最猛烈之前安全下到了山脚。登山队队长的脸晒得黝黑,只有眼圈周围是白的,显现出一个清晰的滑雪眼镜的形状。随后,他的太太和滑雪队队友们也进来了。他们一边在厨房里弄了点吃的,一边分享起

阿瓦恰湾一处年久失修的栈桥

滑雪途中邂逅两只吉日加雪兔的经历,还有他们在北京没能找到故宫售票点的遭遇。队长在莫斯科有一家媒体公司,自己则常年在世界各地自由滑雪。来堪察加之前,他2月在阿尔卑斯,3月、4月在日本滑雪。他是堪察加火山的常客,每年来一次。实际上,从莫斯科到堪察加要飞8个小时,比飞往很多欧洲滑雪胜地的路途要遥远很多。但他说,堪察加最吸引他的地方,就是"非常野性","这里不像阿尔卑斯山那样修建了度假设施、餐厅和缆车。一切都未开发,没有任何商业活动的踪迹,气候也更加多变,难以预测"。

向导告诉我,这种"未开发"的状态,是因为政府不允许在自然公园内做商业开发。但我想,作为俄罗斯的东部边疆,堪察加如此重要的军事地位,可能也是很多地方未经开发的更重要的原因:阿瓦恰湾是俄罗斯太平洋舰队的海军基地，维柳钦斯克则是俄罗斯的封闭行政区。军事禁区就这样与独特的火山地貌和极寒气候并存，让这里保持着未开发的野性与神秘。

荒野想象

是什么原因让人对"野性的荒野"如此着迷？仅仅是默念"堪察加"或"西伯利亚"的名字，就能让人萌生一种来自远古的兴奋和冲动。

19世纪中期，亨利·梭罗曾在美国新罕布什尔州的康科德寻觅到林深之处的"荒野"。他写道："我曾徒劳地梦想一处荒原，远离尘嚣。……康科德的林深处比拉布拉多荒野还要荒凉，这是荒原的荒原，我与之相伴。"也是以"世界存在于荒野"为精神源头，美国环保主义者在西部腹地寻觅着尚待人类发现的荒野，认为它是"工业社会毒害的一剂解药"。

有意思的是，与隐居森林的亨利·梭罗同时代的俄罗斯作家冈察洛夫，完成了世界航海的漫长行程，从远东、西伯利亚返回俄罗斯西部后，自问了一个问题："哪里才是令人望而生畏、难以逾越的险途？"不过，他给出了一个与梭罗不同的答案：连西伯利亚也不再有真正的"荒野"——"所过之处，处处有驿站，有车马，有些地方还能买到鲜肉、野禽，牛奶和蔬菜比比皆是，美洲公司办事处还有茶叶和白糖供应"。

也许是俄罗斯人对"荒野"早已习以为常，哪怕是在西伯利亚这样被称为"无名荒野"的边陲，身处山谷和密如芦丛的森林里，冈察洛夫仍然感到,"其实一切都安全,没有什么可怕的"。他目之所及,是西伯利亚的马亚河和阿姆加河一带"生机盎然的新村"和"一片片菜田和麦地",以及"首次出产的大麦和苎麻"。

几乎在美国人开始西进运动"淘金热"的同时,很多俄罗斯人或被流放,或出于自愿,举家迁往西伯利亚。移民以几户为一村,分布在新区各地,"国库不仅配给他们用以安家立业的牛和马,而且经常给予接济,每月发放粮食"。19世纪60年代左右,西伯利亚也出现了围绕着列娜河兴起的"淘金热"。然而,近150年后回望,都曾是蛮荒之地的美国西部与西伯利亚远东的风景,唤起的却是我完全不同的感受。一时间还很难说得上来造成这种差异的确切原因。英国历史学家西蒙·沙玛曾写道:"荒野既不会自我定位,也不会自我命名。……荒野显然无法崇拜自己。它必须借助牧师、摄影师、油画家以及散文家对它的朝拜,才能成就盛名,成为民族苦难救赎和重生的象征。"

回程的路上,一只松鸡在白色的漫天大雾里飞过,画出一条弧线。一只阿纳德尔狐露出了它的脸,但很快就隐身到了雪幕之后。伊万在雪地里发现了吉日加雪兔和旅鼠的脚印;细瘦的桦树弯弯曲曲,在留白的天地里伸展出一些妖娆的线条,像一幅中国水墨画,却让人感到冷峻。这就是我目之所及的所有生命痕迹。

向导告诉我,待到夏季山花烂漫时,这儿从山脚到山顶会开满层次丰富的花:偃松、石松岩须、火山越桔、黑色岩高兰、蓝果金银花、堪察加杜鹃、高山岩梅、松毛翠、簇径石竹、红景天等,温顺而美丽。"很多日本游客喜欢组团来这儿辨花识草,拿着他们的专业相机,观鸟拍鸟。"

而此刻,来自乌拉尔山区的西伯利亚老兵伊万,正驾驶着美国产的"北极星"雪地摩托,用GPS卫星定位导航前行。如果遇到险情,他会用随身携带的通信设备向救援队发出求救信号,直升机不久就会轰鸣在上空。我不禁产生了一个与冈察洛夫同样的疑问:哪里才是真正的荒野与险境?如1820~1824年俄国的弗兰格尔男爵穿越西伯利亚和北冰洋那样危险、古朴的旅行,早已荡然无存。

冒险的代价

我们在帕拉唐卡河谷住地遇到一支常驻于此的直升机滑雪队。一天,在宾馆的餐厅里,他们一桌人正在分解一只巨大的帝王蟹,我们猎奇围观。不一会儿,负责滑雪队食宿后勤的俄罗斯女孩端来一盘蟹腿放在我们桌上,"送给你们的"。作为回礼,我们买了一瓶智利葡萄酒,搬到他们那桌一起喝。

这支堪察加—高加索直升机滑雪队由俄罗斯、瑞典、德国和法国人组成,都是职业的自由滑雪者和高山登山向导。我艳羡他们在宾馆大厅电视机屏幕上循环播放的堪察加之旅:驾驶直升机飞跃堪察加中部与北部的火山群,从天空鸟瞰冒着烟或喷发中的火山,看红色的岩浆像河流一样流淌在白雪覆盖的熔岩上,看间歇泉喷发,看棕熊捕鱼,看虎鲸游泳,滑雪穿行于雪山森林之间。

我打电话到旅行社询问直升机旅行的价格,每个人一天的费用大概是32000卢布。即使卢布兑人民币贬值不少,这也相当昂贵。这个价格在俄罗斯国内就更显得奢侈,俄罗斯大学教授的平均月薪大约也就24000~32000卢布。难怪一些旅行手册提醒说,堪察加是富人才能抵达的游乐场:进入中部山区和一些保护区需要直升机,没有陆路

堪察加彼得罗巴甫洛夫斯克附近的科里亚克民俗村,一群加拿大游客正等着体验雪地狗拉雪橇

交通。如果说风景也有观看的不同姿态,那么,空中俯瞰所见的景色,无疑更昂贵。

滑雪队里的俄罗斯小伙子米沙是堪察加人。他职业滑雪15年,熟悉堪察加的每一座雪山和每一个隐秘的角落。他在彼得罗巴甫洛夫斯克的家可以看到远处的科里亚克火山,他常一边喝着咖啡,一边观看火山喷出火山灰,那是一场壮观的大自然戏剧。

"我了解雪。阿尔卑斯山的雪和堪察加的雪很不一样。阿尔卑斯山的雪是疏松的,但在降水很多的堪察加,雪致密又结实,一旦陷进去,越是挣扎,雪就会越来越紧地包裹住你。"他有些骄傲地告诉我:"在堪察加,真正熟悉每一座山,有关于雪的专业知识的人,大概不超过4个。"他给我看他手机里的照片和视频:他驾驶飞机;他乘船出海，沿海岸线登山滑雪；他站在离火山口10米远的地方拍摄岩浆沸腾；他站在托尔巴奇克火山前，炽热的岩浆正在黑色的石头缝里流淌。

大约150年前，旅行至远东的冈察洛夫观察到，开化的人类处在尚未开化的荒野里暂且无能为力。那时，大概只有不惮命运捉弄的狂热诗人，才能在极寒地带领略到荒漠的壮观和孤独的欢乐。要不，就变为未开化的野人，把山石林木当作自己的家具和摆设，以熊为友，以野禽为食。

米沙虽不是狂热诗人，也没有"以熊为友"，但他对这片荒野驾驭得很好。他的祖父是苏联时代来到堪察加的地质学家，父母前些年搬回了离莫斯科不远的矿水城。他留了下来。他认为自己是一个地道的堪察加人，有野性，爱冒险。野性是有代价的。米沙满身都是伤，危险是家常便饭，被蹭掉一大块皮或者骨折对他来讲司空见惯。他挽起裤腿，给我看他打过钢筋的膝盖，又撩开T恤，把背部脊椎上曾断裂过的几处伤痕指给我看。米沙并不害怕死亡，"我了解这里，我有充分的知识和装备。死亡很少真正降临。"他说自己不喝酒，但那天他还是喝掉了大半瓶莫斯科产的伏特加。

第二天一早，滑雪队的直升机轰鸣着，从宾馆不远处的停机坪升空。不知何故，我总觉得它爬升对流层的姿势带着一点醉态。

荒野与人迹

周末，我们在哈瓦恰湾的海滩停驻了一个上午，空气依旧凛冽。有人正从有些年头的吉普车后备箱推出皮划艇，有人正在羽绒服外面套上救生衣与皮靴。气枪扔在沙滩的碎石上，一只家养的小水貂背负着主人束缚的链条，正不断尝试着往扔在地上的衣服的裤腿和袖口洞里钻。人们沉默着，合力把皮划艇推入海面，孤零零的小艇无声地向海湾划去。一对年轻夫妇坐在靠椅上钓鱼。

沿海滩往前走，一对老年夫妇正坐在靠椅上。老太太拎出手里绿色塑料袋里钓到的硕大的多宝鱼给我看，依旧是沉默着。再往前走，五只细长的皮划艇已准备好下水，辅导员正俯身对每个人说着什么，声音消散在宽阔的沙滩与海面上，皮划艇很快成了海面上微茫的小点。

一个男人与他的狗正在海边散步。他突然决定向海里扔一根木棍，可怜的狗不得不下水去衔棍子，却冷得赶紧上了岸，浑身湿淋淋地颤抖着。三个戴毛线小帽的孩子玩着他们的玩具汽车。一个叼着香烟的男人蹲在石头垒的火堆上，用杂草生了火，熬着一大口锅里的水，等着有人来煮他们钓上来的螃蟹。栈桥多处断裂，钢筋全部暴露在外，要踩着钢筋骨架才能走过去。好几个人站立在栈桥桥头独钓寒江，一个男人沉默不语地揭开他脚下的塑料桶给我看，里面有大半桶螃蟹。沙滩上，一个老妇人独坐在小板凳上发着呆，一个衣着肮脏的男人蜷缩在杂物堆里的破沙发中陷入沉思。

远处覆盖着雪的山峦也静默着，一座城市的兴衰史不过是它漫长地质时间里的短暂片段。

有一位俄罗斯摄影师说，西伯利亚与远东囚禁和放逐的意象不过是好莱坞制造的风景，"空寂"是西方对俄罗斯风景的诠释。然而此刻，我的确感到了空寂。这种空寂并非来自东方或西方的审视，而仅仅来自风景的辽阔，还有扑面而来的城市败落感。

我的向导出生在堪察加，有一张蒙古人宽大扁平的脸。平日，她是一位中文和英文教师，和很多在堪察加定居的女性一样，她的丈夫是从西西伯利亚来这里当兵的军人。她告诉我，堪察加之所以是全俄罗斯东西最贵、消费堪与莫斯科相媲美的地方，与它地理上的边远和隔绝有很大关系。至今，堪察加仍然没有火车线路与大陆相通，海路也必须穿越鄂霍次克海。她丈夫在军队的工资和她自己的两份工作还可以维持他们不错的生活质量，但苏联解体后，政府部门公务员、公立学校老师等很多人都失去了过去的收入水准，维生艰难。

堪察加半岛约25万的人口里，1/3以上是俄罗斯军人。这里有俄罗斯军队的太平洋舰队，部署着新型防导弹系统，也是俄罗斯东北联合军队集团所在地。彼得罗巴甫洛夫斯克是俄罗斯的军人城，与民用机场仅一张铁丝网之隔的俄罗斯的空军机场上，苏27和米格系列战机排列整齐。剩下的2/3人口里，约1/3从事渔业，再剩下的就主要是从事公共行政、教育和医疗的了，旅游正在变成越来越重要的经济部门。苏联时代，堪察加是国家财政重点支持地区，自然条件恶劣，但工资高，有地区津贴和住房、医疗、休假多方面的优惠政策，也享受物价补贴。苏联解体后，这些优惠政策大部分被取消，居民的生活水平下降很多，很多人不过勉强为生，越来越住不起这里。

在彼得罗巴甫洛夫斯克看病很难，很多疾病都没有专业的医生。这里没有医科大学，而专业医学院毕业的学生几乎没有人愿意来这里。在堪察加，看医生成了一件得靠熟人介绍的事，哪个科哪位医生不错都是口口相传的。只有在你生了某种病以后，才会通过亲戚朋友的熟人关系网，知道哪个医生在这个领域是最好的。人口在不断流失。俄罗斯政府为了鼓励专业人士来堪察加定居，承诺给年轻人100

万卢布和赠送一套公寓作为安家费,但仍然没有专业人士愿意来。向导说:"这儿的年轻人都向往着去圣彼得堡和莫斯科。好在我还算有不错的收入,偶尔还可以出国旅行一次。我一直觉得住在堪察加是一种乐趣,不想离开。"

一场生存实验

在彼得罗巴甫洛夫斯克城里散步,沿着唯一的主干道向耸立着列宁塑像的海滨广场走去,经过一座看上去空置的大楼,向导告诉我,这栋楼里进驻了好几家互联网公司。实际上,直到去年,一家互联网公司才把无线上网带到了堪察加,将堪察加与世界通信网络连起来。"在去年之前,我们只能用3G上网,非常贵。"她说。路上,我们遇到她的中文老师。这位四五十岁的老师穿一件长呢子大衣,戴着一顶八角帽,在堪察加这样的环境里气质特别出众。她一边欢迎我们,一边道歉:"很遗憾让你们看到我们这样丑陋的城市。上世纪六七十年代它曾经很美,但现在已经变得非常丑陋,我们城市的领导人做了很多糟糕的决定。好在我们这儿的自然风光很美。"不过,她以一种带有时代印记的谨慎,拒绝进一步告诉我,城市的领导人究竟做了哪些"糟糕的决定"。

堪察加半岛人口最密集的地方在它的南端。半岛的三个大城市——彼得罗巴甫洛夫斯克、叶利佐沃和维柳钦斯克,全部集中在这儿,相距都很近。在这里生活了几天,我不知不觉会有这样的疑问:人是否适合在这样气候极端且变化多端的环境中生活?毕竟,俄罗斯的领土如此辽阔,它的1亿人口有充分的余地选择居住地。

矗立在彼得罗巴甫洛夫斯克中心广场上的列宁塑像

彼得罗巴甫洛夫斯克街景，苏式建筑居住区

　　一本著名的旅行手册这样解答道：苏联强行让数百万移民去开发西伯利亚和远东地区，从而在世界上最令人生畏的地方建立了数座彼此远离的城市，并把它们连成一个令人匪夷所思的大网络，这是"苏联的一项生存实验"。于是，在俄罗斯版图上出现了一个奇特现象：虽然越往东去就越寒冷，然而人口密度却没有太大的变化。

　　苏联时代，像雅库茨克和哈巴罗夫斯克（伯力）这样的城市人口

第一章　远东风景

17

甚至暴增1000%，同时，位于东西伯利亚的共青城也从空荡荡的河畔草地变成了人口超过25万的工业城市。有学者分析："如果该地区的生产力和支出比例能和俄罗斯欧洲部分持平，那将是了不起的成就。但这里的冬季会持续大半年，造成生产力严重下降，支出大幅上升，只能要求国家给予救助和补贴。"那些过于寒冷的地区，比如远东，实际上过多的人口已经成为沉重的财政补贴负担。

如果不是政府强制性的力量，远东会不会依旧是，也仍将是一片无人居住的真空地带？如今，荒原的野性正在吞噬着人造的城市。彼得罗巴甫洛夫斯克就是这样。苏联解体后，这里的人口已经流失了近10万。我们路过已鲜有人光顾的大型超市，路过看不到什么人进出的办公楼，路过石阶损坏却无人修理的克里米亚战争纪念碑，也路过一幢破败的俄罗斯帝国时代建筑风格的房子。一切人为的建造都在解体之中，渐渐变为废墟。那幢千疮百孔、所有窗户都已破碎的木房子屋顶也砸了个大窟窿，被遗弃在不知名的路边，唯有窗棂和屋檐精雕细琢的图案诉说着它曾经风光的过去。"这里曾经住过一位来堪察加居住的名人，"向导说，"后来这幢楼转手卖给了一个当地人。当他想出售的时候，却没有人愿意买，握在手里反而是个负担，就干脆遗弃了。"房子的周围，杂草正恣意生长，从四面八方向它扑来。

荒野在扩张，城市在退却。苏联的国家强力消失后，东西伯利亚贝阿大铁路沿途的很多城镇流失了超过1/3的人口，新乌尔加尔、马加丹都在衰退。我想，我如果曾在远东和西伯利亚零下50度的冬天生活过，就绝不会将俄罗斯开发东部数世纪的工程与美国西部"阳光地带"的开发相提并论。

野性与驯化

在我们抵达的堪察加半岛这一隅,驯化与野性、开化与原始的力量交织并存。马的身上就体现着这一切力量。它们在堪察加已栖居了4个多世纪。17世纪,哥萨克骑马闯入堪察加半岛,从那时起,马就是西伯利亚和远东风景里必然出现的动物。我们曾骑马好几个小时,穿越拉兹多尔村庄和它周围的森林与草原。

牧马的姑娘扎着两条长辫,淳朴清澈,看我们的眼神还带着未经世事的羞涩。一只刚会奔跑的小马驹围着载我们上路的母马欢脱地跳

骑马行走在阿瓦恰火山区乡间的堪察加女孩

堪察加阿瓦恰湾一景:"巨人的手指"。传说堪察加神话中有求必应的"巨人"沉睡于此

跃着,时而在妈妈身下吮奶,时而在排成一列的马队里调皮地窜来窜去,有时惹来其他几匹马踹它一脚。幼小的马儿时常在歇脚的间隙躺下来,很快就在干草上进入了梦乡,总是要主人在屁股上踹它一脚或者狠狠打它一巴掌,它才睡眼蒙眬地站起来继续前行。它充满着自然的活力,浑身上下都是荒野的力量。

我骑的这匹马儿是漫长冬季结束后第一次出来放风的家伙,外面的一切对它来说都是新鲜的。它不安在马的队列里低头往前看,周围的一点风吹草动都让它左顾右盼,东张西望。当我们经过灰色木屋歪歪斜斜聚集的乡村,一声犬吠唤起几声马鸣,我的这匹马就会擅自停下来,伸长脖子"咴儿咴儿"地回应起来,引得整个村子的马都炸开了锅。它惧怕路边铺设的白色管道,那不是它的世界里本就存在的东西,领头的马一遍又一遍示范,它才终于迈过去。它也不懂得与林间的白桦林保持适当间距,有几次走得离树太近,忘了给我的腿留下任何空间。

有一次，马儿完全忘了背上还有一个人，紧贴着树干走起来，我的膝盖在树上蹭掉了一层皮。它的主人要求我拍打它，以示惩戒。正是在那一刻我意识到，我才是这片森林的外来者，在马儿与这些大树之间打入了一个制造缝隙的楔子。它的天性会一点点被驯服，直到成为人的仆从与伙伴。

对堪察加的原住民来说，这样的力量同样存在着。离彼得罗巴甫洛夫斯克不远处有一个科里亚克人的民俗村寨，是一位俄罗斯人与她阿留申族的丈夫一起建立的。他们希望保留那些即将消失的原住民文化与传统。这个作为旅游景点的村寨，吸引了居住在更加荒野的北部科里亚克自治区的原住民年轻人迁移到南方来。他们是蒙古人种，完全是亚洲面孔，如果他们脱下鹿皮做的民族服装，我大概会错把他们当作中国人。这些年轻人变卖了故乡所有的家产，来这儿谋生定居，旅游业给他们提供了更好的收入和更现代化的生活。

村庄里的狗拉雪橇与北极圈任何一个地方的狗拉雪橇都没有太大区别。不同的是，这些雪橇犬很有堪察加特色：俄罗斯人与科里亚克人保留了与野狼混种的巨型西伯利亚哈士奇和阿拉斯加萨摩耶，将它们饲养在动物园一样的房间里。这些杂交犬来回躁动地踱着步，不时地仰天长啸几声。一个加拿大中老年旅行团兴冲冲地体验着狗拉雪橇在雪地里奔跑，买了鹿绒大衣披在身上，脸上洋溢着快乐，与这里的荒野气息迥然相异。一位俄罗斯老太太由女儿推着轮椅，长途跋涉赶来，拄着拐杖在融化中的雪地里行走，好一睹科里亚克人的歌舞。

在这个带着博物馆性质的地方，科里亚克人将他们的舞蹈和音乐作为陈列品呈现出来。这是非常奔放和野性的舞蹈：海鸥的飞翔与叫

载歌载舞的堪察加原住民科里亚克人,舞蹈姿势以模仿堪察加当地动物为主

鸟瞰堪察加彼得罗巴甫洛夫斯克的海湾

声,棕熊的吼声和吃相,驼鹿的奔跑和闪躲,虎鲸的游弋和摆尾……从他们的歌唱与舞姿里,还能辨识出他们在几个世纪前曾经属于哪一支科里亚克人:捕鱼的科里亚克人模仿海洋动物,动作柔和,歌声舒展;捕猎的科里亚克人模仿驼鹿,动作灵巧,歌声跳跃。

他们学会了说英语,能够流利地与游客交流;他们的民俗歌曲也录制成了唱片,放在纪念品店出售。如果没有这个民俗村寨,像我这样的现代游客其实无法到达科里亚克人的村庄,领略他们的野性;也正是这些小规模的旅游业缓慢地驯化着堪察加。

这一行,我所见的最野性的动物,除了山里的狐狸和旅鼠,就是那些栖居在阿瓦恰湾的海鸠、海鸥和角嘴海雀了。我们乘快艇进入海湾最深处,又换乘皮筏艇,才看到了在那些柱状玄武岩层层叠叠累积而成的崖壁上成群筑巢、休憩、嬉戏和飞行的北极鸟群。它们几乎不受人类的干扰。那自由自在的热闹场景,就像藏在水帘洞后的鸟儿们的花果山……

(本文写作于2017年。摄影:蔡小川。)

穿越辽阔的西伯利亚

> 列车驶入无边无际的西伯利亚平原,时间变得无止境。窗外的风景长时间沉默着。它究竟蕴含着何种意味?

火车时刻

在堪察加彼得罗巴甫洛夫斯克,我们买好从哈巴罗夫斯克(伯力)到乌兰乌德的火车票。售票员在票上用荧光笔在"出发"与"到达"时间上做了记号。票上打印的时间是莫斯科时间,火车站的信息牌也显示首都时间,而我们需要的是当地时间。哈巴罗夫斯克(伯力)是东十区,莫斯科时间要加上7个小时;到了乌兰乌德,则是东八区,比莫斯科早5个小时。跨越西伯利亚的旅行,也是跨越8个时区的时间旅行:当最东的海参崴迎来清晨6点的破晓时,最西的莫斯科夜正酣。

在哈巴罗夫斯克(伯力)火车站上车,我们开始了第一段火车之旅。去东西伯利亚布里亚特的乌兰乌德全程距离2000公里,需要两天两夜。这真是一个充满怀旧色彩的时间体验:大概20年前,到距北京1800公里的成都,普通快车也不过34个小时,如今数次提速,只要23个小时。若与高铁相比,穿越西伯利亚的列车就不仅是异域风情了,也可谓异度时空:北京到广州的距离2300公里,高铁不过

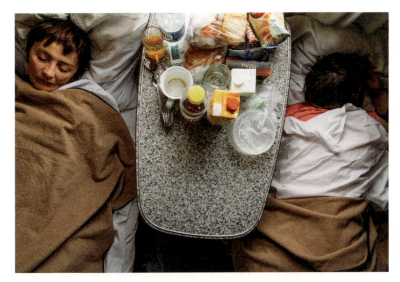

从别列戈尔斯克到赤塔的旅客,在漫长旅途中睡觉是消磨时间的主要方式之一

跨西伯利亚列车上,看影片消遣的俄罗斯乘客

第一章 远东风景

10个小时。在西伯利亚,时间被拉伸了4倍,变得松弛舒展。为什么西伯利亚的列车不提速?我猜想,在人口密度很低的西伯利亚平原上,提速并不是一件划算的事。

西伯利亚的列车基本都没有硬座车厢。动辄耗时三五天,最长要七天的长途旅行,连躺着都渐渐成了折磨,更何况坐着。卧铺车厢分成三等:特等豪华双人包间,一等四人隔间,二等六人敞间。我们买的是二等卧铺票。二等卧铺很像国内列车的硬卧,不过中国的卧铺是两排三层,俄罗斯的卧铺是三排两层。丁字形过道,竖着的那条过道两张上下铺对视,顶层不睡人,用于放置行李;横着的那条,临窗有一排,称之为边铺。边铺可以折叠改装成茶几加两座,我刚上车时以为那是国内火车的公共位,拿起座位上的一大包铺盖卷就扔到了行李架上。气质有点像狱警的中年女列车员走过来大声高嚷了半天,我反正听不懂,就装聋,只管低头看书。直到坐在茶几另一边的年轻女孩起身,把我扔的铺盖卷拿下来,示意我她要铺床睡觉,我才恍然大悟,尴尬撤离。

当年,苏联铁路没有采用1435毫米的标准轨距,而是1520毫米的宽轨轨距。轨距宽,车厢本应更宽,但宽轨比标轨宽出的长度,其实达不到一张铺位的宽度。这种空间布局备显局促:边铺很窄,竖向过道铺位的长度也比中国的硬卧略短。上下铺的最高一层完全是浪费,没有人愿意把行李放在那么高的地方,都空着。于是,所有俄罗斯人的腿在床上都放不直,又不想悬在过道中间,就只能蜷缩着睡觉,这对壮汉来讲尤为憋屈。不要试图去理解或解释俄罗斯人匪夷所思的设计。初到海参崴时,我还发现当地宾馆不慎把电梯门修在了二楼，每个旅客都不得不拎着箱子爬一层楼才能坐到电梯——这似乎是俄罗斯黑色幽默的一种体现。

　　火车驶入无边无际的森林与草原。我开始感到，这速度对广袤的西伯利亚来讲还算相当惬意。遥想近两百年前，写《外贝加尔边区纪行》的瓦西里·帕尔申经过这里时，现代时间还没有开始，受季节影响的时间变幻莫测，"夏季道路和冬季道路时间差异很大。冬季，邮车从伊尔库茨克出发，穿过贝加尔湖，第六天即可到达涅尔琴斯克（尼布楚）。夏天，则要绕贝加尔湖，经由哈马尔山行走，需要十一二天。如逢阴雨连绵，流入贝加尔湖的许多河溪水涨流急，那时邮车往往还要再延误一个多星期"。两条道路的远近相差不超过700俄里，但沿湖道路艰险难行，不容有较快的速度，大部分路程则要骑托运货物的马匹，踏着乱石，沿着悬崖，一步一滑地行进。如今，好歹你可以不急不赶地按时刻表抵达终点，反正在这广袤世界里，再快一点也不过是微茫的速度。

　　更重要的是，这封闭狭长的流动空间是可以抵御极度严寒的。行走于此的传统旅行家，对这里高山深谷里"一会儿感觉如夏天般酷热，几小时内又如冬天般的寒冷"的变幻莫测印象深刻。但这种情况早已改变——在我看来，荒野之旅也就事实上不复存在了。20世纪初的旅行者，即使在1月正冷的时候乘坐列车，车厢里也非常暖和，有20多摄氏度，只需穿一件衬衣或毛衣。在冬夜足有零下40摄氏度的寒冷西伯利亚行驶，车厢内外温差可达六七十度，就像两个平行世界。

　　列车上没有人推车来卖啤酒和零食，更没有餐车推来的盒饭。俄罗斯人都自带干粮，用各种颜色的塑料袋装上俄罗斯红肠、酸黄瓜、腌制的生猪肉、黑面包，还有袋泡红茶，一路就着窗外风景野餐。我

窗外的西伯利亚荒原

第一段路没有经验,空手上了车,只得买我们这节车厢列车员那里的小食品充饥。她的休息间兼具小卖部功能,没有什么可供选择的:方便面只有一种口味,面包只有夹心可颂,作为调剂,可以在方便面间隙搭配土豆泥粉,一冲就成了糊状,还可以泡一袋淡得只剩香气的咖啡。吃到第六顿,这单调的饭食实在让我忍无可忍。

我从最后一节车厢,穿越一节又一节的车厢,打开一扇又一扇的车厢头尾的自动开关门,穿过门之间摇晃的衔接地带,终于走到了最前面的餐车,准备无论如何要吃点真正意义上的食物。令我惊讶的是,我穿越了旅客满满当当的列车,却发现尽头的餐厅几乎空无一人。正是晚饭时间,却只有一位像是日本来的老人坐在车窗边,不紧不慢地切着牛排,呷几口葡萄酒,就着风景细嚼慢咽。那一晚的餐车成了两位亚洲旅客独享的餐车,除了清寂,还有萧索。

在中间停靠的城市火车站,我发现自己进入了需要无休止等待的时间里:每一处买火车票,我们都会等上至少1小时,售票员分明在电脑前不断敲击,但过程就像谜一样地漫长;餐厅点餐也可以点上1个小时,服务员分明一直没闲着,把菜单的每一道菜从头至尾解释了个遍,最终只推荐了饺子;在旅行社购买一个行程套餐,不知怎么的,用了足足3个多小时;伊尔库茨克机场高峰时段,办登机行李的队伍排得很长,前进得极慢,柜台只开了两个,人群里怨声一片,一位工作人员坐在第三个关闭的柜台里看手机,不时露出调情的笑容。一切都在让时间感松弛下来,直到松弛得令人陶醉又令人心碎。只有下班时刻是准确有效的。一位在俄罗斯做生意的东北人告诉我:"这里哪怕是混凝土搅拌机正在搅拌,时间一到,立刻停机下班。"

慢速,慢速,俄罗斯式的诗意总是与这种慢速纠缠着。这种诗意走投无路,你无法期待什么,抵达尽头时的那一点点时间总是变得非常慢。在这辽阔的西伯利亚,时间无穷无尽,速度变得无意义。

列车的轮子撞击着铁轨,咣当,咣当——

时间枯燥地流逝,风景静默不语。

表情独特的脸庞

一位钢琴演奏家曾告诉我,各个国家的音乐家站在舞台上都努力微笑,唯独俄罗斯人例外。某种力量压抑他们笑,迫使着他们露出冷漠,面无表情就是他们的独特表情。

在堪察加彼得罗巴甫洛夫斯克的科里亚克人民俗村,我们看到混在俄罗斯人中的加拿大游客的脸庞,或者说,加拿大游客中俄罗斯人的脸庞。他们都是白人,外形轮廓的差别很小,但还是可以一眼辨认出他们来：加拿大人的神情洋溢着乐观，有一种日子过得很顺，没经历过大风浪的天真；俄罗斯人的神情却是沧桑的，好像在与生活不易或大自然所施加苦难的抗争中，产生了一种挥之不去的忧伤。

在不同场合与地点邂逅的人物，就像一个有着共同独特表情的群体散落在不同时空里。当他们被重新组合起来，这个群体共同的特征便呼之欲出：在阿瓦恰海湾孤独垂钓的老人，海岸栈桥上沉默不语的忧郁男人，独自坐在小板凳上沉思的老妇人，凝视着火车窗外风景的发福女人，站台上常穿着短裤凉拖鞋聚在一起一言不发地抽着烟的人，公交车上望向安家拉河若有所思的中年男人，伊尔库茨克一所教堂里低头吟唱、眼中噙着泪水的男男女女……

俄罗斯人不仅以一个瞬间的方式与我擦肩而过。在列车上，我邂逅他们，与他们一起穿越一段不长的时间，这些共度的短暂时光构成了我旅途风景的一部分。去往乌兰乌德的途中，一位染红的头发已经褪色的中年女人从别列戈尔斯克上车，睡在我们的下铺。她在别列戈尔斯克的矿山开挖掘机。与她同行的还有她的两个兄弟，他们睡另一条过道里。她那爱跟人称兄道弟、皱纹丛生的哥哥走过来，从迷彩服里掏出两瓶藏匿的啤酒（西伯利亚列车不能带酒上车的规定形同虚设），露出一口坏牙，兴高采烈地喝起来时，女人便从她的塑料袋里拿出红肠和黑面包。她热情地招呼我们一起吃，告诉我们这是俄罗斯而不是哈尔滨产的红肠，然后饶有兴趣地看着我慢慢咽下去。

去餐车吃饭的那一次，我带回车厢两瓶啤酒（餐车列车员专门叮嘱我放在背包里带走，这样才不违背列车上不能带酒的规定）。她很自然地打开一瓶，倒进她带来的塑料水杯里，一口一口喝起来。她拿过我正在读的一本关于西伯利亚大铁路的中文书，书中的图片和名词后面打括号注释的俄语词吸引了她。她从第一页开始,翻到最后一页,把那些熟悉的地方指给我看。看到伊尔库茨克高尔察克塑像的照片,她大拇指往下一指,说:"坏人。"看到别列戈尔斯克火车站和乌兰乌德中心广场的列宁像照片,她有点怀旧,竖起大拇指点着头说:"好人。"翻到后面叶卡捷琳堡的叶利钦雕塑,她做了一个抹脖子的动作,摇摇头:"该死!"又看到尼古拉斯二世一家人的照片,她没有发表意见。我问:"你喜欢他们吗?"她想了想说:"我不了解他们,不知道。"她在我们尚未醒来的清晨悄无声息地下了车,赤塔是她的

列车夜间停靠在乌兰乌德,下车的老人

伊尔库茨克有轨电车上的乘客

第一章 远东风景

家。我有些遗憾,没来得及和她道一声别。

阅读不同时代旅行家的笔记,会发现异国旅途中邂逅的神奇之处:邂逅的人始终不自觉地带着些历史潜意识,带着些两国文明迎头相撞的戏剧性。

遥想19世纪50年代,冈察洛夫从马尼拉出发,经过朝鲜和日本,前往萨哈林岛(库页岛)和西伯利亚海岸,在远东遇上了一些朝鲜人。他仔细打量他们的穿着,请他们就餐,喝茶和朗姆酒,而他们啜茗品茶,大嚼面包,"用手指掏取奶油","一连喝光两杯纯朗姆酒,连眉头都不皱一皱","好奇地触摸制服和呢子大衣"。他看到朝鲜人粗制滥造的村舍,暗想朝鲜人缺乏"进取精神",由此想到他们对"四海之内"的变化一无所知,进而想到对其文化影响最大的中国文明,"生活在荒废凋敝的田园里,停滞不前,脱离生活,走向衰落","尚未形成完备的社会生活和国家生活","纠缠在日常琐事里,漠视社会福祉"。

到了20世纪70年代,中苏交恶之际,驻莫斯科的美国记者赫德里克·史密斯邂逅的俄国人,无不"对中国怀有深刻的猜疑"。他邂逅的俄罗斯人,"母亲会谈论不希望自己的儿子在中苏边境地区服役"。在接近边境的伊尔库茨克,人们对中国人的仇恨和疑惧格外强烈,"多次痛苦地讲到1969年珍宝岛事件,以及与中国人发生的流血冲突"。21世纪的我的遭遇则完全是另一番体验了。车厢里的人赞叹摄影师的相机,见我的纪念帽衫上印着帝王蟹,问我们是不是从堪察加来的,而我们则小心防备着被盗,只能轮流着下站台透气。

中途上车睡在我们下铺的,还有另一位已经清晰显露发胖迹象的西伯利亚大妈,她去往乌兰乌德。她在赤塔附近的矿山工作,开轮子

跨西伯利亚列车上,一位凝望窗外的俄罗斯姑娘

比她还高的巨型挖掘机。她给我们看手机里她与挖掘机的合影,表情有一些难得的欢快。那天,摄影师从他的大箱子里拿出了两盒方便面和一只卤蛋。一瞬间,胖大妈抓起卤蛋来,惊喜地说:"哇!我吃过,好吃!"就把它塞进了自己的兜里。我很少见到俄罗斯人流露过这种欣喜。一天早晨,她问我借镜子。我打开手机里的镜子软件给她,她细致地化好了眉毛和唇彩。"很好看。"我说。"我已经50岁了。"大妈谦虚地说。她拄着拐杖,穿着她的紧身弹力裤,一高一低地走到站台上,她的丈夫已经等在那里了。我不禁想到她用这只受伤的腿爬上那台巨型挖掘机该是多么艰难。

有时,看着那些背着行囊的人沿着车站外的小路走向小木屋林立的乡间,会忍不住想跟随他们到家里去看看。那些农民的小木屋就像塔尔科夫斯基电影里的风景一样,饰有雕花和彩色的窗框,笼罩在神秘的雾气里,虽然小木屋里的生活可能是寒酸单调的。

半个世纪前,赫德里克·史密斯写道:"如果你在晚上尾随乡下人回家去,在火车站上,你就可以看到俄国人称为人民群众的是些什么样的人。官员和知识分子们私下里讲起这些人时,都带着蔑视的态度。但他们都是粗俗而淳朴的人,像他们住着的木屋一样饱经风霜,像缅因州渔民那样吃苦耐劳,一生战天斗地,磨炼得很坚强。"

这些二等车厢的淳朴俄罗斯人有时会让我怀疑,那个有着现代化工业设施、宇宙飞船与美国"阿波罗号"在外层空间对接、工业军事力量极其强大的苏联是否真实存在过。这些天,我的目之所及,是美国摩托雪橇、日本雅马哈游艇,连伊尔库茨克这个传统工业城的机场里都张贴着巨幅的哈尔滨重机广告。那些苏联时代留下的公寓外墙已斑驳得千疮百孔,一副年久失修的样子。当我看到一位站在锈迹斑斑的苏式公寓窗户后、身着白色背心的老人时,我不禁会问,他究竟生活在怎样的旧时光里?依稀可辨的是厨房粗糙的烹饪设施。他窘迫,一成不变,又对此浑然不觉。

列车上的一些人凝望着窗外的风景,神情落寞,眼神漫无目的。我想起康士坦丁·西蒙诺夫的一首诗:

> 乡村,乡村,有着墓地的乡村,仿佛整个俄国都集中在乡村……
> 你必定知道,祖国毕竟不是我曾欢乐地生活过的城市,
> 而是我们祖先曾经漫步过的、在俄罗斯式坟堆上竖着简单十字架的小村。

流放之地，诗的时间

从乌兰乌德到达伊尔库茨克——西伯利亚的心脏，一整夜的火车，9个小时。睡梦中，列车经过站台疏朗的村落，经过西伯利亚大铁路最美的风景——贝加尔湖。一觉醒来，列车正行驶在贝加尔湖畔的白桦林里。

我望向那些树林间看不到尽头的路。哪一条会是西伯利亚的革命流放者和苦役者经过的路呢？它们与1888年列维坦所画的《弗拉基米尔卡之路》都有些相似：风景优美，却空荡荡地通向天空阴郁的远方。曾有多少戴着镣铐的人蹒跚于这些路上，又消失在风景中？我们决定去追寻19世纪一批西伯利亚被流放者的踪迹。在伊尔库茨克火车站，我们跳上公交车，驶向目的地——十二月党人纪念馆，谢尔盖·沃尔孔斯基的故居。

电车轨道深深嵌入伊尔库茨克的公路，有时魔怔似的从路正中间切割而过，乘客不得不站在马路中央排队上车。我们的车驶过苏联式建筑林立的列宁大街，驶过帝国时代建筑留存的弗里德里希·恩格斯大街。一路上，白桦树和杨树把大片的绿色糅进公交车的车窗里，把车里老旧斑驳的一切映照得翠绿欲滴。人们沉默着，凝视窗外。车厢里有一股沐浴液冲洗过的清晨的味道。

纪念馆悄无声息地开着门。与圣彼得堡的宫殿和石头建筑相比，这是一个很朴素的故居。不阔绰的庭院里散落着几张让人歇脚的白色长椅和一个新安置于此的裸体无头石膏人像雕塑。漆成天蓝色的木制读报栏里，展示着一张发黄的《红星报》，标题是"献给列昂尼德·伊里奇·勃列日涅夫"。庭院四周被几幢西伯利亚风格的坡顶木屋环绕着，一览无余。除了沃尔孔斯基一家居住的那幢楼，其他的木屋都不开放。唯有摆放在窗台上的红色木马、鲜活的盆栽植物，还有一只沿着阳台向我慢慢走来的猫，透露着木屋里的生命迹象。

走进一条狭窄小径，就是灰色的故居。这幢楼保留着俄罗斯贵族的居住风格，又融进了西伯利亚农民住宅的特点。我是那天的第一个游客。一楼是售票处，从那儿沿木制的扶梯上楼，我进入了十二月党人大约两个世纪前生活过的空间。

陈列橱窗里帝国军人的将军服、拿破仑的铜像、一系列关于1812年卫国战争的著作，都在讲述着宅邸主人抵达西伯利亚之前的过去，也暗示着西伯利亚与俄罗斯欧洲部分的联系。一个角落里，厚实的落地窗帘被扎起来，三把雕琢精细的木椅围在一张圆桌前，一套银质的茶具放在桌上，好像正恭候客人的到来。窗外树梢的绿意透过薄纱窗帘流溢进来。旁边，一只放在木箱里的音乐盒正叮咚响着，对面的一架家用小型管风琴此刻沉默不语……在西伯利亚这些天里，这是我见过的最精致的场景，却有种说不出的疏离感。

沃尔孔斯基是俄国卫国战争的老兵。俄法战争期间，他曾追击拿破仑军队远征西欧，征服法国，占领巴黎。那时，启蒙思想伴随工业文明在欧洲的崛起深入人心。从法国回来后，沃尔孔斯基和他的俄国贵族秘密政治团体一致希望废除农奴制，实现宪政。1825年，俄历12月14日，一批贵族军官在圣彼得堡的枢密院广场上宣布了政治改革的主张。要求政治改革失败后，他们被判处死刑或流放西伯利亚。后来，他们被称为"十二月党人"。

根据博物馆的记录，被沙皇逮捕后，沃尔孔斯基最先被关押在彼得罗巴甫洛夫斯克。1826年，他和其他100多名十二月党人一起被判处永久流放西伯利亚，剥夺贵族身份和财富。从圣彼得堡到西伯利亚

伊尔库茨克的十二月党人纪念馆,沃尔孔斯基伯爵的故居客厅

沃尔孔斯基伯爵故居的一层杂物间

第一章 远东风景

的苦役地大约5800公里,坐马车大约5到6个星期。沃尔孔斯基曾在西伯利亚很多地方辗转:

1826年在伊尔库茨克省尼克拉耶夫斯克的酒厂做苦力;

1826年至1827年在布拉戈达斯克的矿井做苦力;

1827年至1830年在赤塔做苦力;

1830年至1835年在彼得罗夫斯基工厂做工人。

直到1837年被赦免后,他才和追随他的妻子沃尔孔斯卡娅定居在伊尔库茨克。这是一个流放者通常会经历的轨迹。这种不停的辗转,让我理解到那些西伯利亚被流放者所处的销声匿迹的无名状态。难怪当时同样追随爱人伊瓦谢夫流放西伯利亚的法国女孩唐狄,会在一个又一个偏僻的西伯利亚小镇间来回奔波,寻找爱人的踪迹,甚至求助于流放于此的强盗来传递消息和打探下落。

穿过前面的陈列厅和小客厅,进入一间私密的卧室。墙上一幅神态冷静的女性肖像画告诉我,这就是"玛利亚的卧室"。"玛利亚"是沃尔孔斯卡娅的另一个名字。在文学史上,她和那些与她一样追随丈夫和爱人来到西伯利亚的妻子与情人被称为"十二月党人的妻子"。她们甚至比她们的丈夫和爱人更有名气——对爱情的信仰超越了一时的政治和历史,具有一种指向永恒的诗意。

普希金与涅克拉索夫都曾献诗给沃尔孔斯卡娅。她是卫国战争英雄拉耶夫斯基将军的女儿。1825年沃尔孔斯基被流放西伯利亚时,她20岁,刚生下一个男孩。她放弃改嫁的特许,放弃贵族称号和财产,放弃公民权和重新返回故乡的权利,吻别幼子,到西伯利亚与丈夫做伴。这个决定让整个俄国上流社会和文化界都为之震动。

两年后,普希金在献给她的长诗《波尔塔瓦》中深情地写道:

"西伯利亚凄凉的荒原,你的话语的最后声音,便是我唯一的圣物,我心头唯一爱恋的幻梦。"

沃尔孔斯基一家在这里定居时,颠沛流离的苦役生涯实际已经结束。那些真正苦寒的生活,反倒未能留下什么印记。在这栋楼的一层,有一个可容纳20～30个客人的宽敞客厅。红丝绒的桌罩、锡制的餐具都有一种俄式的粗粝,但就餐的程序和礼仪都严格遵照圣彼得堡的生活方式。这栋楼里还有他们举办沙龙的大客厅。在这质朴的房间里,沃尔孔斯卡娅重现了圣彼得堡的舞会、音乐和文学之夜,让这栋房子成为西伯利亚漫漫冬季长夜里的文化绿洲。熬到获释的十二月党人在贵族亲戚的接济下,纷纷开办了榨油厂、采石场、皮草公司和学校,出版最初的报纸,扶植最初的艺术人才,或者成为医生和律师。西伯利亚的面貌开始改变。

参观到这里,列维坦的弗拉基米尔大道于我也有了另一层风景的含义:苦难与放逐的尽头,无限的风景里,升腾起一线救赎的希望。如果说自16世纪沙皇征服西伯利亚后,这里因极寒的漫长冬季和原始的严酷环境成为政治犯和刑事犯的流放之地,那么,在19世纪,这个被抛弃的绝望世界的风景喻意,略微一变,西伯利亚的囚徒在俄国诗人的诗里,成了自由的象征,"爱情和友谊会穿过阴暗的牢门,来到你们身边。正像我自由的歌声,传进你们苦役的洞窟"。

根据美国学者安妮·阿普尔鲍姆的统计,1824年至1889年间,大约72万人被强制移民到西伯利亚,许多人在漫长的冬季饿死,或因为无聊酗酒而死。女人的人数从来没有超过15%。到了20世纪苏联时期,西伯利亚又有了一个新名字——"古拉格群岛"。根据索尔仁尼琴的说法,在这个群岛上死于非命的政治苦役犯超过360万人。

一个黄昏，我坐在车厢里，寂静的西伯利亚森林无声向后退去。我读着十二月党人的故事。很多年轻人其实并不像沃尔孔斯基一家这样幸运。他们与抛下一切追随他们而来的俄国和法国妻子被贫困、疾病所折磨，很多人三十多岁就白了头，一些人早早孤独地死在西伯利亚严酷的荒野里。我想起涅克拉索夫写给十二月党人妻子的那首诗：

神圣的，神圣的寂静啊！它充满着何等的忧伤，又洋溢着何等庄严的思想。

当我随着那依旧缓慢的跨西伯利亚铁路，在漫长的昼夜交替中穿越无边无际的白桦林，穿越荒原与湖泊，穿越俄罗斯帝国与苏联的历史时间时，我看到的并不仅仅是恐怖和炼狱，还有西伯利亚风景的忧伤与永恒。我想起的是尼基塔·米哈尔科夫镜头里的西伯利亚森林：那是接纳因忠于爱情而奔赴苦难命运的俄罗斯青年安德烈·托尔斯泰的流放之地，是19世纪90年代遭受现代机械文明绞杀的质朴荒野，也是追随爱情而去的坚韧的俄罗斯女孩杜丽雅莎的隐居地。

命运、历史、记忆，它们无不嵌入西伯利亚的风景里，又消融于它的风景里。

辽阔的风景

乌兰乌德是布里亚特共和国的首府，家园最北的蒙古人就生活在布里亚特。在乌兰乌德郊外，散布着充满东方风情的金顶佛教寺庙。17世纪末，天山南北的准噶尔蒙古入侵大漠以北的喀尔喀蒙古，喀尔喀蒙古人流落至布里亚特，并把他们信仰的藏传佛教带到了西伯利亚。1727年，清政府与俄国签订《恰克图条约》，布里亚特并入俄国。这里到处都晃动着蒙古人的东方面孔，飘着随处可见的彩色经幡，让我感觉身在国内。我们来晚了一些，寺庙已经关门。一个俄罗斯人打开小型博物馆大门的一个缝隙，告诉我们这儿也不能进入了。他剃了光头，穿着僧衣，挂着佛珠，有一种说不出的滑稽。

藏传佛教的覆体式砖塔寺庙构成了乌兰乌德最高的天际线，俯瞰整座城市和它的郊区，尖顶小木屋散落在一望无际的平原上。寺庙后面山林里东方色彩的蜿蜒回廊，分布着挂着俄文对联的12座四角亭，每座亭前都立着一个造型诡异的十二生肖塑像。在粗犷的西伯利亚，这蜿蜒的回廊无论意境如何，都平添了一点曲径通幽的秀美。

从寺庙出来，我们沿着郊区的缓坡小路往下走。小道蒙着尘埃，小木屋都有些年久失修的破败，围成院落的篱笆毫无规整的几何感，歪歪斜斜，有些泥泞的土地从缝隙里露出来。孩子们在路边踢球，在屋顶追逐，迎面开来几辆破旧的拉达车，除此以外，空无一人。一个锁着门的木屋院子里传出派对的音乐声和烧烤的烟火气，这突然的喧嚣一下子吸引了我。我从木门的缝隙往内打量，立即被女主人感知到目光。她走过来打开门，带着防备的警戒站在我面前，我道歉着走开了。走了几步远，一只孤独的狗从破败的篱笆缝里伸出头来向我们狂吠，它的主人不在家。院子里那棵孤零零的树已经开花，蓝色木窗上的漆干裂脱落，一切都是旧的。

在郊区，斯大林式的建筑消失了，只剩下这些西伯利亚小木屋。有些小木屋还是很精致的，雕花木窗棂，檐下是镂空雕花的挂檐板，刷上原色的油漆，窗台上时常摆着鲜艳的花。这些窗户都有

乌兰乌德郊外尖顶小木屋

三层,玻璃外还有一层木窗棂。最外层那厚重的木门窗钉有铁钩,可以扣住两侧木墙壁上的铁环,平时是开敞的,像个装饰的画框。在西伯利亚漫长的冬季,这些窗户可以牢牢实实地关闭起来,最外面的那层木窗可以用一柄铁栅从外横向锁住。回到市内,苏联时代的气息就重了起来。那座全苏联最大的石质的列宁头像沉甸甸地压在中心广场上。

  离开俄罗斯后,当我回忆起远东和西伯利亚的风景,总有两个画面浮现在我的记忆里。在伊尔库茨克,我们进入一个正举行礼拜天弥撒仪式的不知名东正教教堂。十字形结构的拜占庭式教堂里,挂满了圣像壁画,相当朴素。站立的大人们正在进堂圣歌的咏唱声里埋头沉思或祈祷,很多人轻拭着眼泪。孩子们在父母中间欢快地穿梭着,最后都聚到了靠墙的那张长凳上,坐成一长排。一个角落里,教区的神父俯身听着前来忏悔或祈祷的人的倾诉,用手在自己的胸前画着十字,轻拍信众的肩膀或给予拥抱。一个五六岁的孩子带着极大的好奇，不断抓握着另一个还在妈妈怀里的婴儿的小手，开心地咯咯笑。他的母亲带着慈爱，低头俯视着他，宁静脱俗。当我再回到西伯利亚渺无人烟的空旷荒原时，那些教堂里的吟诵声便回荡在我耳畔。窗外的风景也让我想起卡斯帕·弗里德里希的风景画，东正教彩色冰激凌一样的圆顶就隐没在这些风景里。

我也总想起堪察加乡村里一片不知名的小湖。它被白桦林包围着，与一个朴素的乡村地热温泉相邻。打开围着简陋温泉小池的一扇不起眼的木门，就能看到这隐匿的小湖了。湖水里的水草摇曳着，鱼儿就在眼前游动；它如此清澈见底，也如此寒冷彻骨。泡了温泉的俄罗斯人穿着他们五颜六色的泳衣，沿着木梯，一步步走进湖里，浸泡片刻或游上一段，再倚在木梯上低声聊一会儿天。我在打开木门时，看到了几个老太太站在湖边的背影，变了形的、老态的背影。她们一定经历过苏联时代，经历过它的解体，或许还经历过"二战"；她们的恋人或许上了战场，丈夫或许酷爱酗酒，她们很可能在卢布一文不值的萧条时代艰难维系过家庭的生计，儿子女儿或许为逃离凋敝的西伯利亚离家前往了莫斯科。

但那一刻，她们的背影融在这一片寒冷宁静的湖光树影中。她们

乌兰乌德的人种学博物馆，这里展示着生活在布里亚特共和国不同民族的建筑，包括鄂温克族的圆锥形帐篷、欧洲联栋木屋和布里亚特圆顶帐篷等

堪察加村庄里一处隐匿的小湖。泡完乡间地热温泉的当地人在湖水里浸泡片刻或游上一段，再倚着栈桥聊会儿天

享受着此刻的惬意，好像那些回忆、命运和历史都不值一提。湖水平静地映着一种超脱尘世的东西，它吸收一切，并将一切存在都溶解在自身之中。

在西伯利亚广袤的土地上，每一个人都拥有许多时间。那些历史的片段——帝国、革命、战争、政治动荡，在这苍茫的时空里好像都只是虚无、大而无当的力气，就连苏联那些宏大的政治工程和生存实验也是如此，渐渐被自然的荒野力量吞噬。西伯利亚如此之空，足可以安置所有的流亡者、被放逐者和苏联解体以后那些孤独的人。

契诃夫曾经写道："当久久地目不转睛地看着深邃的苍穹，不知何故，思想和心灵就感到孤独，开始感到自己是绝望的孤独，一切认为过去是亲近的，现在却变得无穷的遥远和没有价值。……生命的实质似乎是绝望与惊骇。"对历经苦难的俄罗斯民族来说，西伯利亚的辽阔风景的确如此。

（本文写作于2017年。摄影：蔡小川。）

第二章
俄罗斯：记忆与日常的复调

莫斯科苍穹下

　　复调的实质恰恰在于：不同声音在这里仍保持各自的独立，作为独立的声音结合在一个统一体中。……复调结构的艺术意志，在于把众多意志结合起来，在于形成事件。这些自由的人能同自己的创造者并肩而立，能够不同意创造者的意见，甚至能反抗他的意见。

——斯维特兰娜·阿列克谢耶维奇

　　他们无法摆脱伟大的历史，无法和那段历史告别，无法接受另外一种幸福。不能像今天的人们这样，完全潜入和消失于个体生活中，把渺小看成伟大。人类其实都愿意单纯地生活，哪怕没有伟大的思想；但这在俄罗斯生命中却从来没有过。我们是战斗民族，要么打仗，要么准备打仗，从来没有其他生活。……人们不仅不会在意自己的奴性，反而甚至会钟爱自己的奴性。

——巴赫金

一对夫妇：基拉和马克

与基拉和马克这对夫妇第一次见面，是在莫斯科普罗斯派克特米拉地铁站附近的新意尚咖啡馆，咖啡馆正对着斯拉瓦·扎伊采夫的服装设计大楼。第二次见面，是在莫斯科V. D. N. H.地铁站附近他们的家中。

"关于祖父母，我们可以谈论爱情与美好的东西吗"

人在失去一切时，记忆在自己的秘密花园里保存的是对一个消逝时代的缅怀。怀旧之情在我们心里徘徊不去，自有另一种芬芳。它不是隐藏着的"思乡病"，而是感念今日已不再存在的邻里相濡以沫的友情。从前，每个院子都响彻孩子的叫声。几位保姆照看着小孩子，大孩子放学回来，也参加进来一起放松疯玩，直至父母归来。大家毫不迟疑地端出桌子，放上瓶酒和冷盘庆祝某人考试成功，另一人晋升或订婚。大家一起为死者哭泣，试图调解家庭纠纷。成年人分享他们匮乏的食物，在厨房里重造一个天地，心头时时担忧制度的威胁，如同达摩克利斯之剑悬挂在他们头上。我的两个朋友，一个叫安娜托尔，要做诗人，做不成就酗酒，年纪轻轻就死去；另一个叫沙夏，他死得很可怕。他被送到西伯利亚劳动营，跟其他两名囚犯越狱逃了出来，在途中被他们两人吃掉了。事情常是这样：单独脱逃，最终还是在辽阔的草原里饿死。

——弗拉基米尔·费多洛夫斯基

我叫基拉，1967年出生在莫斯科。曾当过政治记者和编辑，也写过女性小说，讨论女性的事业与健康问题。我也写过关于中国的书，介绍黄道十二宫。我很痴迷成龙，2013年他来俄罗斯的时候，我采访过他。我的外婆是从乌克兰来俄罗斯的，我的母亲出生在莫斯科，从此，我们一家一直在莫斯科生活，从未离开。大学时，我在莫斯科国立大学读心理学，毕业后，我做过德国天然气公司的销售总监，后来又在俄罗斯国际商贸协会做公关总监，曾与戈尔巴乔夫一起工作，提供投资事务的咨询。后来，德国媒体巨头布尔达旗下的时尚杂志 *Lisa* 邀请我做德语版杂志的编辑，我就一直做了12年。

我的外婆1913年出生，外公是1916年。外公去乌克兰基辅的军事学院学习拖拉机技术时，他们在一次舞会上相识，一见钟情。但那时外公就要离开乌克兰回莫斯科，于是舞会分别时，他对外婆说："1938年7月20日，我会在莫斯科车站等你。"那一天，他们真的在莫斯科车站见面了。他们住在莫斯科的小公寓里，公寓很朴素，他们的生活并不富裕，简单却又充满爱。1939年，舅舅出生了。政治并未投射到我们的生活里。我的记忆都是关于爱的记忆。

第二次世界大战爆发后，外公作为军官去参加战争，外婆留在莫斯科。1941年的新年将至，他的军队经过莫斯科，就驻扎在运河码头（Rechnoy Vokzal）地铁站附近，与带着儿子住在莫斯科的外婆仅仅隔着一条莫斯科顿河（Moscow-Don）[1]。冬天，运河水面上全部都结了冰。虽然与纳粹军队离得非常近，他仍然跨过运河与外婆相聚。

---

[1] 莫斯科顿河：1947年前被称作莫斯科-伏尔加运河，1932—1937年由古拉格囚犯修成，连接莫斯科与白海、波罗的海、里海、亚速海以及黑海。

那时外公给外婆写了很多信，我都保存着。有一封信是1942年的圣诞节写的。他在信中说，还有一年战争就会结束，他就能回家与她团聚了，信里洋溢着高昂的斗志，虽然那是战争最艰难的阶段。信上没有寄信人地址，只有部队的代码40495，我猜想应该是从苏维埃边境的白俄罗斯或波兰写来的。然而他太乐观了，战争又持续了3年多才结束。1944年圣诞节他在写来的一封信里，带着焦急追问外婆："很久都没有收到你的信了。你都在忙什么呢？多给我写信吧，你的信对我来说很重要。"

战争结束后，外公作为上校回到莫斯科，和外婆住在几家人共用一个厨房与厕所的楼房里。5年以后，他们有了自己的第一套公寓，不久又有了第二套公寓。那时，外公是莫斯科工业设计研究院的人事主管。1947年，我的妈妈出生了。我对父亲没有太多记忆，在我还是婴儿的时候，父亲母亲就离婚了。我是外公带大的，他就是我事实上的父亲。舅舅离开了莫斯科，去一个科学研究院工作；母亲非常爱外公外婆，她留下来与他们一起生活。我的童年是快乐的。那时的莫斯科，城里有一半都住着参加过"二战"的军官，每家人都相互认识和熟悉，我时常串门，和别的孩子一起玩耍。而现在，就算是多年的邻居也未必相互认识。

妈妈在莫斯科国立大学读历史和俄语，毕业后成为教师。她离婚的时候，外公已经有了第三套公寓，就在那个他跨过运河与外婆相见的车站边，那套公寓里有了很多新式家具。我们住了过去，我就在那附近上学。20世纪60年代至90年代，公寓都是国家或单位分配的，你可以有自己的家具和汽车，但房子属于国家。虽然不是私有财产，但是在公寓居住的人去世后，他的家庭可以继承他的公寓，继续住下去；如果没有亲人，也可以立遗嘱将房子赠予朋友。

1960年,几位女士在莫斯科革命广场的零售摊前购买冰激凌
视觉中国 供图

20世纪70年代,莫斯科高尔基大街民族饭店内设的吧台是年轻人喜爱之地
视觉中国 供图

苏联解体时，你可以付一部分钱，买下你当时正在住的房子，但政府不再管房子的任何基础设施，比如供暖、水电和修缮等。如果当时你分了几套公寓，你只能买下其中一所；或者你可以不买下来，继续住在国有的公寓里，但现在你如果要卖出去，就要找律师来处理产权事务。现在，我拥有我外公当年的房子。这所公寓以现在的标准来看小了一些，也比较老旧，但我一直住在这里，从没有离开过，这里有我太多的记忆。

当时的莫斯科分别有三所最好和最有声望的高中和大学，大学就是莫斯科国立大学、莫斯科外交学院和莫斯科外国语大学三所。这些高中和大学非常难进，即使你学习成绩再好，有很高的分数，也不一定能进去。虽然没有官方的法律规定，但政府高干、政治家和外交官的子女事实上拥有特权，能够在这些地方读书。

我们不属于权贵家庭，但妈妈一直梦想让我去莫斯科外国语大学读书。她当时是莫斯科一所技术学校的副校长，收入不算高，但她还是从中学起就给我请了私人教师，给我上德语课，每周两次。那个时候在国有经济体制下，私人教师是非法的，我只能悄悄上课，但其实很多家庭都这么做。高中的最后一年，我一直在一个收费非常昂贵的私人教师那里补课，以保证我能以优异的成绩考上外国语大学。

我刚进入大学时，外公退休了。不久，他的身体开始变得不好，外婆很快也跟着生病了。妈妈辞去了工作，留在家专职照顾他们。那是家里一段晦暗的时光，有很多焦虑，财务总是难以维持，欠下很多债。在大学里，我靠奖学金生活，每个月有35～45卢布的补助，同时我也在校外兼职当初、高中生的家庭教师，以补贴生计。我在大学里成绩一直是班里最好的，但从没有什么好衣服、好鞋子，一直都处在一种生存焦虑中。

1988年,大学的第四年,我获得了公派去东德留学的机会,第一次来到东柏林,在洪堡大学学习。虽然东德那时也属于社会主义阵营,但我还是看到了很多好东西,他们在消费和生活方式上都比莫斯科先进很多。我给家人买了很多礼物,满载而归。1989年,我作为苏联冰球队的翻译去了西柏林。那个时候柏林墙还没有倒塌,从勃兰登堡门至弗里兹霍夫的那段墙还耸立着。我第一次看到西方国家,带着仰视,冲击很大。后来我也曾为在俄罗斯的德国冰球运动员做过翻译,他们都认为我的德语水平非常高。这也说明,20世纪80年代苏联大学的教育水平是比较高的。

真正"失落的一代",是70年代初至80年代出生、90年代上大学的那一代人。他们的大学时代伴随着政局颠覆和校园里的各种动荡,课程体系也在瓦解,所有人都没有工作,教授无心教学,学生无心上课,一片混乱。他们在大学里几乎什么都没有学到。他们所经历的青年时代,是身边所有人都在为生存问题挣扎的时代,所有人都只想着赚钱,变得很有攻击性和冷漠自私。这一代人因此也没有什么同情心,不知道温情为何物。

我很喜欢读维克托·阿斯塔菲耶夫、彼得·鲁基奇·普罗斯库林、谢尔盖·多甫拉托夫、尼古拉耶娃这些苏俄作家的作品。20世纪70年代和80年代,苏联拍了很多好电影,那时我很爱看《两个人的车站》《不付费的假日》《莫斯科不相信眼泪》,还有《爱情与鸽子》这样的喜剧电影。我还记得,苏联拍的《夏洛克·福尔摩斯》连英国女王都非常喜欢,她说这是她看过的最好的版本。那时还有一部苏联电影,叫《旧历新年》。

传统上，俄罗斯的宗教日历与欧洲不同。欧洲每年先过圣诞节，再过新年。俄罗斯的国教是东正教，在俄罗斯传统里，每年1月7日是东正教的节日，1月13日是旧历新年，所以1月13日被称为"老新年"（旧历新年），1月1日被称为"新新年"。苏维埃革命后，很多教堂都关闭了，公开的宗教也被禁止。经历过苏维埃时代的老人如果告诉你，他们信仰宗教，顶多就是指他们会定期去教堂、过复活节、圣诞节这样的节日。苏联商店会在复活节那天卖一种蛋糕，不能叫"复活节蛋糕"，就讨巧地叫"春天的蛋糕"。苏联解体后，宗教很快就回到了俄罗斯人的精神生活中；危急时刻，我们总是从传统中去寻找精神力量渡过难关。

1988年，外婆去世了。那时外公的身体非常虚弱，"改革"正在进行，但他已经不再与我们讨论比较过去与现在之类的话题了。1991年，他去世了。他去世后几天，一些人正想取代戈尔巴乔夫，让他交出权力；没过不久，苏联就解体了。我很高兴，外公没有看到这一幕，对他来说，这一定是巨大的悲剧。他真诚地相信苏维埃，是一个诚实而正直的普通人。我们现在住的这间小公寓，是外公留给我们的。那时他曾有机会分一套有五间房的大房子，但他拒绝了，他说他想和普通人过得一样。他在工业设计研究院工作了20多年，直到76岁才退休。

他们那一代人经历了斯大林时代，经历了第二次世界大战，但他们有他们的信仰来应对这一切。我至今保留着外公的军装。他的肩章有三颗星，制服上挂满了勋章，他曾是空军上校。每年的5月9日，所有的俄罗斯人都会庆祝"胜利日"，这是我们最隆重的节日。每一个俄罗斯家庭都有亲人参加过那场战争或在战争中死去，我们与那场战争有强烈的情感联系。

2014年，母亲去世。在教堂举行的告别仪式上，我遇到了马克。他是我母亲生前的朋友，我们以前只是相互认识。他走过来安慰我，就在两分钟的时间里，我们相爱了。我们至今生活在一起。爱是奇迹，我对此深信不疑。

"我们能吃饱肚子了，但发生变化的也许是头脑"

> 俄罗斯的人民，哭泣吧，饥饿的人民！
> ——歌剧《鲍里斯·戈都诺夫》

你可以叫我马克。1971年，我出生在距莫斯科不远的小城阿迪奥（Adeo）。我的外公从13岁起就开始工作。他先是一个工程师，曾在那里的兵工厂制造武器，后来这个兵工厂也生产修路的机械。"二战"的时候，他作为炮兵参加了整个战争，但他不常给我讲战争的故事。我上小学的时候，经常有老兵到学校里来做演讲和讲座，告诉我们他们是如何打仗、如何攻占柏林的，但外公很少说。我回家就去问外婆，外婆说："炮兵就是炮兵，战争就是人杀人。"

外婆是个很虔诚的东正教徒。她说，苏联时期之前，每打一场仗，你就要忏悔一年，当兵的人打完仗后一年是不能去教堂的，只能在家祈祷，直到罪恶洗清完毕。十月革命后，宗教完全被禁止，大部分教堂都关闭了，只有一些老人仍被允许去教堂。不过在"二战"中，传统的信仰在人们心中复活了。外公外婆告诉我，莫斯科之战时，人们私下里全都传言，斯大林在每一次重大战役之前都会乘飞机

马克的父母

马克和他的父亲

视察莫斯科上空，飞机上还载着一位牧师，为莫斯科祈祷。

战争结束后，外公继续在兵工厂工作。他去过加拿大和伊拉克，在国外工作了5年，因为那时俄罗斯出口机械给这些国家。要问他最喜欢哪个国家，他说是伊拉克。伊拉克的人民非常勤奋。那里夏天天气酷热，人们在中午12点到下午3点根本没法干活，但伊拉克人还是在全国都修建起了公路等基础设施，生活水平得到了很大提高，某种程度上比加拿大还好。那是1968年。可惜现在伊拉克什么也没有剩下。

我的外婆是俄罗斯人，她是在乌兹别克斯坦的塔什干开始工作的，最开始是种植棉花。她的棉花种得越来越多，得了特殊劳模奖。那时的棉花工人就睡在田地里。乌兹别克斯坦的棉花做成棉线，制成被子，可以把蜘蛛和昆虫都赶走，让人能睡得很安稳。

外婆有很多关于饥饿的回忆。她曾有过40天没有任何食物吃的经历，那大概是在"二战"前，具体时间我记不太清楚了。宿舍的一个室友每天给她一杯水，她就是靠这杯水活下来的。她记得在很长时间没有东西吃以后，有一天，村子里有人送来了面包，每个家庭一个一公斤的面包，大家都站在村舍前面领取。有一家人，妈妈拿到了面包，对孩子说："让爸爸先吃吧，他还要工作。"爸爸拿起面包，就狂啃了起来。他太久没有吃东西，饿坏了，所以吃得狼吞虎咽，结果当场他就死掉了。如果你太久没有吃东西，你的身体是无法适应进食太快、太多的。

外婆得到了一些钱，可以到商店里去买一点吃的。商店离她的住地很近，她却走了很长时间，大概有大半天吧，她才挪到了那里。她知道自己一次不能吃得太多，所以开始时很多天，她每天只允许自己吃一粒花生和一片饼干。就这样,她活了下来。

后来,外婆去牛奶厂工作,她还拿到了大学文凭,成了牛奶技术工程师。她总是被评为优秀员工,后来成了工厂的首席技术员。必须承认,苏联时代的婴儿食品和奶制品的质量是很好的。那时工厂的奶酪被运到莫斯科。我问外婆,如何才能做最好的奶酪。外婆说,除了牛奶的质量,包装也很重要。

20世纪六七十年代,苏联的儿童食品特别好,即使食品并不丰富的时候,蔬菜、奶制品和面包也总是有的。小时候,我记忆最深的是到处都有一个苏打水饮水机,饮水机上永远都放着一个杯子,从没有人顺手拿走。一分钱可以喝一杯原味苏打水,三分钱可以喝一杯甜味苏打水,每天我可以喝上两升水。我奶奶也很会做蛋糕,她能做特别好吃的拿破仑蛋糕。

爷爷不会做蛋糕,他会做各种与鞋子相关的东西。爷爷也参加了"二战",战争结束后,他一直在一家医院的急诊部工作。他去世后下葬的仪式很隆重,有一队军人对天空鸣枪,但我并不清楚原因。我的一个姑妈是阿迪奥的第一位女出租司机,女人当出租车司机,在当时是非常罕见的。另一个姑妈则是阿迪奥的第一位女性摄影师。

我很喜欢生病不用去上学的日子,因为外婆会给我送来奶酪和果酱,给我打开电视。小时候,我最喜欢"特别教育频道"里苏联物理学家卡皮赞(Kapitse)主持的科教节目,很像今天大家熟悉的探索节目。那个时候还有一本杂志,叫《科学人生》,人们都非常喜欢读。苏联曾经有过很多很好的卡通作品。小时候,我最爱看的卡通片是《魔法戒指》,《英雄村》也是特别有名的苏联卡通片。

那时,好多年轻的父母只给自己的孩子买苏联漫画,觉得它们宣扬的是一种团结互助和统一的精神，比迪士尼的动画还要好。在我的记忆里，那时也有很多给孩子们玩的电子游戏，比如《狐狸追兔子》，就是基于同名卡通的电子游戏，和今天人人都知道的迪士尼动画《猫和老鼠》很像。我的少年时代有很多免费的课外活动。我参加了飞机和舰船俱乐部，有遥控的飞机和船只；还参加了天文学俱乐部，可以晚上一起观天象；我还学习音乐，音乐启蒙老师非常严格和强硬，总是让我更加努力地弹琴，所以后来我去了音乐学院。

我的母亲是一名音乐理论家，在学校里教书。舅舅是一位长笛演奏家。小时候我经常去他所在的那个剧院，看很多舞蹈家、音乐家排练，听他们讲后台故事。父亲当时是一个大工厂的电子供应商，家里总有一些芯片、刻度盘之类的东西，与微电子相关，我很喜欢研究那些小小的芯片。

那个时候，很多城里人都有夏季度假的房子。我们在阿迪奥城郊的"夏屋"种了一些苹果树和梨树。我们常去那里度假，在那里可以捉蜥蜴，可以在邻居的玉米地里偷玉米。外公有一根很长的棍子，可以伸到树上去把苹果打下来。我帮外公收苹果，做成的苹果汁和果酱够一年吃的。妈妈说，她怀我的时候，喝的都是自家苹果榨成的苹果汁。今天我们不再有"夏屋"了，就从莫斯科市郊的果园里摘来苹果，自己做果汁。我度过了一个非常快乐的童年。我的父母非常努力地工作，家里相对比较富裕，那时即便是相对穷一点的家庭，也从未缺过食物。20世纪六七十年代出生的孩子是幸运的一代人。

很多年后，当我回顾那段岁月，我觉得当时我们在食物与物质生活上没有多大问题。我们可以吃饱肚子了，发生变化的也许是思想与大脑。

"相信一种神秘的力量"

> 我们生活在一个时代,表面上死气沉沉,其实野性十足。青少年在边门里拥抱接吻,但少女也可能遭到强暴。我那时大概十一二岁,沙夏告诉我他怎么跟其他三个男孩奸污了一个同龄的女孩,她叫玛丽娜。这个小流氓集团跟那些"称王称霸的小偷"(当地人对"教父"的称呼)形成两个平行的世界。他们组成一个与苏维埃社会完全不相关的社会,有自己的法律、自己的法官和自己的宗旨。好几年以后,我在瑞士一次豪华招待会上偶然遇见玛丽娜。她已变成一位出色的女性,嫁给了一位美国亿万富翁。她说,她给一位在涅瓦河畔旅游相遇的青年提供商务咨询,这个青年正是从前负责保护她的"教父"的孙子。
>
> ——弗拉基米尔·费多洛夫斯基

基拉在德国时尚类杂志工作的时候,曾经写过占星学的专栏,也介绍过中国风水。你看,我们餐桌边这幅画着丰盛食物的油画,就是她根据风水理论来布置的。但我是一个东正教教徒,我觉得这是与风水很不一样的精神力量,所以挂画的这面墙上,还挂着一个东正教的十字架。我11岁时住在阿迪奥,人们都说我的邻居是一个巫婆。

俄罗斯人有一个带神秘主义色彩的传统:如果你放一根针在大门框上,就可以让整个房子受巫术的诅咒。有一天,我趁邻居女人出门的时候溜进她的家门,在她大门的门楣上放了一枚针。过了一会儿,我听到她从外面回来,靠近了门,我正从门缝里看她。她看见了我,愤怒地做了一个威胁我的动作,却没有进门。她转身找来了丈夫,最后他们是用斧子砸坏了门才进去的。有一段时间，他们只能挂条被子在门上作为遮挡，直到最后安装了新门。在最亲密的谈话氛围里，俄罗斯人就会开始讨论神秘主义的事情，一向如此。

在我很小的时候，大约6岁吧，我便开始在黑暗中祈祷，后来我感到了教堂中某种宗教精神的力量。基拉在她一次考试前做了祈祷，取得了好分数，她也从此对宗教发生了兴趣，但还要走很长一段路，她才最终接受了东正教。

我的妈妈是个很有宗教情感的人，外婆在妈妈6岁之前经常带她去教堂，这是她最重要的童年记忆。无神论某种意义上也是一种宗教，有时需要你做出巨大牺牲，毕竟没有人能证明是否真的有神存在。外婆说，"二战"的时候，有一天，她劳动的棉花地上空太阳明朗，万里无云。她们能够看到远处的一座山，那天，她还看见了山上的基督像，山后面的光比太阳还强。她与她的同志们都停止了工作，开始凝望那座山。她说，她看到基督的形象好像正在哭泣，痛苦的表情呈现在天际。过了一阵，那个形象消失了。

大家开始讨论这件事，原来并不是每个人都看见了，但看见的人都看见了同样的表情和人。她们后来都忘记了这件事，直到战争结束之后，外婆才开始明白其中的含义：那些看到基督形象的人，家人最终都回来团聚了；没有看到的人，家人都在战争中遭受了不同的苦难，有人的丈夫或儿子未能回来，有人的房子在战争中被炸毁。没有人能够解释这是为什么。

外婆的宗教体验对我们影响巨大，我的姐姐在15岁时也不断梦见圣母玛利亚。在俄罗斯，人们因为痛苦或快乐的情感而来到教堂，而不是为了做生意之类的世俗目的。我想，重要的不是基督教、伊斯兰教或佛教，而是那种神圣的感觉打动了我。教堂即便很破旧也没有关系，就像祖母的照片，虽然很久远，有点泛黄和破损了，但还是能在我心中唤起神圣的感觉。

当年，对俄罗斯人来说共产主义信仰中也有很多宗教元素，比如集体主义、为社会服务等。虽然没有上帝，但本质上也是一种信仰，很多人曾经甘愿为之献出生命。在俄罗斯，每一个参加过战争的人几乎都有信仰。

20世纪80年代，戈尔巴乔夫的"改革"开始了。"改革"开始时，我十来岁，正在专心学习，偶尔有一些食品的短缺，生活也有一点艰苦，但总体还好。那时我也关注新闻，发觉突然冒出来很多激进的言论。那时我很喜欢塔尔科夫斯基的电影，也还记得所有人在莫斯科奥运会闭幕式上动情大哭。虽然那届奥运会，美国人没有来，但我们依然很欢喜。即使是在自由化"改革"的20世纪80年代，我们仍然对自己的国家充满了荣誉感和自豪感。

那个时候，苏联与中国就像两辆火车开始驶向完全不同的方向。如果俄罗斯有邓小平这样的人物，今天也许又会是另一番情形了。两年前，我们举办了索契冬奥会。但我们不再谈论它，不再与它有情感上的联系，也不再为它感到激动和骄傲，因为那是一场完全商业化的体育赛事。

1990年，父亲的电子芯片业务萎缩，他搬去了另一个城市。他的公司倒闭，与戈尔巴乔夫的"改革"有一些关联。戈尔巴乔夫认为社会主义制度不够有效，就向西方敞开了大门，但他没有什么管理经验。他想提高工厂的效率，但他自己也不知道该怎么做。苏联解体，将遍布整个苏维埃各个村、镇和城市的共产党组织体系都连根拔起和摧毁了。这个组织体系可是用了70多年时间才建立起来和扎根的。那些基层党员干部是当地的实际管理者，有好人，也有坏人，但大多数人都有经验，知道如何管理自己的地方。戈尔巴乔夫激进地破坏了这个组织体系。

过去，我们的工业体系是一体的。机械制造业的零件一部分在乌克兰生产，一部分在乌兹别克斯坦生产，一部分在俄罗斯生产。正是这种体系构成了苏维埃，从宇宙飞船、航空飞机到舰船的生产，莫不如此。叶利钦摧毁了这个国际市场体系，很多工厂消失了。今天，我们有很多私人所有的石油天然气公司，比如俄罗斯天然气工业股份公司（Gazprom）、卢克石油公司（Lukoil）和尤科斯石油公司（Yukos）。能源是与土地和领土相关联的，不应该让那几个寡头拥有全苏维埃人建立起来的工厂。

像索尔仁尼琴这样的作家，在戈尔巴乔夫"改革"之前就离开了苏联，离开了俄罗斯。他对俄罗斯人真实的生活没有实际的贡献。在俄罗斯生活和挣扎的人没有人对索尔仁尼琴有太大的兴趣，也没有人对古拉格有强烈的兴趣。自由派知识分子是一个封闭的精英圈子。也许这就涉及个人主义与集体主义的哲学问题了。个人主义真的那么重要，集体主义真的那么不重要吗？

在俄罗斯和苏联时代，每一个家庭几乎都有受到过政治压迫的人。基拉祖父的堂兄过去住在乌克兰的马里乌波尔。在他要被当局逮捕前，有人来向他通风报信，告诉他有警察来，让他赶快离开。堂兄在祖父的床下躲了整整6个月，一直没有从床下出来过。6个月后，他逃走了，却再也没有任何音信。他就这样从我们的生活中彻底消失了。

苏联时代，我们每个人其实都能读到异见者的书，虽然它们并不通过官方渠道出版和发行，但通过非官方渠道，只要你想读，就都能读到。就像给基拉补课的私人教师，虽然国家公开反对教师补课，但你却可以做，大家都这么做。我们一直有两层生活圈，一层是公开的、公共的，还有一层是私密的、非正式的。不同层次的人也获得不同的信息。你如果去工厂与工人交谈，他们一定会问你："索尔仁尼琴是谁？他在哪个工厂工作？他养孩子吗，养了几个？"那些在工厂工作的工人，他们的生活很辛苦，他们的家庭也曾有人受到过压迫，但他们不像自由主义知识分子那样思考。

我们一直在严酷的自然环境里生活，又不断有战争，天性里有集体主义的东西。基拉曾采访过俄罗斯最有名的芭蕾舞演员玛娅·普丽谢斯卡娅。她说，她还记得有一次芭蕾舞演出，乐池第一排的位置坐的是尊贵的牛奶女工劳模。就在演出进行中，女劳模站起来，呵斥指挥家，让他"停下"，因为"你不断地挥手臂，我看不见舞台上的表演了"。你看，不同的人看到的是不同的东西。

我最想回到的年代是20世纪60年代。那个时候，我认为我们是人性的人，是完整意义上的人。战争教会了人们很多，巨大的痛苦将人们团结在一起；国家与个人是融为一体的，加加林进入了太空，我们感到自豪。生活有意义，存在有意义，不像今天，充满着虚无。我们一直没有特别强烈的"世界强国"的感觉，也从未想过要跟美国平起平坐，只是感到苏联已经是一个大国了。20世纪80年代，参加过阿富汗战争的很多同学从战场上回来，他们都对那场战争感到非常失望，但我们仍然觉得自己是有人性的人。回过头看，那个时候，我们的确开始向后工业社会过渡了，可那是跑在前面的文明所引领的，俄罗斯依旧跟随其后。

"西方曾把他称为苏联的'红色迪奥'"

> 我们始终摆脱不了匮乏。我指的不是资源稀缺问题,而是说,后工业社会在本质上带来了19世纪和20世纪初期作家们从未想到过的新匮乏。……后工业社会不是促进"上层建筑"变化的"下层结构"。它是社会的一个重要尺度:文化和生活方式的变化造成同传统的对立,新的社会集团出现以及社会地位低下的集团出头露面,在社会上提出了权力问题和特权分配的问题。……高度集权的结构越来越无能力管理一个复杂多元的社会。
>
> ——丹尼尔·贝尔

我们现在这个咖啡馆对面的这栋大楼,叫斯拉瓦·扎伊采夫大楼。扎伊采夫是苏联时代很有名的时装设计师,现在也是俄罗斯最有声望的设计师。那栋大楼里有他的服装设计展,也有他的工作室和专业模特公司。1996年,我第一次去他的工作室,并开始从他那里订制衣服。现在他年事已高。我正写一本关于他的品位和审美观念的书,每周三和周五与他见两次面,由他口述,我做记录。

我还记得20世纪70年代的一部苏联电影里,有一句大家都很认同的流行语:"没品位,毋宁死。"在电影《莫斯科不相信眼泪》和梁赞诺夫的喜剧电影《办公室的故事》里,都能看到女性对穿着打扮的追求,对欧洲时尚的向往。苏联时代,苏联的加盟共和国都得到了苏联中央政府很多工业机械方面的帮助,但一直没有生产出什么出色的消费品。我的母亲非常爱美。她没有什么漂亮的衣服和高级化妆品,就用简单的衣服搭配出很多样式。她也用很朴素的方式做面膜:在鸡蛋的蛋清中加一点柠檬汁搅拌，敷在脸上；再用橄榄油敷在脸上做保湿补水。这个方法我现在都还在使用。我仍然相信，公寓和着装可以在非常朴素的同时，也很有美感，很有品位，不需要什么奢侈品和意大利家具的点缀。物质不能完全决定审美，消费和享乐主义不是品位的重点。

1965年春天，在莫斯科索菲亚餐厅的时尚晚宴上，扎伊采夫与皮尔·卡丹、CD（即迪奥）的总设计师马克·博昂（Marc Bohan）坐在一起。法国时尚圈从此发现了扎伊采夫。那场晚宴之后，法国媒体纷纷发表文章，把扎伊采夫称为苏联的"红色迪奥"和"时尚之王"。

可惜就像俄罗斯人的宿命一样，快乐的结局总像隐现的地平线，你可以看见，却永远无法到达。扎伊采夫曾经有过一个时尚品牌店，与香奈儿、迪奥等品牌店开在一起。后来，他成为苏联"时尚屋"（Fashion House）的负责人，给苏联政府和军队的一些高官设计过时装，但得罪了不知道哪位政治局委员，曾一度被撤去了职务。

很多有才能和天赋的人，在那个时代都受到了一些政治压力，遭到了不同程度的打压。这些有才能和天赋的人，在性格上难免有棱角，甚至有一些挑衅性。创造力伴随着打破陈规，强烈地要求个性的自由，这在苏联是比较难存活的。年轻时，扎伊采夫曾在想象的世界里无数次走过巴黎的街道和香榭丽舍的橱窗，却没有机会受到那个世界的空气滋养。他学习过俄罗斯古典艺术和服饰，也越来越回归到历史和传统里去表达。

另一个受到打压的例子是芭蕾舞演员玛娅·普丽谢斯卡娅。她也曾受到过政治上的压力，但她从来也没有离开过苏联。后来，扎伊采夫沉寂了很长一段时间，直到一个欣赏他的官员给他重新安排了工作。他现在仍然是俄罗斯最有声望的时装设计师，普京总统前妻普金娜的时装很多就是他设计的。但他没有成为国际的时装品牌大师，他只是俄罗斯的设计师。有一本写他的书，叫《美的怀旧》(*Nostalgia for Beauty*)，书里提到，他主要是从俄罗斯的传统艺术中汲取设计灵感。今天俄罗斯有很多设计师，他们相互都认识，每年也有两次俄罗斯时装秀，但没有哪一个俄罗斯设计师是国际知名的，甚至连俄罗斯人都不认识他们。

我代你向扎伊采夫问了你的问题，他做了如下书面回答：

> 我从未想过离开莫斯科。我爱这座城市的韵律、快速的节奏和它独特的魅力。每天都有很多新鲜有趣的事情发生，我喜欢快节奏的生活与工作。新的东西不过是被忘记的过去。我在过去的文献和记录中，发现了完全现代的迷人美学。但我知道我无法回到过去，那是不可能的。目前正在设计的服装系列中，我尝试着回到20世纪90年代，但却做不到。
>
> 今天，民族服饰在世界上流行起来，俄罗斯也不例外。俄罗斯的设计师成功地掌握和运用了俄罗斯民族的文化遗产，我认为这是正确的道路，我们的民族传统是如此地丰厚，历史文化又这么古老。几十年前，我就在巴甫洛夫·波萨德采购公司提出了这个审美方向，我们一直在往这个方向上走，从衣服到鞋的设计都是如此。奇怪的是，外国人特别喜欢购买我的设计，反而是俄罗斯人不敢穿这些鲜艳的民族服饰。俄罗斯人在心理上害怕与大众显得不合群，害怕与众不同。现代的街道看起来是单调无趣的。

我热爱美与和谐，无法相信在第三个千年到来的时候，这种单调还将统治我们的审美。我相信，我的服装仍是个性的表达。

维克多

对维克多的采访一共进行了两次。第一次是在莫斯科国立大学附近的一家咖啡厅里，第二次是在地铁站他家附近。

"阅读塑造了我"

> 在微妙可感的张力中，可以发现（俄罗斯）个性的存在。这里存在各种各样的二元对立现象，比如井然的帝国秩序和潜在的混乱，日常琐事和怪异事件，现实和非现实。
>
> ——哈罗德·布鲁姆

我今年51岁，1965年出生于乌克兰的马里乌波尔一个非常简单的工人家庭。10岁时我的母亲就去世了，家里剩下我和父亲两个人。我有一个大我12岁的哥哥，住的地方离我们不远，他帮助父亲一起抚养和教育我。几年前，哥哥也去世了。我的妻子也是乌克兰人，我们非常相爱，但我们总是争论。你看，所以就是我一个人在这里讲述了。

十一二岁的时候，我开始对戏剧感兴趣。我参加了一个青少年剧院，这个经验为我打开了文学的大门。苏联时期，各个共和国都非常重视俄罗斯语言和俄罗斯文学的教育，尽管在乌克兰，我从小就能读到很多俄罗斯文学的书籍。我还记得，《命运的捉弄》这部电影上映的时候，我们都去看。电影里很多歌曲的唱段都是俄罗斯著名作家的文学和诗歌作品，其中一些作家的作品还没有到被当局封杀的地步，但也并不可以出版，其中就包括帕斯捷尔纳克、茨维塔耶娃、阿赫玛杜琳娜这些人。

帕斯捷尔纳克和茨维塔耶娃是20世纪上半叶俄罗斯作家中的杰出代表，也是"白银时代"的杰出的代表；阿赫玛杜琳娜主要在20世纪六七十年代写作。他们的书在苏联时代实际上并未公开出版。我被这些诗歌触动，就去图书馆找他们的书来读。市面上买不到，但图书馆里却找得到，还有读者自助出版和传阅他们的作品。我开始背诵他们的诗歌。第一次与现在的夫人见面时，我记得我一直都是在给她背诵诗歌。整个晚上！

中学时，我阅读了很多经典作品。那时我对法国文学很感兴趣。法国的戏剧、绘画在乌克兰非常流行，就像从彼得大帝时代起，俄罗斯人就一直对法国的文化和艺术心怀向往一样。根据外国作品改编的电影在苏联时代也非常多，在当时的年轻男孩中间很流行。我还记得我阅读了几乎所有大仲马与小仲马的作品，《三个火枪手》《基督山伯爵》等关于男人间友谊与忠诚的小说，在当时都被翻译成俄语。在那时成套的青年阅读系列中，有俄罗斯也有外国作家的书，叫"冒险图书馆"系列，在书店很容易就能买到。学校是国立的，学校里的意识形态指导推崇革命作家，由教育部制定阅读清单，文学考试也按照教育部制定的标准来。

那时我们所有中学生都背诵过普希金的作品，连苏联偏远农村的人都知道他，他是一位俄罗斯贵族和大文学家。今天，我的儿子和孙子也还是在背诵他的诗。在整个童年和青年时代，我也收藏了很多的书。苏联时期，好书非常稀少，买书要花很大力气，有时要排很长的队。我阅读布尔加科夫、瓦罗丁（音）、加比尔诺维奇的小说，还有索尔仁尼琴当时在苏联出版的唯一的一本书——《伊万的一天》。我也很喜欢读瓦连丁·贝枯宁（音）的《叶卡捷琳娜》，以及拉斯普金的书。这些书在当时都不容易买到，有时要托熟人帮着买，一旦买到，我就很高兴。

对我影响最深的，还是"白银时代"的作家。当时推崇的一些作家，比如奥斯特洛夫斯基，在苏联解体之后已不再受到推崇，今天的中学也不再采用带有宣传色彩的文学作品，而采用讲述永恒价值的文学作品了。"二战"的战争文学仍在继续，这是为了让"二战"的记忆能够延续下去。有一些关于战争的作品，不仅讲述苏联的成功，也讲述苏联在战争中的失败和巨大损失，这在苏维埃时代是不允许的，但现在都可以读到。一些关于战争中普通人与普通家庭命运的书，在苏联时代并未出版，现在不仅出版了，有些还拍成了电影。这些作品包括瓦西里·格罗斯曼的《生活与命运》、维克多·涅克拉索夫的《斯大林格勒战壕中的生活》等，它们从更现实、更真实的角度去看待战争。

从这些作品里我们知道，苏联不总是获胜的，我们看到了过去看不到的战争胜利背后的巨大代价。过去我们对这些代价保持缄默，现在则说出了这种代价，这种表述更令人信服。这些作品里也出现了很多幽默的场景，不再只是悲剧和苦难。比如《热尼亚、热尼奇卡与喀秋莎》，在刚出来的时候不太受苏联政府的待见，因为它对待战争采取了幽默态度。现在，这部作品在俄罗斯非常流行，它的导演弗拉迪米尔·莫特李是个很擅长讽刺幽默的人。俄罗斯人一直是很喜欢幽默的。我们的上一辈人很难有幽默感，他们严肃、沉重，生活对他们来讲，的确也太艰难了。

20世纪六七十年代，我们迎来了最好的喜剧时代。虽然那个时候制作和发行一部现代喜剧片难之又难，但水准却非常高。那个年代，我们不仅有梁赞诺夫，还有盖达伊尔·丹尼尔和苏联最好的脱口秀演员。他们直到现在也很有名，比如米哈伊洛维奇·耶娃涅茨基和全国人民都知道、都在谈论的阿尔卡季·赖金。相比之下，今天的电影虽然制作很容易，但幽默的水平实在很低下。能够算得上佳片的大概也就三部：《选举之日》《男人们在谈论什么》和《男人们还谈论什么》。

回过头看，我觉得自己在天性的发展方面，并没有受到太多的限制和压抑。那时苏联有审查机制，对有些作品会删改或限制出版，但只有非常小圈子的自由作家对此感到特别不满意，他们的作品遭到了限制，或被删减。但整个20世纪六七十年代，苏联在文学艺术上是非常有创造力的，艺术家和共产党委员会的官员们一样高兴。

现在是我职业上的"创作休息期"，我有了更多时间去做当年我梦想做却又没有时间做的事。现在我正在读《战争与和平》的第一卷，也看很多过去没有太多时间看的电影，同时关注我的专业领域——俄罗斯的经济和法律变动。我学习历史和艺术，从中世纪、文艺复兴到（俄罗斯）圣像画、印象派、后印象主义和现代主义。当我阅读《圣经》的时候，我并不把它当作一本宗教书籍来阅读。它与所有的文学作品一样，讲的是什么是善，什么是恶，以及善如何战胜恶的故事。当然，在文学作品中，善经常都不能战胜恶。

在我看来，所有的书也许主旨都是相似的，那就是善与恶的两分。善恶斗争的过程，取决于作家的才华，有才华的人会将它写得非常精彩。在布尔加科夫的《大师与玛格丽特》里，沃伦打算从莫斯科飞走时,眼前出现了善的力量代表——列维·马特维。沃伦说:"如果没有我这个恶的存在,你所代表的善还有什么意义?"

父亲是1991年3月11日去世的,他并没有看到苏联剧变。他是一个淳朴的工人,参加过"二战"。那些年我们对苏联的政治制度是好还是坏并没有太多的思考。那时对苏联的反叛,主要集中在莫斯科、圣彼得堡这样的大城市,其他地方都没有这么激烈——知识分子、艺术家是苏联政治制度的主要反对者。

对我和我父亲这样简单的普通人来说,我们一直觉得生活是开心的;绝大多数普通人也从没有想过,生活还会是另一番模样。有一些描写苏联日常生活的作家,比如瓦西里·舒克申、拉斯普金,我阅读他们所有人的作品。我对人生和国家的观念,是由所读过的每一本书、看过的每一部电影和每一场戏剧塑造的。

我18岁就结婚了,19岁有了儿子。儿子10个月大时,我去苏维埃参军(苏联实行义务兵役制)。回来后,我的生活非常忙碌。那时我很喜欢读弗拉基米尔·维索茨基的诗。他是一个很强硬的诗人。他的短诗,如《吟游诗人》,帮助我渡过很多生活的难关——他的诗书写爱情、工作、战争和战争中的人,以及人们在艰难困境中的生存。那种渡过难关的精神,鼓励我面对自己的未来之战。

安东·契诃夫也给予我很多慰藉,《万尼亚舅舅》和《普拉东诺夫》这些作品,都教我要坚强,要按自己的意志生活;如果你在道德问题上做出妥协,就会完全被摧毁,所以永远不要做出妥协。

我也很喜欢《一首未完成的机械钢琴曲》,这是尼基塔·米哈尔科夫导演的一部幽默电影,讲的是普拉东诺夫的故事。这部电影告诉我,在道德问题上做出妥协的男人,最终会多么不快乐。20世纪

70年代还有伟大的苏联电影导演塔尔科夫斯基。他的《潜行者》告诉我,人如何在艰难处境中生存,以及当你看不到生存的意义时,如何找到生存的意义。

"我不断思索苏联为什么会解体,但至今也没有答案"

> 官僚在社会中居于一种特殊的特权地位,掌握行政大权,社会关系类似国家资本主义。一个历史上前所未有的新阶级形成了。……这个阶级是由那些因垄断行政大权而享有种种特权和经济优先权的人构成的。新阶级的核心和基础是在党和党的领导阶层以及国家的政治机构中创造出来的。一度生气勃勃、组织严密和充满首创精神的党正在消失,而逐渐转变为这个新阶级的传统式寡头统治者。……
>
> 在革命得胜国家中的统治官僚集团,早已在武装斗争中有了独立地位,并尝到了权力在握和财产"国有化"的甜头。他们已察觉到"自己的国家"与自己的权力,而以此为根据要求平等了。……在苏维埃各共和国所设立的政府中,如乌克兰、高加索,都有民族主义存在,而在东欧各国所设立的政府中,民族主义倾向则更为强烈。
>
> ——密洛凡·吉拉斯

1982年,我从职业高中毕业——职高是苏联正规教育的一种。接着,我结婚了。18岁时,我还想进莫斯科大学国际关系学院继续学习。但我凭职高学历是进不了莫斯科大学的,就推迟了几年。我在1983年至1985年学习和从事了几年技术贸易,然后加入军队服役。虽然是在阿富汗战争时期,但我并没有打仗。当时我驻扎在卡尔梅克共和国,苏联的边疆共和国,主要任务是追捕一些不服役的逃犯。1985年我回到乌克兰,1988年正式从贸易技术大学毕业。我开始一边工作,一边准备考莫斯科大学。1988年,我第一次来莫斯科考试,没有考上;我继续准备,1989年继续考,还是没有考上;1990年,我第三次参加考试,终于考上了。

对于我来说,如果不是戈尔巴乔夫在20世纪80年代的自由主义改革,像我这样出生在普通工人家庭的人,是不会有机会在莫斯科大学学习的。1985年以前,要通过大学考试,需要非常复杂的手续,不是学习好就可以进入大学的。你需要所在单位党委的推荐信,共产党区委、市委和地区党委的推荐信。对于普通工人家庭的孩子来说,弄齐这些推荐信几乎是不可能的。那个时候,莫斯科大学基本上都是特权家庭子女才能上的,比如苏维埃加盟共和国领袖的子女、高干的子女、大人物的子女。1985年以后,我虽然还是得收集齐这些推荐信才能上大学,但至少我有可能去找各级党委会的人,可以与他们对话了。这些党员干部的心态至少开放了一点。

苏维埃政权建立之初,它对所有的农民、工人和普通人都曾是开放的。大概是在1955年之后,特权开始出现,苏共成了越来越封闭、越来越特权化的政党。苏联普通人的生活非常朴素,但精英阶层的生活却非常奢侈,与普通人很不相同,普通人想要改变生存状态也变得越来越困难。1971年,在我上小学的时候,我们的生活里还保留着一些共产主义的装饰,比如少先队的红领巾等。但那时我们就已感觉到,国家的管理者像勃涅日列夫这些人,都不再有真正的信仰了。

我留在了莫斯科，也一直视自己为苏维埃公民。乌克兰是由三个部分组成的：东南部乌克兰、中部乌克兰与包括过去部分俄罗斯和波兰领土的第三部分，这部分是苏联时期才并入乌克兰的。我出生在东南部乌克兰，也就是"新俄罗斯"（帝俄地区）。我上的学校完全用俄语教学，一周只上两次乌克兰语课，乌克兰语从来都不受重视，就像一门外语。教学的重点从来都是俄罗斯文化和俄语。这个地方的人就有一种概念：从来没有什么乌克兰人，从不知道什么是乌克兰人，只有苏联公民。

1976年，我曾跟青少年剧院的剧团一起去乌克兰的利沃夫演出。我想在那儿的商场买一副太阳镜，就用俄语与商场的售货员交谈。她当然听得懂俄语，却装作听不懂。我想了很久，想用乌克兰语和她交谈，却怎么也想不起来乌克兰语的"太阳镜"这个词怎么说，我在学校里学的乌克兰语实在也不够好。

20世纪80年代，我参军的时候，部队里有一种不成文的传统：战士们相互接近、关系要好，与他们从哪里来有很大的关系。我所在的部队，有一个小伙子来自利沃夫，有一个从乌克兰的波兰部分伊万诺-弗兰科夫斯克来。那两个小伙子相互接近，关系要好，却认为我是从莫斯科郊外来的俄罗斯人。这件事发生在1983年。我想，它的影响一直持续至今。

我是在1997年至1998年间拿到俄罗斯国籍的。苏联解体后，我认为自己是俄罗斯人。有一件也许值得一提的小事。我在乌克兰住了27年，虽然我加入了俄罗斯国籍，但是苏联解体后，我仍把乌克兰视为俄罗斯的姊妹。在最近俄罗斯与乌克兰的冲突中，我是支持乌克兰的，就像在各种体育赛事中，我也是乌克兰队的"粉丝"。

我还记得，1999年，乌克兰与俄罗斯在莫斯科的卢什基尼体育场争夺足球杯出线权，全场有8万观众。我与夫人还有另外五个朋友一起去，我们都是出生在乌克兰的俄罗斯公民，却都支持乌克兰。乌克兰赢得了那场球赛。在乌克兰进第一个球的时候，我们几个人从座位上站起来欢呼，周围的人都静静地看着我们。然而现在却是另外一番情况了，我为现在的乌克兰感到遗憾和难过，她受到了误导和错误的影响。也许就像奥斯特洛夫斯基在《钢铁是怎样炼成的》一书里所写的那样，为了让钢铁更加坚硬，就需要不断地锤炼吧。

我出生在一个非常工业化的乌克兰小城。小城有三个大工厂，都与机械制造有关。我对法国文化的热爱是从这个小城开始的。俄罗斯文化在历史上与法国文化联系紧密，但我并不确切知道，自己是如何与法国文化发生联系的。20世纪六七十年代，小城的电影院上映过很多法国电影和苏联电影。法国电影当时在苏联非常流行，几乎没有美国电影。当时法国左派和共产党在法国影响比较大，苏法关系也很好。我看了很多法国喜剧片，听了很多法语歌曲。就是在乌克兰小城的电影院里，我看了路易·德·菲奈斯、让-保罗·贝尔蒙多等演员演的法国电影。经常有法国电影明星和歌星来苏联，他们的名字会出现在报纸和电视上。

我很喜欢法国文化，喜欢他们的生活方式和表达情感的方式。电影的具体情节和人物很多我已经记不太清楚了，给我留下深刻印象的是一帧帧图像和轻松的氛围：时尚的女人、历史悠久的名城、美丽的海滩、炫丽的汽车和幽默的对白。更重要的是，那些图像带给我们对生活的向往和渴望，故事本身甚至不重要了。20世纪60年代制作的詹姆斯·邦德电影《俄罗斯之恋》在苏联也风靡一时，漂亮的男人女人、香车美酒，都给我们留下了深刻印象。上大学的时候，我可以从五种语言——芬兰语、阿拉伯语、瑞典语、法语和波兰语——中选择一种作为自己的第二外语。我毫不犹豫地选择了法语。

那时,我还没有特地思考过电影里的生活与我们现实日常生活的差距。我是在苏维埃的教育下长大的,知道自己国家的优点与缺点,我热爱我的国家。那时,并没有"我们是最好的""我们最幸福"这样的宣传;电视、报纸和学校里的老师从没有告诉过我们,我们是"最强大的国家",而是说我们是可以"保卫自己安全的强国"。我们知道自己在军事领域和美国差不多,但从不认为在经济领域可以和美国相媲美。即使是在社会主义阵营内部,捷克斯洛伐克、匈牙利、东德和波兰的轻工业也比俄罗斯发达。苏联在重工业、军事和太空领域有很大的投入,维持苏维埃各国的共产党组织体系的花费也很大,没有更多的钱投入到其他经济领域里。

约瑟夫·布罗茨基说,彼得大帝跟俄罗斯过去做过皇帝的人不一样,彼得大帝认为俄罗斯世代遗传的毛病,就是在欧洲面前有自卑感,但彼得大帝不愿意俄罗斯仿效欧洲,而要它成为欧洲国家。在苏联时代,我们还是带着些仰视的态度打量西方的,但我们觉得自己还不错,虽然不是最好。

今天看到中国的发展,我也在想,当年我们的国家管理者也许是能找到平衡轻重工业、平衡经济与国际关系的道路的,但他们却不够有魄力。苏联入侵阿富汗时,我以为我们是为了保护自己的国家安全与利益,也是为了帮助阿富汗发展他们的经济而去战斗的。后来和现在,很多政治家告诉我们,那场战争是错误的、不道德的。我难以分辨,这场战争对我来讲变得很敏感,毕竟有那么多苏联人在战争中牺牲了。

我完全没有想到苏联会在1991年解体。那时我在莫斯科大学学习，不分日夜地读书，既学习法律，也学习法语，同时还要为工作忙碌。家人也随我来到了莫斯科，我们还没有自己的公寓，得非常努力地挣钱买房子，几乎没有什么时间睡觉。那时，我没有认真想过这个历史性的事件会带来什么后果。

随着时间的流逝，我开始不断思考，为什么苏联会解体，但至今仍然没有答案。俄罗斯人的性格里有一种爱走极端的东西，戈尔巴乔夫也没能够找到最好的平衡点。他的性格既很极端，也过于懦弱——俄罗斯历史上的统治者，可以残酷，可以仁慈，可以聪慧，可以愚蠢，但绝不能懦弱。戈尔巴乔夫没有赢得对叶利钦的战争。我看了很多关于1991年历史剧变发生时每一天、每一分钟的记录性报道。他有太多的机会可以扳回局面，但他没有。

我想，如果不是这种极端的方式，如果那些前共和国的政治领袖能够一起合作，有一些妥协精神，我们今天的情况会好得多。我完全不是叶利钦的推崇者，他一手摧毁了我们的经济，与乌克兰、白俄罗斯的政治领袖一起破坏了苏联。叶利钦和那些共和国政治精英在乎的是自己的权力，而不是国家。

我不认为国家是邪恶的。它的邪恶是"不可避免的邪恶"吗？不，我也不同意"邪恶"这个词。国家规定了我们的生活方式，某种程度上，也是我们存在的意义。即使在《圣经》里，上帝也没有给人完全的自由，而是给了人类十诫。我不喜欢索尔仁尼琴，很多像我一样的俄罗斯普通人都不喜欢他。他过于激进，对俄罗斯人民也并未敞开胸襟。我喜欢布罗茨基和普宁这样的俄罗斯作家，不是因为他们喜欢或不喜欢苏联，而是因为他们极富才华。

"新的秩序"

> 雾月十八日拿破仑的俘获物是自由资产阶级。他已经了解到现代国家的真正本质;他已经懂得,资产阶级社会的无阻碍发展、私人利益的自由运动是这种国家的基础。他决定承认和保护这一基础。他把他的法典带到被他征服的国家里,这个法典比历来的法典都优越得多,它在原则上承认平等。
>
> ——卡尔·马克思

我在莫斯科大学读书的时候,苏联的经济一度完全停滞。那时苏联的国民经济理论被摒弃后,大学里引进了西方经典,比如亚当·斯密、大卫·李嘉图、约翰·凯恩斯,以及福特经验等。记得那时我也阅读纳西姆·尼可拉斯·塔雷伯的《黑天鹅效应》,阅览《哈佛商业评论》,一切都换成了西方经济学理论。如今回过头去看,苏联经济是一种完全由国家控制的极端,但完全的自由主义又走到了另一种极端。在这两者之间应该有一个"黄金分割点",俄罗斯人性格里却缺少一些中庸的东西去发现它。我相信自由是很重要的价值观,却不是终极的。有一部1988年苏联与德国合拍的电影叫《屠龙》,讲述的就是人在完全自由状态下的表现,与我们从1991年起所经历的历史与生活非常相似。

1996年,我完成学业,在一家小型法国律所工作。两年后,去了一家法国大型国际供应商公司。1998年8月,俄罗斯发生了一场经济危机。幸运的是,那一年的4月我已经转到了这家法国大公司,是法国公司的高级律师。虽然有裁员的情况,但并没有降临在我的身上,收入总体来讲还有保障。之后,我去了一家北欧国际基金投资公司，做俄罗斯农业土地的投资，这家公司现在已在瑞典上市。再后来，我在美国一家投资俄罗斯农业土地的国际基金公司工作了7年，直到最近。

1998年那次经济危机，俄罗斯恢复得很快。从1998年至2008年，俄罗斯经济一直比较平稳地发展。即使是在2008年的那次国际金融危机期间，俄罗斯经济也是从2009年下半年就开始复苏了，之后经济又继续平稳发展，直到2014年，因为与乌克兰冲突而遭受经济制裁。这次制裁让俄罗斯的一些经济领域失去了发展工具，境况变得很艰难，比如外部融资——有一些俄罗斯银行是通过从海外获得资本来开展业务的，现在这些领域的经济都开始衰退。俄罗斯试图寻找替代方案，比如与中国的国家投资基金建立关系，我也在密切关注着这方面的动向。

在后面这两家公司工作的9年里，我作为高级法律顾问，参与了58万亩俄罗斯中部农业土地的交易，这些土地或者被长期出租，或者出售给国际公司。我开始工作的时候，俄罗斯的商业刚刚开始兴起，没有什么法律和规范，是一个极度混乱的年代。我的职业生涯伴随着俄罗斯联邦立法的完善和新市场秩序的形成，现在法律的完善程度又比5年至10年前深化很多。苏联解体后，俄罗斯联邦将欧洲大陆与盎格鲁-撒克逊的法律引进来，慢慢发展出了一套保护投资者和财产的法律规范。今天，在俄罗斯做农业生意和购买土地，甚至比在乌克兰容易得多。属于俄罗斯联邦的土地，可以先租给私有公司，公司享有49年的租期，但其实在使用3年后就可以购买，一旦获得产权，就是永久产权。

今天，通过一套复杂的法律运作和公司结构调整，一些跨国公司成为俄罗斯中部大片农业土地的实际拥有者。通常，跨国公司有一个注册在英属维尔京群岛的公司和一个注册在塞浦路斯的公司，下面有一个荷兰公司，因为荷兰与俄罗斯签署有互相保护投资的协议。在荷兰公司下面，有两个俄罗斯公司，一个公司是俄罗斯土地的产权所有者，另一个公司是土地的运营与管理者。因为土地的运营存在着风险，所以设立了两个俄罗斯公司。根据俄罗斯的法律规定，跨国公司对掌握这些土地买卖的公司只能持有49%的股权。跨国公司为了保证是这些土地的所有者，就分别持有两个俄罗斯公司49%的股权，这两个俄罗斯公司再交叉持有对方51%的股权，这样，土地所有权就属于跨国公司了。俄罗斯联邦法院对这种交叉持股提出过异议。我曾经历过官司从一级级法院最终打到最高法院的全部过程，最终，最高法院判决，这种安排是符合俄罗斯联邦法律的。不仅如此，因为这些俄罗斯公司各自有51%的股份是由俄罗斯公民持有的，仍然享受到国民待遇。即使在2008年的国际金融危机中，它们也能够在农业青黄不接的时候申请到俄罗斯国家银行的农业贷款。

伊万和他的亲友们

对伊万和他的朋友及家人的采访分四次进行。第一次是在莫斯科大学附近的咖啡馆里，伊万向我讲述了他的家庭故事。第二次是在青年站地铁（Molodyskaya）附近的购物中心，讲述者是他的岳母和妻子：安娜和塞尼娅。第三次是在特列季亚科夫（Tretyakovskaya）地铁站不远一家隐蔽的酒馆里与他的朋友聊天，我们喝啤酒、抽水烟，聊至深夜。第四次是在巴布什金（Babushkinskaya）地铁站附近，见到他的一对恋人朋友斯坦尼斯拉夫和安娜，那是一次简短的访谈。

伊万(后排中)和他的家人,他出生在摩尔多瓦,已加入俄罗斯籍

伊万的曾祖父,他在20世纪30年代被错误执行死刑,50年代法院宣布死刑判决为非法,1991年才获得平反

第二章 俄罗斯:记忆与日常的复调

"我仍选择成为俄罗斯人"

> 民族是一种现代的"文化人造物"。民族的想象能在人们心中召唤出一种强烈的历史宿命感。想象民族最重要的媒介是语言,而语言往往因其起源不易考证,更容易使这种想象产生一种古老而自然的力量。无可选择、生来如此的宿命,是人们在民族的形象之中感受到一种真正无私的大我与群体生命的存在。……想象的共同体不是虚构的共同体,不是政客操纵人民的幻影,而是一种与历史文化变迁相关,根植于人类深层意识的心理建构。
>
> ——本尼迪克特·安德森

我叫伊万,今年25岁。苏联解体的时候我才1岁,还没有记忆。我母亲一家是乌克兰人,父亲出生在摩尔多瓦,我也出生在摩尔多瓦。奶奶是摩尔多瓦人,但爷爷是俄罗斯人,所以我有1/4的摩尔多瓦血统。苏联时代,我们一家可以自由地在苏联各国旅行。苏联解体后,我们就留在了摩尔多瓦,不能再回到俄罗斯了。我在摩尔多瓦读完初中、高中,大学时来到莫斯科大学。现在我已加入俄罗斯国籍,定居在莫斯科,在这里结婚、买房、定居。我的父母也一起来到俄罗斯,与我的哥哥定居在罗斯托夫。

我一直认为自己是俄罗斯人。我从小接受的是俄罗斯文化的教育,学的是俄语,读的也是俄罗斯文学作品。苏联解体后,和其他非俄罗斯的前苏维埃国家一样,摩尔多瓦也开始培养憎恨俄罗斯人的意识。

摩尔多瓦的官方语言现在是罗马尼亚语,虽然仍有50%的人在使用俄语。1991年后，去摩尔多瓦的政府机构工作必须要说罗马尼亚语。大部分的年轻人现在从小学到大学都学习罗马尼亚语，以便成长为摩尔多瓦人。过去，摩尔多瓦有两类学校，一类是俄语学校，也要学习摩尔多瓦语；另一类则是罗马尼亚语学校。现在，俄语学校的数量在大幅下降。有时我坐公交车，用俄语对公交车司机说我要去哪一站，虽然司机听得懂我说的是什么，但也会很不屑地瞟我一眼说："这是在摩尔多瓦，难道你不会用罗马尼亚语说吗？"

为什么是罗马尼亚语？说起来这是段纠缠不清又有点讽刺意味的历史。摩尔多瓦人现在认为，300年前摩尔多瓦和罗马尼亚是一个国家，引用这段历史可以与俄罗斯撇清关系。但如果引用另外一段历史，就是另一个故事了——其实早在1917年前，摩尔多瓦就在俄罗斯的帝国版图里了。

我的爷爷也叫伊万，他有12个兄弟姊妹。他们的父亲在20世纪30年代被逮捕和枪决，他们的母亲看着13个孩子，觉得无力独自抚养，自杀了。这13个孩子就成了孤儿，被送到俄罗斯各地的孤儿院里，从此分散了。爷爷被送到了西伯利亚的孤儿院，那年他7岁。等到他16岁成年该离开孤儿院的时候，"二战"爆发了。于是他就直接参战，去乌克兰打仗。

爷爷很少回忆他在孤儿院的经历，只是说那段经历并不愉快，他们从未被当成孩子对待过，所以他没有童年。他跟着朱可夫元帅的部队解放了拉脱维亚、爱沙尼亚。在他的记忆里，士兵们非常喜欢朱可夫，他是一个异常严厉，但又极其公正的人。打到摩尔多瓦的一个村子里时，他遇到了我奶奶，当时她15岁，他们相爱了。"二战"结束后，爷爷服从苏维埃政府的分配，先在黑海边乌克兰的敖德萨待过一段时间。几年后,他被派到摩尔多瓦,成为摩尔多瓦一个省的驻军军长,直至在摩尔多瓦退休。

爷爷会给我讲一些关于战争的回忆,但他会挑有趣的故事讲。还记得爷爷说,有一次,他们的部队正靠近波罗的海的拉脱维亚边境森林,离敌方阵营很近,被要求保持绝对的安静,不能发出任何声音。这个时候,爷爷听到厨房里有奇怪的声音,去那里一看,发现一些从森林里来的可疑军人正在找东西吃。他们张口就用德语说话,原来他们把这个营地当成德国军队的营地了。爷爷捉住了他们,从这些德国人那里,苏军得到了不少有用的情报,爷爷也因此得到了提拔。

那时,爷爷是以解放者的身份进入拉脱维亚、爱沙尼亚和摩尔多瓦的。人们夹道欢迎苏军,用鲜花迎接队伍进城,感谢他们赶走了纳粹分子。他们可以住在任何人家里,受到最好的招待。而如今,在这些国家,"苏维埃人"等同于俄罗斯人,已被视为占领者,而不是解放者了。爷爷有非常多的军功章和制服,他曾很以此为豪。苏联解体后,他再也不敢穿这些制服上街了,害怕被打。但每年的5月9日"二战"胜利日,仍然是我家最隆重的节日。这是俄罗斯每个家庭都过的节日,因为每个家庭都有人参加过战争,都有亲人在战争中死去。现在乌克兰和摩尔多瓦为了与俄罗斯保持距离,将这一天改在5月8日庆祝,因为8日那一天是欧洲的胜利日。

1989年,爷爷收到了一封苏维埃政府的"恢复名誉信",是关于他被枪决的父亲的。这封信的扫描件就在我的电脑里,它是这样写的:"你的父亲布洛霍夫·莫伊谢,出生于1892年,被证明是清白的。很抱歉,他因被错误地指控宣传反革命思想而被杀害。他于1937年9月20日被非法执行极刑。1958年苏维埃法院将此案视为非法，因为没有犯罪的证据。兹决定恢复你父亲的名誉。"

我的曾祖父是一名普通矿工。听爷爷说，他被捕是因为邻居检举，认为他有一些不应该赚的钱。那个时候，任何人都处于全面监控之下，任何人都可以被任意逮捕和杀害。爷爷收到这封信的时候，他还是感到很欣慰，觉得事情最终水落石出，父亲的名誉得到了恢复，也算是一个交代。这件事没有太影响爷爷对苏联的态度。

我们家里还有一位下落不明的亲戚。父亲的哥哥曾经去俄罗斯当过空军，回到摩尔多瓦一段时间后，他决定继续去为俄罗斯空军效力，却一去不返，从此渺无音信。父亲寻找过他很长的时间，给各个政府部门、电视台写信，至今却没有任何回音。我们猜测，他可能已经牺牲了。

人们对苏联的态度从20世纪80年代起开始发生大转变，这与戈尔巴乔夫的"改革"有很大关系。他的"改革"开始后，苏联各加盟共和国的地方政治精英就希望获得更多的权力，因此鼓动民众的民族主义情绪，这对他们获得权力是有利的。

在摩尔多瓦、波兰、乌克兰和波罗的海国家，当地政治精英都将对现状的不满归罪于苏维埃的统治。其实，在苏维埃之前，摩尔多瓦完全是一个农业国家，没有任何工业基础；苏维埃时代，工厂、铁路和基础设施都在这些国家建立起来。因此，地方政治精英对苏维埃全面的指责性宣传，并不完全符合史实。但在20世纪80年代，苏维埃经济的确下滑得很厉害，没有工作机会，食品极度短缺，这种政治宣传非常容易获得民心。即便整个20世纪80年代局势在不断变得糟糕，也没有人相信会变得这么糟糕。在白俄罗斯签署协议的时候，我们一家人都不相信这个协议真的能够得到执行，不相信它会变成现实。

苏联解体前，我的母亲在摩尔多瓦的一家糖果工厂工作，父亲是共产党党员，曾希望从政。他当时是摩尔多瓦首都基希讷乌的共青团主席，如果苏维埃没有垮掉，他或许能有不错的政治生涯。1991年，他的政治生涯还没真正开始就结束了。他成了商人，经营自己的农产品贸易公司，与保加利亚人和土耳其人做大米、小麦等粮食买卖。对于他来讲，做生意是完全新鲜的，他没有任何经验，这是一场彻头彻尾的冒险。

20世纪90年代是一个非常混乱的年代，到处都是犯罪，法律完全不管用，黑帮团伙遍地都是。私有化的过程也很有戏剧性：一些工厂把股份合同分配给工人们，一些掌握了信息的聪明人就以很低的价格收购工人手中的合同，有时用一瓶伏特加就能换来他们的股份。那是一个或者一夜暴富或者被干掉的动荡年代。

父亲的生意刚开始很顺利，我们的家庭也一度很富裕。在我6岁的时候，家里就有了4辆车，我去上学都由私人司机接送。但90年代末，幸运离开了父亲。有一个土耳其商人的钱一直没有到账，而那个时候所有的商业交易都是没有官方正式文件的，得不到法律保护，就算有，土耳其的法院也不承认，不予受理。父亲欠下了很多债。从那以后，他一直只维持着小规模的生意，勉强生存。现在他在俄罗斯依旧做粮食贸易，但只是很小的生意。

我的母亲出生在乌克兰，她的整个家庭也在乌克兰。现在，我的外婆、舅妈和两个表兄妹都在乌克兰，但我的母亲视自己为俄罗斯人。小时候，我们每年都会去乌克兰待一周，看望外婆。外婆住在乌克兰一个叫切尔诺维茨的村庄里，我的外公曾经是村里的兽医，在我1岁的时候，他遭遇车祸去世了。当时他和外婆在一辆汽车上，但外

伊万的外公外婆,居住于乌克兰偏远村庄　　伊万的母亲

婆幸存了下来。

苏联时代,外婆一直在一家书店工作;苏联解体后,她就经营自己的小农场,种一些蔬菜,养了几头猪。外婆从未离开过乌克兰,她说乌克兰语,视自己为乌克兰人。俄罗斯与乌克兰发生冲突的时候,她与母亲在网络电话上通话,会为俄乌关系而争吵。两个国家各自的宣传,引起了很多像这样的家庭内部的争吵。

我的外婆是1996年去世的。我小时候去乌克兰的村庄看望她时,那里还没有通水电气,处于一种自然的原始状态。她出生在一个宗教氛围很浓厚的家庭,每年都过复活节,她特别嘱咐我在学校里不要告诉任何人,因为那时信教还不太受到容许。她给我讲过很多关于饥饿的故事。乌克兰曾经有过两次大饥荒,一次是在20世纪

30年代，一次是在20世纪50年代，乌克兰人将这两次大饥荒叫作"Golodomer"。她曾有过很长时间每天只吃半个土豆的经历，也亲眼看到过很多她认识的人被饿死。外婆的母亲有食物的时候，总是先让给孩子们吃，她是个高大的女人，体重却从60公斤降到了35公斤。外婆一直觉得自己能活着就很幸运了，因为身边有太多的人死去。

今天的乌克兰历史书里，将这两次饥荒归罪于苏维埃政权。普遍的看法认为，乌克兰本来是农业大国，但粮食都被中央政府征收了，没有给乌克兰人留下粮食。我对此持怀疑态度。在这两个时期，很多俄罗斯人也在挨饿，因为工业化对农业的剥削太厉害。采取一种民族主义的视角也并不准确，毕竟斯大林是格鲁吉亚人，而不是俄罗斯人。

很多乌克兰人将苏联等同于俄罗斯，认为苏联就是俄罗斯对其他国家的占领和征服，但也有一些乌克兰人，认为自己就是俄罗斯人。在乌克兰的很多地方，列宁的塑像被移走了，但实际上，正是列宁缔造了今天的乌克兰——正是他将俄罗斯与波兰的一部分领土划入了今天的乌克兰疆域。我们的历史总是充满自相矛盾的东西。

我的父母喜欢苏联。当然，当人的年龄开始变大时，有时也难免美化自己的记忆。父亲觉得，那个时候每个人对未来都很确定：大学毕业后，每个人都知道自己能分配到工作；只要努力工作，每个人都知道自己退休后会有养老金；生活的方方面面都能从政府那里得到支持。他说，那是一个"未来由政府保证"的时代，你确信自己至少不会被遗弃在大街上。

"自由"是一个20世纪八九十年代才大规模流行的舶来的概念，过去只是在一些受西方影响很深的知识分子中流行。经历过苏联解体所带来的阵痛后，很多人的实际生活经验让他们觉得，为这样的"自由"付出的代价是高昂的：贫穷，政府腐败，各种有组织的犯罪集团、寡头和黑帮普遍存在，贫富差距巨大……那是一个夜晚根本不敢在街上行走的无序年代。

20世纪90年代，苏联到处都是自由主义者。在今天的俄罗斯，"你这个自由主义者"已经成了一句充满讽刺意味的骂人话。曾经一度，俄罗斯大学里所有的经济学教材内容都是西方自由主义经济学；进入2000年后，大学里开始重新采用俄罗斯经济学家编写的教材了。俄罗斯大概有30%的人感谢戈尔巴乔夫，70%则对他持负面评价。他摧毁了一个国家，换来的是并不值得为之那么做的"自由"。

现在，我们又比什么都失去了的20世纪90年代好一些，但人们依旧抱怨政府提供的聊胜于无的支持、微薄得难以维持生存的养老金和昂贵得难以支付的医疗费用。普京政府逐步改善了苏联老兵的生活待遇，爷爷现在每月可以拿到3万～4万卢布退休金，基本上是大学教授一个月的工资。俄罗斯人亲历的生活，也证明了民主与幸福和富裕并没有必然关系；相反，它也可以意味着寡头和犯罪。

我们对很多表面美好的概念曾经存有幻想，现在都破灭了，"自由""民主"都是这样，成了虚伪的代名词。对我们生活影响最大的，大概是消费主义。10年前，用奢侈品名牌装点自己是俄罗斯人的时尚，现在又慢慢被视为庸俗了。

对我来说，我还是很高兴没有生活在苏维埃时代。那个时代对外部世界是几乎封闭的，而我们现在有了看世界的自由，也能够享受到最先进的科技。我也并不喜欢父母那一辈人推崇的集体主义：人们紧密地联系在一起，每个人都必须对其他人负有责任，参加各种各样的组织和团体，邻里关系亲密无间，政府也有很多的控制。我还是更喜欢个人主义的生活方式，不太喜欢必须对周围的人那么负责和什么事情都得大家一起考虑的思维方式。我相信每个人通过自己的努力，就会让社会总体上变得更好。

我仍然选择做一个俄罗斯人。前年我曾去美国阿肯色州的史密斯堡交换学习过一年。初到的时候，我被那里很高的生活质量和人性化的基础设施深深吸引，一度想过移民美国。但我渐渐发现，那里的人们也有很多生活中的困惑与问题。那儿的人知识水平比俄罗斯人低很多，对美国之外的世界完全不了解，也没有基本的历史和地理素养，一听说我从俄罗斯来，立马就认为我生活在苏联。很多美国人都负有巨债，生活方式建立在偿还各种不同的贷款之上。不少人的债务要用几十年去偿清，一旦失业，就失去了所有的东西。美国的医疗保健制度也并不比俄罗斯好到哪里去，过于昂贵，而且不付钱就不治疗——在俄罗斯，像莫斯科这样的大城市，你好歹还可以得到低质量的基本免费医疗。当然，在我父母定居的罗斯托夫这样的小城市，如果你想要让医生护士做点事，就必须给他们每个人塞点儿钱。

我很欣赏中国政治家的务实，俄罗斯人很容易为某种立场或信仰走到极端。我的博士论文研究的是中国对中东和非洲的外交政策。在前几年阿拉伯世界的剧烈变动中，美国总是一跃而起地支持反叛者，俄罗斯则头也不回地站到另一边，只有中国静观其变。在一个俄罗斯人看来，这种态度值得学习。

"我依旧是乐观主义者"

我曾在1936年收到过一封可怕的信。沃罗涅什州一个农民为了报复泄愤，用斧头劈死了邻居全家。……这个人自然被判处极刑。他在死牢里读了一些书，其中一本是我的《重返的青春》。他明白了人能够而且必须支配自己，可是他早先不知道人是可以驾驭自己感情的。不应当让低级力量占上风，理性必须战胜它们。

——米哈伊尔·左琴科

我是伊万的岳母，塞尼娅的母亲安娜。我是莫斯科大学的社会心理学教授，1960年出生在莫斯科。我的母亲也是莫斯科人，同样是毕业于莫斯科大学的心理学家。她最近出了一本俄语著作，研究童年时代的战争记忆对人一生的影响。

我一直觉得自己度过了非常快乐的童年，生活在一个统一和完整的国家当中。童年时我也一直以为自己生活在世界上最好的国家里，定居在最好的城市中，生逢最好的时代。我不记得我的父母在我童年时代有任何担忧或焦虑。他们唯一操心和争论的事情，就是周末是不是去远足，去哪里远足，以及如何陪伴我。我的父亲是激光工程师，他白天工作，晚上学习业务到深夜，按部就班。小时候我读过很多善恶力量较量的书，善的力量最后总是获胜的。我至今依然抱着这种乐观主义，相信善最终是会获胜的。

我和母亲都曾在苏联时代教过很多年心理学。那时所有的人文学科都基于马克思主义和列宁主义，马列主义也是指导心理学和人类意识的理论基础。那时我们教授的主要教材是苏联心理学家阿列克谢·梁提耶夫的《人类行为的理论》。他认为，人的意识是在劳动中形成的，意识反映的是人的内部世界与外部世界的关系；一个人对外部世界的认识和与外部世界的交流，构成了他们的意识。而人的行为又有不同的层次，比如低级的、个人的欲望和高级的、全球性的欲望。这种理论曾一直被应用于儿童心理学，帮助他们健康成长。它解释了人的行为和心理与社会经济变迁的关系，受马列主义影响很深。今天我仍然相信，马列主义是有真理因素的，特别是它们对于社会经济转型的理论。我至今也很难相信市场经济，现在可以清楚地看到市场经济的缺陷，是"一些人对另一些人的剥削"。我还是认为马克思和列宁在这一点的认识上是正确的。

苏联解体后，所有的人文学科都发生了混乱，马列主义不再是指导思想了。但我还是认为，即使马列主义心理学在解释人类的情感上——比如人为什么高兴或悲伤的问题——可以用其他心理学理论替代，但在解释人类行为的社会和经济学动因上，仍然是有效的。现在很多心理学理论认为人的天然倾向是自私的，但我并不这么认为。在一些特定的情况下，人也可以是无私的：母亲对孩子的无私付出；完全奉献自己的爱情；牺牲自己去救他人。前段时间，有一个女人在莫斯科地铁站里摔倒在铁轨上，有人冒着生命危险救了她。这些行为都不是天性自私或无私能够解释的。自私与无私，有时不完全能够用理性来解释，有时人的个人动机、欲望和情感比抽象的目标还重要。追求平等和博爱，是人类社会的一部分。不过，塞尼娅认为，即使就母亲对孩子无私付出这一点来说，也可以用理性来解释的，比如从孩子那里获得更长远的好处。

我一直给一些公司做心理咨询。2005年有一个案例，一家公司想安装一套针对员工的控制系统，监控他们的行为。员工不愿意接受这套系统，有些工人甚至与公司的领导层发生了冲突。我的工作就是向员工解释这个系统为什么是有效的，并说服他们接受这个监控系统。

我依旧是计划经济的信徒。我最近读到一个有趣的理论，认为计划经济的失败多半是因为人们的计算能力还不够强大。今天，我们有了超级计算机和大数据分析的方法，说不定计划经济在未来可能是成功的。这个理论我个人很赞同。女儿却争论说，计划经济虽然有利于维持某种状态，却不鼓励创新。

苏联解体以后，梁提耶夫的理论不再讲授，一段时间里没有可以依赖的理论，心理学产生了危机，也涌现出了大量的西方理论和方法论，让人眼花缭乱，一时不知道哪一种是正确的，大学里每个人都教不同的心理学。也曾有人尝试过为缤纷的流派寻找一种大一统理论，但都失败了。在我所经历的苏联时代，我认为并没有什么人会意识到自己有心理问题，更不会感到有向心理学家求助的必要。我的外婆16岁就结婚了，一生经历过很多艰难困苦，却一辈子感到生活幸福，从未有过心理援助的需求。苏联解体之后，弗洛伊德、荣格的心理学理论才开始出现在大学里，人们开始讨论人生意义和心理问题。苏联解体对人们的心理影响是巨大的：社会剧变在一夜间造就了巨富和贫穷，贫富差距的急速扩大造成了人们的很多心理问题。原来的所有秩序都崩溃了，所有的组织都解体了，每个人都只想着自己，社会成了丛林社会。但那时大学里还只有这些古典理论，没有太多的科学文献。

1983年，我的祖父去世，那是我生活中最大的变故。那时我很叛逆，想要得到更多的自由，也有更多的机会尝到自由的味道。西方的文化开始不断传入，改变了我们的生活方式。我使劲儿呼吸着自由的空气，很欢迎这些改变。身边的一些朋友要去美国，我也考虑过移民，但却最终不舍得俄罗斯的白桦林。我不太记得1991年的情形。那时我有了女儿，所有的精力都在她身上，所有的担忧都因她而生。

我记得1991年8月，我还怀着孕，丈夫出去参加了一系列政治活动。那时我们都很年轻。紧接着，我们所有的储蓄变得一文不值，我们不再宽裕，有了孩子以后，生活就更加拮据。家里没有人会做生意，没有和市场经济打交道的经验，做了一段生意，却欠下很多债。过去还算得上宽裕的生活，一下子水平大幅下降。

但我并不想回到苏联时代。我喜欢现在所拥有的选择和自由，也不再相信有什么人能指引我的未来。那个时候我读了一本书《丈夫与妻子》，讲旧时代的一对夫妇抚养7个孩子长大。他们住在木屋里，生活极为艰苦，但妻子却保持着乐观。马雅可夫斯基有一首诗，叫《好》，是这样写的：

> 我抓着绿色的小尾巴，
> 提着两个小小的胡萝卜，
> 不是去做汤，
> 不是回家，
> 而是到爱人家去做客。
> 我曾经送过她
> 许多糖果和鲜花，
> 但是这个贵重的胡萝卜，
> 和那半根白桦树木柴，
> 比所有贵重的礼物，
> 使我记得更为深刻。
> 我腋下夹着
> 又湿又细的木柴，

送给爱人去烧。

这首诗描写了在一无所有的时候我们国家的人们如何生活。我想到那些穷人，看看自己至少还有装备了现代化设施的公寓，也就不再抱怨。我身边很多朋友那时都有了孩子，我们必须给孩子们做出榜样。我们发明了很多玩具和游戏。到度假的时候，那些做生意赚到了钱的朋友就会邀请我们一起去度假。我们那代人还保留着团结互助的精神，塞尼娅的玩具和衣服不少来自朋友的捐赠。那时为了多赚些钱，我一边带孩子一边兼职，比如给议会的议员做一些访谈，收入还算不错。我曾经很想要第二个孩子，但最终还是没有要，养育孩子对我来讲还是太贵了。如果想给女儿不错的教育，让她开阔视野，就得花很多钱，我养不起第二个。我们这代人，一直渴望看看外部的世界，等有了孩子，就觉得让孩子出国看看特别重要。

我们这一代苏维埃人还是充满了历史感。就在上个周末，我与一个年轻的朋友去莫斯科的湖边散步，看到有人在破坏湖岸。年轻的朋友吼他们，质问他们为什么要破坏湖岸。他们说，湖底有一些"二战"中沉没的坦克，对研究历史非常重要，要把它们挖掘出来。这位年轻人说："我不需要你们的历史，我只需要自由和自然。"她不明白为什么我们需要历史；我们很希望让孩子们记住"二战"。我今天仍会对我的女儿说："重建俄罗斯的任务就交给你们这一代了。"我相信个人对历史负有责任。

我觉得选举是一种被过于高估的现代仪式。苏联解体前，我们也实行了全民公投，但我们的选票未能实质性地改变任何事情——绝大多数人觉得应该保留苏联，但苏联还是解体了。选举更像一门技术，只要你有顾问提供专业的建议,有能干的竞选团队,有好的竞选战略和策略,以及足够的金钱,你就可以赢得选举,与你本质上是个什么样的领导者关系不大。

自由与选举因此完全是两回事。我们这代人热爱自由,但并不把自由当作终极信仰。生活经历让我想,如果把一些政治权力交给政府,政府则保证经济繁荣和不断变好的生活,这个交易又有什么不可以呢?

"我们是苏维埃那一代人抚养大的,但我们更像小时代里的小人物"

> 俄罗斯人的性格总像孩子一样,期待着礼物和童话。但是,雏鸟的绒毛无法保护年老的身躯。
>
> ——维克多·阿斯塔菲耶夫

我是伊万的妻子塞尼娅,1991年出生在莫斯科。我们一家在这座城市已经生活了好几代。也许我这代人,是"小时代"里的"小民"吧。在我出生的时候,苏联就已经解体了。那个时候父母虽然经济上很拮据,母亲还是花很多时间陪伴我。我们总是为周末去哪里散步郊游的事情争论不休。莫斯科的郊外是非常美丽的,有大片的森林和山丘,还有河滩。夏天的时候,我们常去郊外度假,在河里游泳。我的童年记忆是与大自然相联的,而不是都市,也不是历史。6岁的时候,我有了第一辆自行车。我的回忆里出现最多的情形,就是我骑着自行车穿越森林间的小径,阳光从密密的树叶缝隙间透过来,洒在我的脸上,那种阳光的味道我还记得。妈妈说,她当年曾想过移民美国,却舍不得俄罗斯的白桦林。我也是这样。当我在欧洲旅行的时候，我思念的是那一片片白桦林。

我没有父母那样的历史感。中学的时候，我最爱读的书是"哈利·波特"系列，第一本我就读了8遍，几乎倒背如流。我最喜欢的明星是芬兰的重金属摇滚乐队乐尔迪，最喜欢的电视剧是美剧《圣女魔咒》，那是一部很女孩子气的美剧。我也爱一些俄罗斯电影，比如《神探伽利略》，里面的演员又酷又幽默。我童年最喜欢的漫画是日本的"精灵宝可梦"系列，小时候，妈妈给我买了很多皮卡丘玩具。

我们是全球化的一代人。也许我在莫斯科大学国际关系学院最大的收获，就是遇到了我的丈夫伊万。大学毕业后，我没有从政或进入外交系统，而是成为一名科学记者。我曾跟随我的丈夫到中国成都留学。我感到，中国人非常渴望"成功"，所有平凡的人都梦想着自己能够成就什么，建立一个大公司，赚很多的钱。中国的年轻人充满了希望，这与俄罗斯的年轻人也许有点不同。

俄罗斯人不总是诚实的，至少他们在嘴巴上总是说，要做这件事那件事，就会有这个困难那个困难。但我并不清楚他们心里是不是真的这样想。就像他们嘴巴上总说自己不喜欢权威，更热爱自由，但其实他们本性里又总是期待着有人告诉他们该做什么，该往哪个方向去。

不过，历史仍然在发生着。乌克兰危机之后，俄罗斯处在西方的制裁之下。伊万的母亲和我的祖父都是乌克兰人。祖父和我们一起住在莫斯科，但他的亲戚都在乌克兰。2014年危机发生以后，祖父在乌克兰的家人渐渐疏远了我们，到现在，已经完全不和我们交谈，也不接听我们的任何电话了。祖父对此没有发表过一句评论。他擅长守口如瓶。他一辈子都在苏联和俄罗斯的安全系统从事秘密工作，这份工作在他身上留下了很深的印记。也许他的内心是更支持普京的吧,他喜欢普京。

这一次的危机虽然和"二战""冷战"不同,但也许很多年后,我们的孙辈仍会向我们问起这件事,认为我们也经历了历史。因为乌克兰的危机,爱国主义在俄罗斯又有所复兴。前段时间有一个网上的中小学生作文比赛,有很多可供选择的作文题目。最受欢迎的题目是"爱国主义"类的,很多学生都想谈谈"现在的俄乌冲突和西方制裁"。有很多人比较质疑这种情绪,但主流的舆论是支持的。

我们这一代人都知道索尔仁尼琴,知道他是一位伟大的作家。但他是因为政治原因成名的,我对他的文学成就持中立态度。我不太愿意读那么沉重的作品,让人不舒服,那些历史离我也有些遥远。我钦佩他作为异见人士的勇气,他也抱着良好的意图做了自己该做的事。但在我看来,他毕竟只是说话和书写,与真正实干的政治家相比还是幼稚了一些。虽然苏联已经不复存在,但我们这一代人都还知道最初那些革命的共产党人曾经为信仰做出了巨大的牺牲,甚至献出了生命。虽然那些共产党人和从阿富汗战场回来的军人一样,现在都不再被视为英雄,但我仍觉得他们付出了很多。相比之下,我更愿意读刘易斯·卡罗尔的《爱丽丝梦游仙境》或者鲍里斯·阿库宁的侦探与历史小说系列——他的故事都发生在19世纪末的俄罗斯帝国时代。

如果要我选择可以回到某个时代,我最愿意回到俄罗斯的"白银时代",与阿赫玛托娃、茨维塔耶娃她们生活在一个时空里。

"我不认为自己与历史再有什么紧密的联系"

我是伊万的朋友斯坦尼斯拉夫,现在是俄罗斯一家商业银行的程序员。我1989年出生在俄罗斯北部西伯利亚一个叫塔佐夫斯基的小村庄里。那里太偏远，以至于我的家庭里没有人参加过第二次世界大战。我妈妈是俄罗斯人，爸爸是摩尔多瓦人。因为俄罗斯北部的气候过于严酷，我自幼多病，他们就移居到了摩尔多瓦。但在我14岁的时候，我申请加入了俄罗斯国籍。父母曾经很想改回俄罗斯国籍，他们始终视自己为俄罗斯人，在俄罗斯文化中长大，说俄语。但他们年纪大了，也就不再想做什么改变了。

苏联时代，爸爸在机场做调度工作，母亲是幼儿园教师。在他们结婚的1988年，摩尔多瓦的食物极度短缺，只能吃空投下来的一罐罐的甜食。妈妈总是怀念苏维埃，觉得那个时候每个人都能得到公寓、免费的教育和医疗，更有安全感。苏联时代，幼儿园教师是非常受尊重的职业，收入也很高；苏联解体后，原来的公立幼儿园教师几乎没有任何收入。苏联解体后，摩尔多瓦开始使用一种过渡货币——巴尼。市面上有一段时间同时存在过两种货币，然后渐渐由一种货币变成另一种货币。这是很奇怪的经历。

父母当时有一些积蓄，本来打算购买自己的公寓，但苏联解体前，市面上没有充足的公寓，要排很久的队才能轮到。结果还没有来得及买，苏联就解体了，所有的储蓄也化为乌有。俄罗斯和其他加盟共和国都是这样的情况。苏维埃时代，父亲买了一辆汽车，这在当时是很酷的事，小伙伴们都觉得我是一个"很酷的家伙"。苏联解体后，很多朋友的父母去做生意，纷纷建立了自己的公司，只有父亲仍像从前一样在机场工作，朋友渐渐也就瞧不起我，与我疏远了。

我从小学到高中都是在摩尔多瓦接受教育的。教我的老师很开明，并不对历史问题下论断，而是给学生一些事实，让我们自己表明态度。但总体上，我所上的俄语学校对苏联还是持比较积极的态度。我还记得中学老师告诉我们，苏联时代，人们一起做好事，周末一起清扫街道，又一起在城中心挖出一个人工湖，没有人要求一分钱劳务费，人们无私奉献，很有爱心。今天已经没有这种集体主义精神了。

父亲母亲那一代人与我们还是有代沟的。母亲总是觉得苏维埃好，她甚至至今都相信马克思列宁主义，不想听到别的话。他们年轻时主要的目标，就是简单地生活，有孩子，有工作，有稳定的家庭，没有什么更多的追求。他们也习惯了以顺从和隐忍的态度对待历史。索尔仁尼琴是我们中学课本里会介绍的作家，引用的作品并不是《古拉格群岛》。我17岁时受到课本的指引，在网上搜索更多关于索尔仁尼琴的信息，发现了俄语版本的《古拉格群岛》，读完后我非常震惊。虽然有人说，索尔仁尼琴对劳改营里死亡的人数有所夸张，但即使把他的数据除以五，也是巨大的规模了。那些在纳粹集中营里幸存下来的人回到苏联，就被毫无理由地送到古拉格，仅仅因为怀疑他们是叛徒。在俄罗斯帝国时代，即使有叛军起义，被处以极刑的也就是几十个人、几百个人而已。

我想，古拉格的灾难与斯大林有很大关系。我去找父母讨论这件事，他们却认为，那是很久以前的事了，没有什么改变的办法，不能倒转历史，只要现在没有这样的事，大家都过得还不错，就不必去刨根究底。父母对能够拥有的所有东西都感到满足，满足于不知名小人物的平凡生活，但我们可能要求得更多。

我大学是在莫斯科大学读物理学专业的。教授曾说，他们请欧洲人来苏联帮忙建立核工厂时，苏联人小心翼翼，到处都布下了间谍，但欧洲人却非常热诚和开放。他们同情苏维埃，支持苏维埃，认为苏联代表了未来世界的一种理想和方向，认为这里的人民都应幸福地生活。斯大林去世后对他的一些揭露和《古拉格群岛》在美国的出版，彻底改变了这些原来支持苏联的欧洲知识分子对苏联的态度。

我并不认为自己与历史再有什么紧密的联系。我所理解的好的生活，首先是要有好的收入，这样才能有物质条件让自己做喜欢的事情，同时不用太考虑钱。比如，我的理想就是周游全世界，我所认为的幸福就是找到真爱，有自己的家庭和孩子。人生而就是不平等的，总是有一些人比另一些人更有天赋，也更勤奋，那些聪明和努力的人站到了社会的更高处，这并没有什么错。用暴力强行把他们挣来的财富夺走，来人为创造一种平等，只不过是虚构。

我相信亚当·斯密的理论，每个人都应该为自己工作，而不是为集体和国家工作，只要每个人都做好了自己的工作，集体与国家就会更好。我觉得自由是重要的，它让我向内认识到自己的潜力，从而能够发挥出创造力。我的父母总是试图用苏维埃那个时代的谚语教育我，比如"枪打出头鸟""树大招风"。他们认为主动进取是会受到惩罚，过于积极是错误的，满足现状就好。但我更相信创造力和首创精神，我还是有一些政治热情和为国家服务的理想，有想过参与基层政治，但更多的是一种无力感。

今天，生活在莫斯科这样的大都会的人，都更有进取心和创造力，他们也更笃信自由的价值观。莫斯科与圣彼得堡在精神上可能更靠近欧洲一些，30%~40%的大城市居民都是自由党派的支持者。但小城市与广大农村则完全是另一番情形，俄罗斯南部的穆斯林群体尤其不同。在那些地方，90%~95%的人都支持现有的政府，对自由不感兴趣。

我并不相信"民主"。西方人的思维很法治化，法律是他们一切行动的界限和准则。俄罗斯人则是不喜欢受法律限制的，他们认为自己没有必要受到什么法律的限制。俄罗斯的灵魂既深刻，又有一种野性，民主对我们来讲并不适用。

俄罗斯人信奉权威，他们总是需要有领袖告诉他们该做什么，往哪个方向走，给他们施加外部的压力，才会激发出他们的斗志来。

"我们看到的是无处不在的巨大贫富差距"

我们是伊万的朋友，现在我们是一对恋人。我们一个在建筑工程公司工作，一个在大学里学法语和德语。我们两人中，一个人的外婆是莫斯科科学院的航空航天工程师，一个人的外公是苏联第一个宇宙飞船发射项目的参与者，在哈萨克斯坦的拜科努尔参与修建发射基地的基础设施，是一个建筑部门的负责人。现在他们都退休了。回忆起年轻时的岁月，他们都充满热情，非常自豪。在空间领域工作的人，工资水平一直都很普通，他们获得的更多是荣誉感。但在20世纪90年代，这个行业非常低迷，几乎所有人都没有收入，现在才稍微好一点。现在，俄罗斯正在远东的斯沃博德内建造新的发射中心，预计在2023年完成。

祖父辈对苏联的评价是积极和正面的，对苏联的解体也感到很遗憾。他们经历了20世纪五六十年代"最好的时光"，食物、工作都很充足，也有免费的医疗和教育。但我们的父辈就要中立一些。20世纪70年代起，苏联的经济和政治局势发生了转折，在勃列日涅夫时期的最后几年情况已经很糟糕了。1973年，西方资本主义国家也发生了石油危机和经济危机,但恢复过来了。苏联在面对经济困境时,却没有在制度上做好准备,经济一直都没有恢复。

父母有很多关于食物、服装短缺的记忆,也经历了生活的艰难。我们的一个舅舅在摩托车厂工作,八九十年代的好些年里,他每天早晨4点就起床,去很远的城市买些食物回来。很多时候,他什么吃的都买不到,商店里只剩伏特加。20世纪70年代,政治上的高压倒不都是在消退,有时反而加强了。我们的祖父还记得,他曾因一次迟到了15分钟而受到严重警告,被告知如果再迟到15分钟,就会以"蓄意破坏苏维埃"的罪名被逮捕,幸而他没有再迟到过。

即便如此,因为20世纪80年代是父母的青春岁月,他们还是愿意回忆它的美好之处。那个时候,苏联开始向美国开放,西方的各种自由思想都涌了进来。他们听摇滚乐和爵士乐,对西方的时尚和生活方式充满向往。他们喜欢那时所有的苏联电影和戏剧,还有法国电影。他们最常提起的是导演安德烈·塔尔科夫斯基,爱看谢尔盖·爱森斯坦导演的《伊凡雷帝》,还有《Y行动和舒立克的其他冒险》和列奥尼德·盖代的科幻喜剧《伊凡"雷"帝:回到未来》。

我们小时候,父母总是在不断工作,打好几份工,经济上很焦虑,始终没有安全感。但在我们看来,他们那一代人仍然是精力旺盛和理想主义的。我们的童年大概都没有什么关于父母的记忆,很多人是在祖辈身边长大的。我们这一辈更加消极,只要有工作,有个地方住,能够养活自己,生活得好一些,就够了。也许经历了压抑和混乱的20世纪90年代,我们只想在小时代里过安稳的小日子。父母们生活在一个周围相对平等的社会里,他们不太去想,也看不到官僚权贵如何生活。虽然偶尔祖母会抱怨科学院里的上级领导把他们的研究占为己有，但他们对社会的总体看法比较天真。而我们看到的是无处不在的巨大贫富差距。

苏维埃时代对于我们这一代人来说已经是历史了，只剩下一些记忆的碎片，我们与那段历史不再紧密关联。但我们是由祖辈和父辈两代苏维埃人抚养长大的，我们的教育体系也是苏维埃时代留下来的，他们的记忆仍然影响着我们。我们对那个逝去的时代有一种混合的态度，工业化的成就与荣耀混杂着衰退、短缺和解体的痛苦，但我们接受自己的历史。只是我们已经不可能再像祖父辈那样生活与思考，也不再像他们那样有很强的责任感和理想主义。

我们的生活中依旧充满了矛盾、焦虑和紧张，就像是被国家和制度忘却的人。不知道俄罗斯未来是否会再次成为大国，也许那是在很遥远的未来吧。但无论如何，我们不希望再有战争了。

（本文写作于2016年。图片由采访对象提供。）

圣彼得堡：双重人格城市的文学记忆[①]

阿列克谢耶维奇曾说，对她影响最大的两个作家是陀思妥耶夫斯基和亚历山大·赫尔岑。这两位作家都是生活在19世纪的彼得堡人。在他们之前和之后，这座城市一直在书写着俄罗斯的神话。这座城市见证了俄罗斯近代历史上所有转向性的事件。

在这里，彼得大帝带领俄罗斯驶向西方；也是在这里，布尔什维克革命开启了"红色纪元"。1991年，列宁格勒居民举行全民公投，恢复了城市原名"圣彼得堡"，希望以此返回俄罗斯的历史轨道。在一次次历史的断裂中，是彼得堡哺育的文化精英们延续了俄罗斯民族的精神脉络，他们的气质依附在这座城市的石头建筑上，缅怀着前朝兴亡，向往着否极泰来。

1846年，陀思妥耶夫斯基出版了《双重人格》一书。这本描写精神分裂病人心路历程的小说并不是陀氏的代表作，却有一个意味深长的副标题——"彼得堡史诗"。正是在戈里亚德金分裂的精神状态中，我们恍然看见帝俄之都彼得堡的宿命轮回：它既是革命的摇篮，也是革命的废墟；它的身份不断分崩离析，却又在自我否定与自我治愈中不断自我拯救。

[①] 本文的曼德尔施塔姆、阿赫玛托娃和布罗茨基部分，为肖楚舟所写；左琴科部分为蒲实所写。

曼德尔施塔姆：列宁格勒的彼得堡人

> 彼得堡，我还不想死去，你那里还存有我的一些电话号码。
>
> 彼得堡，你那里还有一些地址留存，凭着它们可以觅到亡人的声音。
>
> ——曼德尔施塔姆

"彼得堡"——1930年，曼德尔施塔姆在一首叫作"列宁格勒"的诗中，突然唤起了这座北方之都的旧名。此时距离彼得堡改名列宁格勒已经过去6年。这貌似无意的错位之感，好像对着妻子叫出了初恋情人的名字，突兀，尴尬，猝不及防，却又黯然神伤。

然而回应诗人呼唤的，只有寂寂长夜中一串意义不明的细微声响。它们重重垂挂在他脆弱的神经之上，让他难以入睡。微风吹动门链的声响，于他如同秘密警察腰间悬挂的镣铐摆动。这位木讷又神经紧张的诗人只能苦笑着坐在他黑暗楼梯上的房间里，"彻夜等待尊贵的客人"。1938年那位"客人"终于戴着镣铐来造访他，在此之前，曼德尔施塔姆大概从未获得过安宁的睡眠。而那次造访仅仅6个月之后，这位"白银时代"的诗人就永远长眠在了帝国另一端的海参崴。

《列宁格勒》的数个中译本中，"地址"一词的复数形式被心照不宣地强调，但其后的连接词"凭着"却因语言习惯问题，被不约而同地忽略。地址的数量之多只是诗人强调的一个方面：根据官方统计，他在彼得堡居住过的地址将近20个，的确称得上"一些"，然而此处的地址远不仅仅指曼德尔施塔姆的个人住址——在彼得堡，地址的意义绝非局限于单纯的处所。对于拥有300年历史的彼得堡来说，一

圣彼得堡冬宫前的广场
（黄宇 摄影）

两个百年不变的门牌号码仍然是编织时空原貌的重要线索。曼德尔施塔姆说，正是"凭着"这些地址，他才能够觅得那些消散在红色时代浓雾中的亡人之声。

彼得堡的涅瓦大街起始于冬宫广场，绵延几千米。靠近冬宫的可以称作"上涅瓦大街"，过了亚历山大涅夫斯基花园便是"下涅瓦大街"了。从上涅瓦向下涅瓦走，途经的三条运河分别叫作莫伊卡、丰坦卡与格里鲍耶陀夫（旧称"叶卡捷琳娜河"）。熟悉俄罗斯文学的读者，大概能从这三个名字里唤起一些亲切的记忆——《罪与罚》《鼻子》和《外套》里的主人公都曾在彼得堡的寒风中步行经过这些运河。如今，如果循着曼德尔施塔姆那些星罗棋布的住址，漫步于彼得堡的中区，在横平竖直的涅瓦大街和莫伊卡河、丰坦卡河、格里鲍耶陀夫河三条运河之间的街区中穿梭，我们也能够在一个个蓝色的门牌号后，叩响一扇扇"白银时代"的门扉。

第二章　俄罗斯：记忆与日常的复调

出生在华沙，5岁就举家迁至彼得堡的曼德尔施塔姆仍可算是正宗的彼得堡人。他有犹太血统，亲近希腊文明。作为俄罗斯帝国"欧洲之窗"的彼得堡，与曼德尔施塔姆的血缘关系不止于养育之恩，还包含文化血统上的亲近感。曼德尔施塔姆一生都抱持着彼得堡式的文化贵族精神，即使在列宁格勒时代也是如此。这座城市在世纪之初的命运多舛，也投射到了诗人身上。

曼德尔施塔姆一家的第一个住址在涅瓦大街100号，正对熙熙攘攘的莫斯科火车站。年幼的他喜欢趴在窗台上，观看黑压压的人群在沙皇举行庆典时沿着涅瓦大街流向冬宫。9岁到16岁，曼德尔施塔姆的家庭住址频频更换，但他一直在离丰坦卡河不远的捷尼舍夫斯基中学接受教育。这所短命的中学尽管只存在了23年，却培养出不少文学青年，其中就包括曼德尔施塔姆和纳博科夫。如今取代中学矗立在苔藓街33号的，是圣彼得堡国立表演艺术学院及其附属剧院。走到剧院门前，见院门敞开着，我们就悄悄走进那碎石铺成的小院。学校地方不大，主楼爬满了脚手架，正在维修，背着书包的学生进进出出。

从中学原址发散开去，我们沿着丰坦卡河东岸的小街小巷，大致绘制出青年曼德尔施塔姆与"阿克梅派"诗人交往的活动轨迹。从1913年出版第一本诗集《石头》到十月革命前夕，是曼德尔施塔姆快速上升为彼得堡最好的诗人的黄金时期。在这五六年间，他结识了阿赫玛托娃、古米廖夫、沃罗申、茨维塔耶娃等人，在"阿克梅派"的诗歌运动中写下了那些明晰优雅、富有哲思的象征主义诗句。在他这一时期的诗作中，荷马、海伦、特洛伊和爱琴海上满鼓的船帆，常常随风潜入诗人的幻想。作为俄罗斯帝国最接近西方的城市，彼得堡成为青年曼德尔施塔姆想象的温床。

游走在丰坦卡河的日子是丰满愉快的。丰坦卡河口的2号住宅是1924年阿赫玛托娃借住的公寓,在这里,曼德尔施塔姆将自己新婚的妻子介绍给了彼得堡的诗歌女皇。朝涅瓦大街的方向走,丰坦卡河沿河街34号是阿赫玛托娃故居博物馆,她在那里与第三任丈夫度过了一段时光,曼德尔施塔姆也曾造访此处。如果沿着与运河垂直的方向走两个街区,就会经过工兵胡同10号,这栋平凡无奇的住宅楼里曾经住过另一位俄罗斯诗歌女皇——茨维塔耶娃。1915年曼德尔施塔姆在这里与茨维塔耶娃结识,没有成为她的情人之一,而是成为挚友。在邻近的街区,我们还能找到审判布罗茨基"不劳而获罪"的法院。

这段生活终止于十月革命到来之时。革命前夕,躁动的雨云聚集,诗人们展现出大时代下各自不同的精神气质。马雅可夫斯基激动地写道:"你吃吃凤梨,嚼嚼松鸡,你的末日到了,资产阶级。"曼德尔施塔姆却从这座故都嗅出了颓败和死亡的信息,写下预言一般的《彼得堡》一诗:"我们将在透明的彼得堡死去,——这里你不是主宰,而是普洛塞耳庇娜。"(注:普洛塞耳庇娜指罗马神话中的冥府女王。)

这首诗几乎能与后来的《列宁格勒》遥相呼应。与彼得堡的石墙宫殿在红色年代被抛弃一样,曼德尔施塔姆已经隐隐感受到了革命将会带给他的悲剧命运。将彼得堡变成一座废都的革命,让曼德尔施塔姆离开故乡,在全国游历。同时代作家楚科夫斯基精准地概括了诗人的生活状态:"他不仅从来没有自己的财产,甚至没有长期的邻居——他过的是近乎流浪汉一样的生活……他从来不会为自己的生活创造条件，他生活在一切制度之外。"

在莫伊卡河之畔，我们可以找到这位"没有长期邻居"的诗人的好几个住址。十月革命期间，曼德尔施塔姆搬到莫伊卡河畔居住，此后的住址一直离莫伊卡河不远。从涅瓦大街拐上莫伊卡河，在莫伊卡河与涅瓦大街的交叉口，一座白色的四层小楼静静矗立在河边，楼下开着一家时髦的服装店和一家美发沙龙，除了门牌号，很难看出这里是高尔基设立的第一座"艺术之家"。1919年，高尔基决定在此为贫穷的彼得堡知识分子提供便宜的容身之所。许多作家都曾在这栋白房子里短暂停留，其中包括曼德尔施塔姆和左琴科。

沿着莫伊卡河走一段，在通往伊萨基辅大教堂的路口驻足，我们身后的两栋房屋都与诗人有关：一栋是曼德尔施塔姆1917年曾住过的大海洋街39号，另一栋是1933年诗人返回彼得堡时短暂停留过两晚的"欧洲宾馆"。据阿赫玛托娃的描述，当时"整个彼得堡的文学圈都来拜访他，10年之后人们还对此事津津乐道"。若再沿着莫伊卡河继续前行不远，越过高耸的教堂，便能到达1924年诗人携新婚妻子回到彼得堡时的住处——大海洋街49号。我们仿佛在层层交叠的时光中穿行：1917年在"阿克梅派"诗歌运动中声名鹊起的年轻诗人，1924年将新婚妻子介绍给阿赫玛托娃等朋友的青年诗人，与1933年已成为诗坛中流砥柱的中年诗人。他的面庞在莫伊卡河的波光中交叠。

1924年，曼德尔施塔姆终于返回北方，迎接他的却是一座叫作列宁格勒的城市。被冠以红色政权领导人之名的彼得堡，连同名字在内全部改头换面，各式各样的人涌入这个陌生的"列宁格勒"。他们来自各个国家的各个阶层，涅瓦河边穿着礼服的贵族小姐被各种衣着随便的"乡下人"取代,从前的私人住宅变成了公共住房,一栋房子里住进五六十个人,曼德尔施塔姆不得不辗转租住在各条运河边的小公寓里。在红色革命的巨浪中,沙俄帝国被掀了个底朝天。新的红色帝国给离乡数载的曼德尔施塔姆带来痛苦的错位感和身不由己的疏离感,那几年他很少写诗。我狂妄地猜测,"独在故乡为异客"的仓皇之感,让他无法精确地进行自我表达,只能转而写散文,用《时代的喧嚣》记录下那个年代独有的种种声响。

1930年一次前往高加索的短途出差之后,回到列宁格勒的曼德尔施塔姆感到这次短暂的离别让他得到一个契机,重新确认了这个城市与自己的关系:表面疏离,实则血肉相连。他发现自己早已做了一次没有回程的时间旅行,流下了思念的泪水。他意识到,这个他"熟悉至噙泪程度"的故城,"熟悉至每一条纹理和童年时发炎的淋巴结"的北方之都,已经永远与它那光辉的名称一同远去了。从那时起,他就已经嗅到了死亡的逼近。1933年他写了一首小诗,讽刺"克里姆林宫的高加索山民"斯大林。尽管只有十几个人读了这首诗的手稿,帕斯捷尔纳克还是将之称为"自杀行为"。帕斯捷尔纳克嗅觉敏锐,5年后,曼德尔施塔姆因为这首诗命丧远东。

如今的丰坦卡运河与莫伊卡运河游人如织,来来往往的异乡客中,少有人能够将目光从大教堂五光十色的圆顶上挪开。诗人黯淡的命运之光,也就这样沉默着湮没在帝国历史的洪流中。不知该不该为曼德尔施塔姆感到幸运:当镣铐降临时,他身在红色首都莫斯科,而非忧伤褪色的北方故乡。在彼得堡的波光中,诗人与镣铐无关;他永远只是坐在河边的公寓里,低垂着他骆驼般沉重的脑袋,反复咀嚼那些不能留下手稿的诗句。

没有主人公的叙事诗

> 你,没有变成我的坟墓,
> 石头的城市,地狱与心灵的城市,
> 你挺立,凝视,不声不响,
> 我们的分别只是一声咕噜。
> 我不会与你分离,
> 我的影子在你的墙上,
> 我的倒影在你的运河上。
> ……
> 沉甸甸的是墓碑,
> 压在你失眠的眼睛上。
> ……
> 俄罗斯紧抿嘴唇
> 还是朝着东方走去。
>
> ——阿赫玛托娃

若以格里鲍耶陀夫运河边的喀山教堂为圆心,画一个半径为5千米的圆,向西经过莫伊卡河、伊萨基辅教堂直达涅瓦河边的青铜骑士,向东越过丰坦卡河至莫斯科火车站,便能覆盖几乎大半个"白银时代"的文学地图。若要选取一位人物作为整个白银时代文学圈的精神圆心,毫无疑问当属诗歌女皇阿赫玛托娃。彼得堡只是阿赫玛托娃定居过的城市之一,但她对于彼得堡来说绝不只是一个过客。

在普希金曾经就读过的皇村中学隔壁,阿赫玛托娃完成了自己的

俄罗斯女诗人安娜·阿赫玛托娃
（1889—1966）

中学教育。彼时已然出落成一个黑发灰眸美丽少女的她，常在普希金生活过的花园漫步，醉心于一个世纪前的文学偶像留下的浪漫气息，倾听那"我们所珍爱的世纪隐隐然的跫音"。从精神启蒙的角度看，阿赫玛托娃在诗歌性格形成的初期，就全身心浸淫在纯彼得堡式的氛围中。正是在皇村的花园喷泉旁和树荫下，她迷上了勃洛克，逐渐开始自己的诗歌创作。

此后，阿赫玛托娃辗转于基辅、巴黎等地，向整个欧洲展示自己的美貌与才华。与古米廖夫结婚之后，她沉浸于一段段随机却热烈的恋情之中，以第一人称的口吻记叙隐秘的情感，写下一大批日后被人们称为"室内交响乐"的爱情诗歌。她苍白的小手、慌忙中戴错的手套、扭曲的面庞、与恋人争吵后踉跄的步伐，不断闪现在简短的诗行中，明晰的意象如同面纱后少女闪亮的眸子，直击人心。

1912年至1917年，阿赫玛托娃与丈夫古米廖夫居住于瓦西里岛

黄昏的涅瓦河（于楚众 摄影）

边缘的小乌云胡同17号和乌云运河沿河街。在这里，他们本就不稳固的感情在一桩桩秘密或公开的情事中，终于走向崩塌。也是在这里，阿赫玛托娃成了一位母亲。如今的小乌云胡同17号已经是一栋残破不堪的黄色小楼，墙上有零星的涂鸦，如瓦西里岛上许多徒有华丽外表的房屋一般，呈现出破败之象。但沿街走几步，就能到达小涅瓦与涅瓦河交汇的河口。面向彼得格勒岛，右手边是气势恢宏的海神柱，站在海神柱下，就能望见对岸绿色的冬宫，左前方不远处就是彼得保罗要塞细长的金色尖顶，在4月乍暖还寒的苍白阳光中，闪着帝俄远去的光芒。

这是在彼得堡被红色风暴席卷之前，安娜·阿赫玛托娃眼中最后的帝国图景。

1917年冬天，赤卫军攻陷冬宫。革命将俄国历史生生划裂为两段,也将阿赫玛托娃的命运拦腰斩断。阿赫玛托娃并没有如其他嗅到危险气味的知识分子一样远走欧洲,她明确表明"不与抛弃故土的人为伍",认为"外国的面包充满苦艾味"。她留在了彼得堡,却无法再置身事外,身不由己地卷入了历史当事人的行列。伊莱茵·范斯坦在《俄罗斯的安娜》中写道:"冬宫被占领那天……阿赫玛托娃从斯列普涅沃回到彼得格勒,就在十月革命撵走克伦斯基之际,她站在张开的铸造大桥旁边,凝视着卡车、电车和挂在突然张开的桥梁上的人。"

革命以后,阿赫玛托娃住址的变更似乎暗示着她命运的转折。1918年,她与古米廖夫离婚,嫁给第二任丈夫希列伊科,从遥望冬宫的小岛上迁至临近涅瓦大街的丰坦卡河河畔居住。此后几经迁居,但阿赫玛托娃再也没有回到瓦西里岛上。她曾在丰坦卡河与涅瓦河交汇处的楼房二楼借住过,在那里,曼德尔施塔姆将自己的新婚妻子介绍给她认识。她也曾在曼德尔施塔姆停留过的格里鲍耶陀夫运河沿河街9号活动过,那里是高尔基庇护下的"艺术之家",她与古米廖夫、艾亨鲍姆和左琴科都同属这个协会。从这里,作家们能获得一些口粮、衣服、木柴和药品,有时还有住所,以维持风雨飘摇的生活。

1924年,彼得堡更名为列宁格勒。同年,阿赫玛托娃搬入第三任丈夫普宁的宅邸。当局对全国地名的改造运动,仿佛一场用意识形态谋杀历史感的行为艺术,而在列宁格勒开始新生活的诗人,尚未意识到自己将在这强势的意识形态之下低垂头颅,断续度过人生中最为艰难的18年。

丰坦卡河34号如今是阿赫玛托娃故居博物馆。与所有彼得堡的房屋一样,它是一栋四方合围的建筑,中间有一个大大的花园。4月的彼得堡尚未完全从冬日中苏醒,院落中的树木刚吐新芽。从博物馆的解说词中,我们得知院里那些枝丫繁茂的大树都是枫树,阿赫玛托娃常爱从窗口眺望那些树木。我们学着阿赫玛托娃的样子打开双层木窗朝外张望,便能从光秃秃的枝丫之间望见零星泛绿的草地。湿漉漉泥土小路上的长椅边,几个孩子在阿赫玛托娃的铜像边奔跑笑闹。正是在这个美丽的院落中,阿赫玛托娃怀着绝望的心情写下了《安魂曲》。

20世纪20年代至40年代对于阿赫玛托娃来说是苦难的代名词。1921年,前夫古米廖夫被枪决,1924年,她因新诗《耶稣纪元》触怒当局被禁止发表诗作,她与丈夫普宁的关系不断恶化,1938年,心爱的儿子列夫被苏联当局逮捕入狱,1946年,她被当局认定为"没有益处"的诗人……沉重的苦难让她从一个唱着忧伤恋曲的女诗人,成长为吟唱俄罗斯痛苦灵魂的歌者。

1938年,儿子列夫被捕之后,她与其他绝望的妻子和母亲一同排着长队,日日站在克列斯托监狱的铁门前,怀着微渺的希望,期待卫兵能将装着食物和衣物的包裹递给儿子。在这座名为"十字架"的铁狱面前,诗人背起了所有俄罗斯女性的哀伤,一站就是17个月。其中一位妇女认出了她,问道:"您能把这一切写下来吗?"她说:"能。"这一幕被记载在《安魂曲》的序言中。

与阿赫玛托娃有关的另一个重要地点与此相关。在今天的沃斯克列先斯基沿河街的一个小广场上,正对着涅瓦河对岸的克列斯托监狱,立着一位悲伤的母亲的雕像。诗人那沉重的等待被凝为纪念,正如她所愿:"倘若有一天/在这块土地/有人想为我建一块纪念碑/我庄重地同意这个建议……在这儿,我伫立了三百个时辰/他们就是不肯为我打开门。"

幸运的是，阿赫玛托娃怀抱着坚忍的斯多葛精神，熬过了30个苦难的春秋，终于在50年代后期赫鲁晓夫上台后恢复了名誉。她在彼得堡的最后一个住所位于列宁街34号。这是一栋U字形住宅楼，环抱着一个小小的花园，如今这里已经成为孩子们奔跑嬉戏的场所。阿赫玛托娃住在二楼一间面对花园的房间里，窗外的景致与十几年前的丰坦卡河34号类似。晚年的阿赫玛托娃久居彼得堡，成为许多诗人的庇护者，其中也包括后来的"愣头青"布罗茨基。遗憾的是，1965年，阿赫玛托娃进行了一次长途旅行，返回俄国后大病一场，最终在莫斯科的一所疗养院去世。去世前，她没有见到唯一的儿子列夫，也没能再见到名为列宁格勒的圣彼得堡。

左琴科：日出之前

把劈柴添进我暗淡的篝火中的不仅仅是诗人和哲学家。说来也怪，在我那个年代，忧伤被认为是善于思考的人的特征。在我那个圈子里，但凡沉思的、忧郁的甚至厌世的人都备受尊敬。……因此我认为我患有忧郁症是正常的。如果的确是这样的话，那就悲哀了。在自然界中，优胜的总是粗糙的生物组织。粗鄙的情感、肤浅的思想总是无往不利，一切纤巧的东西都以毁灭告终。……在战争中我反而不再忧伤了。在枪林弹雨之下，我平生第一次觉得自己几乎是幸福的。

——左琴科

1934年至1958年，左琴科一直住在小马厩街4号的119号公寓

1955 年，苏联作家左琴科在家中

里。穿过圣彼得堡建筑延续的古典主义立面，临街的门脸背后时常藏着老旧的住宅区，三面小楼围合出庭院。左琴科的公寓就在其中的一间。一进去，狭窄的门厅挤着几个拜访者，转身都困难。公寓是两个一望而尽知的小房间，我们一眼瞥见卧室里那张狭窄的单人钢丝床。就是在这里，左琴科写下自传体小说《日出之前》，絮絮叨叨地追忆着似水年华的100多个片段，尝试用弗洛伊德的心理学理论治愈自己的忧郁症。单人床很短，一双黑皮鞋放在床下，拐杖还搭在床沿上，仿佛在等待这个个子不高的男人的幽灵从床上坐起来，走到挂着猩红帘子的窗边，凝望外面的格里鲍耶陀夫运河。《日出之前》里种种风流韵事的回忆，依稀漾荡着这个被女人宠爱的、气质忧郁的美男子的影子，散发着乌克兰抒情味的幽默感。

那张钢丝单人床一侧的床头摆着他的几页手稿，泛黄的旧稿纸已有些卷曲。也许那是一个幽默的短篇,从流畅的钢笔字迹猜测,左琴科只用了20分钟就把它写好了——这么快就写好了,竟让他深感遗憾。这应该是他在床对面的那张窗前的写字台前誊清的,专门用了漂亮工整的书法。他一边誊写,一边压低声音窃笑,就像他在《日出之前》里写到的那样。在他写作生涯最好的时光里,左琴科是最受苏联人喜爱的幽默讽刺小说家,无论他在哪里出现,人们都会笑逐颜开。他与另外两个苏联幽默作家——任尼亚·施瓦茨和尤里·特尼扬诺夫在列宁格勒的"艺术之家"聚会的时候,墙壁可都是要被笑声震得发颤的。那是20世纪二三十年代的往事了。看,他写得多么愉快:

> 才开了个头,我就忍俊不禁。我失声笑了,越笑越响,临了竟捧腹大笑,铅笔盒笔记簿都从我手中落到了地上。我拾起纸笔来又开始写,于是又笑得浑身发抖。我想,待会儿誊清这个短篇时,我就不会这么笑了。每回写初稿时我总是笑得不行,肚子都疼了。我的邻居敲了几下墙壁。他是个会计,明天一大早就要起床。我妨碍了他的睡眠,他今天是用拳头擂墙壁的。

他在写的是一篇讽刺澡堂管理混乱的小品文,就是有名的《澡堂》。他从未攻击过苏联体制,但他看到体制中不断增多的内部问题,创作了关于住房、食物短缺、官僚作风、腐败和其他社会顽疾的讽刺小说。他还以他独特的俏皮和风趣,为那时的圣彼得堡勾勒了一幅文学漫画。在位于莫伊卡大街和涅瓦大街转角上的"艺术之家"里,矮小、畸形的列米佐夫活像一只猴子,他的秘书上衣下边戳出一根用

圣彼得堡街头（黄宇 摄影）

绸子编成的尾巴；扎米亚京的脸微微发亮，嘴角挂着微笑，手里拿着一支修长的香烟，插在雅致的烟嘴里；勃洛克站在窗前，脸被阳光晒成了褐色，前额高朗，头发呈卷曲的波浪形，望着涅瓦大街的灯火出神，眼神空虚呆滞，表情忧郁。在花园街的"十二分"咖啡馆里，他在醉汉的喧闹声中与叶赛宁邂逅，他抹在嘴上的口红掩饰了他苍白的双唇。在克隆维尔斯基大街高尔基的家中，左琴科坐在高尔基绣花的矮沙发床上，观察到那张令人惊慌的脸、有点儿神经质地敲击桌子的手指，窥见了传奇式荣誉享有者的提心吊胆。

1895年，左琴科出生于乌克兰波尔塔瓦市的一个贵族家庭。第一次世界大战时，他赴前线作战，十月革命后参加红军，和布尔什维克并肩战斗，抵抗白军。20岁时，他已有5枚勋章，参加了许多战斗，挂了彩，受到过毒气伤害。当他回到彼得格勒时，革命已经爆发。他没有恋旧的伤逝之情，相反，他希望看到一个"崭新的俄罗斯，跟我所熟悉的苦难重重的俄罗斯截然不同"。

革命后，他曾在斯摩棱斯克国营化了的庄园里遇到农民，他们老远仍对他鞠躬，想吻他的手。他从这些日常生活的缝隙里看到了旧时代习惯的阴影。他在圣彼得堡大学学习法律，但没有拿到学位。他到处调换职业和城市，当过民警、会计、皮匠、家禽养育家、边防警卫部队电话员、法院书记员，等等。

1921年，左琴科开始写小说。他一直被忧郁症困扰，笔下却都是机智的讽刺和幽默。左琴科写过大量讽刺苏联市民阶层市侩习气的短篇。也许没有任何其他作家能像他那样，善于捕捉苏联时期生活的对立性、矛盾性和荒诞性。从《鞋套》《贵妇人》《狗鼻子》，到《产品质量》《蓝书》和《山羊》，他不断描写革命后社会生活中遗留的旧痕迹和陈规陋习，为小市民的精神、心理特征画了一幅幅漫画。

1943年，《日出之前》完成。也许左琴科太沉醉于自己的创作世界，忘记了政治的现实。这本书很快因其"双重人格的路线""晦涩与变态""阴沉的个人主义"，以及"无聊乏味、恬不知耻的自我暴露"受到批判，并被列为禁书，左琴科也被苏联作协除名。1946年，在他的另一篇讽刺小说《猴子奇遇记》里，猴子发表议论说："生活在兽笼里，离人们远远的，要比生活在人们中间强。"他被苏联主管意识形态的日丹诺夫公开点名批评为"野兽式地仇恨苏维埃制度"。苏联文坛对他发起了声势浩大的批判，他被批判为"文学无赖"和"贱痞"。与他同时受到大规模批判的还有阿赫玛托娃。在巨大的政治压力下,左琴科曾给斯大林写过一封信:"我从来不是一个反对苏维埃的人。1918年我志愿参加红军,在前线与白军作战半年。我出身于贵族家庭,但是对于要和谁走——和人民还是和地主——我从来没有过两种想法。我一直是和人民走在一起的。……我一直渴望去描写正面生活,但是这不容易做到,就像一个喜剧演员扮演英雄形象一样困难。可以回想一下果戈理,他就未能转而描写正面形象……请您相信我,我不寻求任何东西,也不请求对我的命运做任何改善……"

左琴科难以让自己的作品符合政治的现实主义写作要求。后来他又写过几个喜剧,都没能通过。所有的刊物都不登他的作品,他只能寻找翻译校订之类的零工,但很长时间里,出版社连最小的任务都不给他,连翻译校订的活儿也没有。面对"亚细亚式的惩罚",他逐渐认识到"问题不在文学,而在形势"。在他腼腆地不断开始向朋友借钱以度日时,他开始意识到"我还是未能改掉天真的毛病"。他曾经是个慷慨大方的人,但现实突然不允许他再做慈善家了。

他是一个忧愁的人,时常重复尼采关于"可怜的生活,可怜的享乐"的那些话。就在这间租来的局促小屋里,很长一段时间,他的活动范围就是那张窄小的单人床和床对面的木制沙发。偶尔,他也许还会放他的留声机,但很可能他再也没有兴致使用那个沉重的金属熨斗了。他曾经是个很看重礼仪,留心和喜爱一些细小事物的人,甚至会做皮靴、缝衣裳,还为前来列宁格勒探望他的作家奥列莎缝补过裤子。正如他在给朋友科尔涅·伊万诺维奇的信里写到的那样,他的健康状况变得很坏,每早起床很困难,不想起床,极少出门,几乎哪儿也不去,"无望摆脱我已陷入九年的难堪处境""甘愿与文学决绝"。

他不断地意识到，自己已经老了。

1953年，斯大林去世。左琴科本有望重新开始写作和出版，但他仍然没有改变自己天真的个性。在一次与英国大学生会见时，他说，他在很多方面有过错误，但是不能同意对他全部作品的批判、把他全盘否定的批判。同时在场的阿赫玛托娃后来也在回忆中提到，左琴科是个"比我原来认为的天真得多的人"，"他幻想在这种场合可以向他们说明点什么"，"如果是我头一个回答，他也许可能根据我的回答想到也该这样说，一点话音，一点情绪也不要带。那样的话，他也许能躲过这一灾难"。

左琴科的这场灾难，持续的时间太长，以至于在他去世前的最后几年里，他与朋友的信里不再谈及文学创作。他不断谈到的问题渐渐地只有一个——钱以及缺钱："依然富不起来""人到晚年却变得爱财""除了稿费对什么都不感兴趣"。1957年，在他去世前一年，他在给朋友的一封信里写道："连行将领取的小小的退休金对于我都像是一大喜讯，足见我活得多么窝囊，思之不禁黯然。……作家整日惶惶不安，这就等于他已经丧失了专业技能。等我的存折上有了不少于十万卢布的存款，我就会把文学再捡起来。不过，我已经感觉不到先前搞文学的热望。老了。"

1958年3月，高尔基90周年诞辰时，有人在列宁格勒尼基塔大街高尔基故居的文学界晚会上见到左琴科。在众多名流中，他白发稀疏，太阳穴瘪陷下去，"两眼黯淡无神，一脸受难者的表情，与世隔绝"，说的话再也没有了幽默的才华，沉闷冗长得令人无法忍受。他在《楚克卡拉》书页上为一位与会者写下悲伤的诗句："我的天才枯萎了，像秋天的树叶……已经失去了旧日幻想的双翅。"那个"闹着玩就能写出好东西"的左琴科已经消逝。

楚科夫斯基尝试和他谈论他的作品，他只挥了挥手，说道："我的作品？我的什么作品？谁也不知道了，我自己已经想不起自己的作品。"那是一幅极为熟悉的俄罗斯命运画，主题是被扼杀的天才——波列扎耶戈、尼古拉·波列沃依、叶赛宁、曼德尔施塔姆、茨维塔耶娃……

不久，左琴科去世。在他的葬礼上，有致辞者的对骂，有人群的喧哗，也有从莫斯科赶来参加葬礼的肖斯塔科维奇。也许没有人记起，左琴科在《日出之前》里有一篇《值得上吊吗》。那是一段悼念一位因失恋而死于非命的伙伴的回忆："我们唱起了《似水年华》这首歌。纷纷回忆起他生前各种鸡零狗碎的趣事，大伙儿笑得前俯后仰。笑了一阵后，又开始唱《似水年华》。每当唱到'一旦死去，埋入黄泉，好似从未来过人间'这句歌词，就有人站起来，用手起劲地指挥着。"

布罗茨基：凝望故乡

这座有276年历史的城市，有两个名字，一个本名，一个化名，而总的来说其居民基本上两者都不用。当然，在信封上或身份证上，他们写"列宁格勒"，但在平时谈话中他们宁愿称它为"彼得"。……"彼得"则似乎是最自然的选择。首先，这座城市已被这样称呼了200年了。还有，彼得一世的精神在这里弥漫的程度，依然甚于新时代的味道……因此"彼得"暗示某种外国性，听起来也较协调——因为这座城市有某种明显的外国和疏远气氛：它那些欧洲式建筑，也许还有它的地点本身，也即位于那条流入有敌意的公海的北方之河的三角洲中。换句话说，在一个如此熟悉的世界边缘。

——布罗茨基

  1940年，约瑟夫·布罗茨基出生在一个典型的列宁格勒家庭。父亲是随军摄影师，战争期间曾经到过中国，1948年退伍后在报社当摄影师，母亲是一名会计。生不逢时，布罗茨基的童年是在长达900天的列宁格勒保卫战中度过的，没有食物和父亲陪伴的童年让他变得顽固、执拗和早熟。1947年，布罗茨基进入学校接受教育，开始展现自己的不羁性格，辗转了5个中学才勉强读到七年级，最后终于在15岁时辍学，为了补贴家用进入"军械库"工厂工作。

  也许正是从这家军工厂开始，布罗茨基标准的苏式生活轨迹与来自旧时代的圣彼得堡之魂产生了交集。在散文集《小于一》中，布罗茨基描述了他生活的街区：工厂的隔壁是医院，医院的隔壁是监狱。那所著名的监狱，正是关押过阿赫玛托娃儿子的监狱。有意思的是，布罗茨基的人生也顺着这三个场所一口气滑了下去。离开军械库工厂之后，他去了医院的停尸间当解剖助手；也是在这一时期，他开始写诗。然而，诗歌生涯开始不久之后，医院隔壁的十字监狱就向他敞开了大门。

  今天，我们如果沿着军械库沿河大街，以工厂为起点向彼得格勒岛的方向走去，还能看见与当年一模一样的街道格局。军械库工厂如今仍然是一家规模不小的工厂，厂房全是红色平房，带着白色

圣彼得堡街头（黄宇　摄影）

的窗檐，一副严整洁净的样子。临河那一面的厂房已经变成一栋摇摇欲坠的红色废楼，披着半幅绿色的网纱，好像维修进行了一半就放弃了，朝向街道的大窗全被木板堵上，只有头顶的"军械库"字样还能表明自己的身份。隔壁一栋淡黄色的五层楼房如今是一家儿童医院，再往前，经过一片小花园，便能看见一截红色的砖墙，监狱到了。

从工厂到监狱，只有区区500米。布罗茨基从做一个普通工人到走上审判席也不过短短的17年。从1955年辍学，到60年代诗作流传到欧洲，成为在国外声名大作的苏联诗人，再到1964年因"寄生虫罪"被审判，1972年匆忙离开苏联，布罗茨基浓缩了前辈颠沛流离的人生轨迹，不到20年就完成了"成名—入狱—流放"的标准流程。

这17年间，布罗茨基大多数时候都住在离丰坦卡河不远的铸造厂大街24号。这栋始建于19世纪末的五层褐色砖砌住宅楼，曾属于穆卢兹公爵，有华丽的巴洛克式墙面装饰，同时也是彼得堡文学地图上最重要的地点之一。如今大楼的墙面上挂着纪念铜牌，写着"1955年至1972年诗人布罗茨基在此居住"。布罗茨基在《小于一》中提到，他家住的那个套间此前还住过诗人梅列日科夫斯基和吉皮乌斯。事实上，这里是20世纪初圣彼得堡艺术生活最重要的三个沙龙之一。

正是在这幢楼里，红砖墙壁，厚地毯，壁炉的火焰照亮全室，温暖的氛围中聚集了诗人、哲学家、教会代表，他们对礼拜仪式与宗教信仰问题满怀激情地争长论短。如今这栋大楼底层的商铺还在营业，但主入口的灰色木门紧锁着。试着推了推门，上面斑驳的漆面几乎要簌簌落落地掉下来。就在这尘埃静谧跌落的瞬间，仿佛传来穿一身白色长衫、蜷缩在一张软沙发上、摆着女学者神气的吉皮乌斯尖刻俏皮的说话声，其间夹杂着勃洛克在神学争论中宣扬尼古丁神秘主义的回声。

2015年，在这幢楼里曾经短暂地出现过布罗茨基故居博物馆，遗憾的是很快就因为法律纠纷和建筑维修问题而暂停营业。我们站在马路对面远望着它没落贵族一般华丽的外立面，想象着古米廖夫在这里创立彼得堡诗人之家的场景。

距离铸造厂大街24号两个街区之外，在丁字镐街上淡绿色的圣安娜小教堂边，坐落着如今的239中学，这是布罗茨基上过的第二所中学。沿街走到起义街右转，过两个路口，就能到达审判布罗茨基的那栋三层小楼——起义街38号。这里现在依然是该区的地方法庭。1964年，布罗茨基正是在这里接受了审判，罪名是"不劳而获罪"，直译为"寄生虫罪"。如果要问布罗茨基作为一个纯粹的列宁格勒人与彼得堡有什么关系,那么,他在这场审判中展示的自由无用的诗人之魂,就是他作为一个彼得堡人的身份证。

1961年,布罗茨基通过朋友结识阿赫玛托娃之后,一发不可收拾地写了许多诗歌献给这位年迈的女诗人。曼德尔施塔姆的遗孀娜杰日塔在自己的回忆录里记录了阿赫玛托娃对布罗茨基的偏爱。1962年,美国诗人弗罗斯特到访苏联,阿赫玛托娃甚至引用布罗茨基的诗句作为题词。阿赫玛托娃认为布罗茨基的被监视与被捕都与自己有关,一度试图保护布罗茨基,1962年帮布罗茨基伪造了精神疾病证明,让他在精神病院里躲过追捕。无奈的是,布罗茨基遭到群众举报,不得不接受审判。起诉他的罪状达16条之多,其中包括阅读和传阅阿赫玛托娃的诗歌,当然也包括写了太多让西方叫好的诗歌。审判记录充满了严肃的荒谬感,仿佛一出天然的讽刺喜剧:

> 法官:您的职业到底是什么?
>
> 布罗茨基:诗人,诗歌翻译者。
>
> 法官:是谁承认您是诗人的?是谁把您列入诗人行列的?
>
> 布罗茨基:没谁。那又是谁把我列为人类的呢?
>
> ……………
>
> 法官:公民布罗茨基,从1956年起您换了13个工作地点。您在工厂工作过1年,然后又有半年不曾工作。夏天在地质勘查队工作,然后又有4个月不工作……请向法庭说明一下,为什么您在休息期间不工作,并且过着寄生虫般的生活?
>
> 布罗茨基:在休息期间我工作。我从事我现在所从事的工

作,我写诗。

法官:这就是说,您在写您所谓的诗歌啰?

布罗茨基:我15岁就开始工作了,我对一切都感兴趣。更换工作是因为我想尽可能多地了解生活和人。

法官:那您做过什么有益于祖国的事吗?

布罗茨基:我写诗,这就是我的工作。我坚信……我相信,我所写的东西能为人们服务,而且不光是对现在,还有益于将来的一代人。

人群中的声音:好像很了不起似的!自以为是!

另一个声音:他是诗人。他就应该这么认为。

法官:就是说,您认为,您那些所谓的诗歌会给人们带来好处?

布罗茨基:您为什么在说到诗歌时要用"所谓的"呢?

法官:我们把您的诗歌称作"所谓的",是因为对于它们我们没有别的理解。

…………

法官:布罗茨基,请更好地向法庭说明,为什么您在休息期间不劳动?

布罗茨基:我劳动啊,我写诗。

法官:但这不妨碍您劳动。

布罗茨基:我的劳动就是写诗。

…………

最终他被判5年流放。好在布罗茨基一案引起了国内外文学界的一致谴责,彼时苏联国内的氛围也比斯大林时期松动许多。1年零8个月后,他被释放。这也许跟萨特写给最高苏维埃主席团主席阿纳斯塔斯·米高扬的一封信有关。

1965年,距离刑满还有18个月的布罗茨基再次回到了铸造厂大街上的住所。对于这个住所,布罗茨基在去美国后写下的散文集中将之形容为"一个半房间"。他不无温情地记载了一些琐碎的家庭细节,怀着乡愁回忆起那间房子里的木地板、集体厨房、书架和书桌,也像今天的我们一样,想象着自己能够踏着一个世纪前文学幽灵的脚步在街上漫步。

1972年6月4日,由于种种复杂的政治原因,苏联政府高层突然决定将布罗茨基礼貌地驱逐出境。当局告诉他,"欢迎"他离开苏联。布罗茨基只有很短的时间收拾行李,用那只他父亲从中国带回来的皮箱装了些随身行李,就被莫名其妙地塞上了飞机。他甚至不知道飞机飞向何方,就永远地离开了列宁格勒。此后,无论是关于彼得堡的想象,还是关于列宁格勒的回忆,他都只能在大洋彼岸的国度完成。直到去世,他再也没有回到俄罗斯。

如今在彼得堡国立大学语文系的院子里,有一个造型奇诡的雕像。粗看上去它是一只破破烂烂的箱子,细看箱子上搁着一个人脑袋。那是布罗茨基与他的箱子,雕塑传达出诗人临走时仓促狼狈的样子,也暗示布罗茨基带着他的才华去了美国,从此成为一个美国诗人。即使后半生一直用英语创作,布罗茨基的所有诗歌仍然以俄语写就。

后来,被称为"阿赫玛托娃遗孤"的布罗茨基在美国写下了《阿赫玛托娃百年祭》。这首诗既可以被视为一种致敬,也可以被看作布罗茨基对自己身份的呼唤：他在遥远的国度，也仍想再次感受来自寒冷潮湿的彼得堡的灵魂共振。

书页和烈焰，麦粒和磨盘，
锐利的斧和斩断的发——上帝
留存一切；更留存他视为其声的
宽恕的言辞和爱的话语。

那词语中，脉搏在撕扯骨骼在爆裂，
还有铁锹的敲击；低沉而均匀，
生命仅一次，所以死者的话语更清晰，
胜过厚絮下这片含混的声音。
伟大的灵魂啊，你找到了那词语，
一个跨越海洋的鞠躬，向你，
也向那熟睡在故土的易腐的部分，
是你让聋哑的宇宙有了听说的能力。

（本文写作于2016年。）

第三章
中亚之地

从哈萨克斯坦启程

无论从地理位置,还是政治和经济地位讲,哈萨克斯坦都是欧亚大陆的中心。在有限的时间里,我们从位于哈萨克斯坦东南部的旧都、传统丝绸之路的重要城市阿拉木图,乘火车纵向穿越哈萨克斯坦,来到北部的新都、象征着国家未来的阿斯塔纳。在阿拉木图与阿斯塔纳之间,我试图寻找新旧丝绸之路的时空纽带。

旧都风貌

弗拉迪米尔家在阿拉木图市中心的一片中产阶级住宅区,家家户户独门独院,院落间小巷狭窄曲折。他们家房间多,就做了家庭旅馆。进了大铁门,小楼第一层是公共客厅和厨房。我们很晚才到达。弗拉迪米尔家的老奶奶守在吧台后面,给我们准备好了热茶和点心,还有新鲜的蜂蜜和黏稠的果酱。

早晨起来,走到弗拉迪米尔家的阳台上,屋前的山麓和远处巍峨而古老的阿拉套雪峰还在沉睡。被白雪覆盖的山巅如仙境,天山从新疆就这样绵延到哈萨克斯坦境内。阿拉套山环绕包围着阿拉木图。阿拉木图城建于10~11世纪,是一座带有中世纪特征的城市。19世纪中叶,早在俄罗斯的佩列梅什尔斯基少校到来之前,阿拉木图就已是

阿拉木图市的麦迪奥高山滑冰场

阿拉套山众峰怀抱之中的绿洲,这里居住着哈萨克人,成为哈萨克斯坦的首都,则是20世纪20年代的事儿了。

我们迫不及待地想登上阿拉套山去,看看自然奇境。阿拉木图人告诉我,每逢周末或节假日,"一家人同去山上步行、野炊或滑雪,是最常见的休闲方式"。开发得最好的阿拉套山旅游胜地,叫作"麦迪奥"。

驱车来到阿拉木图北部郊区,不消15分钟,便可抵达麦迪奥。麦迪奥坐落在阿拉套山北麓的小阿拉木图河谷里,处在半森林半草原和山地森林地带的交汇处。山下有许多很洋气的欧美式别墅群,其中有一些是度假村。进山不久,便可乘坐索道观光车,经过冬季高山滑冰场,登高到滑雪道的最高处,直至山顶。从索道上望下去,河谷和山坡上长遍了山杨、天山云杉、山楂、花椒和白桦等树种。俯瞰麦迪奥冬季高山滑冰场，许多人正在偌大的体育馆内进行速滑、花样滑冰和冰球的训练。再往上，穿行在山间，苍鹰在已经落雪的云杉和白桦林间展翅掠过，颇有苍凉而雄伟的意境。继续往上，耳朵开始因海拔的升高而有些轰鸣，前方就是滑雪场了。

转身向下望去，我看到了令很多来过阿拉木图的人念念不忘的美景：漫山遍野撒着一层雪的深绿色的云杉和针叶林，纵横交错的条条沟壑和峡谷，远方隐没在一片雾中的平原与城市，就像一片烟波浩渺的海……唯一遗憾的是，也许因为已近深冬，高山牧场看不到放牧者与他的羊群牛群。这片景区的名字来自一位叫麦迪奥的哈萨克商人。

麦迪奥生于1850年，卒于1908年，出生于哈萨克民族古老的、原先在卡拉塔勒河两岸游牧的波莱氏族。还在19世纪中叶，伊犁河以南的阿拉套山麓一带开始兴建村镇，新的工业生活和文明对哈萨克牧民有一种诱惑力。一开始，麦迪奥弟兄们每年夏天都把牲口赶到小阿拉木图河谷的高山牧场来放牧，后来，受城市文明的影响，他们逐渐放弃游牧生活，转向开发经营果园、园艺、商贸和其他生计，在城里有财产，孩子在学校接受文明和文化教育。麦迪奥曾到伊斯兰教的圣地去朝觐，也逐渐成为一个颇有名望的穆斯林和阿拉木图的知名人物。这个名字，也是阿拉木图近代从游牧文明逐渐向城市定居文明过渡的纪念。

从麦迪奥下山，又驱车前往旁边的大阿拉木图山。积雪已经很深，车在山间崎岖的路上艰难行驶。有些地方的雪，因为碾压成了冰，很容易打滑，不少车决定返回。但大阿拉木图湖对我们有不可抗拒的吸引力，我们决定继续走。一片片白桦林从窗外掠过，太阳在雪山上投射出扑朔变幻的光影，车轮碾压着结冰的路的声音，细微而又寂静。终于看到了冰天雪地的阿拉套山中那泓秘境般的湖水，它已半结了冰，像一枚水晶镜子，镶嵌在白雪皑皑的山谷中。再往上走，那条山路一直通向吉尔吉斯斯坦的边境线。

与阿拉套山自然野性的吸引力不同的是，阿拉木图的城市透露出强烈的规整而有序的感觉：一条条东西、南北走向的笔直街道，经纬线似的街道切割成的一个个整齐划一的街区，很像摆在笼屉里的豆腐块，还有几乎一样的建筑样式。如果不是因为那如诗如画的绿树掩映和娇小的规模，倒真会觉得来到了苏联时期的某座工业城，有种无趣的单调。阿拉木图的现代城市规划是近代的事情了。弗拉迪米尔英文不好，他带我们去火车站买票时，指着潘菲洛夫大街旁的那些居民楼，用手比画着破土而出的动作，他说："俄罗斯人。"这座城市，正是模仿俄罗斯城市的平面图而建造的。

当时的七河省城建部门行政长官任科夫于1872年上书总督："今呈上有关74座城市市政建设的材料，其中我首先择选了那些街区齐整的城市。一般来说，城市街区以宽六十俄丈，长一百俄丈的长方形为宜。"这样的街区，一般都是四周为民宅，有一些儿童游艺设施，有一个垃圾站，还有一个天然气供应站。围成一个院子，设东西南北门，院内种植观赏树和果树，院外，离楼房两米开外也种有一排排的观赏树和果树，与街边的护路树相距四五米，这便构成了遍及市内的街旁林荫道。而有些街区则是苏联式预制板筒子楼，住宅楼的门洞开向街道，像一个个火柴盒。

幸而比起莫斯科来，阿拉木图只能算是城镇，正是那种城市与乡村的结合让阿拉木图脱离了工业时代的乏味。除了街心公园各种革命与英雄时代的纪念性建筑，阿拉木图没有太多气势雄浑的现代建筑，倒是绿化率达到了70%以上，是一座高度绿化的花园城市。阿拉木图绿化城市的最基本树种有50种左右，有杨树、橡树、松柏、垂柳、白桦、枫树，还有叶榆、椴树、天山云杉、栗树……即使初冬行走于此，也能感受到它的古朴与宁静，没有太多大城市的喧嚣。

阿拉木图的城市街道有许多故事。有一条横贯东西的丝绸之路大街，苏联解体前叫高尔基大街，位于城中心的一段，即从阿卜赉大街至富尔曼诺夫大街街口的一段。一位20年前在哈萨克斯坦生活过多年的中国外交官曾记录道："因为一旁是许多中央百货商场，顾客和游客来往如织，于是被辟成步行街，禁止机动车通行。在与潘菲洛夫大街的交汇口，可以看见有好几摊街头乐师在卖艺。过往行人只需往他们的纸盒里扔几文钱，便可以欣赏到自己心爱的曲子。在这条街上一定得慢慢地走，不慌不忙地看，否则眼前的风景便会像万花筒中的景致稍纵即逝。尤其是街道两旁的那些排列得密密麻麻的货亭和货摊，有的卖一些钉子之类的小商品，有的出售汽车驾驶执照，有的在卖黏糊糊的水果糖，有的干脆挂着一本'本店出售美元'的牌子。在这里，你一不小心就会上当受骗，有的摊主会不遗余力地兜售一种贴上'made in USA'商标的货，实际上却是香港与马来西亚的赝品。我在一个摊子上看见一双商标标明为土耳其生产的名牌皮鞋，可一看鞋掌，明显是巴基斯坦所产。这条步行街早已成为色彩纷呈、人声嘈杂的东方市场，周围的住户叫苦不迭，因为他们住家的门洞随之也变成了公厕，地下室成了无家可归者的栖身之所。步行街在富尔曼诺夫街口终止。"

今天，走在这些街道上，临街热闹的餐厅和缤纷的霓虹灯与一些

在阿拉木图举办的一个庆典上，几名士兵在和女孩儿交谈（摄于1996年）

世界大都会相比，只能算是小城的热闹；而那条潘菲洛夫尽头的步行街，则有点天津劝业场的感觉。

自1867年建市以来，阿拉木图的街道大都因时局的变化而不止一次更换过名称。有人曾专门考证过，友谊大街1919年前称为科尔帕科夫斯基大街，1996年前叫作列宁大街。现在的马三旗大街原名东干大街，19世纪从中国迁居哈萨克斯坦的东干人，即中国陕西、甘肃一带的回民，曾于1881年在这一地带建立东干人聚居的村镇，故得此名。谢伊富林大街，1927年前称为萨尔托夫大街，1962年前叫乌兹别克大街，这条街道始建于9世纪末，当时这一带聚居着一些来自塔什干的商贾，故得此旧名。这些街道的名称，倒是阿拉木图作为丝绸之路要道的记录。

哈萨克斯坦是草原文明的国家。游牧生活逐水草而居，居无定

第三章　中亚之地

所,始终没有留下太多文字记录与建筑,直至俄国人的到来。1854年,一队由俄罗斯鄂木斯克出发的西伯利亚哥萨克军队,在天山山脚地区建立了一个城堡。1867年,阿拉木图成为土耳其斯坦总督辖区的行政中心。1911年,阿拉木图发生了一场大地震,唯一在大地震中留下的建筑物是一座东正教教堂。

阿拉木图人

在阿拉木图余下的几天,我们搬到了哈萨克人卡拉(Kara)的家。她在住宿网站爱彼迎(Airbnb)上说,她家是阿拉木图郊区的"一个农庄",还放了一张面朝山谷的图片。卡拉开着一辆有些旧的三厢斯巴鲁来接我们。阿拉木图的夜晚,我们从城区一直往南开,直到开上了一条两边都是宽阔农场的高速公路,远处一片黑暗,只有零星的灯光,似乎进入了无人之地。"我在美国加州生活了20多年。我相信,你们会发觉我的房子有点特别。"她说。车子在空旷的公路上又行驶了好一阵子,然后拐进一条崎岖的小径,农场到了。

卡拉打开铁门。这是一片0.5公顷的农场,确切地说,应该叫一片被围合起来的杂草未除的野地。沿着唯一被打理出来的车道驶入,她的"农庄"到了。这是一栋自建的两层楼的美式房子,一层有开放的露台可以歇凉,客厅大得有点荒凉,沙发、餐桌仅仅占据了小小的角落。房子旁边开辟出巴掌大小的一块地,种植了些葡萄与小西红柿,她美其名曰"有机农作物";有时,一些阿拉木图的外籍企业员工会通过互联网找到她这里购买。

阿拉木图作为中亚第一大城市,人口仅有160万。卡拉仍强烈地

哈萨克斯坦阿拉木图琼布拉克草原

感到,"这座城市在扩张、扩张,总有一天,会向我扑来","阿拉木图市区的房价已经高到了令人难以接受的地步。即使不再是首都,它仍然在扩张"。她4年前以几万美元买下的这块地,价值已翻了两番。"农庄"周围住着好些在能源企业工作的人,也来这里买地盖房;她对面的那一片树林,则被一位"从未露过面"的俄罗斯人买下。

卡拉的父亲是阿拉木图大学的教授,研究哈萨克历史,母亲是红十字会的医生,但她却隐居在阿拉木图的南郊,与她的建筑工人男友住在一起。她的知识分子父母反对这段恋情,更不用说谈婚论嫁;但她独自的生活经历让她坚信,这个工人男孩就是她的最佳伴侣。

多年在洛杉矶生活,结束了第一段婚姻回到故乡后,她曾试图重新

第三章 中亚之地

融入哈萨克斯坦。她没有料到,这个过程比她想象得艰难,"在买下那片地修建我自己的房子的过程中,我与当地的工程队发生了无休无止的纠纷和摩擦。这也是我一直没清除荒草的原因,找不到合适的人"。

结束了与哈萨克斯坦西部一家石油公司的合同,她回到阿拉木图教英语。"阿拉木图对英语教师的需求非常大。欧美是富裕阶层子女留学的主要目的地,经济状况普通一些的很多去中国学习工程技术。"她每天早晨去市区离火车站不远的商业楼里上课,顺道捎我们进城。

她指给我看路边大片大片的农场,"这些农场很多被乌兹别克人租下来经营。哈萨克当地人不愿意也做不了这样的事儿,"她说,"我有时希望更多勤奋精进的外来者来到哈萨克斯坦。我们有丰富的资源和辽阔的国土,相当于中国的1/4,而人口不足1800万,还不及北京。但在劳动、意识与遵守契约方面,哈萨克人还没有真正进入现代。"对于涌入哈萨克斯坦开采资源或承建工程的来自世界各地的外国公司(许多分布在哈萨克斯坦西部),她没有太多敌意。"与其他中亚国家一样,我们向来不算民族主义情绪很强的国家。某种意义上,我希望外面的世界对我们构成冲击,让哈萨克人看一看,自己是如何落后的。"不久前,她接待了一位从格鲁吉亚旅行过来的香港游客,"他在香港有一家投资公司,主要由儿子打理。他一边旅行一边寻找投资机会。但我建议他,在这里赚钱并不如想象的容易,要谨慎"。

阿拉木图的最后一晚,我们应邀去哈萨克女孩艾尔米拉家吃饭。从武汉大学工程学系毕业后,她回到阿拉木图,开办了一个中文培训和留学的公司。第一年,她送了40多位哈萨克斯坦留学生来中国。她的新公寓在阿拉木图的东边,椭圆形的富有现代感的新大厦高高耸立于老街区旁。她的妈妈已经备好了丰盛的晚餐。主菜牛肉手抓面是哈萨克最传统的菜，用牛肉熬出特别鲜浓黏稠的汤。

艾尔米拉的妈妈一直做皮鞋生意，从乌鲁木齐或者温州进货，与中国一直有很密切的联系。艾尔米拉的爸爸在苏联时代长大，学校里那时开设了德语课，青年时代，他常去德国旅行。苏联时期，德意志联邦共和国在哈萨克斯坦的工业部门有大量的德国专家，但1991年后都迁回国了。

阿拉木图是丝绸之路上连接东方与西方的重镇，我所遇到的人无一不与周边的世界通过留学或商贸发生着密切的联系。但留下印迹最重的还是俄罗斯——每一个哈萨克斯坦人都说两种语言：哈萨克语和俄语。

日常生活中，哈萨克人仍然保留着他们草原民族的淳朴好客的习惯。席间，艾尔米拉和她的父母基本没有动过筷子，她妈妈不断地给我们盛汤、添茶。她用一只铜壶把沏好的茶倒进碗里，再加上牛奶递给我们；每逢家庭聚会，她要给亲朋好友们沏上六大壶这样的茶，才够应付饭后六七个小时的长谈。

艾尔米拉给我们准备了一个大苹果，阿拉木图盛产苹果，"阿拉木图"即为"苹果城"之意。送我们出门时，我问她，她的父母为什么不动筷子。她说，哈萨克人待客以厚礼，主客之间经常要推来让去很长时间，后来就逐渐形成了主人饭间陪聊，等客人走后再吃饭的习惯。这是阿拉木图留给我的温暖记忆。

未来之都

我们乘坐列车，向北前往阿斯塔纳（2019年改名为努尔苏丹，以纪念哈萨克斯坦首任总统纳扎尔巴耶夫。2022年,哈萨克斯坦首都名改回阿斯塔纳)。列车是1983年苏联时代的机车,还采用烧炭供暖,每个车厢的衔接处的锅炉都烧得很旺,到了夜里可见到炉膛里跳动着一团红色的火焰。这条几乎南北贯穿哈萨克斯坦的线路全程耗时33个小时,火车速度很慢,窗外是无边无际、令人昏昏入睡的草原,巴尔喀什湖似曾在天际线若隐若现。

从公元前2000年开始,哈萨克大草原一带的气候变得越来越干燥,农业劳作渐渐无法进行,在古老的哈萨克斯坦中部一带最终形成的粗放式放牧畜牧业,成为萨基部落的主要生产方式。6～7世纪,在现代的阿克莫拉境域逐渐形成了强大的部落联盟,主要由葛逻禄、基普恰克(即钦察部落)和基马克等突厥部落代表组成的突厥和西突厥汗国。他们就像草原上的旋风,骑着自己的矮马,佩带着弓箭、弯刀和用层层皮革紧箍的木制盾牌,在大草原上的定居点四周纵横驰骋。11世纪,从伏尔加河一直到鄂尔齐斯河两岸的哈萨克斯坦大地上,出现过基普恰克部落、康居部落、基马克部落、托克索布部落和其他部落间有组织的联盟,从而形成更大的部落联盟。钦察汗国人口众多,势力强大,已经有了国家特征,其中包括首都和古老的居民定居点——城市和要塞。

10世纪中叶,连接欧亚大陆东西方的"伟大之路"就曾穿过哈萨克斯坦中部草原。随着欧洲和亚洲国家之间贸易关系的发展和巩固,逐渐形成了丝绸之路。正是在丝绸之路的条条道路上,游牧文化和定居文化被奇妙地融合在一起。辽阔草原传说中的伟大将领,术赤汗、拔都汗、耶任汗、泰布加汗、古楚汗、乌鲁斯汗、沙伊巴尼汗,都曾在哈萨克中部的草原上驰骋。这块曾经在人类文明中发挥了重要

阿拉木图火车站保留着过往时代的不便,旅客要拖着行李穿越铁轨

沟通作用的草原,此刻,在寒冬中,似乎正在收敛它的生机。

哈萨克斯坦有密集的铁路系统。在它的境内,有5条国际运输走廊:北部铁路从北京经阿拉山口,过阿斯塔纳,穿越彼得罗巴甫洛夫斯克至柏林;中部铁路从乌兹别克斯坦的塔什干经过哈萨克境内到达俄罗斯边境;南部铁路从北京经阿拉山口,经由乌兹别克斯坦的塔什干和伊朗的德黑兰,到达土耳其的伊斯坦布尔;还有从北京到阿塞拜疆巴库,和从圣彼得堡经哈萨克斯坦到达木拜的国际线路。

铁路线对塑造哈萨克斯坦的政治地理有极为重要的作用。1927

年开始建设的西伯利亚大铁路使阿拉木图作为首都出现在哈萨克斯坦的地图上：这条西伯利亚大铁路穿过当时哈萨克斯坦最大的居民点阿拉木图城——当年是俄罗斯专制制度在七河流域和土尔克斯坦边疆区的主要前哨阵地。考虑到其适宜的地理位置以及它与大草原主要交通干线相交，阿拉木图被选定为哈萨克苏维埃社会主义自治共和国的首都。即便如此，火车站还保留着过往时代的不便——没有地下通道通往站台，而要拖着行李从铁轨上穿越，才能找到停在中间的火车。

车厢里同行的一位阿拉木图老妈妈，前去阿斯塔纳探望在政府部门工作的儿子。2000年，哈萨克斯坦总统纳扎尔巴耶夫将首都从阿拉木图迁至阿斯塔纳。那是一项跟德国从波恩迁都柏林一样的大迁徙工程，许多政府官员怨声载道。这位老妈妈在阿拉木图与阿斯塔纳之间的往返旅程，也是迁都工程的产物。她告诉我，她还有一个女儿，移民澳大利亚了。她生活的大部分时间，就是以阿拉木图为中心，在阿斯塔纳与墨尔本之间往返。

在与许多哈萨克人的交谈中，我发现，也许因为游牧传统的关系，他们不擅长将自己的外貌修饰得特别时髦，看起来也并不全球化。但哪怕是一个普通的哈萨克人，他的思维也是非常广阔的——他可能曾多次到访中国和俄罗斯，或者曾在欧洲旅游、讲学，或有亲属在美国或澳洲定居。当然，他们也许与阿富汗人一样，有时也喜欢夸大其词，比如把一个仅读过普通大专学校的孩子说成是名牌大学毕业生。但无论如何，哈萨克人说起德国、俄罗斯、土耳其，乃至中国、日本、韩国、美国和澳大利亚的那种健谈，与他们的家乡作为欧亚大陆文明交汇的中间地带的历史地理位置是息息相关的。

2005年4月21日,欧亚媒体论坛举办期间,哈萨克斯坦音乐人表演民族音乐

北方的阿斯塔纳已经是飘着鹅毛大雪的寒冬,肆虐地吹着西伯利亚来的冷风。从苏联式住宅区遍布的老城区出发,渐渐地,我们进入了新城。一下公交车,我便感到一些无所适从。空阔笔直、尺度庞大的条条大街,似乎还是苏联式街道的翻版。在这冰天雪地中,更有种无边无际的渺茫感。正是周末,在结了冰的街道上走,竟见不到什么行人。环顾四周,已身处现代与后现代建筑的丛林中,被钢筋混凝土的高楼所围;地标性建筑钻天杨和首都的象征拜捷列克观景塔,都在宽大的中轴线上突兀地耸立着。一时间,有种来到鄂尔多斯的错觉,整座浮华之城就像失去了资本的滋养和供血,变成面无血色的鬼城。

坦率地说,我对阿斯塔纳的最初印象不太好。纵使它采用了最先进的建筑技术,却有种难以亲近之感。纳扎尔巴耶夫曾回忆,那些建筑所采用的奇特建筑技术,有些是他第一次听到,"膜片防水系统,选择式保温屋顶,高压聚乙烯管等。采用高新技术的不仅仅是首都的楼房建设,还有首都的其他几处建设项目。叶西尔河(伊希姆河)左岸的道路还有暴雨水流处理系统,新的左岸滨河道路都是水泥多层结

第三章 中亚之地

构,采用特殊处理雨后水流技术"。难道这就是未来之城应有的景象吗?还是只不过是"美丽新世界"?

穿过共和国大街,转向哈萨克斯坦共和国政府和议会大楼,就到了首都中央广场。广场的一半被共和国政府大楼和议会大楼包围着,另一半和克涅萨热大街毗邻,这里有一排喷泉和雕塑。在广场不远处,在叶西尔河滨河大街,有哈萨克英雄克涅萨热汗·卡斯莫汗的纪念碑和人民思想家阿拜·库南巴耶夫的纪念碑。站在空落的广场上环顾四周:政府大楼和议会大楼与北京西客站的造型很有几分相似;叶西尔河的正中央耸立着大型的花蕾型喷泉,文化娱乐中心"梦幻世界"盖着一个有造型感的毡房顶,倒有点中华世纪坛的味道;新古典主义外观的拜谢伊托娃歌剧院,现代风格的大圆顶总统文化中心和大都会电影院,哈萨克名人的纪念碑,有点像香港中银大厦造型的蓝色玻璃银行大楼,后现代的金属结构建筑物和印象派雕塑……这个文化荒漠中拔地而起的斑驳的现代建筑大杂烩,有种强烈的马赛克效果。

登上拜捷列克观景塔,可以俯瞰整个阿斯塔纳:旁边建起了国防部大厦,"生命树"对面的北边耸立起外交部大厦。哈萨克斯坦的第一座摩天大楼——交通运输部大厦,共有36层,顶端是一个很高的尖塔。在这座大楼中有哈萨克斯坦的许多政府部门,如交通运输部、文化部、体育部、信息通信部。这座城市就像照片中的列宁格勒,或者像东柏林的斯大林格勒大街,有一种让人失落的宏大。在塔顶有一个纳扎尔巴耶夫手掌印雕塑,这位执政了20多年的总统,形象遍布各个博物馆和公共建筑。哈萨克人从四处赶来参观他们的首都时,都争相把手放进这座手掌印雕塑里,也许,是在与纳扎尔巴耶夫沟通。

阿斯塔纳市文化娱乐中心的"梦幻世界"盖着一个有造型感的毡房顶

直到走进"梦幻世界",现代生活的气息才从室内购物中心和着熙熙攘攘的人流和暖气滚滚而来。原来人全都在这里!这座购物中心之现代,足以与迪拜或纽约的大型商场相媲美。广场中心开辟出一个游乐园,"跳楼机"缓缓升至棚顶,猛然坠落,引起尖叫声一片;顶层架设了观光车的轨道,一辆辆迪士尼外形的车从空中轨道开过;巨大的屏幕上放映着《侏罗纪公园》,顶层的巨幕影院和变形金刚游戏厅排满了队;在欧美大都会商城能见到的奢侈品牌,在这里一应俱全;咖啡厅、西式点心店、酒吧分布在各层。这里的景象与外面的景象就像两个世界;我对阿斯塔纳的印象有了一个翻转式的纠正。

阿斯塔纳的发展总规划方案是日本现代建筑设计师岸黑川的方

案,他曾经设计过索尼集团大厦和德国柏林的日德中心。他在陈述中说:他用"新陈代谢"作为理论,以两种结构的共生,即静态的基础结构与动态的建筑群的共生,构成了阿斯塔纳变动主义概念的基础。他说:"20世纪是机械原则时代,21世纪则是走向生活原则的时代","新的首都是在旧都阿克莫拉(阿斯塔纳旧称)的历史和新建的首都阿斯塔纳的和谐共生中获得新生的,东西走向的铁道线和由东南流向西北的叶西尔河道构成了它的城市构架"。

空间转移

1994年,纳扎尔巴耶夫提议迁都。2000年,他力排众议,坚持将都城从阿拉木图迁到阿斯塔纳。对此,哈萨克斯坦国内巨大的争议一直都存在。

苏联解体后,欧亚大陆的地缘政治环境发生了剧变。1999年,德国总理施罗德按计划从波恩搬入了柏林的临时总理府办公。对于统一后的大多数德国人来说,柏林被称为"德国唯一的世界都市",是国家和民族统一的象征。迁都柏林将德国的政治中心向东推移了600千米,使德国成为沟通东西欧的桥梁。此外,以柏林为中央政府所在地,会积极推动德国东部地区的发展,使东部地区居民心理上感到某种平衡。

纳扎尔巴耶夫对迁都阿斯塔纳做了系统性的解释和辩护。他认为:"首都迁移是一部完整的史诗,值得特别关注和详细叙述。马其顿王亚历山大,科林斯联盟的最高统帅,在实现了伟大计划——在已占领的部分实现希腊化之后,决定把新帝国的首都迁往东方——古巴比伦。从此以后，东方巴比伦应该成为西方希腊文明中心的传播者和中心。""不仅国家元首建立首都，而且首都造就国家领导。新首都和新夺取的土地的东方影响最终使亚历山大大帝形成了对世界的新的认识，它反映在某种西方和东方文化统一的混合理论上。亚历山大侍从中的马其顿人和希腊人不满意把东方成分引入大帝周围，亚历山大的东方波斯臣民也不满意使古波斯文化过分希腊化。但无论怎样，正是把首都迁往东方使得亚历山大能够在很长的时间里对社会思潮施加影响并在自己臣民利益的范围里保持平衡。一句话，给灿烂和幅员辽阔的帝国带来了某种稳定因素。而巴比伦作为首都存在了几千年，几次改变了名称，最后变成了伊拉克的首都——古老而美丽的巴格达"，而"现实和许多地缘政治因素迫使我们以新的姿态看待我们自己的地缘政治空间形成的进程"。

那么，迁都阿斯塔纳，对哈萨克斯坦来说，意味着什么样的历史空间转移呢？

早在苏联时期，就有苏联院士建议把哈萨克加盟共和国的首都迁往哈萨克斯坦地理中心地区卡拉干达或切利诺格勒。这位院士认为，这样一个广阔的国家的首都不应该地处国家边缘地带，并且不应与中国的边境直接相邻。当时，苏联与中国的关系尚未实现正常化。

苏联解体之时，亚历山大·索尔仁尼琴也写了一篇文章《我们该如何为俄罗斯设立版图》。按照他的观点，哈萨克自古以来的领土是从南方扩展到中央草原，形成包括现代哈萨克斯坦南部各州在内的一个弧形地带。索尔仁尼琴在此神话基础上建议，把哈萨克斯坦归还给俄罗斯；他同时还建议，在斯拉夫民族整体的基础上，把乌克兰和白俄罗斯与俄罗斯连在一起，并认为确实存在过俄罗斯的克里米亚等地域。另一位俄罗斯人日里诺夫斯基甚至建议,要能无障碍地穿越"俄罗斯的哈萨克斯坦"到印度洋里去洗靴子。这引起了哈萨克斯坦人的强烈反响。

在纳扎尔巴耶夫看来,这种想法非常荒诞:"如果这样的言辞变成现实,将会使新独立国家之间为了领土完整而爆发战争,导致一系列严重的后果。""你不用向这位德高望重的作家解释,政治学和地理学之间的区别就像面包和奶油之间的差别一样。需要十足的幼稚才能把地理概念与诸如领土和地区的国家领属问题混为一谈。"

苏联解体后,哈萨克斯坦北边的大部分非哈萨克居民感到很不安:阿拉木图遥不可及,而俄罗斯的莫斯科又在近处,我们该去哪里呢?

俄国历史学家谢尔盖·索洛维约夫在《纪念彼得大帝报告汇编》中分析古俄罗斯把首都从莫斯科迁往圣彼得堡的原因时曾说,把首都从古老的莫斯科迁往年轻的圣彼得堡,被许多人看成是解决彼得一世提出的战略任务——打开通往欧洲的窗口。注入波罗的海的涅瓦河河口沼泽地1711年成了庞大的俄罗斯帝国开始欧洲化的地方。波尔塔瓦城下对瑞典查理国王的胜利使彼得一世有根据认为,俄罗斯完全不愧为欧洲国家,它不仅有俄罗斯武力的优势,而且有自己坐落在"神圣的欧洲之海"——波罗的海——岸边上的耀眼的首都。

纳扎尔巴耶夫在学习了各国迁都历史后,对俄罗斯的迁都深有感触:"俄罗斯的欧洲化能够成功,不仅依靠了把首都机械地迁往靠近文明欧洲的地方。……彼得一世如何在达官显贵中推行欧洲风格——剃掉大胡子,穿无袖男上衣,派豪门子弟去荷兰和其他欧洲国家学习。而像贵族这样强大的精英阶层的保守情绪在俄罗斯是如此之大,整个俄罗斯君主都不能不考虑这些。贵族对引进与欧洲生活方式有关的新思维方式的反抗非常激烈且隐蔽和秘密,同他们的斗争,不能仅局限于'剃掉大胡子'。彼得大帝按照西欧榜样改造俄罗斯生活的意图如此强烈,对贵族显贵们的反抗不做让步。最后,他把首都从京城莫斯科迁往遥远的经常被水淹没的地方,这是在新旧之间的一种妥协。世袭贵族基本上保留了自己的特权和数个世纪形成的生活方式,留在了莫斯科,而俄罗斯帝国行政管理机关迁到了圣彼得堡,主要补充了由俄罗斯居民组成的'实业'部分——商人、手工业者子弟以及在个别情况下由'底层'居民构成的服务阶层的代表。自然,在国家管理系统中,贵族和显贵仍然占据了主导阵地,但管理国家和首都接近欧洲要求的新条件,终究迫使掌权阶级真正开始按照欧洲方式考虑问题。"通过这一次空间转移和彼得开启的窗口,俄罗斯才得以打下了真正闯入帝国大地的资本主义生产关系的基础。

哈萨克斯坦的经济关系体系历史上发展很不均衡,事实上被分割为两个地区,北部工业地区和南部农业地区。哈萨克斯坦的工业生产力主要分布在中部和北部地区。苏联解体后,原来在工业部门工作的俄罗斯居民和德国居民迁回他们历史上的故乡俄罗斯、乌克兰和白俄罗斯,哈萨克斯坦中部和北部出现人口危机,导致工业生产力的停滞;南部则困于人口过剩和失业人口的增加,且失业人口的数量在哈萨克斯坦占首位。如果迁都,可以有助于北方和中部地区集中发展科学创新和科学密集型产业,从而在全国范围内保证劳动力资源的有效利用。北方又是一直受到俄罗斯觊觎的多民族成分地区,唯有迁都,才能在地缘政治上巩固哈萨克斯坦的独立国家地位。纳扎尔巴耶夫对阿斯塔纳的构想,是"向从欧亚吹来的所有风开放""在全球化速度日益加快的条件下最大限度地开放和实行优化管理"。

在阿拉木图与阿斯塔纳的博物馆里，最后一个展厅常常陈列满了纳扎尔巴耶夫与各国领导人握手的照片，从美国到土耳其，从俄罗斯到马来西亚，从欧洲到韩国、日本……他就像古老时代的部落首领，成为这个国家20多年来固定和唯一的形象代言人。在阿拉木图的博物馆里，陈列着阿斯塔纳落成的那一天，纳扎尔巴耶夫通过电视卫星中转，接收哈萨克斯坦宇航员穆萨巴耶夫从太空传来祝福的照片。这与第一个展厅陈列的草原毡房，构成了强烈的时空穿越感。

（本文写作于2015年。摄影：关海彤。）

从撒马尔罕到布哈拉

我乘坐高铁从塔什干前往撒马尔罕。高铁蓝白相间的子弹头的海报,张贴在塔什干火车站和各个售票处的橱窗里,象征着未来。看得出,他们很为之骄傲。相比之下,从布哈拉到塔什干的列车就老旧很多,仍是20世纪七八十年代的铁皮火车和硬板床,也因此有种穿越回到苏联时代的怀旧感。

走进撒马尔罕

现代"丝绸之路"从窗外飞驶而过。我竭尽眼力望向窗外,想拨开厚重历史笼罩的神秘面纱,寻找与古老丝路的时空交汇点。但除了冬日里略微萧瑟的漫无边际的草原、羊群牛群,和远方的村舍,我一无所获。大约一个世纪前,英国考古学家奥雷尔·斯坦因爵士(Sir Aurel Stein)前往撒马尔罕,他之所见,也都是肥沃的牧场;征服者突厥人依然守着他们的游牧习惯,从那些村庄中支起来的移动毡覆小屋可以看出来,他们依然喜欢用流动的毡房,而不是泥建的小屋。

而现在,我目之所及的村庄,均为砖瓦或泥建的小屋,地平线上偶尔出现的毡房似的圆锥顶,也是钢筋或泥瓦所建了。游牧生活已全然退到定居文明的幕后。斯坦因最终穿过喀尔克库什(Karkhush)山口,从佉法城坐俄国四轮车,过塔克塔卡拉查(Takhta-Karacha)和宽广的扎拉甫山（Zarafshan）山谷，走一长程才到撒马尔罕。如今，无须这样的跋涉，大约5个小时车程，我们就来到了撒马尔罕。

一到撒马尔罕，一路的寒天冻地就在沙漠绿洲的林荫里柔和了下来，鸟鸣声盘旋在头顶，一片热闹的天空。五颜六色的苏联老牌小拉达在街头巷尾奔来窜去，在土灰色的砖墙前画出活泼的绚丽线条，这种在其他地方几近绝迹的上世纪七八十年代的"古董"车，今天看来，棱角分明的线条倒很有复古的味道。

一时还不知道自己踏入的是哪条时间的河流。撒马尔罕，这个名字于我，一开始就充满了古老的韵味——《魏书》《唐书》《元史》中的繁华之城，有着悠远绚烂的色彩、幽微的香气、清真寺的钟声、冬不拉的鼓点、蒙古帝国的辉煌，还有我无法理解的隐秘情感。它就像伊朗的伊斯法罕，奔放而精致的世俗与伊斯兰文明在此交融出层次丰富的时空。

身处撒马尔罕时，我不断地疑惑：应该如何理解我每时每刻所进入的撒马尔罕的时空？在纷繁的地理线索中，哪条脉络能带领我走进它的历史隧道，哪怕是浅浅地触碰这座曾经是丝绸之路上最繁华的城市的过往？又是哪一条城市肌理的线索，能够与现在和未来，乃至与我，一个21世纪中国的到访者，产生对话和发生联系？

如果按照联合国教科文组织的划分，撒马尔罕有三个层次，从古至今分别为：位于郊区的故址阿弗拉西阿勃（Afriasiab），这是花剌子模帝国的首都，直至1220年被蒙古大军毁灭；帖木儿时期建成区，位于遗址西侧，保存了大量帖木儿时期的宗教、文化建筑，共有6个城门、6条主街，以一组宗教建筑组成的列吉斯坦广场建筑群为城市中心，北门附近有大巴扎，其余区域为底层传统居住区，这一基本格

描绘撒马尔罕市古尔-艾米尔陵外客栈情景的绘画作品

局较为完整地保持至今;最后一层则为"沙俄-苏联时期建成区",和那些遍布哈萨克斯坦和乌兹别克斯坦城市的苏联式街区和居民区一样。

我们沿着这条很清晰的时间线索走入撒马尔罕。

从康居、花剌子模到蒙古帝国

郊区的阿弗拉西阿勃遗址,在考古挖掘出的粟特人故地旁建起了阿弗拉西阿勃博物馆。第一个展厅里正在修复中的壁画与敦煌壁画相似,立即让人一目了然地看到古代撒马尔罕与东方遥相呼应的密切交流。这些7世纪的壁画,颜色鲜艳温润:有骑马持长矛征战的将士,有头戴钢盔目光如炬的将军,有骑着骆驼的商旅队,有系着铜铃形似大象的巨兽,也有身着华服的使节,有驾乘红色木舟、面部圆润、衣

第三章 中亚之地

饰华美的汉唐男子,有梳云鬟弹琵琶的侍女,还有频繁出现的天鹅、含绶鸟等飞禽,栩栩如生。站在大厅里,既可以看到敦煌式的绘画技法,也可以找到波斯萨珊纹样的意义。

俄国考古学家A. M.阿尔巴乌姆在《阿弗拉西阿勃绘画》一书中指出,这些孔雀、鹅、猪、羊、翼马及其他真实或虚构的鸟兽,与萨珊王朝的琐罗亚斯德教观念有关,基本上是出自《阿吠斯陀》中的伊巴塔西费尔玛神(成功之神)、维尔斯纳吉拉神(军神与战神)、密特拉神(太阳与光明之神)诸神的属性。这类神在萨珊王朝美术中,不仅出现在织物上,也出现于金属工艺品和雕刻品之上。

7世纪的撒马尔罕出现了许多与东方进行贸易的粟特商人。商业贸易关系的加强,促进了这条通道上的文化交流与融合,连接起了撒马尔罕与敦煌。池田温在《八世纪中叶敦煌的粟特人聚落》,陈国灿在《唐五代敦煌县乡里制的演变》中,对从化乡的形成、发展都做了详细研究,由登记的人名统计,粟特人就占了78%,以此可推断从化乡的粟特聚落性质。粟特聚落信仰祆教,依赖各地建立的祆祠管理聚落事务,使得东来的粟特人紧密地团结起来,在当地能保持其独特的文化特征。在敦煌石窟壁画中,粟特美术也保持了自身特色。英国学者威廉·沃森在《伊朗与中国》中假设:"我们或许可以说,在敦煌从5世纪前期直到6世纪存在着一个中国-伊朗画派,直到6世纪末这种式样完全中国化为止。"可见,粟特人在中亚与中国文明的交流中,起到了重要的桥梁作用。

作为粟特人故都的撒马尔罕,在公元前2世纪甚至更早曾经是康居国的首都,先后处于贵霜帝国、嚈哒汗国、波斯萨珊帝国和唐帝国的势力范围内。直至以撒马尔罕城为中心的城邦国家康国兴起,它才在6世纪成为中亚诸城邦国家的霸主。正是在不断被征服又不断想要恢复昔日辉煌的努力中，撒马尔罕得以从每个时代的繁荣大国那里获得往来的好处，从而成为东西方交流的重镇。撒马尔罕不仅是张骞、玄奘曾经到访过的地方，也是向唐朝宫廷进贡的羁縻州。唐高宗赶走了突厥人，康国成为唐朝的地方政权，撒马尔罕城成为唐朝的属地。658年，唐朝在撒马尔罕城置康居都督府，以康国国王拂呼曼为都督。此后，康国国王的继位要得到唐朝的册封。正是在臣服于唐朝期间，康国经历了经济繁荣、文化发展的辉煌时期。

从唐代典籍中可以找到许多关于粟特商人在唐都长安西市寻宝的故事。日本中央大学教授妹尾达彦根据考古和文献资料制作了一幅9世纪前半叶的《长安西市复原图》。从图上来看，当时粟特人在各行中均占有相当大的比重。其后，在8~10世纪的近300年中，撒马尔罕城先后经历了阿拉伯人和波斯萨曼王朝的统治。阿拉伯人的统治最终使包括撒马尔罕在内的中亚地区被纳入伊斯兰世界。10~12世纪，撒马尔罕城经历了繁荣昌盛。成书于9世纪下半叶至10世纪上半叶的《道里邦国志》说："世界上最圣洁美好的高地是粟特山中的撒马尔罕城——她像天空；她的宫殿如繁星，她的河流似银河，她的城垣若太阳。"

顺时间的河流而下，我拜访了13~14世纪的帖木儿时期建成区。蒙古帝国将撒马尔罕带到了其文明的顶峰，乃至在当时的世界文明中都占有重要的一席之地。在乌兹别克斯坦人的博物馆和城市纪念性雕塑里，有一个有趣的小细节：成吉思汗与帖木儿是截然不同的两种形象。成吉思汗的形象总是凶神恶煞般怒目圆睁，有时他头顶的帽子上还会被画上骷髅，似乎是一种不吉祥的死亡象征。在乌兹别克人的历

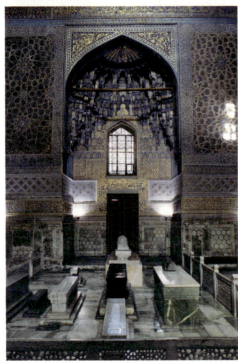

帖木儿建立了强大的帝国，控制了丝绸之路的中段

帖木儿帝国创建者帖木儿汗的陵墓——古尔·埃米尔陵内部

史上，成吉思汗被视为一名屠城者、杀戮者与破坏者，是旧撒马尔罕城的葬送者。13世纪初，铁木真统一了蒙古各部，在蒙古草原上建立了大蒙古国，尊号"成吉思汗"。此后，大蒙古国陆续征服了花剌子模、中国西夏、金国和南宋等国，建立起一个地域空前广大的蒙古帝国。1220年，蒙古大军西征花剌子模帝国，都城撒马尔罕在战火的蹂躏中遭到了毁灭性破坏。

曾任呼罗珊财政官的贵族后代志费尼在他的《世界征服者史》中，曾详细记载了成吉思汗征服期间的撒马尔罕城。此书记："河中包括很多郡邑、区域、州县、城镇，其精华和核心是卜花剌和撒马尔罕"，撒马尔罕城在中亚的地位极高，"算端诸州中最大的一个，论土地，它又是诸郡中最肥沃的一个郡。而且众所公认，在四个伊甸园中，它是人世间最美的天堂。假如说这人间有一座乐园，那乐园就是撒马尔罕。……它的空气微近柔和，它的泉水受到北风的抚爱，它的土壤因为欢畅，如酒火之质。这国家，石头是珍珠，泥土是麝香，雨水是烈酒"。这样一个繁华之都却毁于成吉思汗的铁蹄下。在撒马尔罕的历史上，它既因地处要道而繁荣，也从未逃脱过繁荣后被觊觎继而被摧毁的多舛命运。正是这样的多舛命运，造就了它的多元文化。

撒马尔罕人对帖木儿的态度就截然不同。撒马尔罕城中心的那尊帖木儿坐像，竟然不是戎马征战的模样，而是面容安详地坐着，仿佛历尽劫难，静看潮起潮落。帖木儿是撒马尔罕和乌兹别克斯坦人引以为豪和极为尊重的英雄，就像蒙古人把成吉思汗视为民族英雄一样。他以撒马尔罕为都建立自己的政权以后，发誓要把撒马尔罕城建成"亚洲之都"。在帖木儿家族的苦心经营下，经过30多年的扩张战争，建立起一个从今格鲁吉亚到印度北部的幅员辽阔的庞大帝国——帖木尔帝国。

帖木尔帝国时期,中亚地区交通畅达、经济发展、文化昌盛,撒马尔罕城再次迎来了它的辉煌时期。无论是在功能上还是在气质上,撒马尔罕城都具备了作为"亚洲之都"的资格,算得上当时具有世界影响力的国际性城市了。撒马尔罕人爱戴同为蒙古人后代的帖木儿,主要还是因为,蒙古人在撒马尔罕繁衍了三代人后,慢慢也接受了伊斯兰教、波斯和突厥文化的熏陶,在生活方式与信仰上,已经与原来的撒马尔罕人融为一体,在文化上已经被同化。

这一时期,撒马尔罕城建筑的清真寺、宗教学院和陵墓,气势雄伟壮观,结构精巧,装饰华丽。14世纪后期至15世纪初期,撒马尔罕城达到了巅峰时期。经济上的繁荣,使得撒马尔罕人开始思考别

撒马尔罕的比比·哈内姆大清真寺

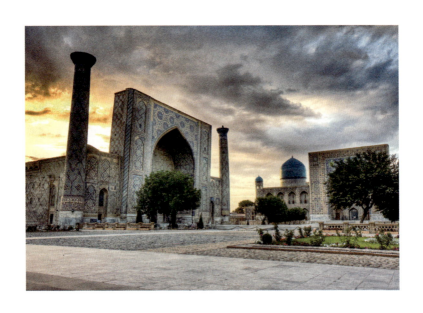

的问题，文学、历史、艺术和建筑领域都出现了"帖木儿文艺复兴"，撒马尔罕也被欧洲人赞誉为"东方古老的罗马"。

我按图索骥，拜访一个又一个诉说昔日繁华的建筑遗迹：从以帖木儿之妻命名的比比·哈内姆大清真寺，到最壮观的谢赫·静达陵园，再到古尔·埃米尔陵墓、历经世代改建的列吉斯坦宗教学院。这趟行程犹如一趟建筑博览之旅，各色建筑的雄伟和繁复程度令人惊叹：镶着蓝色瓷砖的大穹顶，镌刻着细密的花卉藤蔓和回纹图案的木门，精湛的雕镂，依然能够辨识的华丽的装饰，墙壁上华丽的彩色瓷砖砌成的图案和壁画，吸纳了中国园林风格的细密的雕廊和杂糅着希腊科林斯式和波斯式风格的立柱……

几个世纪前，中亚的工匠与帖木儿在历次征服中掳掠的工匠和设计师们，云集撒马尔罕。他们从波斯、阿拉伯世界、土耳其、中国、希腊、印度、亚美尼亚和阿塞拜疆等地方汇聚而来，使这一时期的建筑展示出多种建筑风格的融合：伊斯兰风格、突厥文化、波斯风情、中国建筑技艺……撒马尔罕是亚洲各国工匠共同的作品，其多元和包容让人眼花缭乱。

如今，撒马尔罕已经不再是世界级的城市，以今天的标准，甚至算不上大都会。眼下，它也不在游客如织的季节，寄居在列吉斯坦内的所有贩卖工艺品的小店都门庭冷落。今天这座乌兹别克斯坦的城市古风犹存，有着文明的风尚，但那种帝国首都的轩昂气质却再也找不到了。站在清真寺或列吉斯坦空旷的广场前，只能遥想当年，"有骑牛者，有骑驴者，亦有牧放畜群而来者，逢村吃村，遇站吃站"；每逢庆典，全城工匠和商人前来与会，搭起作坊、工场，展示本行特色，表演工作。

撒马尔罕城内的中亚伊斯兰教古迹谢赫·静达陵园

但在我看来,最能体现撒马尔罕文明成就的,是位于郊区的乌鲁伯天文台。它让我对撒马尔罕有了新的认识,也引起了我的疑问和探索。

乌鲁伯之疑

乌鲁伯是帖木儿的孙子。他既是帖木儿帝国撒马尔罕的统治者,也是乌兹别克族著名的天文学家。在古米·埃米尔陵中,乌鲁伯的棺材与帖木儿家族其他成员,一起躺在蓝色穹顶之下。考古学家对其墓葬的发掘发现,乌鲁伯尸体的头颅被斩,这一点与有关的历史记述相吻合。1447年,乌鲁伯继位为帖木儿帝国苏丹。在位仅两年,赫拉特总督叛乱,乌兹别克人趁机占领撒马尔罕。乌鲁伯于1449年在宫廷争斗中被杀害。

15世纪的撒马尔罕是整个中亚的科学技术和文化中心。蓝琪在《金桃的故乡：撒马尔罕》一书中写道："撒马尔罕城的金钱、名望和政治权力像磁石一般吸引着身怀抱负的人们。"西班牙人克拉维约这时来到撒马尔罕，发现在这里可以遇到说各种语言的人和来自不同城邦的代表人物，"他们中有文学、史学、天文学、绘画、建筑大师，都渴望在此建功立业，实现人生抱负。宗教界人士在此建立了伊斯兰神学院和一批宗教学校等文化教育设施"。撒马尔罕也因他们走到了世界文化的前列，其中，文学、史学、天文学、建筑学都取得了惊人的成就，尤其突出的是天文学和建筑学。乌鲁伯本人就是这样一个稳定、繁荣、成熟的社会所孕育的高度文明的体现。他最伟大的职业不是撒马尔罕的统治者，而是一位天文学家。

乌鲁伯的真名叫穆罕默德·塔拉盖，"乌鲁格别克"是家里人对他的叫法，乌兹别克语含义为"伟大的贵族"。他从小就能够熟练背诵《古兰经》，很小的时候就被送到王宫里接受良好的宗教和文化教育，年轻时代在中东和印度度过。帖木儿去世之后，乌鲁伯的父亲沙赫鲁克·米尔扎把赫拉特设为首都。16岁的乌鲁伯被选为撒马尔罕的统治者，通晓乌兹别克文、波斯文和阿拉伯文，信奉伊斯兰教逊尼派，谙熟经典和教义。他博学多识，酷爱诗歌，尤精于天文历算。

乌鲁伯治理下的撒马尔罕可谓正逢黄金时代：帖木儿的伟大帝国辽阔无垠，经济繁荣，各国商贾云集，国库充盈。1430年，乌鲁伯主持投巨资在撒马尔罕创建乌鲁伯天文台，天文台装置有巨型象限仪等精密的天文仪器，收藏有天文历算等大量图书，招聘了一批天文学家进行天文观测和研究。在乌鲁伯的支持下，天文台在30年中测定了1000多颗恒星和行星的方位与运行资料。1446年编成的《乌鲁格别克新天文表》是16世纪以前较精确的天文表。

我们来到天文台时，一对新人正在这里举行婚礼。家人与朋友簇拥着他们逐级走上台阶，在乌鲁伯的雕塑脚下拍婚纱照留念。乌鲁伯的手里拿着一卷经卷，也可能是一张测量星空的图纸，望向远方。

但天文台遗址不免让我们有些失望。它原本是一个三层圆形的建筑物，有六分仪、水平度盘和巨型象限仪等精密的天文仪器。但当它因考古发掘重现天日时，却已不复当年天文台的壮观，只剩下巨大的大理石六分仪，被安放在地下11米深、2米宽的斜坑道里，供人们参观。坑道上面是乌鲁伯天文台博物馆，馆内展有乌鲁伯主持编制的恒星表和行星运行表。

在乌鲁伯天文台博物馆里，一些有趣的陈列物吸引了我的注意。这里陈列着描绘乌鲁伯兴建科学院的细密画，以及学院里科学家一起讨论观测结果的细密画。乌鲁伯建立的科学院聚集了数百名科学家、思想家、数学家与工程师，让这样一群人在同一个天文观测台一起工作，这在之前和之后都是没有的。乌鲁伯时代是天文学家辈出的时代。

这时候出现了波兰人的照片。1690年，波兰著名天文学家加韦利在格但斯克出版了一本天文学著作。在这本书的一页插图上，乌鲁伯与五位欧洲的科学家共同坐在一张圆桌边，正在召开天文学大会。墙上的画框里，用拉丁文写着他们每个人的名字；乌鲁伯坐在右手第一的位置，正中间是天文学的缪斯乌拉尼亚（Urania），桌上用拉丁文写着："我将工作交予正确的后继者。"这张图片给了我很大的冲击：蒙古贵族乌鲁伯与欧洲的天文学家共同出现在科学史的舞台上，这意味着，中亚文明在15世纪的时候至少与欧洲中世纪的科学文明并驾齐驱，是完全有机会进入人类科学文明的前沿历史的。

接着是两本牛津大学出版的书的扉页，一本出版于1648年，一本1650年，是介绍天文学重要人物的天文年鉴，其中都有乌鲁伯的年谱。牛津大学教授约翰尼斯·格雷夫斯（Johannis Greaves）将乌鲁伯介绍到了英国。接着我们看到了英国东方学者托马斯·海德的肖像画，他在1665年将乌鲁伯的天文成果翻译成了拉丁文和波斯文。这些资料都证明，撒马尔罕在科学上与欧洲发生过如此密切的联系，也如此靠近过近代文明。乌鲁伯的影响力不仅波及欧洲，还辐射到波斯、印度和中国，这些国家和地区的天文学家和数学家无不来此学习先进的天文学知识。

15世纪的撒马尔罕城已算得上是一个美丽的园林城市，"城内外多条沟渠穿过，泉水遍地皆是，最华美富丽的楼房别墅都建于四郊，所有供观赏游玩之亭、园、台、榭，亦莫不散于郊野之园林中""此间居民，终年不断有瓜可食"。与此同时，欧洲的大城市伦敦、巴黎、阿姆斯特丹、斯特拉斯堡和日内瓦则如西方历史学家雅克·巴尔赞的名著《从黎明到衰落》中所描述的："只不过是一排排房子挤在一起的烂泥坑：街道狭窄，坑坑洼洼，有些路根本没有铺过；街道两边的房子上层向前突出，对街的房屋几乎碰到一起，污水随意往下倾倒；除了少数的几条大街外，所有街道上都流淌着臭气冲天的污水。"

那么，撒马尔罕在经历了15世纪的全盛后，究竟是为什么未能如欧洲那样，进一步发展出由科技推动的产业革命从而进入近代，而是从此巅峰坠落，从此沉寂和无所作为了呢？我没有能力来解答这个宏大的问题。但在进一步探索撒马尔罕时，却有了新的脉络：撒马尔罕作为中亚名城，其文明的交融与繁荣，与其地理通道的地位密切相关，无论是商贸还是战争，都曾推动过它。那么，它的衰落，也与交通要道的历史空间变迁有关吗？

陆上通道的衰落

帖木儿帝国时期，撒马尔罕城因作为丝绸之路的中道而成为东西贸易的中心。在蒙古帝国和察合台汗国时期，丝绸之路北道十分繁荣，往返使臣、东西方旅游者大多数是通过丝绸之路北道旅行。帖木儿的战争破坏了丝绸之路北道上的一些重要城市，从而导致北道衰落。蓝琪写道：

> 1388年，玉龙杰赤城被夷为平地。1395年冬，伏尔加河下游，钦察汗国财富和权力中心阿斯特拉罕和别儿哥萨莱被摧毁。以上城市被毁之后，丝绸之路北道衰落下来，中道繁荣起来，地中海与中亚之间的贸易在帖木儿帝国初期的30年间只能通过撒马尔罕城和布哈拉城的商路进行。

撒马尔罕城的东门名为中国门，控制着天山南北的察合台系后裔把与中原地区进行贸易的东路称为金路，这反映了撒马尔罕商人从与中国的贸易中获取的商业利润是十分可观的。1402年，帖木儿在安卡拉打败了奥斯曼土耳其帝国，实现了中亚与西亚的统一，确立了对丝绸之路中道西段的控制权，打开了撒马尔罕城西区的道路。帖木儿加强了这一地区道路的建设，派人建筑新桥、修理旧桥，在通道上建筑商队馆舍。诸馆舍相距皆不甚远，看守馆舍之人薪给皆由国家支付。在撒马尔罕与波斯大不里士城之间的道路沿线按一日程或半日程设置了驿站,大站之内,常备马百余匹。每年夏季6月至8月间,位于里海西南角的苏丹尼耶有大批骆驼队皆会聚于此地。

从撒马尔罕往南,到阿富汗和印度的道路也是畅通的。其中,忒耳迷的铁门是必经的咽喉要道。克拉维约对铁门有详细的记载:"极为狭隘;其窄处,似乎人之两手可触到,而两边悬崖峭直,不可攀援。"帖木儿政府在铁门设关征税,获取贸易利润。据称,来自印度的商人每年经此所缴纳的税款,在帖木尔帝国政府的财政收入中占有重要地位。

克拉维约在撒马尔罕城看到,"城内屯集货物,到处充斥。其中有来自世界上最远处之货物。自斡罗思及鞑靼境内运来之货物,为皮货及亚麻。自中国运来世界上最华美的丝织品。其中有一种为纯丝所织者,质地最佳。自和阗运来宝玉、玛瑙、珠货,以及各样珍贵首饰。和阗之琢玉镶嵌之工匠,手艺精巧,为世界任何地方所不及。印度运来撒马尔罕者,为香料。此种香料,亦为世人所宝贵者。在伊思坎大伦(即亚历山大港)市场上,万难见到此种货色"。

撒马尔罕曾因商品太多,城中无存放地和大的销售商场,帖木儿遂下令建筑备有商品的街道,这些街道从城市的一端通到另一端,街道甚宽,上遮以圆盖屋顶,为了让光线进入,隔一段距离置有窗户。最初,先把划定线内之民房拆除,并辟出通道,旧建筑一律清除。为完成此项任务,不惜使用一切手段。街上所有房屋,经拆过之后,两旁建筑立刻动工。商肆建在街道两旁,对峙而立。每座商店为两进

第三章 中亚之地

房：一间在外，一间在内。通路上面搭有棚盖。商场附近设有公共水池及喷泉多座。

如今，在列吉斯坦，我们已看不到广场前络绎不绝拖着货物到来的骆驼，也看不到集中在广场上的商铺和露天茶馆。在以清真寺为核心构成的巴扎、经院和驿站，过去的商人交易、祈祷、学习和歇脚。这些过往的生活都成了墙上的壁画或老照片，供人凭吊回想，抒发怀古幽思。

15世纪末期，在远离中亚的地方发生了两件事：哥伦布完成了横跨大西洋的航行，达·伽马开辟了绕过非洲通往印度的航线。大航海时代开始了。此后，直至17世纪，欧洲的船队开始出现在世界各处的海洋上，寻找新的贸易路线和贸易伙伴，以发展欧洲新生的资本主义，在此期间涌现出了许多著名的航海家：哥伦布、达·伽马、卡布拉尔、迪亚士、德莱昂、麦哲伦等。新航线的开辟，为欧洲的快速发展并超过亚洲奠定了基础。

航海时代的到来深刻地影响了包括撒马尔罕城在内的中亚绿洲的命运。穿越中亚草原和沙漠的丝绸之路开始逐渐让位于穿行红海和绕过非洲南部的两条海路；丝路绿洲城市也逐渐失去往日作为贸易中转站的重要作用。这一趋势并未马上显现出来。麦哲伦的发现令欧洲兴奋不已，但他们大多数人也没有马上意识到它的意义，更不用说撒马尔罕人了。谁也不会想到，大西洋的贸易即将抢走他们的大笔收入；而在政治上失去首都的地位后，他们在国际贸易中的商业地位也即将丧失。

整个16世纪，撒马尔罕不断遭受战争的打击，从巅峰坠入低谷。16世纪初，撒马尔罕城的统治权重归成吉思汗家族，在政权转移过程中，撒马尔罕城经历了战火和灾荒，经济走到了崩溃的边缘，随后，都城的政治地位也丧失了。1494年，帖木儿家族在撒马尔罕城的统治者阿黑麻去世后，其家族陷入内战。昔班尼抓住了帖木儿家族内战的机会，从突厥斯坦城出兵围攻撒马尔罕城，并建立了政权。帖木儿家族宗王巴布尔与昔班尼进行了几次较量，企图恢复帖木儿家族在撒马尔罕城的统治，但最终未能如愿。此后，乌兹别克人频繁动乱，中亚地区经历了政治、经济和文化的衰退，撒马尔罕城一度荒废。

巴布尔退出撒马尔罕城后，在阿富汗的喀布尔城建立了莫卧儿帝国。巩固了在撒马尔罕城的统治之后，昔班尼开始向外扩张，攻打西方的呼罗珊。中世纪后期，呼罗珊的范围包括了从伊朗高原东部一直到阿姆河西岸之间的地区，向南包括了今阿富汗的西北部，一直到巴达克山，向北到花剌子模绿洲。自古以来，中亚政权与波斯政权在这片领地的争夺都十分激烈。当时，呼罗珊由帖木儿家族统治。

1506～1507年间，昔班尼从帖木儿宗王手中夺取了呼罗珊，又与波斯萨法维王朝在呼罗珊展开了争夺。萨法维王朝的统治者伊斯迈尔沙赫同时还与奥斯曼人作战。最终，昔班尼兵败被杀。巴布尔立即加入攻打河中地区的战争，并重新攻入撒马尔罕，昔班尼王朝的乌兹别克人退往塔什干。后来，昔班尼王朝的功臣奥贝都剌登上汗位，将都城从撒马尔罕迁到自己的封地布哈拉，布哈拉成为统治河中地区三个乌兹别克人王朝的都城，这三个王朝也被统称为布哈拉汗国。

在此后的几个世纪中，撒马尔罕与布哈拉不断因战争而遭到破坏。撒马尔罕处处烽火，时时狼烟，从发展的顶峰跌落下来。到1733年，撒马尔罕城几乎完全没有居民居住，已是一片废墟。18世纪上半叶，在撒马尔罕城曾建立起一个独立于布哈拉汗国的政权，但历时只有8年，毫无建树。

同一时期，欧洲却纷纷建立起统一的民族国家。1588年，英国在海战中击败了西班牙的"无敌舰队"，第一次向外部世界显示自己的潜力，不久后，英格兰与苏格兰正式联合，取得了政治上的统一。16世纪末17世纪初，法国也总体达成政治统一，开始在与哈布斯堡王室的斗争中扩张自己的大国地位。1648年，欧洲国家签订了《威斯特伐利亚和约》，确定了德意志各诸侯国的主权地位，神圣罗马帝国无权干涉各诸侯国内政，推动了欧洲近代民族国家体系的形成，确定了外交关系中的主权原则。

而此时，中亚统治者仍然重复着游牧民族以家族部落为单位不断东征西战的模式，地理上居无定所。当16世纪后半叶的欧洲开始将火药用于战争中的火器，步兵取代骑兵成为战争中的决定性力量，骑兵和骑士双双衰落下去时，撒马尔罕仍以最传统的手工艺和手工业行会的组织形式制造传统的武器：弓箭、长矛、剑、马刀、匕首、长柄战斧、圆锤、棍棒、喷火器和云梯，等等。其中，盔甲和头盔仍然是武器制造的主要产品。这一时期，还没有中亚制造火炮的历史记载。

16~17世纪，撒马尔罕城继续着传统贸易。17世纪，在欧洲政治中一直处于边缘地位的俄罗斯在彼得大帝即位后崛起，进而垄断了中亚城市与西方国家的贸易。中亚与俄国之间的贸易仍然沿着以往的路线进行，贸易中心是伏尔加河中游、卡马河岸的保加尔城和伏尔加河河口附近的伊蒂尔城。撒马尔罕商人经锡尔河草原地带，穿越咸海西北部的沙漠来到这两个城市。直到18世纪下半叶，中亚地区政权才重新开始朝着统一的方向发展，但俄国这时已经进入了近代。

17和18世纪也是人类历史上的分水岭，人类社会开始从农业文明走向工业文明。俄国在欧洲的影响下也朝着这一方向缓慢前进，而远离工业文明的撒马尔罕人对外界事物不甚了解，仍然沿着以往的道路走。失去了陆上通道的地位，撒马尔罕也失去了与外部文明交流的机会，不再被外部文明推动着改变格局。它也无法从与东方的传统商贸和文化联系中获得新知；自明成祖起，中国也实行了闭关锁国的政策。曾经辉煌的伊斯兰世界从整体上开始落后，身处其间的撒马尔罕已无法从伊斯兰世界的其他国家汲取养分了。

1683年，盛极而衰的奥斯曼土耳其帝国再次发动对欧洲的进攻，企图挽救衰落的命运，但在围攻哈布斯堡王朝的维也纳战役中失败。英国历史学家阿诺德·约瑟夫·汤因比曾写到，奥斯曼帝国1683年进攻维也纳的失败，标志着曾经能与西方文明媲美抗衡的伊斯兰文明正式衰落。当乌兹别克斯坦的汗国终于在兼并小封建领地的基础上趋于联合统一时，19世纪中叶俄国的征服打断了它的发展进程，以枪炮武装起来的沙俄军队兵不血刃地占领了撒马尔罕，将泽拉夫善河上游地区并入沙皇俄国版图。以此为据点，沙俄完成了对中亚的征服。

就这样，撒马尔罕的文明沉寂了下来。

手工业的命运

无论是在费尔干纳盆地，还是在撒马尔罕和布哈拉，我们都乐此不疲地参观当地的手工作坊。对一个从"世界工厂"前来的游客来说，那些耗时精心制作的手工艺品，具有很大的吸引力。身着传统服饰、在作坊里劳作的手工业者则让人感到，撒马尔罕与布哈拉不是一座陈列的博物馆，而是一座活着的古城。中世纪的时间依然流淌着，

撒马尔罕丝绸地毯厂

穹顶之下古老的砖墙与集市里蜿蜒幽深的通道，因而有了鲜活的生命力。那些寄居在清真寺与经院里的手工艺品店，就像大树枝上栖息的小鸟儿，让这些久经岁月洗礼的土墙黄砖变得热闹而有生气。

在布哈拉的时间短暂，仅用来流连徘徊于它的大巴扎似乎显得不够。我们住的旅舍离古城很近，由一座经院改造而来。推开雕花的厚重木门，便是一个三面围合的小院。两层的砖楼，每一层都有偌大的回廊，摆放着伊斯兰世界的人床，床上铺着手工的绣毯和靠垫。阳光好的时候，就可以沏一壶茶，端上一盘糕点，盘腿坐在床上谈经论道。每天，从这里出发，步行不多远，就可以到达古城的大巴扎。

这座大巴扎有500多个摊位。布哈拉的大巴扎与同为伊斯兰名城和手工业圣地的伊斯法罕和马士哈德的又有一些不同：这里不仅是纺织品、铁器、金银器皿、地毯等商品的集散交易地，也是手工作坊的聚集地，一些规模大的商店，同时也是已有名气的工匠做工的地方。一位布哈拉绢绣家族的女传人告诉我，大巴扎也有几进，正门入口的通道，过去是聚集着许多兑换货币的人的地盘，各国来的商人手里拿着各种钱币，就在这儿兑换；再进去，是卖帽子、丝巾、钱包等小件商品的地方；出第一个拱道，那条有顶的走廊两侧是卖挂毯和地毯的区域；出来，是街道，这是铁匠铺的区域……现在的大巴扎打破了一些传统的布局，但基本也是行会似的分处聚集；穿行在大巴扎中，拱券相连，拱顶错落，十字形平面集中组合，内部空间延展而又幽深，构成交叉的通行甬道，就如在曲径的山中行路，拐弯处或豁然开朗处，总有惊喜相迎。

卡马洛夫兄弟俩的铁匠铺吸引了我们。哥哥和弟弟的铁匠铺分别开在巴扎的不同侧，相距甚远。哥哥作为长子，年事已高，似乎在布哈拉有着更高的声望，他的铁匠铺干脆是一座博物馆，进门中央是一座铸成壶状的炉子，侧门里的房间展示着他们用新工艺锻造的大马士革刀、大弯刀和菜刀，这里现在已由他的长子主要负责。一面墙上是他们参加欧洲巡回展时的海报，还有一些台湾媒体报道的剪报。

弟弟也已是中老年人，他的作坊朴素很多，因此更像是个干活的地方，不像是专门为了供人参观而设计的。我们来时正是大冬天，布哈拉的旅游淡季，没有什么游客；他就系上粗皮的黑围裙，取下墙上挂的斧头，点燃炭火，烧旺炉子，拿出几块厚厚的钢条锻打了一番。在叮叮咚咚的捶打声中，烧得通红透明的钢条被捶打得越来越薄；就这样，不断在水中冷却，又不断在炉中烧红，撒上钢粉，再不断捶打，真是一项耗费体力与时间的活儿。

今天，劳动力当然是很昂贵的，但布哈拉刀的技艺所在，就是要把这些打成薄片的钢，叠成7层，打在一起。在打的过程中，不断地让7层钢拧曲、融合，经过400～500次的翻转扭曲，最后在那张刀片上，会呈现出流水似的花纹，每把刀的花纹都很独特，变幻无常，美丽绝伦，是锻造过程自然又随机的产物。

这种铸刀法呈现了古代大马士革刀的花纹。只是能使中世纪大马士革刀产生天然花纹的原料——乌兹钢据说已经枯竭了，古法锻刀也就不复留存。像这样劳动密集型的手工艺，没有帮手是不行的。巴扎里每一个作坊都有父子与学徒，父亲就是那个传授手艺秘诀的师傅，儿子负责经营，同时传承父亲的手艺，而那些学徒，既要干杂活，也要学手艺，然后才能出师，去开自己的作坊。

在大巴扎里穿行流连，有时我恍然觉得自己踏入了另一条时间的河流。锻打一把刀的一招一式，绣一张挂毯的一针一线，刻一个彩色铜盘的一锤一凿，分明不是现代时间的特质，这里的时间流动得太慢，若按理性计算，太昂贵。我难以想象，按照伊斯兰世界艺术的繁复，绣完一张桌布需要多少针，刻完一个挂在墙上的铜盘需要手执像钉子一样的凿子捶打出多少根线条。我进入的是15～17世纪的那个撒马尔罕的时空吗？还是说我身处21世纪的一隅，它竭力保留着15～17世纪的面貌？或者说，这里的时间就从未改变过它的模样，从不被外部的世界所改变？这是一条静止的时间的河流吗？

大巴扎最有名的细密画家叫达佛龙·托谢夫，他有一栋两层的作坊，陈列着他的细密画作品，还有很多别的工艺品，比如把细密画镶嵌起来的首饰盒子，或者挂在墙上的手绘盘子。托谢夫参加了巴黎的很多细密画展，说一口漂亮的法语。欧洲人对细密画有很浓厚的兴趣，《费加罗报》还曾专门来采访过他，写了一篇人物特写。他的画的内容，主要还是来自波斯文的诗词和蒙古的史书。

托谢夫拿出已经翻得起了皱、快掉页的哈菲兹和鲁拜的诗集，告诉我，这是他很多细密画内容的来源。我是在伊朗之行中认识波斯伟大诗人哈菲兹与鲁拜的。正是他们热烈而浪漫的爱情诗句和对酒的赞美与热爱，让我看到了伊斯兰世界宗教精神层面下，另一个自由而奔放的世俗世界。

托谢夫的画有表现帖木儿征战的历史题材，也有蒙古贵族骑马、狩猎和打马球的娱乐场景。但最吸引我的，是那些表现男女之爱的细密画。尤其是年轻恋人身着传统华服，手牵着手，一起对饮葡萄酒的主题，在托谢夫的作品中反复出现。有时，爱情的刻画微妙而含蓄，比如，男人牵住女人裙子一角挽留她；有时，又大胆而直率，比如，男人将女人搂进怀里敬酒。在阿拉伯人给乌兹别克人带来伊斯兰文明前，他们与波斯人一样，曾经发展出丰富的世俗文化。

托谢夫拿出一幅未完成的肖像画，调好色彩，在他的画板前坐下，开始用细细的笔尖描画男人的胡子，在那根胡子上，他一点一点地描了很长时间，那根胡子就像一个宇宙，时间在此停滞了。

我想起了土耳其作家帕慕克的小说《我的名字叫红》。16世纪奥斯曼帝国苏丹的画师们对细密画技巧孜孜以求，那些细密画的画法与技巧中，隐藏着对信仰的忠诚和派别的斗争，而细密画的精细，竟可以达到作为分析精神与心理活动的依据的程度——画中一匹马的鼻子上不易察觉的裂痕，就是证据。

托谢夫又拿出一张经院内景的画，调好金粉，细致地描画起立面的墙砖来。这幅画他估计需要一年的时间才能完成。他告诉我，他是传统的细密画师，所有的花纹和样式"都绝对严格地尊崇传统"，"我绝不吸收西方的画法，也不做任何'变革'，我画的就是传统的、此地的，而不是西方的，也不是其他任何地方的"。

他的固执，让我想起《我的名字叫红》里那些认为西方透视画法是对神的亵渎的画师。可惜的是，这些细密画的线条与色彩，与他们内心情感和信仰世界千丝万缕的联系，对我这个粗浅的探访者来说，依旧是隐秘而不被理解的。

正是在托谢夫描绘细密画的时候，我对撒马尔罕与布哈拉的疑问，得到了一些回答。15~17世纪，作为撒马尔罕与布哈拉重要社会阶层的手工业者，坚守如此繁复而细密的工艺，在技术上又如此保守和虔诚地遵循传统，抗拒突破性的发展，也就不难理解，为什么这里的思想显得稳定又静止，而历史则不断循环往复了。

随着手工业的发展，各种店铺和作坊按种类分布在不同的街道或街区内；行业的集聚便于工匠们组织起来保护自己的利益，同时也便于消费者比较价格与质量。撒马尔罕城手工业在技术上没有新的突破性发展，手工业者的组织也同样是中世纪的行会组织。

从15世纪晚期起，欧洲的行会精神在减弱；16世纪，欧洲的手工业者已经被纳入当时先进的手工工场。然而，16世纪撒马尔罕的经济还没有发生根本的变化，手工业生产仍然有封建性质，手工业者的组织也是封建性的行会组织：手工业行会由一位行会师傅担任会长，会长具有特权地位，他们利用这种地位致富。

16世纪下半叶至17世纪上半叶的一份撒马尔罕文件中，一份对已故行会会长唐格里·贝尔迪的报道说，他的庄园包括"一栋带外屋和庭院的房子，一个磨坊，男女奴隶各两人，一匹马，手头的现金数是200腾格金，还有400匹布、200千克丝和1个作坊。在他的债务人名单中甚至包括宗教界领袖"。

撒马尔罕与布哈拉的手工业行会组织具有严密的行规，对工艺严格保密，这些工艺就像现在的专利权和版权一样，是有价值的财产。每一个行会都有行会师傅，他们对该行会生产的产品质量进行监督，以保证达到公认的标准，还要对税的收集和分配及降低产品价格负责。

17～19世纪，撒马尔罕与布哈拉错过了主动进入近代文明的机遇。但到了21世纪，手工业就像是丝绸之路柳暗花明的历史馈赠：工业革命与全球化渐渐把世界大部分国家与地区卷入了进步的进程，沙漠绿洲中的布哈拉汗国因其通道作用的衰退，成了封闭、自给自足的封建农业国；而正因为这种封闭，它静静地在欧亚大陆深处保留和发展了伊斯兰与中亚传统文化与技艺的精华，在工业时代的激进和对机械复制的流水线产品的热情消退后，这些手工业传统的价值又重新被发现，而且因其经受住时间的检验显得弥足珍贵。但问题是，这些手工艺，还有撒马尔罕与布哈拉的历史真的就从来没有断裂过吗？我所见的布哈拉，究竟是中世纪的布哈拉，还是21世纪带着怀旧色彩的布哈拉？

我们根据大巴扎里的人的指引，来到做金线刺绣的人家中。师傅是一位慈祥的白发老人。这个作坊背后就是他的家,这是一个三层楼房围合成的阔绰的院落,三合院里住着他们三辈人。作坊里,一位年轻的姑娘正在绣一朵牡丹花,右手执针上下进出,拿着线卷的左手则配合着不停松线。

乌兹别克人在一些特别的场合要穿不同的民族服装。师傅告诉我,女孩儿第一次见未婚夫的家长时,就要穿一件无扣的丝绒长外套,门襟与袖口处一般绣着金线的花纹;去参加一些重要的聚会,他们也喜欢穿传统服装出席。师傅在回到家乡之前,曾有10多年的时间在俄国人的制鞋厂工作。他说,那个时候,所有的手工业者几乎都被改造成了工厂工人,被驱赶进厂里,"在流水线上,啪啪啪,钉鞋跟,生产一模一样的皮鞋","那个时候,这片大巴扎的作坊基本都关张了,很萧索。直到90年代,才重新聚集起来,重新回到手工业的本行去"。

资料显示,苏联时期,撒马尔罕是苏维埃共和国最大的工业中心之一,"工业以机械制造和化学工业(大的企业有磷酸钙厂和硫酸厂)为主,也是乌兹别克共和国的铁路和公路枢纽";"在苏联计划经济体制下,指令性计划渗透到共和国经济生活的各个方面,达到了每一千块砖头、每一双皮鞋或每一件内衣,都需由中央调配的程度",最终,"'区域分工'和'经济专业化'导致了共和国经济的不合理结构,甚至演变成单一的畸形经济。'二战'期间,撒马尔罕的冶金工业产值增加了三倍半,而食品工业和纺织工业产值却都减少了一半"。

师傅的儿子英语很好,他向我解释说:"我们不喜欢那些一模一样的流水线东西,没有任何情感可言;回归到手工,也回归到我们过去与布哈拉当地人生活的关系中去——他们为某一次聚会来订制特别的服装，如果付不起很高的费用，也可以来我们这里租一件衣服。"

俄国人给撒马尔罕带来了近代文明，使撒马尔罕和布哈拉有了电报线和铁路，将其纳入近代社会的轨道，同时也摧毁了这里的传统手工业。沙俄政府初期，布哈拉汗国生产的"马尔吉尔"布和一种七彩色布"奇特"曾闻名世界，还有一种名为"巴克赫马尔"或"马克赫马尔"的深红色天鹅绒，光滑华丽，是俄国商人争先购买的布料。但沙俄统治中亚以后，为了本国纺织产品的销路，维护莫斯科、圣彼得堡、伊凡诺夫-沃兹涅先斯克的纺织工厂主的利益，限制了中亚纺织业的发展，中亚纺织业从中世纪的优势产业逐渐衰落，中亚成为俄国纺织品的进口地区。1872年，一个俄国财务官员写道："布哈拉人从头到脚穿的全是俄国的棉织品。"

随着铁路的开通，撒马尔罕与布哈拉传统的商品货币关系也发生了快速改变；俄国商人、高利贷者、资本家和银行主涌入，在此开银行，办工厂，发放高利贷，建立棉花种植园和大农场。而当十月革命的胜利结束了沙皇俄国在中亚的统治时，民族国家观念取代了过去血统的观念，成吉思汗的血统在中亚失去了意义，古老的撒马尔罕与布哈拉在错过了很多次全球化潮流后，在苏联时期开始了快速工业化。

大巴扎里的手工作坊，也许应该被视为传统的重生与复兴。每年从世界各地来到这里的游客，则将这些曾经有过历史断裂的手工作坊置入了一个全球化的新背景。我走在大巴扎蜿蜒的曲径上，感到古老与现代的时空在这些交叉的通行甬道处，交织出某种我仍未完全理解的传奇。

（本文写作于2015年。摄影：关海彤。）

附：

一只玉杯里的乾坤

这只玉杯是用橄榄绿翡翠制成的，天然云状纹理漂在光滑的表面。把手上一只中国龙用嘴和带蹼的前爪抓住杯子的上沿，后爪蹬在杯底，正从杯沿上向杯内张望，好像随时都会一跃而入。

可以想象，使用这只玉杯的人举杯仰头饮酒时，与这只活泼的小龙四目相对的亲密感受。玉器就像瓷器一样，成百上千年的岁月从它们温润的表面滑溜溜地流走，留不下什么磨蚀的痕迹，只是让它们的仪态显得更沧桑一些。

这只玉杯上的阿拉伯语铭文"驸马乌鲁格别克"表明了它所属的主人。和帖木儿一样，"驸马"这个身份，是以女婿的身份成为成吉思汗打下的蒙古帝国的继承人的封号。这只杯子很可能是在今天乌兹别克斯坦的撒马尔罕制造的，时间在1417～1449年间。正是在大约15世纪初，乌鲁格别克——帖木儿的孙子，开始接替父亲治理撒马尔罕。

"乌鲁格别克"这个名字随即叩响了记忆之门，将我带入几年前在撒马尔罕旅行的时空：在那里，我曾寻访过这位撒马尔罕统治者的踪迹。

在撒马尔罕乌鲁格别克修建的雄伟天文台脚下，有一尊他的巨大石雕。他的手里拿着一卷经卷，望向远方，可能是在测量星空。也许在抬头观星时，他曾经使用过这件翡翠龙杯小酌——玉器是他一直钟爱的器物。那天，一对年轻人正在他的雕塑脚下拍婚纱照，雕像周围围满了他们的家人，可见乌兹别克斯坦人对他的尊崇。

玉杯。图片出自《大英博物馆世界简史》(尼尔·麦格雷戈著,余燕译,南京大学出版社,2017年)

这位撒马尔罕的统治者通晓乌兹别克文、波斯文和阿拉伯文,信奉伊斯兰教逊尼派,谙熟经典和教义。他博学多识,尤精于天文历算。当他短暂地身居统治者之位时,帖木儿帝国正处于鼎盛时期,辽阔无垠,经济繁荣,学术文化昌盛,宫廷学者荟萃。一位西班牙人在这时来到撒马尔罕,发现来自不同城邦的代表人物,"有文学、史学、天文学、绘画、建筑大师,都渴望在此建功立业,实现人生抱负"。

翡翠龙杯上的阿拉伯铭文,反映了撒马尔罕与伊斯兰世界的紧密联系,布哈拉、撒马尔罕、塔什干的许多清真寺和宗教学院都在这时基于一张宏图而兴建。乌鲁格别克就是这个繁荣成熟的社会孕育的高度文明的体现:在他所建的这个天文台上,曾装置着巨型精密天文仪器,收藏着天文历算等大量图书,一批穆斯林和印度的天文学家曾会聚于此,共同进行天文测量和研究;他编绘的囊括了千余颗恒星方位和运行的星表,成为亚洲和欧洲的标准参考资料,17世纪在牛津被翻译为拉丁文和波斯文。月球的一座环形火山因此被命名为"乌鲁格别克",他的名字与哈雷、伽利略、哥白尼等伟大科学家的名字并列。

在撒马尔罕的天文台现存遗址博物馆里,我发现一张乌鲁格别克曾经使用过的天球仪的图片，文字注明实物陈列在大英博物馆里。但我在大英博物馆里却并没有看到这个天球仪。它最近一次的展出记录是在2014年9月至2015年1月大英博物馆举办的"明朝：改变中国的50年"特展上。

在这个特展上，这个天球仪奇妙地与明朝宦官和宫廷国际化的历史叙述结合在一起：从宣德皇帝开始，年轻的太监接受良好的教育，至1450年左右出现了一批精通历史和古典学的太监精英，他们不仅成为太子和公主的教师，而且逐渐代替了女性成为宫廷乐师。这些太监有非常国际化的背景，永乐皇帝就雇用了蒙古、中亚、越南、韩国的"外国"太监，有一些人后来在宫廷内升至高位，比如主持营造紫禁城的越南太监阮安。

在全球化的明朝初年宫廷内，中亚来的穆斯林天文学家和数学家在司天监（后改名钦天监）工作，四夷馆也翻译了大量的中亚阿拉伯语和波斯语的天文著作。而这只根据波斯天文学家阿卜杜勒-拉赫曼·苏菲的《恒星之书》所绘制的天球仪，被广泛用于教学和观察。乌鲁格别克在撒马尔罕天文台所用的仪器，也为明朝宫廷里的西亚穆斯林天文学家所用。

父亲去世后，乌鲁格别克一度想借帖木儿的威名来稳固自己的大权，在祖父的墓地上立了一块用稀有黑玉制成的纪念碑，用阿拉伯文宣告世人："在我苏醒之际，世界将为之战栗。"虽然渴望强权的回归，但他本人并非一位杰出的统治者。他缺乏指挥才能，以致在位短暂几年后就在宫廷内部斗争中被杀害。大英博物馆前馆长尼尔·麦格雷戈在《大英博物馆世界简史》中如此写道："仅靠个人忠诚维系的帖木儿帝国在历史上昙花一现。作为统治者的民族习惯了草原生活，觉得官府缺少自由。他们未曾建立一个有序的中央政权，也没有成功运作的官僚体系。每一任统治者的去世都造成了混乱。"

在撒马尔罕古米·埃米尔陵墓的蓝色穹顶之下，停放着乌鲁格别克的灵柩。考古学家发掘墓葬时发现，他尸体的头颅被斩，与历史文献的记述相吻合。麦格雷戈引用乌兹别克斯坦作家伊斯马利洛夫的话，写出了这个翡翠杯里诗意的隐喻况味："玉杯被视为个人命运的象征。当我们说'杯子已满'时，意味着命数已定。乌鲁格别克的侄子、诗人巴布尔在一首诗中写道：'哀兵不可尽数，唯有斟上烈酒，以杯为盾。'这就是酒杯的象征意义——它是抵挡哀兵的抽象盾牌。"

乌鲁格别克被斩首后，帖木儿帝国的统治结束了，中亚再次分崩离析，成为各方势力纷争的战场。这只玉杯却存续和流传下去，记录了后续的发展。在它的杯口一端有一块白银，是后来为了修复可能被摔坏的裂痕而"包扎"上去的。白银上有一句雕刻于17或18世纪的铭文，是奥斯曼土耳其文，上面写着"神的仁慈无远弗届"。这说明，这只玉杯当时已经辗转来到了伊斯坦布尔，当它被刻上另一种文字时，距乌鲁格别克被刺杀，300多年的时间已然流逝。

大英博物馆的官方网站上记载着这只玉杯的参展记录。与天球仪一样，它曾参加过"明朝：改变中国的50年"特展。在那个展览里，它与描述孟加拉使者向永乐皇帝进贡长颈鹿的《瑞应麒麟图》、波斯历史学家哈菲兹·阿布鲁的《历史纲要》一书中描绘中国明朝皇帝的插画对开页、斯里兰卡加勒的三语（中文、泰米尔语和波斯语）石碑、琉球群岛的中式漆盒等放在一起，讲述了明朝永乐年间郑和下西洋和明朝世界贸易范围的历史。

展览记录里，这只玉杯还曾于1989年4月至11月到过洛杉矶和华盛顿，参加了当年影响力很大的"帖木儿与王子的视野：15世纪的波斯艺术和文化"（Timur and the Princely Vision: Persian Art and Culture in the Fifteenth Century）特展。那个时候，撒马尔罕正处于苏联的版图内，而不久后这个帝国就将解体，乌兹别克斯坦也将再一次在中亚变动不居的统治权力剧变与陷落之后，寻求新的身份认同。乌鲁格别克的头像和他为祖父所建造的墓碑，将出现在新乌兹别克斯坦的货币上。

不久后，我在旧金山亚洲艺术博物馆看到了另一件可能也是在撒马尔罕制造的白色玉杯，与大英博物馆的这只几乎处于同一时代（大约1460年），几经流转，在印度被发现。这只圆柱形的白色玉杯体形很小巧，在展柜里静静闪耀着剔透的光芒。玉器上原来的铭文是阿拉伯语，后来的收藏者又在杯沿上加刻了波斯语，标明它的所有者是莫卧儿王朝的帝王贾汉吉尔，阿克巴大帝之子。刻上波斯语时，这只杯子已经流传了150多年。

莫卧儿帝国是乌鲁格别克的侄孙、帖木儿第五代后裔巴布尔在印度建立的帝国。巴布尔已是突厥化的蒙古人，但他和他的子孙仍把自己视作帖木儿的后代。与大英博物馆那只被刻上奥斯曼土耳其语的玉杯不同，这只玉杯上的波斯语（莫卧儿帝国的宫廷和官方语言）表达了帖木儿的后代对祖先和帖木儿帝国的缅怀。

两只玉杯遥相呼应，它们的流转和铭文将撒马尔罕、奥斯曼帝国和莫卧儿王朝联系起来，默默见证着撒马尔罕的文化巅峰、波斯文明在中亚与东方的传播、帖木儿帝国的崩塌、奥斯曼帝国在中亚的征战、帖木儿后代去往南亚的迁徙、印度莫卧儿王朝的宫廷文化、俄罗斯帝国和苏联的兴衰，展开了一幅幅波澜壮阔的历史地理画卷。

费尔干纳：交汇处

如果说中亚是个种族大熔炉，那么，费尔干纳作为中亚的心脏地带，则由于上百个民族高密度地聚居在这狭小封闭的盆地中，酝酿出五彩斑斓的多元文化、纠缠不清的民族问题和宗教矛盾，它们也成为这座熔炉最高温度的焦点所在。这一行，我们想寻找的，是费尔干纳与这个文明通道处所撞击出的色彩斑斓的文化。

"心脏地带"

进入费尔干纳盆地，沿途不时出现的荷枪实弹的士兵和检查岗，让人感到近年来这里的紧张局势还未完全消解。一路上，至少有3次检查，其中还包括一次部队设卡检查。通过一个隧道时，司机叮嘱我们千万不要拍照，但仅仅是摄影师开着镜头盖的相机，就引起了关卡士兵的警觉，他命令我们将车停到路边，对我们进行了很久的盘问。虽然取得乌兹别克斯坦的旅游签证非常便捷，但这个国家的安全措施却给我留下了深刻的印象。最明显的一点是，游客必须每天有注册旅馆提供的签到证明，出关时，海关会按日期查看游客是否每天都有在旅馆报到。据说乌兹别克斯坦的警察以高效率和快速反应而著称：一旦一个城市发生了抢劫或凶杀事件，警察在15分钟内就可以封锁全部路口。

车在盘山公路上缓慢前行，目之所及除了山还是山。若是春季，山岭的草地也许该散发出绿意，山坡上的向日葵、道路两侧沟渠生长的桑树，都该复苏过来。

遥想公元前138年，张骞奉命来到西域，联络曾被匈奴赶跑的大月氏合力进击匈奴，历尽千辛万苦，越过沙漠、戈壁，翻过冰冻雪封的葱岭（今帕米尔高原），才来到了这里。大宛的国王热情地接见了张骞，并帮助他先后到了康居（今撒马尔罕）、大月氏、大夏等地，不禁感慨古人不易。这也是中国的旅行家玄奘曾经来过的地方。他曾写到，其地"周四千余里，山周四境。土地膏腴……多花果，宜羊马"。

大约一个世纪前，英国考古学家奥雷尔·斯坦因爵士在《西域考古记》中记道："以前塔里木盆地和妫水中部经过哈剌特斤以及阿拉山所有的贸易，现在久已没有了。巴尔克和妫水南边'阿富汗突厥斯坦'的一些地方也久已没有看见从中国来的货物经过了。从妫水方面到哈剌特斤当地的一点点贸易，都是从达罗特库尔干取道费尔干纳的马吉兰或者安集延，至于自疏勒出口的货物则横过特勒克山口，借俄国铁道以转向这些地方。"今天，这里的盘山公路上行驶着一辆辆货车。

我们到达费尔干纳的第一个夜晚，在城里的餐厅吃饭，大厅忽然黑下来，停电了。在费尔干纳盆地，我们遇到好几次停电，有时甚至整夜都没有电，也许是因为冬季的缘故。每个餐桌上都点起了蜡烛。突然，亮起了歌舞厅的大闪灯，应该是发电机带动的，进而响起了摇滚音乐，餐厅里的人们一个个走到空地中央，跳起舞来，这个场景颠覆了我对费尔干纳的偏见。近十多年来，费尔干纳因民族和宗教冲突而生的政治动荡，让人很自然地将它与保守的伊斯兰社会的民风联系起来。费尔干纳是中亚地区伊斯兰化程度很高的地区，其私域生活所遵从的原则和习俗，这一次旅行也仅仅能窥见些皮毛。

安集延的村庄

在费尔干纳的安集延，我们拜访了当地村庄的一个大家庭。

霍多莫夫在塔什干的通用电气公司工作，是一位工程师，负责零配件的销售。因为外语很好，业余时间帮旅行社做一些翻译的活儿。他的老家就在安集延的农村。他一回到家，4岁的小儿子就扑了上来，搂住爸爸的脖子不放。在首都打工的霍多莫夫，可能也是想通过旅行社的兼职，多回老家看看家人。在他们的院落里，有种植蔬菜的暖棚和养着十几头牛的牛棚。

晚上，霍多莫夫的家人备好了当地最好的食物——羊肉饭。乌兹别克人一旦请客，就总是要把桌子全部摆满，这样才显得丰盛。尽管主食就是羊肉饭，但桌上的馕、糕点、葡萄、苹果、饮料和茶，还是共同营造出了琳琅满目的热闹氛围。一进房门，老母亲就提起温在煤炭炉子上的长嘴铜壶，端着一个盆子过来，让我们洗手。

我们盘腿席地而坐。家中的长者——霍多莫夫的父亲、母亲、大舅、二舅依次走进来。每进来一位长者，霍多莫夫就站起身，和他们一样，将右手掌放在左胸前，致以问候。每一个人坐下来，大家都摊出双手，轻抚自己的脸，然后才面对食物坐下。我问霍多莫夫他的妻子在哪里，霍多莫夫说，她在厨房里忙活。直到晚餐结束我们起身告别的时候，她才从一侧的厨房中出来与我们道别。

霍多莫夫穿着毛领大衣、打扮时髦的妹妹也在我们快离开时,从大门外火急火燎地飞奔进来,极为热情地握住我的手,礼貌性地劝我们留宿在她那儿——席间,我听到她的妈妈打了好几次电话,语气略微严厉,提到了来自中国的客人,大概正是催促她的女儿过来一趟,以免失礼。

即使是这样一个深居盆地的农村家庭,其家庭成员的行动疆域也是很辽阔的。年近七旬的大舅曾经在苏联时期去东德服过兵役;霍多莫夫的母亲也曾应邀去柏林附近的波茨坦做过医学方面的交流。席间,他们谈论着今年的农作物收成,还有要防止被雨水淋坏的胡萝卜。霍多莫夫建议我们尽早去参观他家的院子,以免赶上夜间停电。院子很深,十多头牛很宽松地居住在棚子里;冬天,它们不怎么出去溜达了。老母亲告诉我,春夏时节会让小孩子和年轻人带它们去山谷遛遛,但它们圈养于此的时间比草原上的牛要多。牛棚的一侧是两个蔬菜暖棚;在院子后面,还有一片农田,种植着棉花。

这个小院落本身,便是游牧社会与绿洲农业社会的结合了。刚回到房内,果然停电了。大舅一摁脑袋上的帽子,竟然有个小灯泡,射出了电筒似的光;功率不小的应急灯立即点上,足够照亮屋子。离开的时候,下雨了。我发现,屋檐下摆出了几个铁桶,是用来接雨水的。费尔干纳的自然资源,特别是水资源,处于一种较为紧张的状态。

霍多莫夫一家都是乌兹别克人,与吉尔吉斯人、塔吉克人一样,属于费尔干纳地区的主体民族。这里的民族构成非常丰富,据说在巴扎里,一次简单的交易就会涉及好几个民族的人。我们因为时间有限,无法深入。近代以来,费尔干纳地区生活着几十个民族,但直到十月革命时期,这些民族之间的界限依然不是十分清晰。当时经常被提及的是在绿洲定居的萨尔特人、高山游牧的布鲁特人和处于山前地带的半牧半农的克普恰克人。这些人为争夺耕地、绿洲、草场、水源，不断爆发部族与民族冲突。十月革命后，苏联政府在中亚进行民族识别，并根据通过识别掌握的民族分布情况，组建了中亚的民族加盟共和国。

在历史上，整个费尔干纳盆地一直都是一个整体，战争和商道带动的人口流动，形成了这里多民族聚居的状况。苏联建立在民族识别基础上的人为疆界划分，导致了盆地的破碎。这些政区划分中亚各独立主权国家的国界后，情况变得愈发严峻，尤其是那些飞地，更成为匪徒们出没自如的理想通道。2000年，在乌兹别克斯坦、吉尔吉斯斯坦和塔吉克斯坦三国交界地带发生的武装骚乱，都是充分利用了三国交界地带的复杂地理形势。更何况，中亚南部与阿富汗接壤，中亚西南和西部分别与中东、外高加索及俄罗斯的车臣等地区相邻，东部与我国新疆交界，多个同源民族跨国而居古已有之。"现代民族国家"在中亚的心脏地带遭遇了很大的困境与悖论。

中亚地带的游牧文化与通道性质，似乎决定了它的边境线在历史上长期持续的不稳定。直到18世纪初，乌兹别克明格部首领才在费尔干纳建立起浩罕政权，而这个政权最初只是半独立于布哈拉的领地，在清朝统一新疆时，还一度臣服于清王朝。19世纪初，它将自己的统治扩张到盆地之外的塔什干及锡尔河右岸，成为与布哈拉、希瓦相鼎足的乌兹别克三大汗国之一。19世纪下半叶，沙俄侵入中亚，布哈拉与希瓦先后向沙俄投降，而浩罕汗国的民众抵抗最为顽强。沙俄最终完全灭掉该国，建立直属突厥斯坦总督府的费尔干纳州。"民族国家"是到苏联时代才引入的年轻的舶来品。

霍多莫夫并不从"民族国家"的角度出发思考问题。他告诉我："我不认为要对民族做出刻意的区分，我也从未有意识地认为自己属于主体民族或别的人属于少数民族。我们的祖先很早前来到这里，世世代代生活于此，这就够了。"

费尔干纳博物馆

在费尔干纳博物馆，我看到了一张令我印象极为深刻的照片：在费尔干纳盆地的古城库瓦（kuva）佛庙遗址考古发掘的一尊佛像。照片上，这尊巨大的三眼佛陀还未被完全挖掘出来，刚从土堆里露出一个头。乌兹别克斯坦的考古学家认为，这可能是湿婆的形象。查阅有关库瓦的图片和文字资料，发现库瓦寺庙出土的面目狰狞的佛教护法神头像也十分引人注目，其中有头戴颅骨状帽子、面孔愤怒的女神，还有龇牙咧嘴、鼻头圆凸、蹙眉怒目的男神。库瓦佛像的冲击力在于，这是我在中亚这一行中所见的罕见的佛像。

自阿拉伯人的征服使得中亚地区伊斯兰化之后，佛教的踪迹几乎就在征服的战争与捣毁圣像的过程中被抹得干干净净。但费尔干纳境内曾存在过的巴克特里亚-吐火罗斯坦文化，在库瓦仍有所保留。这一时期的巴克特里亚-吐火罗斯坦艺术，明显地呈现出印度艺术同当地的巴克特里亚-吐火罗斯坦艺术的融合。库瓦佛像表明，印度佛教艺术的影响一直持续到8世纪中期。

另一次读到佛像遗迹在中亚国家的存在，是在一位中国驻哈萨克斯坦的外交官的游记中。他在阿拉木图野外伊犁河边的突兀石崖上，看到了三尊佛像，"个个体态丰满，颇有神采，线条十分清晰"。实际上，早在中世纪前，各种宗教都曾在中亚得到过传播。8世纪之前，今天阿姆河和锡尔河流域的河中地区，受印度文化、中国文化和波斯文化的影响，多信奉萨满教、袄教、佛教、摩尼教、景教及崇拜精灵的原始宗教。而7～8世纪，佛教曾经在中亚产生过深刻的影响，直到8世纪中期。

7世纪末8世纪初，阿拉伯军队越过阿姆河，在20余年间先后征服了布哈拉、花剌子模和撒马尔罕，攻入费尔干纳盆地，到达锡尔河流域。征服者强迫当地居民放弃原来的宗教信仰，皈依伊斯兰教。在这一过程中，大批历史名城遭到洗劫，许多佛教、袄教和其他宗教的庙宇、神像被焚毁，取而代之的是清真寺。

伊斯兰教进入中亚并成为居于主导地位的宗教，经历了漫长的历史。石岚在其《中亚费尔干纳：伊斯兰与现代民族国家》一书中分析说，中亚天生就存在着两种截然不同但相互联系的人群：绿洲定居农业居民，如布哈拉、撒马尔罕、费尔干纳的居民，以及围绕着绿洲的草原部落民族。相比而言，绿洲居民对伊斯兰教的皈依更为有效，信仰也更为虔诚。

9世纪时，阿巴斯哈里发册封波斯将领统辖中亚地区，伊斯兰教的传播得到了加强和延续。穆斯林商人和随后的苏菲传教士们在经商与传教过程中，不断向沿途的中亚人民介绍伊斯兰教。正是这些人将伊斯兰教演绎为一种日常生活方式，而不是宗教意识形态，使其在当地扎下了牢固的根基。费尔干纳盆地就是在这时成为了伊斯兰教向东部山区扩张的重要通道。

在费尔干纳的博物馆里，我仍能从那些老照片上感受到伊斯兰教在盆地深入人心时的情形。其中一张黑白老照片，清真寺前的广场上，密密匝匝的虔诚教徒，穿着长袍，戴着头巾，深躬伏身，聆听或祈祷。那种盛况，在今天关于麦加的新闻报道图片上仍能看到。费尔干纳成为伊斯兰教传播与信仰的一个重要中心；乌兹别克人则成为盆地中最虔诚也最保守的伊斯兰教信徒。14世纪，统治中亚和新疆的蒙古可汗纷纷聘请大苏菲传教士为自己的精神导师，并下令自己的属民皈依伊斯兰教。世俗权贵与伊斯兰教权贵的结合，大大推动了中亚伊斯兰化进程。其后，苏菲传教士持续不断地深入草原牧区，逐步将伊斯兰教推广到中亚的穷乡僻壤。经过苏菲传教士几个世纪的努力，中亚最终由非穆斯林统治的"战争地区""和约地区"变成伊斯兰的和平地区。

问题是，世俗王为巩固自己的统治与宗教权贵相勾结，而宗教势力一旦盖过世俗权力，斗争必将激化。中亚历史上有过许多以伊斯兰教为国教的穆斯林王朝，但除了在世俗统治特别薄弱的个别偏僻地方外，还没有出现过政教合一的神权政权。这就是中亚伊斯兰教地区与伊斯兰教发源地迥然不同的地方。

时至今日，尽管伊斯兰教在中亚有很深的影响，但世俗政治仍是中亚地缘政治的主流。沙俄统治时期，虽然对伊斯兰教实行了支持政策，但博物馆里很多当地人民反抗俄国人的油画和被俄国人处死的反俄领袖的生平介绍都在告诉我，正是费尔干纳的宗教人士后来成为反对俄国统治的主要力量。

丝绸传奇

费尔干纳盆地的丝绸业世界闻名，古老的传说则让它的美丽笼罩了一些神秘的色彩。费尔干纳盆地是乌兹别克浩罕汗国（1709～1875）的发源地和核心地带。

有一个与丝绸相关的传说：已经有四个妻子的浩罕王决定迎娶第五位妻子。他爱上了一位当地艺术家年轻貌美的女儿，而这位艺术家不愿意将自己的女儿嫁给汗王。汗王非常敬重这位艺术家，也十分欣赏他的艺术才华，于是他决定让这位艺术家用智慧来赢得自己的请求。汗王要求他在一夜之内创造出比他女儿更美丽、更迷人的东西。这位艺术家冥思苦想了一整天，但直到天将破晓，仍然一无所获。拂晓，他坐在一条小溪旁，为即将失去女儿而悲伤。突然，透过蓝色的水面，他看见了太阳升起的光芒，其间夹杂着云朵、彩虹。这种不可思议的景观激发了艺术家的灵感，使他创造出一种无与伦比的美丽丝绸。艺术家拿着这样的丝绸去拜见汗王，汗王不得不同意重新考虑迎娶艺术家女儿的决定。从那以后，费尔干纳的丝绸有了一个名字，叫"汗的迪莱斯"或"国王的丝绸"。费尔干纳的手工艺人，至今仍因织造丝绸、制陶、木雕等一些古老的手工艺而知名。

在费尔干纳，我们拜访了当地的一家丝绸作坊。它仍以最古老的方式从事手工生产，作坊也仍是前店后厂的格局。进入雕花木门的院落，土墙上装饰着很多当地图案繁复、色彩鲜艳的陶盘。进到商店后面的作坊，也许是旅游业的刺激，也许是生产工序的必要，各个房间都有作坊工人正在从事不同工序的劳作。

第一个房间是缫丝间。石头水池中原来的热水早已凉了下来，上面漂浮着一些细如蜘蛛网的蚕丝。水池边上摆着一个竹编笸箩，盛放着大大小小的蚕茧，有的已经破壳，只能做一些较粗糙的丝织品。旁边摆着卷绕着蚕丝的丝筐，那些稍微粗糙一些的丝被拧成像马尾巴似

卡马洛夫兄弟铁匠铺内,弟弟在加工刀具

布哈拉市的一位画家在创作细密画

的一股股织品。

第二个房间里，燃烧着蜂窝煤炉，炉上烧着水壶。两位工人，一老一少，正坐在像矮床一样的工作台边，给生丝分经纬。雪白的丝整齐地两头拉抻缠绕起来，他们再按间距，横向一股股用极其细的丝均匀缠绕上结；生织再经过炼染，就有了鲜艳的色彩；也有熟织，就是在织造前先染色，高级丝织物都用这种方法。

第三个房间，则是最大的一间，是一个丝绸地毯的大作坊。几十台织架并排放在作坊里，每一台前都坐着两位费尔干纳女工。这真是一道五彩斑斓的风景线：这些女工穿着鲜艳的当地服饰，并肩坐在挂满了染好色的丝或棉线的织架前，面前摆着花色的图样；织架上用无数条细棉线密密匝匝地排出了一道细百叶窗似的底板，毯子的图案正是通过这些密密的细格来找到方向的。她们用手中像把小锉刀的"针"，飞快地在底板上穿行，那些彩色的丝绸就在穿行之中慢慢变成了细致华丽的线条。她们所织的图案，很多是费尔干纳的传统样式。也有一台织机上，半成的毯子出现了波斯书法——那是来自伊朗的订单。

这样一张手工丝绸地毯的制作，极其耗时，极其耗费劳动力。在一个多小时里，我只能看到不断的重复劳作，却几乎看不出工作的任何进展，需要1~2个月的时间，才能完成1平方米左右的一幅全真丝毯。在伊朗的德黑兰、库姆和伊斯法罕，我也曾在大巴扎里见过织好的全真丝毯，五彩斑斓，泛着丝绸细腻的光泽；那些针数最密集的精品，图案也精致到惟妙惟肖的地步。你若用手指在柔软的真丝毯上画画，会顺滑得像在宣纸上写毛笔字，轻轻一抹，一切又平复为泛着光泽的柔滑。

坐在织架前绣花的女工

布哈拉市一个绢绣家族的客厅。师傅坐在凳子上,一个学徒在请教问题

作坊的大师傅正坐在角落里，静静地观察女工们工作。他叫阿克拉莫夫，从伊朗的德黑兰来到乌兹别克斯坦。他的爷爷是伊朗的一位大波斯毯商人，他的父亲是一位波斯毯收藏家。他告诉我，来乌兹别克斯坦是希望能借助这里劳动力成本较低的优势，振兴费尔干纳盆地的丝绸地毯。"你知道，伊朗的波斯地毯非常昂贵，是伊斯兰乃至世界地毯中的宝玑手表，"他说，"为什么不在费尔干纳这个地方，生产出别的中产阶级地毯品牌，比如，卡地亚，或者浪琴呢？这里是极好的丝绸与棉产区，也有最好的熟练劳动工人。"

因为阿克拉莫夫与伊朗的联系，他的手工作坊接到了许多来自伊朗的订单；在把波斯图样带入费尔干纳的同时，他也在寻找和设计传统的乌兹别克图案。不久前，他最大的那幅乌兹别克花纹的羊毛毯被一位德国人买走了。他还在寻找国际市场的价格定位："一张1平方米左右的高品质的波斯全真丝毯，在伊朗可能卖2万欧元；那乌兹别克斯坦的真丝毯该定价多少，才能在全球出口市场占据一席之地呢？"

历史上，费尔干纳在丝绸之路上曾扮演过很重要的角色。起源于中国的丝绸之路在翻越帕米尔高原之后，穿过盆地向西而去。费尔干纳不仅是连接东西方的要道，也是通向波斯、印度、埃及和罗马的纽带。

在费尔干纳和马尔吉兰这两个重要的工业经济发展区，聚集了纺织业、丝绸印染、手工编织、瓷器制造等传统行业，依然是盆地的工业中心。经历了独立后十几年的改革，很多苏联时期的工业群落已经开始被新的工业企业取代，规模和经济效益受到太多制约，只能从那些残留的宏伟工业厂房架构中依稀看到苏联时代这一地区的经济发

第三章　中亚之地

展在中亚地区所具有的重要地位。如今，除了勉强开工的一些轻工企业、外商企业、纺织企业等，能够进一步推动地区经济现代化进程的现代企业项目很少，甚至基本没有。2005年安集延骚乱发生后，乌兹别克斯坦出现了韩国资本大量撤出的情况，尤其是以安集延为基地的大宇公司的撤离，导致了韩国企业对乌兹别克斯坦市场信心的动摇。费尔干纳又与撒马尔罕、布哈拉有着巨大的隔阂，费尔干纳人被这些地区的人看作不讲信誉的人，这也影响到当地人在国家政治与经济体系中发挥作用。地方政府对吸引外资有很大兴趣，但相关政策十分匮乏。

一位在乌兹别克斯坦做了很多年生意的中国老板告诉我，总体来讲，"乌兹别克斯坦的经济体是比较封闭的。它的货币无法自由兑换，这决定了你在这里生产的财富无法带出本国国境，只能在当地买些别的东西带走"。费尔干纳独特的历史和传统手工业若能复兴，也许还能为它赢得一次融入全球经济的机会。

（本文写作于2015年。摄影：关海彤。）

第四章

伊朗之国

不可预测的古国

冷战时期公认的第一场危机，不是在欧洲，而是在伊朗。当时，苏联迟迟不愿从伊朗北部撤军，企图分裂伊朗的阿塞拜疆和库尔德省。据说，杜鲁门当时给斯大林下了"最后通牒"。苏军最终在1946年5月撤出。穆罕默德·礼萨·巴列维国王在他的《我对祖国的责任》一书中写道："冷战实际上是从伊朗开始的。虽然冷战的迹象在世界其他地方也存在，但是冷战的形式及其影响却首先在伊朗清晰地展现出来。"

对于美国而言，伊朗则处于遏制苏联最佳的地缘战略地带，是牵制苏联向南扩张、向中东和印度洋进攻的桥头堡。即使冷战结束，布热津斯基仍向美国警告道："最大的潜在危险，是中国与俄罗斯或许还有伊朗结成大联盟。结成这种'反霸'联盟的原因不是意识形态，而是相互补充的不满。这一联盟的规模和范围同中苏集团曾经构成的挑战有相似之处。……为了防止出现这种情况，美国必须同时在欧亚大陆的西部、东部和南部边缘巧妙地施展地缘战略手段。"

2011年和2012年，我曾两度到伊朗采访，窥见了它神秘面纱下的一角。

门内的世界

黄薇的晚装店开在德黑兰帕斯达兰（Pasdaran，意为"伊斯兰革命卫队"）大街的商业中心。店面不大，服装都是她在中国的服装厂设计的。吊带、低胸、束腰、大裙摆的晚礼服，色彩艳丽，坠着亮晶晶的彩珠或金属片，此外还有短小齐腰的女士小西服和半截裙。黄薇翻开她的服装设计图，这些年，她摸索着伊朗人的趣味进行设计。"开始进的素雅的或纯色的晚装，根本卖不出去。伊朗人喜欢鲜艳的花纹，大轮廓、大线条的也不喜欢，就喜欢细碎的花纹和星星点点的装饰。包裙不好卖，波斯女孩臀部宽大，旗袍这样的裙子穿不进去，也不喜欢。也许，只要看看她们华丽细密的波斯地毯和清真寺里色彩斑斓的细碎瓷砖，就能找到她们的审美基因。"商店角落里扔着一个模特架，穿低胸无袖黄色晚礼服。黄薇说，这本是放在橱窗里的，但风化警察刚来过，说这件裙子不合规定，就暂时拿进来了。说"暂时"，是因为伊斯兰圣日阿舒拉节将至。风化警察说："等过了这风头再摆出来。"对伊朗人来说，规则都是可商量变通的。

这些服装瞬间颠覆了我对伊朗的最初印象：满街裹着头巾，把曲线深埋在一袭黑色长袍里的神秘女人。在这个政教合一的国家，伊斯兰教法规定，女人着装，须遮头发，上衣过臀，下装不露腿，以免诱惑男人。男女之间，表面上存在一条不可逾越的界限，授受不亲。1979年伊斯兰革命后，酒吧、舞厅、俱乐部这些"导致腐败和堕落"的娱乐场所在伊朗被全面禁止，最高领袖哈梅内伊也把非宗教的音乐视为靡靡之音（虽然他的这个意见不是教令和法律）。在我的想象里，伊朗的夜晚，必定在严肃的寂静中早早入眠。

这晚，晚装店里生意不错。一小会儿工夫，一位带孩子的伊朗妈妈买了一套时装，一位波斯女孩买了一件紧身的针织高领无袖小背心。年底，不是伊朗节庆或婚礼集中的时节，我们没赶上晚装销售的旺季。黄薇的伊朗丈夫60多岁，已经退休，在店里帮她收钱。伊朗人付账很有意思。收钱的人经常客气地说"这是送给你的礼物"，坚持不收钱，付账的人则硬要给钱，推让一番，才能交钱交货。可能只有东方人才不会误解这种有点繁文缛节的礼貌。听说过一个笑话，曾有美国人在伊朗买衣服，如此推来让去两个回合，他当了真，谢过，拿东西走人，10多分钟后，被警察逮住。当然是店家报的警。

黄薇的晚装店向我透露着伊朗人生活的私人世界的秘密，这个世界与我所看到的公共空间存在着巨大鸿沟。后来，我在德黑兰街头看到了许许多多这样的精致时尚服装店，它们让我确信无疑：存在着另一个藏在门内的隐秘世界。黄薇是第一个为我推开这扇门的人。十多年前，她作为中国城建的地铁工程师来到德黑兰，此后再未离开——她嫁给伊朗人，热爱伊朗人，说波斯语，加入伊斯兰教，最终成为伊朗人。

每周四晚上八九点钟，她打点好晚装店，回家收拾一番，伊朗的周末开始了。晚上10点过后，她和丈夫驱车，前往小姑在德黑兰郊区的别墅。小姑做高级定制时装，在德黑兰的富裕人群中如鱼得水，生意红火。此时的德黑兰，璀璨通明，临街商店的橱窗都为黑夜留着灯。行进在车流中，透过车窗，见到成群结队的男人或女人出去应酬或聚会。在伊朗男人身边的副驾驶座位上，几乎清一色地坐着他们的妻子，身后坐着孩子们。晚上10点，这正是伊朗小家庭汇聚成大家庭，出行，在家里、公园、山腰和公路边野餐的时间。

伊斯法罕哈柱桥,深夜,桥拱下一位弹奏伊朗传统乐器塞塔尔的青年。哈柱桥是萨法维王朝阿巴斯二世时期的建筑杰作,桥拱内的空间是伊朗人郊游野餐的好地方,凌晨两三点仍然热闹非凡

大约凌晨,他们到达小姑的别墅,家人基本都来了。花园里种满了玫瑰,这是伊朗最常见的花,也是伊朗人最喜爱的花。室内,小姑张罗着打牌;室外,孩子们荡秋千、捉迷藏,嬉戏追逐,大人们在草坪上铺开野餐的地毯和排场。煤气罐上随时煮着本地产的"果园"(Golestan)牌红茶或英国进口的艾哈迈德茶,每人面前放一个小巧带盖的小糖罐和一杯琥珀色的热腾腾的茶,先含几颗糖,再啜几口茶,还可以悠然地抽上一支水烟,闲聊就能毫不乏味地持续到凌晨两三点。喝茶是伊朗人生活中的一道风景线。我的经历是,凡逢聚会,无论聚会大小长短,在城市还是农村,富裕还是贫穷,主人必然会上一圈茶,并数次斟满。波斯帝国悠久的茶文化并未

第四章　伊朗之国　　205

因为政权的变更而中断和改变,伊斯兰革命以后,伊朗人仍能以茶代酒,快乐似神仙。

80多岁的婆婆要是也来了,黄薇是不敢脱下头巾的,免得老人家不高兴。她的婆婆很虔诚,平日总穿黑色长袍。按照伊斯兰教法,女人的头发不能让"外男"看到,非直系亲属和丈夫以外的男人都是外男。婆婆常会问她:"我给你的那两本《古兰经》你看了吗?"黄薇还弄不清楚这个侯赛因、那个伊玛目是怎么回事,只能说,阅读起来有些困难。国王时代,巴列维推行全面西化和世俗化,这位老人根本不愿出门。要是必须出门,看到街上的女孩不戴头巾、穿着暴露,她回家就会掩面哭泣,哀叹世风日下。她当然是霍梅尼和伊斯兰革命的热忱拥护者。她的大女儿也很虔诚,头巾、长袍如影相随,在一所学校里教《古兰经》。

黄薇的丈夫却很开明。他早年留学英国,1979年,父亲叫他回来帮助打理家族生意,不久发生了革命,就再未回英国。他说话声音很轻,从容不迫,眼神总有些忧郁。黄薇陪我们去库姆那天,他很不情愿,拿起剪刀,剪掉了黄薇随手抓起的公司便笺纸右角的电话号码,说:"不要让那些毛拉(伊斯兰教士)找到我们。"有一天,我们一起在德黑兰的一家意大利餐厅吃晚饭。他对我说,伊朗人不像过去那样开心了。我环顾四周,餐厅的氛围很热烈,女人们也打扮得格外漂亮,各种颜色、花饰的头巾被她们戴成了漂亮的头饰,或恰到好处地露出烫染过的刘海,或垂落在盘起的发髻上。我问:"难道现在他们不开心吗?"他说:"这只是少有的开心的时候。"小姑的伯伯和他一样。伯伯在巴列维时代曾留学美国,回国后,却无法融入伊斯兰革命后的伊朗社会,郁郁寡欢,终生未娶。家人都记得,他曾整日沉默着坐在祖上传下的水晶灯店里，躲在角落里看书，他过着隐士的生活，写了几本关于伊斯兰教的书，后来穿着浴袍孤独地死于家中，直到被建筑工人发现。

私下里，他们不爱谈政治；相反，他们总是想与政治撇清关系。他们会聊小姑伯伯的遗产纠纷，会聊东家长西家短，会为某个亲戚家子女的订婚派对请柬没发到自己手里而斤斤计较。大部分时候，伊朗人安然置身于政治之外。伊斯兰革命刚刚胜利的时候，被占领的美国大使馆门口很快摆了卖煮鸡蛋的小摊，摊贩们喊的口号是："打倒美国！吃个鸡蛋！"两伊战争的时候，南边打着仗，北边的德黑兰家庭照样关上门开派对，夜夜笙歌。但这并不代表当需要做出政治选择的时候，伊朗人没有明确的政治立场。实际上，黄薇家有着清晰的阵营划分。德黑兰有一句广为流传的笑话："过去，我们公开喝酒，私下里祈祷。现在，我们公开祈祷，私下里喝酒。"其实，颠倒乾坤的变革力量，都萌生于伊朗人家门背后那隐秘的私人世界里。

后来，在里海边的小城贝赫沙赫尔（位于马赞德兰省），我终于有幸看到了伊朗人穿晚礼服的样子。在新婚的穆吉塔巴家，女主人邀请我看他们刚刚举行的婚礼的录像，当然，是躲开屋里的所有男人看的。婚礼那天，她穿着洁白的婚纱，做了个漂亮的发型，并且把它展示了出来。不过，整场婚礼，男嘉宾与女嘉宾都待在各自的沙龙里，男嘉宾是看不到新娘的。女嘉宾这边，女人们一排排围坐，身着晚装的女人们走到前面的地毯上，随着波斯鼓的鼓点和节奏欢快的伊朗歌曲跳起舞来。

每个伊朗人都是天生的歌者与舞者，她们的腰肢和手腕柔软灵活，除了鼎鼎大名的肚皮舞，还很擅长那种有点像印度舞的舞蹈。

在17世纪的波斯彩绘里，你常能看到弹奏塔尔（类似琵琶的波斯乐器）、吹奏笛子和唢呐、敲击波斯鼓的女子乐队。在伊朗的这些天，在任何一个伊朗人的车里和家里，我从未缺少伊朗音乐的陪伴，任何一个伊朗人，只要音乐响起，身体就会情不自禁地舞动起来。虽然伊斯兰教法反对音乐与舞蹈，但波斯民族的天性却在门背后的世界里被保护得完好无损。他们每家每户都贴着霍梅尼与哈梅内伊的头像，但政治权力的触角从未像极权国家那样扼杀这些角落的生机。

每当我在德黑兰拥堵的交通中感受伊朗人的驾驶技术，我总暗暗捏一把汗，将自己的命运交由真主来裁决。所有人都加速行驶，所有人都毫不退缩，所有人都不断地变换车道，抓住每一个机会见缝插针，车与车擦肩而过，不给可能的紧急情况留任何余地。德黑兰的车祸死亡率居世界之首。它也许正是伊朗人性格的隐喻：奔放，即兴，个人主义，无拘无束，变幻莫测。

在贝赫沙赫尔，我们从村庄下山时遇上大雪，险些封山。与我们同行的一群伊朗人推着小面包车在积雪的山路上走了很远，车子才终于发动起来，他们一回到车里，立即歌声飞扬，众人拍手起舞庆祝。下到山脚，很多伊朗家庭已开车上来观雪，居然在冰天雪地里摆桌野餐、喝茶。车过之处，伊朗人无不以跳舞相迎，或扔来雪球表示友好，所有人都欢庆起来。我无法不被伊朗深深吸引。它浑身上下都散发着活力与魔力，令我眩晕，令我困惑，令我惊喜，令我感动。

伊朗伊斯兰共和国宪法第22条规定，保护家庭的神圣性，保护个人的"荣誉、生活、权利、家庭和工作"不受外来侵犯。最高领袖、阿亚图拉霍梅尼曾在革命初期说道："如果你偶然错误地闯入私宅或工作的私人场所，发现那里有腐败的武器或工具，或者离经叛

新婚夫妇雷扎伊在马什哈德的家

道的物品，比如毒品，你无权将这些信息告诉给别人。你无权逮捕或殴打房子里的居民和房东，因为这超越了神的范围。"伊斯兰教法保护家庭这样的私人空间不受侵犯和干扰。尽管在实践中，伊朗人的私人空间时而会受到审查和干扰，但它从未遭到破坏。什叶派伊斯兰信徒的纯洁性与波斯的感性奔放交织在一起，构成了伊朗人的双重性格。

寻找伊斯兰

初到什叶派圣城库姆，伊朗人哈桑姆已经等候了1个多小时。我伸出手，想和他握手，他立即把手背到了身后。上了他的车，他对我说："对不起，在街上握手不太好。这里是库姆。"库姆就像一座封闭的城堡，如果没有当地人的邀请，完全无法接近。很幸运，德黑兰大学政治系的教授阿里雷扎·萨德拉正好要来库姆,他与毛拉(伊斯兰学者)拉克扎伊博士是很好的朋友,经常会面。这才有了我们的库姆之行。

　　清晨7点半,库姆的街道上行走着许多戴着黑色或白色头巾、身着长袍的毛拉。他们的身影映衬着小街旁年代久远、颜色灰暗的泥巴墙旧房子,时间仿佛停止了流逝。巴列维时代,库姆荒凉地偏居于卡维尔沙漠边,庇护着被边缘化的宗教阶层。那时,它仅仅是什叶派的精神圣地,毛拉们待在清真寺里,只关心与真主有关的事。伊斯兰共和国的建立让库姆成为德黑兰之外的另一政治中心,伊朗最重要的政治、宗教领袖基本都出身于库姆的神学院。大量的捐赠和天课,以及雄厚的宗教慈善基金,让库姆变得富有起来,催生了上百个宗教研究机构,宗教学者的人数也翻了倍。而库姆与德黑兰地理上的临近,更方便了宗教阶层参与和监督国家事务。不少大阿亚图拉(教阶的最高级别)在德黑兰和库姆都有自己的办公室,很多人像萨德拉一样,在德黑兰与库姆之间来回跑。萨德拉告诉我:"德黑兰的国家政治问题,凡与伊斯兰有关,都需要来库姆请教。"

　　此时,拉克扎伊博士主持的讨论会已经进行了半小时。我们进入伊斯兰科学与文化学院三楼的会议室,十几位戴着白头巾的毛拉围坐一圈,手里都拿着一份文件。拉克扎伊博士停下来,向大家介绍我们。他说:"这几位是中国来的什叶派穆斯林。"我们的波斯语翻译更正,我们不是穆斯林。我看到萨德拉有点尴尬地向拉克扎伊解释些什么,不用翻译,我也明白。如果不是虔诚的什叶穆斯林,一般不会来库姆,在这里,外来者是一种"奇怪的动物";而库姆也早已习惯了把自己作为中心,以"伊斯兰无疆界"的心态,接纳世界各地前来朝觐和求学的穆斯林。

这天,他们的话题,是即将在全国大学里开设伊朗政治研究专业,录取、学制和课程都先在宗教学者中讨论。正是早餐时间。侍者给每人端上一份大饼和一块干奶酪,沏上一杯热茶,大家边吃边讨论。我慢慢发现,私下里,宗教人士非常直率。在座的所有人都说得兴致勃勃。有人说,首先要找出现在的伊朗社会存在什么问题,再有针对性地设置课程;有人说,法律专业不应作为主要课程;还有人说,原本读理工科的人,比如工程、数学、计算机专业的学生都应来读这个专业。发言人说完,其他人再表达自己的意见。这种常见的、非正式的"圆桌会议",与什叶主义一个鲜为人知的特点有关:什叶主义鼓励和强调辩论,鼓励宗教人士挑战已有的《古兰经》释义,甚至是挑战最博学的大阿亚图拉。在什叶派看来,真理越争论越明了,只是绝大多数时候,这种争论是私下的、不公开的。

我第一次领教伊朗人的善辩,是内贾德与前任总统哈塔米之间的一次较量。那是2005年4月,内贾德当时还是德黑兰市长,他在参加德黑兰大学的学位授予仪式时迟到了。当时的总统哈塔米趁机讽刺德黑兰的交通,说:"那些管理这个城市的人,没能尽到义务……我代表这些人向你们道歉。"内贾德反击道,如果哈塔米待在德黑兰市中心(中下阶层的聚居区),而不是搬到富裕北部的独门独院里,并遭遇一次堵车,可能会更体谅民情。只有理解了什叶主义的这种方式,才不会误解伊朗国内各派(常被媒体称为保守派和改革派)之间言辞激烈的争论;也只有理解了这一点,才能明白,为什么直言批评最高领袖哈梅内伊的大阿亚图拉蒙塔泽里,虽在政治上被边缘化,但在库姆的宗教圈,仍拥有崇高的地位。

会议进行到9点，教育部部长助理玛赫穆迪博士带着一行人走进来。玛赫穆迪也是一位毛拉，他刚出了一本书《穆斯林的崛起》，待会儿，他将在学院的大讲堂介绍自己的新书。我们去旁听的那会儿，他正在分析国际国内局势。他说："推特（Twitter）和脸书（Facebook）正以每分钟几百万次转载的极快速度传播信息（在德黑兰，摄影师穆斯塔法告诉我，很多年轻人都翻墙上脸书），我们也要充分利用这种现代科技手段，传播伊斯兰教。"在玛赫穆迪看来，穆巴拉克政府的倒台和卡扎菲的悲惨结局都说明，向美国、西方投怀送抱，抛弃伊斯兰的价值观，最终都没有好下场，最后，埃及的穆斯林兄弟会崛起了。他还认为，美国爆发了金融危机和占领华尔街运动，几百万人正失业、挨饿，社会动荡。在我旁边的听众席上，黑色长袍里的女人们正认真地记笔记。

萨拉德将我们带到另一个办公室，房间里还有几位穿牛仔裤或西装的人，竟然都是毛拉。穿不穿长袍、裹不裹头巾，是他们自己决定的事。一坐下，又是一人一杯茶，闲聊开始了。库姆的毛拉们以博学为荣，以著书立传、传道授业为职。他们同时还有其他方面的身份，比如工程师、科学家和政治家。一位毛拉告诉我，他们不仅要学习《古兰经》和先贤们的思想，还要学习《圣经》和西方政治哲学，并遵循先知向东方学习的教诲，学习中国的道教、佛教、儒家学说，乃至毛泽东思想。萨拉德给我们一份学院的出版物名单。所有的著述都是在论述伊斯兰政治，从司法、政党到权利、民主和人权，所有西方政治中的概念，库姆的毛拉们都有自己的解释。一位蓄着漂亮胡子、头裹白头巾的毛拉告诉我："伊斯兰并非西方所说的那样在伊朗被政治化。伊斯兰教本来就有它的政治诉求，这也是'政治伊斯兰'一词

伊斯法罕扎扬代河畔的草坪上,讨论课程的伊朗女大学生

的来历。"

伊斯兰教不仅仅是哲学和宗教,它涉世极强,对个人生活的方方面面都做出了细致的规定。萨拉德给我拿来沙发上坐着的那位穿牛仔裤、打扮得很精神的年轻毛拉刚出版的书《伊斯兰女权主义》。在座的人看到了我脸上掠过的惊讶。年轻的毛拉解释道:"在伊朗,女性享有优先权利,地位很高,实际上,女性更加认可伊斯兰革命的成果。"我沉默。萨拉德接过来说:"在伊朗,女人可以参加选举和从政。伊朗议会实际的180多个席位中,有44位女性。我同年级的大学同学,也是我们在德黑兰大学的同事,马尔齐亚·瓦希德-达斯特杰尔迪博士,她是一位科学家和教授,现正担任卫生部部长。"我承认,伊朗女人是铿锵玫瑰。伊朗并没有一些阿拉伯国家的女性禁忌,比如开车、选举、独自去餐馆等,我甚至在德黑兰的地铁里看见过张贴的女高考

状元头像,邂逅过从事各行各业的伊朗女人,但我仍然无法摆脱头巾所投下的先见和偏见。我问:"为什么女人必须戴头巾?"一位毛拉告诉我:"其实这是对女性的保护。"我追问:"为什么不可以让她们自己来选择呢?也许,对有些人来说,这种保护是多余的。"毛拉们在课堂里所受的最多的训练,就是说服人们接受伊斯兰的教义。果然,他一点都不生气,从容地回答:"选择信还是不信,是她的自由。如果她自己选择了信奉伊斯兰教,那么她为什么不应该接受伊斯兰教的规定呢?"

"那她也得接受一个男人娶四个老婆吗?"我想到了反击的问题。在座的所有毛拉都叽里呱啦说开了。归结起来,他们的意思是,《古兰经》里这么写,实际上是想限制男人不要娶太多的老婆,四个是上限;婚姻对于女人来说,是一种保护,所以也是让男人帮助更多的女人。在现代伊朗的现实生活中,几乎没有人娶四个老婆,"一个就够你受啦,"毛拉们开起了玩笑,"何况,《古兰经》规定,娶第二个老婆要经过第一个老婆的同意。现在还有哪个老婆会同意男人娶第二个的?这条规定没什么可操作性。"听一位接触过许多上层毛拉的记者说过,其实,在库姆,开玩笑是毛拉们本真的一面。后来,我从好几个普通伊朗人那里得知,在伊朗,男女之间婚前一定要签署一个协议。这个协议由双方的父母来商定,其中最重要的是,男方需要赠送多少金币给女方。这种伊朗金币,现在500美元一枚,通常情况下,200枚是最低限额。这笔钱无须支付,而是在今后的婚姻生活中,如果女方认为有必要,即可要求男方兑现这笔钱,并且受到法律保护。这个婚前协议,还包括对女方离婚权和工作权的规定。

说话间,拉克扎伊博士带着两位虔诚的女信徒走进来。她们都在库姆的宗教学院里教《古兰经》，刚刚来学院，与拉克扎伊讨论社会公平的问题。她们接过了未完的话题。其中一位叫萨法兹扎迪，她给我讲了个故事："在库姆，有两个女孩，是发小，从小一起长大。后来，其中一个人的丈夫在两伊战争中牺牲了，另一个女孩就向自己的丈夫提出，把她娶过来，这样，她的朋友生活就有了保障。"我怀疑，担心这个故事是个宣教模板。但在里海边的村庄里，一个伊朗女孩告诉我，她的叔叔丧了妻，就去妻子的家里提亲，要娶她的妹妹，他认为这样是帮助和告慰亡妻。也是在后来，当我听到伊朗人讲述的秘密的性、爱情和婚姻故事，我才明白，一个民族的文化自有它的合理之处，我们自以为是的尺度，不可度量世间的一切。

另一位年长一些的女人，安索妮，给我放了一段她手机里的视频。那是去年哈梅内伊访问库姆时，她在巴斯基（伊斯兰武装民兵）集会上的演讲。她对我说："看，那天，我穿着查朵（长袍），在我们的最高领袖面前，我没有任何拘束和紧张，不担心任何人会对我看这看那。"录像里，她激情澎湃地歌颂哈梅内伊是黑暗中的一盏灯，欢迎人们加入巴斯基。她说，民兵支持现政府，是政府的强大后盾和支柱；决心坚持伊斯兰的信仰，不做坏事。那一次，最高领袖哈梅内伊在库姆停留了十多天，他希望在2009年的大选风波后，求得高层宗教人士的支持。当时，在遵循什叶主义传统的库姆，阿亚图拉与大阿亚图拉们发出了批评和异见的声音。当我问在座的几位毛拉，那次大选他们的选票投给了谁，我感到了他们瞬间的犹豫，但立刻，他们又直率地说出了自己的选择——大部分人选了温和改革派领袖穆萨维。但他们告诉我，我只有到伊朗经济相对落后的省份和成百上千个村庄去看看，才能够了解，伊朗社会在本质上是保守的。

库姆之所以为圣地，重要的原因是什叶派第八代伊玛目阿里·本·穆萨·利达的妹妹法蒂玛·马尔苏玛病故并葬于此。幸好有哈桑姆的陪同，否则不是穆斯林的我们根本无法进入马尔苏玛清真寺。我披上印花的查朵，穿过宽阔的广场，钻进清真寺。在女人的这一边，我看到，这里全然是一个聚会、打发时光和祈祷的公共场所。女人们或在读经祈祷，或者带着孩子在这里午餐，或者睡觉、聊天。清真寺是伊朗最重要的社会网络和政治动员场所。当年，流亡法国的霍梅尼就是通过清真寺网络来传播他的录音的；两伊战争期间，也正是在清真寺，教士们获得了信徒们大量的战争捐款，包括许多金银珠宝；在近期的两次大选中，内贾德也是通过清真寺的星期五祈祷，来号召伊朗人给他投票的。

当走到里面安放着马尔苏玛墓的银窗前时，我惊呆了：那些从伊朗和阿拉伯国家各地赶来朝觐的人，在陵墓前哀恸地哭泣，争先恐后深情地抚摸窗棂，并用抚摸过窗棂的手触摸自己的脸，脸上流着热切的泪水。哈桑姆告诉我，她们通常来这里，许下一个愿望，或者求子求孙，或者求富贵平安，或者求女儿出嫁。这让我想起了中国的寺庙。

有一天，在贝赫沙赫尔的穆吉塔巴家，他的一大家亲戚聚在一起，丰盛的晚餐刚刚摆上地。穆吉塔巴的哥哥突然问我们："你们信什么教？"我说："我们不信教。"他惊愕地问："那你们死后怎么办？"我说："什么都没有了，回到大自然。"他张大了嘴，觉得不可思议："天哪！生命就这么弹指一挥间？！"伊朗人贾法里来过北京三次。在北京的时候，他住妻子的妹妹家，在八宝山。有一次，我们一起在后海吃完饭出来，时间已晚。他说："不知道打不打得到车了，不知道为什么，中国的司机都不愿去那儿。中国人不喜欢墓地吗？"

设拉子,抒情诗人哈菲兹的陵园

我反问:"难道伊朗人喜欢?"他说:"是啊,伊朗人觉得墓地是他们已逝的所爱之人灵魂居住的地方,是个温馨的地方。"

如何看待死亡,是终极的世界观。在里海边的村庄里,我们看到了成片的两伊战争烈士公墓。他们很多都来自农村。直至今天,在伊朗政治、经济生活中扮演着极为重要角色的伊斯兰革命卫队,其成员仍主要来自贫困地区,主要是农村或城市平民。我问村里人,怎么看这些烈士。他们说:"我们热爱他们。"我们去拜访一位烈士家庭,父亲端出儿子的遗像,我感觉得出,他是发自内心地骄傲。那张充满稚气的脸,当年才17岁。1988年,在伊拉克的圣城卡尔巴拉,他所在的队伍与20辆伊拉克坦克相遇交战,最后成为碎片,连尸骨也没有。在他死后,老两口又有了几个子女。我还没来得及问老妈妈,她后不后悔让儿子去参战,她已说道:"我不后悔让他去参战。他就像黑暗里的一盏明灯,照亮了我们。"依稀觉得,这句话有点耳熟。年迈的爸爸是巴斯基,每天都在村里的清真寺参加巴斯基的祷告和聚会。我走进那家安放在村舍里的简陋清真寺,墙上悬挂着的村里烈士们的头像,被郁金香簇拥着。

那天,下起了大雪,我们在村里的泥泞路上摔得七荤八素。修给烈士们的墓地,有着宽大的清真寺穹隆,是村里最像样的建筑。在这位烈士没有一件家具的家中,我们在地毯上席地而坐。20多年过去了,两位老人每个月仍有500美元的烈士补助,来自由最高领袖直接掌管的伊斯兰教的慈善基金会,虽然这笔钱对养育7个子女的家庭来说只是杯水车薪。他们的7个子女,也都享受到了优先上大学的待遇。

东方与西方

如果不是雅斯格克哈尼教授与门卫的反复沟通,我们根本无法进入把守极为严密的德黑兰大学。在伊朗的政治生活中,德黑兰大学有着特殊的地位。每个星期五,伊朗的国家领导人都会在这里做星期五祷告,最高领袖哈梅内伊也是这里的常客。更为特殊的是,2010年,德黑兰大学的核物理学教授、核能专家阿里穆罕默迪在德黑兰北部的住所附近,被捆绑在一辆摩托车上的遥控炸弹炸死。伊斯兰共和国的命运裹挟着德黑兰大学,将其深深地卷入国际政治的旋涡中。

我们踩着梧桐树的落叶,踏上法学院有些苍老的石梯,穿过狭长的走廊,找到雅斯格克哈尼教授的办公室。这位德黑兰大学国际关系研究中心的负责人拎着公文包,披着长长的风衣,出现在我们面前。

德黑兰大学法学楼前,国际关系研究院的雅斯格克哈尼教授

他所领导的这个研究中心,在巴列维时代,曾是国王的外长们频繁造访的地方,那时候,美国和西方文明研究曾是重中之重。现在,情况当然发生了巨变。教授领着我们去他引以为豪的资料室参观,指着一位在窗户边的阳光下读书的伊朗年轻人对我们说:"看,他在学习中文。"年轻人站起来,用普通话告诉我们:"我想去中国看看!"与伊朗外交同步,德黑兰大学的国际研究全面东转,俄罗斯以及中国、日本、韩国和菲律宾等亚洲国家,也成为学者们频繁的访问地。

波斯帝国的地理位置,决定了它自古以来既交汇东西方文化,又数次被外来文明所征服或侵犯。今天,伊朗人在每天3～5次的祈祷中,用的都是阿拉伯语,而不是波斯语。但波斯民族极有韧性,他们

第四章 伊朗之国

有很强的历史感和民族认同,怀揣帝国复兴的梦想。伊斯兰共和国的缔造者霍梅尼曾在革命初期说过,伊斯兰的伊朗要走一条既非东方,又非西方的独特道路。美国卡特政府曾依照与霍梅尼在巴黎达成的秘约,说服伊朗军队不发动针对霍梅尼的政变,并将巴列维"像一只死耗子一样"扔出了伊朗。但霍梅尼并未领情。1979年,霍梅尼在库姆市发表演说,称"美国在伊朗的统治是我们一切不幸的根源"。他支持德黑兰学生占领美国大使馆、扣押66名使馆人员的行为,并在国内掀起反美浪潮。借着这"第二次革命",他清除了革命初期统一在伊斯兰大旗下的其他各派世俗革命力量,巩固了以保守的伊斯兰上层教士集团为核心的新生伊斯兰共和国。代价是:美国及其所领导的西方国家对伊朗进行了长达30余年的制裁。

在西方势力渗透很深的中东地区,伊朗特立独行,发誓要自给自足,抵抗西方主导的全球化大潮。在德黑兰的大街上,美国车绝迹,最多的品牌是法国标致与韩国现代。伊朗有自己的国产汽车品牌,是与法国、韩国和德国合资生产的。欧洲政治家曾试图与美国外交政策保持距离,寻求与伊朗的商业合作。但随着伊朗核问题的升温和美国对伊朗越来越紧的制裁捆绑,欧洲国家在伊朗的商业空间正在被压缩。像梅塞德斯-奔驰这样的德国公司,出于对投资安全的考虑,正在减少对伊朗的投资。

雅斯格克哈尼告诉我:"美伊交恶所留下的外国势力真空,被亚洲所填补。"每个伊朗人在和我们的交谈中,都会说这样一句话:"我们身上的东西,从头到脚,99%都是你们中国制造的。"在很多场合,伊朗人都爱在吃饭的时候问我同样一个问题:"你们中国是怎么解决13亿人的吃饭问题和就业问题的?"在贝赫沙赫尔,有几位穿着时尚的大学生与我们同行,他们学习工程专业。他们的长辈开玩笑似的对我们说:"把他们带到中国去吧!在这儿他们找不到工作。"在德黑兰,我们遇到了痴迷中国武功的武术教练和电影演员贾法里。他在伊朗有众多的学生和追随者,我们的整个行程得到了他遍布各地的伊朗朋友热情的帮助。他们向往中国,渴望学习中文,以"师傅"为尊称,向我们询问关于"乾坤"和道教的问题。他们中的一些人找亲戚朋友东拼西凑地筹资拍武打片,其中的一部正在格鲁吉亚上映。贾法里告诉我:"我不喜欢美国,它没有历史感,完全是现代性的国家。我喜欢中国,传统与现代交融的地方。"但伊朗人对依附于任何一国都保持着高度的警惕。有时,他们强烈的独立诉求甚至带着些自大的想象。曾参与德黑兰地铁建设的黄薇告诉我:"地铁站的落成典礼上,官方只字不提中国,而以自主建成了地铁为豪。"

一位生活在迪拜的伊朗女孩欧杜兹曾告诉我:"我们伊朗人和你们中国人很像。"她的父亲在深圳做生意,而迪拜是许多伊朗商人绕过西方制裁的自由贸易市场。"伊朗的父母,孩子长到30多岁了,眼睛还是盯着孩子的。在迪拜十多年来,我的工作语言是英语,开奔驰,用欧美品牌的化妆品,但我从未忘记我是个伊朗人。在我们迪拜的家里,悬挂着波斯细密画,铺着波斯地毯,摆放着波斯波利斯的雕像。我说波斯语,读波斯诗词,我想念德黑兰。我们和你们一样,有悠久的历史和文明。"

伊朗人对西方抱着复杂而矛盾的心情。现在年龄在60岁左右的伊朗人,都无法忘怀巴列维国王时代伊朗在物质上的辉煌。一位60多岁的中产阶级工程师告诉我:"那个时候,伊朗航空是世界上少有的几家拥有波音747的公司,那是我们的骄傲,而今天,伊航已经成了避之唯恐不及的危险象征。那个时候，伊朗的护照在上百个国家免签。年轻时，我曾驾着车，穿越格鲁吉亚、东欧直到奥地利和德国。而今天，在很多国家的海关，我总是成为人群中被唯一留下来再检查的人，因为我持的是伊朗护照。"1979年，也正是很多这样的城市中产阶级坚定地支持霍梅尼。雅斯格克哈尼告诉我："我们欣赏美国的科学技术文明，但拒绝西方文化。巴列维的'白色革命'或许有很多进步之处，但那是在美国的授意下所进行的以美国模式为样本的改革，它是以牺牲什叶传统为代价的改革。"

伊朗人追求精神和文化的独立，并为此付出了另一种代价。民族的自豪感与历史的伤痛在伊斯兰革命领袖那里表达得极为强烈。他们曾认为，伊朗的政治伊斯兰模式将为整个伊斯兰世界指明方向，摆脱受西方毒化、剥削与主宰的屈辱。伊斯兰革命后，伊朗与美国的多年交恶使伊朗在外交、经济和文化上备受国际社会的孤立，被排斥在全球市场经济体系之外。矛盾的另一面是：驻德黑兰的一位新华社记者告诉我，今天，在伊朗与中国石油公司的合作中，伊方往往坚持要用欧美的技术和设备，为此，双方总是要扯很久的皮。

雅斯格克哈尼教授60多岁，"我曾是伊斯兰革命的一分子。伊斯兰革命时，我支持霍梅尼。在我的英语课上，我让学生阅读反对巴列维的文章和霍梅尼的言论"。但他以一种复杂的心情，面色凝重地说："两伊战争，我去做战地翻译。我目睹了苏联、以色列、美国及其盟友、整个阿拉伯世界和非洲国家，都在帮助伊拉克打伊朗，更多的国家则对伊拉克入侵伊朗保持沉默。那是一场国际战争，是全世界的大多数国家反对伊朗一国的战争。伊朗在国际上完全被孤立。这让伊朗人明白，我们谁也无法依靠，除了我们自己。"哈塔米总统时代重新启动的伊朗核计划承载着伊朗的独立大国梦想,无论是主张与美国改善关系的温和、务实的改革派,还是强硬的保守派,在这一点上,都无异。

在德黑兰,我们拜访了一位国际法律师马赫穆德。他为很多想进入伊朗市场的日本、韩国和中国公司做过咨询。在他装潢豪华的办公室里,玻璃窗上装饰着波斯波利斯的人像画。他是一个精明的伊朗商人,抓了一把名片给我,说:"要有中国人向你询问伊朗的情况,就把我的名片给他。"他的时间在伦敦和德黑兰之间分配。在伦敦,他在英国大学里任教,也曾有一家法律咨询公司,但后来他只保留了德黑兰这一家。他说:"在伊朗做生意比在英国好赚钱,市场竞争没那么激烈,税收也远远低于伦敦。"

他问我有没有注意到德黑兰北部与南部的差异。的确,南部城区的中下阶层的破旧平房,与北部靠山的花园里的深宅对比鲜明。我所住的德黑兰北部的石油区,全是独门独院的私家小楼,自家设计,风格各异。德黑兰北部的房价可与纽约一比。富裕的伊朗人很多常年在欧美国家和德黑兰之间往返,他们有些人持有美国或欧洲国家的护照,但还是更愿意生活在德黑兰。伊斯兰革命并未打断伊朗的私有制,富人的财富代代积累传承。在霍梅尼的政治生涯中,他对很多事情的态度都时常变化,但他对私有财产的立场一直很坚定。他曾写到,伊斯兰"保护私有财产","从而能够反抗在本质上威胁着个人财产权的独裁者"。他说,真主赐予人类私有财产,因此,没有任何世俗权力有资格干涉私有财产。这也是为什么富有的巴扎商人集团和中产阶级当年都是伊斯兰革命的支柱力量。也正因如此,曾随霍梅尼的法航专机来到伊朗,并在伊朗生活过20多年的《纽约时报》记者伊莱恩·希奥里诺曾判断：什叶派传统中的民主因素与伊朗正在进行的代议制政府的民主实验，以及以私有制为基础的中产阶级共和国，都决定了伊朗是美国在伊斯兰世界中最具潜力的伙伴，而这一点还未被美国理解。

但霍梅尼也把伊斯兰教与社会公正等同起来。他曾赞颂受到压迫的、赤脚的和棚户区的穷人，谴责压迫者、富有者和贪婪的王室及其外国庇护人。这样，最高领袖的追随者就分为两派。以"战斗教会"为代表的民粹主义激进保守派教士，更多地体恤和关注穷人，他们把另一派——温和的中间道路派教士——称为"亲美派"和"资本主义教士"。最高领袖霍梅尼和哈梅内伊一直维持着两派之间的平衡。

从拉夫桑贾尼总统时代到哈塔米总统时代，有一种务实的改革派观点：美国事关伊朗的经济繁荣和能否融入世界经济，政治不应影响商业关系。这个时候，伊朗与美国之间还存在共同利益：它们面临共同的敌人萨达姆政权和阿富汗塔利班政权。两任伊朗总统都曾试图改善美伊关系。拉夫桑贾尼曾悄悄与美国的石油公司签订过数万亿美元的石油协议，但被时任美国总统克林顿坚决地取消了。克林顿当时采取的是"双重遏制"政策，同时遏制伊拉克和伊朗。哈塔米总统曾暗示，文化交流是打破美伊互不信任的方式，但美国的注意力正被克林顿性丑闻所吸引，伊朗问题根本不排在白宫议程的前列。与此同时，伊朗的保守势力发起反攻：哈梅内伊身边的保守教士反对改革的巴扎商人，以及经济实力雄厚的伊斯兰基金会。

2005年内贾德的当选标志着强硬保守派在伊朗政坛掌权。内贾德击败的对手是伊斯兰革命元老、亿万富翁拉夫桑贾尼。这个时候，美国的反恐战争消灭掉了伊朗的劲敌萨达姆，伊朗在中东地区的地位急剧上升,与美国直接对峙。在小布什的第二任内,美国主张与伊朗对抗的强硬派官员占了上风,伊核问题也成为美国国家安全计划的焦点。在伊朗国内,内贾德以其卑微的出身和对普通民众民生的关注,赢得了城市平民和乡村边远地区下层民众的选票。更重要的是,伊斯兰革命卫队和巴斯基都是内贾德的支持者。2009年,内贾德战胜呼声很高的穆萨维获得连任,得到了最高领袖哈梅内伊的支持。此后,伊朗爆发了民众游行的选举风波。这是伊朗一直存在的政见分歧的爆发,但伊朗社会的保守力量在较量中占据了上风。

"伊朗社会与政治从来都是很多势力之间的较量",马赫穆德告诉我,他向我赞叹中国的政策,说:"我看到你们的领导人在处理人民币汇率之类的很多问题上,精准地维持着与美国的平衡关系。"作为商人,他说:"伊朗应该在美国与中国之间寻求利益最大化。这样,我们在与你们中国石油公司的谈判中,就会有更多的筹码。"这也是我接触到的许多伊朗人共同的想法。马赫穆德随即又有些怅然地自我反驳道:"我们不像你们中国那样大。如果伊朗像中国那样大,我不知道能不能像中国那样保持与美国关系的平衡,但我们伊朗人绝对不可能接受沙特那样的局面。"

伊朗将如何定义自己在世界舞台上的位置?马赫穆德最后说:"伊朗不可预测,就像我们的总统内贾德一样不可预测。"

(本文写作于2011年。摄影:关海彤。)

传统社会的灵魂：巴扎与清真寺

走进巴扎

在德黑兰和伊斯法罕，我们都拜访了当地的巴扎。巴扎，波斯语的"集市"，是中东一景。它有着上千年的历史，是伊朗人经济、社会交往最重要的空间。穿梭在厚重的砖砌石墙与拱形穹顶构成的伊斯兰式廊柱里，从精雕细刻的银质水壶，到绚丽的波斯地毯，从波斯细密画风格的搪瓷蓝，到曼妙的查朵披肩，以至贵重珠宝、各色香料、干果杂粮、衣帽鞋袜、锅碗家电，包罗万象。这些商品把伊朗的农村、小镇与大城市连接起来。在伊朗历史上，大巴扎还是银行与金融家的驻扎之地，接纳各地来的商人与游客。巴扎可以说是伊朗与许多中东城市的灵魂。

迷宫般的巴扎总是出其不意：穿过服装市场，突然是点心和冰激凌店，一拐角，就是波斯地毯街，再穿过一扇拱门，眼前突然开阔，是一片带有喷泉的广场。伊朗人生活的小宇宙就汇聚于此。这里演绎着伊朗社会的众生相：有肩挑背扛着货物在狭窄的巷道里行走的搬运工；有穿着整洁、举止优雅的闲逛者；有沉浸在精雕细琢世界里的金匠银匠；有人在张望，有人在吆喝，有人在讨价还价，有人呷着红茶。留在伊朗的犹太商人、从大不里士来的突厥商人、做搬运工和联系东部边境走私贸易经纪人的库尔德人、说阿拉伯语的伊朗人、从伊拉克和波斯湾来的移民，都在巴扎有一席之地。德

德黑兰巴扎,这里的商品包罗万象,是中东一景

黑兰的巴扎商人大多住在富裕的北部,晚上开车穿城回到舒适的家;搬运工人、货车司机与一些小手工业者则住在南部贫民区。

我们到来的这个时间,金融制裁造成的恐慌正笼罩着伊朗。走在巴扎里,能很快感受到美元的极度稀缺。总是有人有意地擦肩而过,在耳边低语:"Dollar! Dollar!(美元)"1月中旬,伊朗里亚尔兑美元跌了20%。当中央银行宣布的汇率是1美元兑11300里亚尔时,在德黑兰的巴扎,与美元的汇率已经达到了1∶16900。巴扎的神奇之处是,他们基本上都收美元。如果你找对地方,你可以在某个小店里把美元换成里亚尔。

这里的商人大多从事进出口贸易,他们比银行的职员还清楚当

第四章 伊朗之国

德黑兰大巴扎的波斯地毯批发商

天的汇率，给出的汇率也是巴扎形成的市场汇率，比银行高得多。巴扎就是"美元黑市"的大本营。一位西装笔挺、说一口优雅的英语的老地毯商人极力劝我买下一条库姆产的真丝波斯挂毯，"绝无仅有，绝无仅有！"他有些激动地强调："您看看这设计、这图案，还有这结数，出自库姆名家之手。现在只卖800美元！因为禁运和汇率大跌，真的相当于什么也不值了！"

在伊斯法罕的一间看似不起眼的传统工艺品小店里，我们居然找到了VISA卡的标志。受美国金融制裁的伊朗，所有国际信用卡都是绝迹的。我们的不少驻外机构人员都必须定期到土耳其的伊斯坦布尔领取国内汇款。这里出现的VISA标记，简直让我们吃惊！店主告诉我们:"我们在西班牙南部有一些亲戚朋友,常年有贸易往来。这些东西在欧洲很受欢迎。全伊斯法罕就我们这儿能刷VISA。"在巴扎商人间相互交织密切的关系网络中,也许,这个小小的店面就是联结整个巴扎与南欧的重要外贸通道。30多年来,伊朗商人一直极其巧妙地寻找各种途径绕过制裁。是为一例。

在德黑兰的巴扎,如今流传着诸如这样的充满神秘色彩的故事:"昨天,我在巴扎里看到两个陌生的女人,第一次看见她们。她们走进来,带来10万美元,然后就转身离开了。巴扎永远都不可预料,你不知道会发生什么。"在这个看起来普普通通的巴扎里,资金的转移、大额的贷款时刻都在进行着,特别是在大型的批发商之间。伊斯兰革命胜利后,当初支持霍梅尼的那些巴扎商人纷纷在政府担任要职,巴扎与政府部门保持着紧密的联系。过去的一些巴扎信贷基金现在搬了出去,分布在德黑兰;它们虽然越来越独立,但仍与巴扎有着千丝万缕的联系。这一切都在幕后进行,井然有序。

老的巴扎有一套信用体系,主要做短期私人信贷。这个信用体系建立在商人之间长期频繁的个人交往所形成的信誉之上,把需要贷款的人与巴扎基金联系起来。金融制裁下,几乎没有银行能够接收伊朗开出的信用证,贸易再次回到伊朗人最擅长的民间钱庄进行。不过,地下钱庄的空间范围已经大大超出了巴扎,还涉及工业、化工、电子产品等领域。个人信贷曾是巴扎商人最传统有力的金融网络,但基于伊斯兰法则,是无息贷款。不过,作为回报,贷款人也会赠送诸如家电之类的礼品,提供去圣城朝觐的旅费,举办抽奖活动等。如今的地下钱庄仍然高度依赖中间经纪人的人脉,并与伊斯坦布尔、迪拜、中国义乌等地形成了绕过制裁的网络。

当我们在2012年4月初来到伊朗时，伊朗银行信用证的汇率是1美元兑换12000里亚尔，巴扎的市场汇率则达到1美元兑换19000里亚尔。由于市场上美元非常匮乏，官价与市场价错位极大，产生了很大的套利空间。伊朗政府对外币兑换的限制一度到了无孔不入的地步：出国旅行的伊朗人必须申请一定配额的美元，且只能在换取登机牌后才能领取，以防有些人专门买飞机票倒卖美元。另一种简单的套利模式，就是获得有外汇补贴的出口许可证，然后将其卖给市场。巴扎的空间里流动着强大的资金。去年（注：指2011年）5月，伊朗央行副行长曾说，伊朗地下钱庄的集资额约近600亿美元，其中相当一部分在巴扎。现在，这个数额应该更多。

在设拉子，一位波斯巴扎商人热情地接待了我们。他在义乌做帽子批发生意，每年来中国三四次，每次进价值人民币600多万元的货。36岁的他总乐不可支。他开车来接我们，在路上与朋友的车相遇，双方都探出头来，一路扯着嗓子聊天，时而畅快地大笑。潜藏在他体内的各种能量在走着路时不由自主地以一连串舞姿或一句高歌燃烧起来。他飞扬着，摘下头上的帽子，把帽檐上的鳄鱼商标指给我们看："看，这就是我的帽子！"谁会相信，十几天前，他刚刚在汇率骤变中损失了几百万里亚尔呢！伊朗人天性中的喜庆与奔放，总会给人生活照旧的太平之感。但其下暗流涌动。

这位巴扎商人浑身上下的所有细胞和触角，好像都在寻找着生意上的联系和机会。他带我们进山去看一个锡斯坦族的婚礼，一路上，他指着车窗外的一座座厂房——混凝土厂、矿石厂，问我们，中国会不会有人愿意来投资。他问我们，有没有能做信用证的朋友，又从怀里掏出几张开钱庄的朋友的名片。他有些激昂地说："去年之前，我每月的利润大约是3万美元。但现在，如果信用证的问题解决不了，每月能有2000美元的利润就很不错了！"

伊朗商人是群居的动物。过去，巴扎商人通常在一起度过闲暇时光。比如，他们常常组成一个十来人的露营或远足小组，休息时去德黑兰北边登山。这个设拉子人也是如此。这几天，他的身边总是围绕着一群玩在一起的生意朋友：一个有一家设拉子的房产中介公司；一个是两伊战争的老兵，落下一只跛脚，在波斯波利斯附近有一家自来水厂。他们的生意空间显然已超出了传统的巴扎。他拍着老兵的肩膀说："这是伊朗的民族英雄！"并在晚饭时为他点了一首生日歌。他们拉着我们去看了一个个现代化小区里的待售新房，然后把我们安顿在一套橱柜上摆满威士忌、伏特加空酒瓶的大宅中。

有天凌晨1点已过，我们疲惫地瘫陷在他的沙发中。他抚摸着一幅绣着拜火教之神阿胡拉·马兹达的画，兴致勃勃地朗读起大流士一世那著名的铭文："我，大流士，伟大的王、万邦之王、波斯之王……"我问他："你信拜火教？"他让翻译记下他信口所作的一首诗："我从未言归从真主，但亦从未放弃真主。指引我心的神明，唯有良心。"

我相信，他与33年前参与伊斯兰革命的传统巴扎商人相比，已大有不同。1979年前，德黑兰的巴扎控制着伊朗2/3的国内批发贸易和30%的出口额，主宰着传统的信贷业务，也是伊朗伊斯兰革命的政治活动策源地。霍梅尼的讲话录音磁带在巴扎内部流传，传播着他的宗教及政治理念。

巴列维的高度工业化与现代化，让与传统手工业、农业相联的巴扎商人深恐经济地位边缘化；他们没有在石油财富中分享到任何好处。

密闭的狭窄走廊里,巴扎商人深藏着的情感——痛苦、愤懑,极快地汇聚,把富有的商人、贫穷的工人和不同民族的人团结起来。他们成立了巴扎商人协会,通过个人和金钱关系,发动反对巴列维的人。最重要的是,在巴扎内流动着的不受政府控制的庞大资金,暗中资助着霍梅尼领导的伊斯兰革命,直至胜利。伊斯兰共和国成立之初,许多历史学家把"巴扎-清真寺联盟"视为伊斯兰共和国的基石。

巴扎-清真寺联盟

在伊斯法罕的一个中午,我们跟随巴扎商人的步伐,沿着弯弯曲曲、人潮如织的巴扎小胡同走向清真寺。伊朗春节一过,热气便开始微微蒸腾。中午祈祷的时间到来,巴扎人便关上店铺,到下午三四点钟再重新营业,直到夜晚八九点钟。沿着巴扎那条通向毗连清真寺的小径,人们汇聚在清真寺的广场和寺内。广场上,清真寺穹隆的柔和曲线划出的天空下,一群男人或坐或跪于铺开的大地毯上。带领祈祷的布道声不时悠悠沉沉地通过广播扩散出来,弥漫于广场的天地间,然后又归复于寂静。反西方、反暴政的声音,也常常从这里传出。每当这凝固着的寂静被祷告声穿透,那数百只停在广场一角的鸽子便轰然起飞,掠过一个个穹隆大顶,盘旋出一道道跳跃的弧线,然后落脚在另一侧,静待下一次的号令。不少巴扎人已在这般梦幻中,于露天悠然睡去。

过去,巴扎商人回到店铺之前或者夜晚打烊之后,会去毗邻巴扎的咖啡馆或茶馆闲聊一阵,抽上一袋水烟,或去公共澡堂泡个澡。巴扎的传统咖啡馆曾孕育了繁荣的艺术与文化,最有名的就是"咖啡

呷着红茶的巴扎地毯商人

正在雕琢作品的银匠

第四章 伊朗之国

马什哈德一家由传统浴场改建的餐厅，不少人斜倚在靠枕上抽着水烟

馆绘画"。当我站在马什哈德图斯博物馆的咖啡馆绘画前，我仍能遥想当年：说书人在宾客满座的咖啡馆里讲述费尔多西的《列王纪》和阿舒拉节的殉道故事，与此同时，画陶瓷画的手艺人则在画布上把故事的场景与人物诉诸画面，声影并茂。今天，生活方式的改变，已让许多巴扎的集会场所都关门或搬走了。

有一组数据：1979年，德黑兰有3500家巴扎咖啡馆，而到1990年，只剩下了900家，"咖啡馆绘画"也在20世纪70年代末逐渐消亡。曾经繁盛的公共浴场纷纷改建成餐厅。我们去这样一家浴场改建的餐厅吃饭，见到几十张大床摆在以水池为中心的环形厅堂内，人们席床就餐，不少人斜倚在靠枕上抽着水烟，这也许与当年浴场的热闹无异吧。巴扎作为一个社会空间，也是伊朗传统生活方式的代表。

巴扎与清真寺在空间上的浑然一体，是伊朗社会两大重要保守集团联姻的写照。清真寺常常在巴扎拥有地产，不少巴扎商人从清真寺租店铺；曾经，巴扎商人的虔诚与纯洁，以及与此相联的商业信用，都通过在清真寺的祈祷来证明和强化；巴扎商人与传统的宗教阶层常常有亲缘关系，并通过婚嫁更紧密地相联——我接触的好几位伊朗商人，其家人或者亲家都是宗教人士。

不仅如此，巴扎商人给清真寺的慈善捐赠，是清真寺的重要经济来源之一，根据什叶派穆斯林的传统，虔诚的商人应该将利润的20%捐给当地的清真寺，用来帮助穷人。中东的历史学家、研究者和记者常常把巴扎-清真寺联盟视为保守势力的大本营，是抵御西方现代文化冲击的传统堡垒。在巴格达，底格利斯河边的老巴扎连接着古老的卡济迈因清真寺，美军一直无法控制这些地区。在开罗，著名的爱资哈尔清真寺矗立在巴扎旁，哈马斯的精神领袖亚辛就毕业于这里的神学院。2004年，以色列出动直升机炸死亚辛后，开罗的哈利利巴扎马上就被防暴警察层层包围，处于管制之下，而亚辛愤怒的追随者就在巴扎内的清真寺里誓言复仇，并不断朝天开枪。

伊朗现代民族国家历史的开端，以1891~1892年的"烟草叛乱"为标志。由此，巴扎-清真寺联盟开始在伊朗近现代史上扮演重要角色。当时，恺加王朝的国王需要钱挥霍，就向英国人出售烟草特许权，允许其在伊朗建立垄断的帝国烟草公司。这立刻激怒了多个大城市巴扎烟草交易中心的商人，他们罢市抗议。一位叫法拉西的宗教人士号召烟草商反抗，暴力游行示威在许多城市蔓延开来。

英国殖民主义的批评家阿富汗尼也撰文抨击特许权。法拉西被驱逐出伊朗，逃往伊拉克，向他的岳父、当时什叶派世界最著名的法学家设拉齐求助。不久，一份据说是由设拉齐发布的禁烟"法特瓦"（高级宗教人士的教令）在德黑兰传播开来，一场广泛、普遍的抵制吸烟运动由此而发。最终，国王不得不同意废除烟草特许权。在1905~1911年的伊朗宪政革命中，德黑兰、大不里士与伊斯法罕的巴扎商人——批发商、工匠、零售商几乎全部加入了要求改革立宪的队伍，并与宗教人士联合起来。1951~1953年，德黑兰的巴扎商人也是首相摩萨台的石油国有化运动的鼎力支持者。

1979年伊斯兰革命的故事里，巴扎是一个频繁出现的主角。巴扎商人的家庭网络、生意网络，以及他们追随什叶派宗教人士而形成的相互交织的网络，构成了推翻巴列维的庞大而核心的力量。20世纪60年代，巴扎产生了多个政治性的组织，其中支持霍梅尼的最重要的反政府行会组织叫伊斯兰联盟协会。这个组织的成员支持高级宗教学者的监督和指导，坚信政治活动应该基于对"效仿源泉"（即权威最高的宗教学者）的效仿，他们中的很多人是霍梅尼的追随者。在革命前后，这个组织还从事武装活动。比如，1964年暗杀伊朗首相曼苏尔的刺客就是这个组织的成员卜哈莱。也正是这个组织，在霍梅尼流亡法国的时候，把他讲话的磁带传遍伊朗。

参与伊斯兰革命的最重要的几位巴扎商人，在革命胜利后都在政府担任要职，是坚定的保守派。其中一位叫拉菲克道斯特，加入伊斯兰联盟协会的时候，他还是一位年轻的蔬菜巴扎商人。1979年2月，正是他开车从德黑兰的机场接回了从法国流亡归来的霍梅尼，因此他的绰号叫"伊玛目的司机"。革命胜利后，他担任过伊斯兰革命卫队的部长，然后又担任最大的国有慈善基金——受压迫者和战争残疾人基金会的主席。伊朗最大的商业机构除了伊朗国有石油公司以外，就是这个基金会了。它有40万名雇员，资产估计超过100亿美元，所拥有的资产包括德黑兰的酒店、饮料公司、国际航运公司、石化产品公司，以及农田和城市地产。

另一位巴扎商人叫阿斯伽罗拉迪，他是犹太人，家族很早就来到伊朗，后来改信了伊斯兰教。1981～1983年，他担任商业部部长，两伊战争期间，在他的提携下，许多伊斯兰联盟协会的成员在国家采购与分配机构谋得要职。《福布斯》曾经报道过阿斯伽罗拉迪犹太家族的财富。他的弟弟是一位经营开心果、香料、干果、虾和鱼子酱的出口商，还进口糖和家电。有伊朗银行家估算，他的财富达4亿美元。另一位来自克尔曼省开心果富农家庭的革命元勋——拉夫桑贾尼，此后出任过伊朗总统，曾是伊朗专家议会的议员，现在担任确定国家利益委员会主席。

1984年，霍梅尼曾对巴扎领袖说："如果巴扎与伊斯兰共和国不同步，共和国就必然失败。"逐渐地，巴扎与巴扎商人的地位已发生些许变化：大型购物中心在德黑兰这样的大城市涌现，中产阶级的消费品位越来越追逐国际品牌；现代银行和金融机构也脱离巴扎而广泛存在。伊朗在缓慢地重新融入全球经济。

我一下飞机便看见机场里巨幅的宝矶、劳力士名表广告和大屏幕中反复播放的现代购物中心宣传片。我在想，这难道不是过去巴扎商人拒绝、反抗的现代化商品与生活方式吗？只是，时隔多年，也许它们已变得不再那么突兀，也不再有那种剧烈的冲击力。如今，许多居住在德黑兰北部郊区豪宅里的巴扎商人，正是它们的消费者。

今天，巴扎商人的群体更加多元化。巴扎商人的政党支持过也反对过改革派总统，出发点都是商人的经济利益——他们想要自由放任的经济政策，想要低税收，反对国家干预私人经济，反对打压传统商贸利益的工业化。巴扎商人积累的资金也开始流出巴扎，一些流向了更高级的产业，比如工业，但绝大部分则流向了利润更丰厚的地产行业。在宗教与文化上，他们一些人表达出一贯坚定的保守立场，而另一些人则开始把信仰与精神作为私人的事情来对待，不再寻求政治表达。2008年10月，内贾德总统实施新的营业税后，德黑兰、伊斯法罕和其他大城市的巴扎商人关门闭店，以示抗议。这是伊斯兰革命以来的第一次巴扎大罢工。内贾德总统很快就中止了税收法案。巴扎的地位虽逐渐衰退，其政治影响力犹存。

清真寺之谜

在伊斯法罕，我们受邀到一位国有银行行长家里吃晚饭。他宽敞的客厅里非常热闹：他的亲戚，一位波斯语教师带着妻子和三个孩子来串门。晚上12点（对伊朗人来说，夜晚刚刚开始），一位租他房子的租户又带着一家老小来拜访。每有人到访，所有人都起立，到访者挨个与每个人握一遍手，就跟首长接见似的。我去过的一些伊朗人家，无论经济状况如何，客厅都非常宽大，礼节都非常到位。

伊朗人住宅的独特之处在于，客厅除了一套沙发之外，还会绕墙摆一圈椅子，通常有十来把。它反映了伊朗人的家庭观，他们的家庭是一个包括丈夫、妻子、子女、仆人、家臣、血缘近亲和远亲、与其他家庭通过婚姻联盟形成的姻亲、朋友、合伙人的大家庭。与许多传统社会一样，伊朗人习惯于依靠私人关系办事，而不是依靠制度。

伊斯法罕银行家的大家庭，亲戚来访，客厅里非常热闹

席间，这位行长给我们讲了一个故事。他说："每当我遇到无法解决的事情，我总向真主求助。我个人有很多恶，但我们都希望通过一个善的媒介，去与真主打交道。这个善的媒介，就是值得信任的宗教人士。有一段时间，我的银行几乎没有存款了，储蓄账户亏空，银行陷入很大的危机。我打电话给我信任的宗教人士，他让我向真主祈祷，我照办了。第二天，来了一位客户，他竟然要存相当于120万美元的里亚尔。这对我的银行来说，无疑是天降之福。没过几天，这位客户又来了。他说，他要再存相当于400万美元的里亚尔。但他要我帮他追回一笔别人所欠的巨款。我再次向这位宗教人士求教，他让我继续向真主祈祷。当天晚上，我的妻子做了一个梦，梦见她前往马什哈德的圣祠，快要到的时候，又往回走，却被这位宗教

人士拉住手腕,带回了圣祠,直到她向伊玛目礼萨和真主祈祷。我当然要感谢这位宗教人士。我给了他2000美元。他帮了我这么大的忙,这也算不上什么慷慨的数额吧(根据什叶派的效仿制度,每位普通的信徒需要选定一位高级宗教学者,以他为效仿对象,在伊斯兰教法规定的各种事务中追随他的意见,并向他缴纳宗教税)。"我问他:"这位神秘的银行客户是做什么生意的?"他回答说:"他也是位宗教人士。"我继续问:"宗教人士哪来这么多钱呢?"他微顿了一下,哲学地说:"每个行业都有富人和穷人吧!"

行长的故事对我来说,就像一个诞生于传统社会的神秘主义暗示,充满曲径和机关,让文化背景不同的我如入迷宫。这引起我的极大兴趣,想一探故事内所蕴含的幽境。

在什叶派圣城马什哈德,我们去拜访伊玛目礼萨的圣陵园。9世纪,阿巴斯王朝马蒙在任哈里发之前,为赢得什叶派信徒的支持,请该派第八代伊玛目阿里·礼萨由麦地那迁居图斯,并宣布他为继承人。据说后来又因惮于阿里·礼萨在什叶派中的声望,将其毒死,葬于距图斯约20公里的一座小村庄。16世纪,萨法维王朝确立什叶派为国教后,马什哈德遂成信徒的瞻仰中心。

圣陵园的建筑记录着宗教力量在伊朗历史中的兴衰沉浮。在过去12个世纪里,对宗教势力疑惧的霍拉珊统治者将圣地摧毁,入侵的蒙古人抢夺了它的财产,而重视伊斯兰教的统治者则不断地修缮被破坏的"礼萨先知的财产"。在历史上,圣陵园及其基金会的土地、耕地和财产不断地被没收、篡夺、挥霍、分配或出售,争夺它的斗争也从未停止。圣陵园基金会所拥有的土地,是几千年来信徒捐赠的积累,虔诚的富人常常在去世后将个人财产捐赠予基金会。巴列维的白色革命之所以激起宗教阶层的强烈反抗，正是因为他没收和出售清真寺拥有的土地。1979年伊斯兰革命后，宗教阶层重新成为巨大财富的掌控者。伊斯兰革命胜利初期，霍梅尼没收了许多富人的财产和企业，在这些没收财产的基础上建立了慈善基金会。霍梅尼在世时，这些基金会曾为低收入人群修建了许多住宅和医疗机构。在这些慈善基金会中，历史最悠久、财力最雄厚的，就是马什哈德圣陵园的慈善基金会了。

它叫拉扎维（Razavi）基金会，有经济学家估计它的资金不低于150亿美元。它由伊朗的强硬派宗教人士——阿亚图拉塔巴西领导。他很低调，很少出现在公众视野中。曾有位驻伊朗的法国记者写道："马什哈德最重要的人是谁？马什哈德人的回答不是市长，而是拉扎维基金会的老板。"阿亚图拉塔巴西因此有个绰号，叫"霍拉珊的苏丹"（苏丹是伊斯兰国家的统治者）。

圣陵园负责国际事务处的宗教人士巴格赫里在他的办公室里接待了我们。他曾任伊朗驻非洲国家的文化参赞，说非常流利的英语。在他的书架上，除了宗教书籍，还摆满了德语、英语书。巴格赫里向我们介绍了圣陵园基金会的状况。据说，1200年前，自伊玛目礼萨殉教以来，拉扎维基金会就一直存在了。基金会在马什哈德的经济生活中举足轻重，连马什哈德所在的霍拉珊省的省长也得到这里要钱。伊斯兰革命后，基金会迅速发展成为一个雇有19000名员工的巨大联合体，经营着汽车厂、农业、房地产和很多其他产业。1979年后，它所拥有的土地面积翻了四番。到底有多少呢？外界很少有人知道。

但巴格赫里赠送给我们一本厚厚的彩印册子，圣陵园的资产项项列明，一目了然。我做了一个简单的统计：它拥有20多万公顷的耕地，上万公顷的果园和林地，24家企业与公司，经营范围从制糖、食品加工与冷藏、木材、地毯、手工与纺织业，到矿业、交通、贸易、房地产、投资和咨询，无所不包。不仅马什哈德的大部分房地产都属于基金会，而且它在全伊朗也拥有大量的农田、森林和城市地产。在城市里，基金会将大量的商铺租给巴扎商人和旅馆老板。此外，它还拥有马什哈德中央图书馆、博物馆和伊斯兰科学大学。它甚至还有一个萨拉克什（Sarakhs）自由贸易区，与土库曼斯坦接壤。20世纪90年代，基金会为这个项目做了大量的投入，在伊朗与土库曼斯坦之间建铁路、高速公路、国际机场、旅馆和办公楼。有报道说，它甚至还花了230万美元请来一家瑞士公司建造伊土铁路落成典礼用的大帐篷。它的社会根基之深、经济实力之厚，由此可见一斑，完全可以把拉扎维基金会理解成一个庞大的工农商建文教复合体。

巴格赫里向我们强调，基金会有独立自主性，不受政府控制。在什叶派的传统中，宗教学者的确享有某种独立的地位，伊朗近代历史上也是如此。但在政治变动过程中，传统什叶派的宗教体制也因为政府的干预发生了巨大变化。比如，哈梅内伊的办公室就可以掌控宗教人士，而且实现了全面的数字化管理。这种掌控在财务方面尤其严格。"效仿源泉"对普通宗教人士的资助、一个宗教机构与另一个机构的经济往来，都要首先经过库姆经学院管理中心，必须得到哈梅内伊代表的同意才能进行。这一管理中心还建立了关于"效仿源泉"的财产、资产和收入的巨大数据库。最高领袖就用这一数据库来掌握"效仿源泉"的活动。即使是最有名的什叶派宗教学者、伊拉克的阿亚图拉西斯塔尼，他在伊朗的办公室也无法独立掌握和管理自己的宗教经济网络，而必须得到伊朗政府的配合。也许关于圣陵园的一条鲜为人知的旧闻,恰好可以说明这一点。2002年,负责萨拉克什自由贸易区的纳赛尔·塔巴西,即塔巴西之子,突然被解职。他受到的指控是,在与迪拜一家公司的往来中有腐败行为。后来,纳赛尔缴纳了500亿里亚尔的保释金,被德黑兰法庭无罪释放。

  再回过头来看伊斯法罕的银行行长所讲的故事。其背后正是藏于宗教网络中的财富之谜。宗教人士之间严格的师徒相承关系和同学共济网络、基于血缘和婚姻关系建立的家族网络错综复杂地联系在一起,加之以宗教税收为基础建立的宗教慈善网络,就形成了一个非常缜密的立体关系网。当你身处网络之中时,财富有时就会在你最需要的时候,通过这张网,出现在你面前,犹如天意。

(本文写作于2012年。摄影:于楚众。)

伊朗人眼中的石油史

我们在穆塔泽德的书房落座。书房三面墙都被书满满地覆盖着,只有一扇窗带给我们德黑兰午后的阳光。穆塔泽德是伊朗最有声望的石油历史学家之一,40多年来一直活跃的电视媒体人与历史作家。穆塔泽德让陪我们一起来的伊朗记者从身后浩瀚的书堆中翻找一本古人的麦加行记。他说,书中记录了这位旅行者到达中国时看到裹小脚女人的经历,还有中国人把照相机视为摄取魂魄之物的逸事。按照在伊朗人家的待客之道,穆塔泽德的太太悄然无声地端上一壶琥珀色的红茶,接着是一盘色彩缤纷的小点心,最后是一道果汁。书最终没找着,但我们的话题由此开始:精致的古文明在遭遇西方现代工业文明时的蒙昧。

口述者:霍斯鲁·穆塔泽德(伊朗)、巴赫曼·阿尔曼(伊朗)

肇始

伊朗处于恺加王朝时期时,英国已经拥有世界上最强大的海军,其核心原因是内燃机的发明。1911年,任海军大臣的丘吉尔就已认识到油比煤作军舰动力更有优越性,比如,更快的速度和更省人力。他

伊朗石油历史学家霍斯鲁·穆塔泽德

伊朗经济学家巴赫曼·阿尔曼,曾任前总统拉夫桑贾尼经济部部长顾问、货币委员会代表和工矿部部长顾问

决定把英国的海军优势建立在石油之上，所有舰船燃料都以油代煤，这就是1912年至1914年的加速发展海军计划。

而在那时，伊朗只知道有金、银，不知道矿产、煤，更不知道什么是油田。其实，早在琐罗亚斯德教时期（7世纪之前），古代的伊朗人就已经知道使用石油了。他们用石油来点燃代表光明的圣火，并维持它长久不灭。后来，在这些拜火教的火庙附近往往都发现了油田。美国石油经济学家哈罗德·F.威廉森曾说过："早在公元前3000年，居住在美索不达米亚的苏美尔、亚述和巴比伦人就在幼发拉底河流域采集到含有天然沥青的油苗，从而开始了后人寻觅和探索石油的历史过程，世界上第一个石油工业起源于美索不达米亚，那里是西方文明的摇篮。"

然而，恺加王朝时期的伊朗是个什么样子？据一些恺加时代的欧洲访问者描述，它是一个陶醉于"豪华的宫廷礼仪，赞助艺术，培养宗教学者，供养着庞大后宫"的东方君主国，实际上却"软弱、傲慢和自欺欺人"，在数次"俄波（斯）战争"和对周边的几次征战中失败，在科技工业发展上无所成就，热衷于授予欧洲国家一个又一个特许权以谋私利，"迅速滑向衰败、破产和附属国地位"。

1890年后，石油作为煤的替代品被发现。最先在美国的宾夕法尼亚州打出了第一口商业油井，然后有了高加索油田的发现。最早来伊朗探索石油的欧洲地质学家在伊朗西南部发现了石油，他发表报告预测，波斯可能蕴藏相当数量的石油。1901年，恺加国王给予澳大利亚英籍矿业富翁威廉·诺克斯·达西开发全国（除与俄罗斯有争议的北方5省外）天然气、石油资源60年的排他性权利。作为回报，达西提供4万英镑现金和股票，外加将来利润的16%。当时，英国海军正在考虑从使用煤改为使用石油作为燃料，就安排伯马赫石油公司支持达西。

1908年，公司终于在与伊拉克接壤的马斯吉德莱曼钻出了油。1909年成立了英波石油公司，在胡泽斯坦省的阿巴丹建立了炼油厂，这是"二战"前世界最大的炼油厂。英波石油公司与英国政府签订了两份合同，英国政府向英波石油公司投入200万英镑资金，持有公司51%的股份；公司从1914年起向英国海军供应4000万桶燃料油，供应20年，以保障政府的战时需要。就这样，英国在伊朗的利益被彻底重估：英国海军与波斯石油完全结合在了一起，英国政府成为英波石油公司的大股东，石油成为英国的战略商品。丘吉尔在下院发表演说时强调，必须保证大英帝国获得分布在世界各地的石油储量，"以防发生地区性供应中断"。

阿巴丹这座城市非常漂亮，为英国人所建，引进了英国先进的管理模式。英国、澳大利亚和新西兰人在阿巴丹过着养尊处优的生活，而伊朗人却很贫困。公司只雇用数量寥寥的伊朗籍技术工程师，管理岗位几乎全是英国人。公司里最底层的苦力，都是伊朗人。"二战"时，为了争夺阿巴丹，希特勒还曾与英国交锋，一度打到伊朗的阿拉克，甚至日本人也曾想派军舰来占领阿巴丹。1941年8月，德国入侵苏联两个月后，英俄军队进驻伊朗，保卫阿巴丹的炼油厂以及从波斯湾通向苏联的补给线。德国在苏联和北非推进的时候，巴列维国王礼萨汗表示出对纳粹的同情倾向，很快就被同盟国废黜，逃到了南非。他的儿子穆罕默德·礼萨·巴列维被立为国王。

恺加王朝开始与西方帝国主义、西方文化发生接触。伊朗人既不知道自己有多少石油，也根本不懂得石油的价值。英国人与伊朗签订的合同许多是带有欺骗性的。双方签过三份不同的合同。

第一份是1901年与澳大利亚英籍商人威廉·诺克斯·达西所签,这份对伊朗很不利,伊朗从中获利很少,只拿到石油收入的16%。其中唯一友好的条款是,要为伊朗培养自己的工程师与人才。英国人利用了伊朗人的无知和文化水平较低,向签合同的伊朗方代表行贿,而国内的伊朗人都不知道已经签了合同,被蒙在鼓里。

第二份合同是1933年的合同,伊朗从这份合同中获利较多。1932年,巴列维国王礼萨汗对已更名为"英伊石油"的公司非常不透明的结算方法不满,提出要废除英伊石油公司的特许权。当时,伊朗从公司拿到的钱只是1917年时的两倍,而公司的产值却几乎增长了10倍。伊朗将英伊石油公司告上了国际法庭。

1933年,伊朗与英国签订新的合同,同意将特许权延长60年,并缩小了特许权所包括的地区,伊朗可以获得更明确的结算程序,所得利润将与生产量挂钩,而且最低保证收入为100万英镑(黄金结算)。然而,欺骗仍然存在。对英国人来说,伊朗的石油是不能让伊朗人知道的宝库,他们对石油的储量、分布数据都严加保密。

第三份合同是1949年签订的。

"五五分成"与民族主义

伊朗人还是在遥远的委内瑞拉的帮助下认识石油的。在伊朗发现石油的苏格兰人雷诺茨去了委内瑞拉,获得了当时委内瑞拉独裁者麦戈斯将军的采油许可。麦戈斯去世后,独裁统治也结束了。新的委内瑞拉政府提出重新分配地租的要求,租赁者与土地所有者的关系、石油公司与产油国的关系从这里开始变革。美国政府也愿意推进这一进程。美国助理国务卿萨姆纳·韦尔斯向委内瑞拉政府推荐了一批独立咨询人员和地质学家，从而提高了委内瑞拉政府与石油公司进行谈判的能力。美国还向英国政府施压，要求壳牌集团配合行动。美国与委内瑞拉达成的协议遵循"五五分成"原则，也就是确保产油国政府的净收入等于石油公司的净利润。这是有划时代意义的协议。

委内瑞拉新交易的消息很快从加拉加斯传到了中东。委内瑞拉的大使同时也是一位能源专家，他来到伊朗，传播"五五分成"的概念。委内瑞拉代表团还到了伊拉克的巴士拉，他们的理念越过国境影响了沙特。有观点认为，委内瑞拉这样做，主要是想提高中东的产油成本，避免低成本的中东石油对委内瑞拉构成威胁。但无论如何，伊朗人这才知道上了英国人的当。当时英国有最先进的技术、设备和管理经验，但一点也不给伊朗，并且与政府勾结起来压榨工人。

伊朗人非常恨英国人。1945～1950年，英伊石油公司账面利润2.5亿英镑，而分给伊朗的只有9000万英镑。英国政府得到的税收和公司股份红利，比伊朗多得多。当时，伊朗人都认为英国人是邪恶的，他们控制和操纵着整个国家。各式各样的伊朗政客，不管他属于哪一派别，都被政治敌人指控为英国的代理人。干旱、歉收和蝗灾，也被认为是出于英国人之手。憎恨逐渐集中于英伊石油公司。后来，法国、美国等国又派来专家，将石油方面的知识教授给了摩萨台首相，这才有了后来的伊朗石油国有化运动。

英伊石油公司以很低的价格将石油卖给英国海军和美国石油公司，实际上是以牺牲伊朗的财政为代价的。伊朗政府甚至一直不知英伊石油公司每年的收入有多少。伊朗驻英国的代表从未为国家利益着想,他们每月从英国领取1000英镑的好处费,向伊朗政府隐瞒了英伊石油公司的真实收入。不仅如此,石油管道的铺设权也完全握在英国人手中,连美国都无法插足伊朗的石油业务。石油收入当时大约贡献了伊朗财政收入的35%,但这些英镑不是用于伊朗国内经济的发展,而是用于购买英国和欧美国家的军火。那时,英国卖给伊朗的飞机,都是"一战"废旧工厂所造的过时飞机,还有瑞典的防空炮、美国的武器和英国的鸦片。这样,就像今天的石油美元一样,伊朗所获得的英镑不仅又回流到英国手中,还支持了英镑的国际流动。

"二战"结束时,英国财政濒临破产,从英伊石油公司获得财政收入显得更为重要。当时英伊石油公司已经是在全球都有业务的国际石油公司了。"二战"期间,美国承认伊朗属于英国的势力范围,英国也曾明确表示,英伊石油公司在伊朗的石油地位是该公司皇冠上的明珠,将不惜任何代价来保住它。但是,经过两次世界大战,大英帝国已走向衰落,它不得不从美国那里借了30亿美元来维持财政。这个时候,出于冷战的考虑,美国担心伊朗落入苏联人之手,也开始关注伊朗。当巴列维国王提出改变与英伊石油公司的财务关系时,美国也向英国政府施压,要求英伊公司增加向伊朗缴纳的费用。

英国与美国展开较量。1949年,英伊公司在美国的压力下与伊朗谈判,补充了修改过的1933年合同,增加了一些使用费,并付给伊朗一笔额外的补偿费。但是,伊朗这时的民族主义情绪已经高涨起来,合同没有在伊朗议会的石油委员会通过。石油委员会要求对公司实行国有化,当时,许多亲英的政客都遭到暗杀。1950年,美国在沙特的阿美公司与沙特政府宣布了"五五分成"协议,消息传到伊朗,首相拉兹马拉很快就撤销了对补充合同的支持。伊朗人再次将他们愤怒的矛头指向了英伊石油公司。所有人都认为，伊朗饱受折磨和不幸的根源就是英伊石油公司，所有人都要求石油业国有化，赶走英国人。反对国有化的拉兹马拉首相在德黑兰清真寺外被一位木匠暗杀。穆罕默德·摩萨台被议会选为新首相。

石油国有化

摩萨台首先是一位爱国主义者，是伊朗近代伟大的民族主义者。他是一个干净、纯粹的人。他的父亲出身于阿什提亚尼家族，这个家族出了好几位大官和政治人物。他的母亲是恺加王朝时期王室一位最富裕、最有势力的亲王的妹妹。摩萨台的妻子则来自德黑兰最重要的宗教领袖家庭。摩萨台是一位特别亲民的领导人。他的房门从来不关，记者、普通平民都可以来拜访。他对有关权利、民主和国家权力的制度安排都很熟悉。

20世纪50年代初，摩萨台进行石油国有化运动时，伊朗人口只有1700万，没有任何工业，连船都没有。所有与石油相关的东西——资金、技术和销售市场，都握在英伊石油公司的手里，如果得罪了英国，伊朗连自己运油都做不到。当时，伊朗只有不到40名自己的工程师，而要国有化，起码需要上千名伊朗石油工程师。从技术上说，到底要不要国有化，还是有争议的。但民众强烈的情感压倒了这种顾虑。

伊朗石油国有化能够进行，也是历史的机缘巧合。当时的美国国务卿艾奇逊和美国驻伊朗大使洛伊·韩德尔松都愿意帮助伊朗进行国有化。当时，中国的国民党政权和东欧国家政府正在溃败，美国向英国施压，不能这样对待伊朗，要防止伊朗倒向共产党。1950年6月，朝鲜战争爆发，苏联与伊朗军队也在边境上发生冲突。美国这时需要严防苏联入侵伊朗，而且伊朗石油这时已经占到中东产量的40%，阿巴丹炼油厂是东半球最主要的航空燃料来源。时任英国首相克莱门特·艾德礼来自工党，同情社会主义，也正在英国国内进行将许多公司国有化的改革，因此也并未反对伊朗石油的国有化。英伊石油公司享有许多特权，已经远不是一个公司。英国内阁审议了"Y计划"，想进行军事干预，突袭夺取阿巴丹，还派了11艘军舰到阿巴斯港，军事行动随时都可能发动。英国防大臣伊曼纽尔·欣威尔主张打，他害怕伊朗石油的国有化会刺激埃及和其他中东国家，特别是苏伊士运河的国有化。另一些内阁成员不主张打，因为当时印度刚刚独立，英国没法召集印度军团来打仗；而且英国财政也濒临破产，无力应付长期的军事投入。美国不同意打，他们觉得英国的军事干预会加速让伊朗投入苏联的怀抱。最终，英国看到伊朗民族情绪高涨，就未动手。在伊朗石油国有化的过程中，美国给了英国20亿美元的补偿费。这也是美国在伊朗逐渐取代英国势力的开始。

1951年10月，英伊石油公司的所有英国雇员乘上英国游艇"毛里求斯号"，到达伊拉克的巴士拉，从此离开了阿巴丹。

当时，摩萨台认为，英国不敢对伊朗禁运，因为一旦伊朗中断石油生产，世界就没有油了。但他的信息显然是错误的，高估了伊朗石油的地位。实际上，伊朗石油停产后，美国以及科威特、沙特和伊拉克等美国盟友很快就扩大产能填补了伊朗的空缺，并未造成世界石油的短缺。英国的禁运是有效的，中断石油生产给伊朗带来了极大的经济损失。无法出售石油，摩萨台政府的财政面临极大压力。国有化之

1951年11月,伊朗首相摩萨台(右)访美期间,华盛顿律师、前美国驻伊朗大使华莱士·摩菲赠给他一个油井小模型。此时,伊朗刚刚将英伊石油公司国有化,美国正从中调解伊朗与英国的石油纠纷

前,石油出口占伊朗外汇总收入的2/3,政府财政收入的一半。两年没有石油收入导致伊朗通货膨胀剧烈。摩萨台前往美国,向杜鲁门和艾奇逊求助,遭到美国拒绝。当时,世界银行愿意提供经济援助,要派专家过来,而当时既懂石油又懂伊朗的专家基本上都是英国人。摩萨台断然拒绝了世界银行的帮助,他甚至拒绝提及英国人,他对英国人深恶痛绝。

事后看来,这也许是一个错误的决定,几个月后,摩萨台政府的财政很快崩溃,加之英美达成密谋推翻他,他不得不黯然下台,最终英国人还是回来了。石油国有化的过程中，伊朗再一次完全被国际社会孤立。那个时候，没有一个国家愿意向伊朗买石油。当时只有日本、意大利买了伊朗的石油，但都被英国军舰半路拦下，说伊朗石油是英国的财产，别国无权购买。各国有各种各样的理由和说辞，比如，借口阿富汗的商路未通，不好运输。苏联也在这个时候落井下石。当时，苏联欠伊朗11吨半黄金，在伊朗急需用钱的时候，苏联不还，说这是支付给以前"俄波（斯）战争"的战争开支。

1953年，美国担心摩萨台与苏联走得太近，美国中情局和英国情报机构MI6联合执行了推翻摩萨台的密谋行动，即"阿贾克斯行动"，摩萨台政府倒台。但石油国有化改变了伊朗人的精神状态，促进了伊朗的民族觉醒。英国媒体报道说："摩萨台揪着英国人的耳朵把他们扔了出去。"伊朗的石油国有化也影响了纳赛尔将苏伊士运河国有化和伊拉克的石油国有化。

摩萨台被推翻后，如何来恢复伊朗石油生产呢？解决方案是美国牵头做的。美国国务卿杜勒斯的特使小胡佛设计的方案是，组建一个国际石油公司财团，把股份按照英国40%、美国40%（5家美国公司各占8%）、其他国家20%的比例分配给各国。伊朗成立的国家石油公司以雇主的身份雇用国际石油财团为承包商，并在董事会中有2个名额，按照"五五分成"的原则分配石油利润。最终，国际石油财团由英伊公司、阿美石油、海湾石油、法国石油和壳牌等9家石油公司组成，英国人夹在财团中又回来了。

后来，伊朗国家石油公司逐步控制了石油的生产和海外销售，并对全部石油设施、设备和油井拥有所有权。1954年，石油恢复生产，第一个装满石油离开码头的油轮就是英伊公司的"英国守护者号"。

此时，英镑已经开始破产。虽然在英国的坚持下，新公司的总部设在英国，并且仍然以英镑作为石油贸易的结算货币，但美国也由此成为伊朗石油业和伊朗政治的主角。有了大量的石油资本和技术，伊朗的石油产量大增，石油收入从1955年的3400万美元逐年增加到1963年的4.5亿美元。

美元正式替代英镑作为石油贸易的结算货币，是在伊朗石油国有化20年之后的事。1973年，尼克松总统说服沙特的费萨尔国王，接受美元作为石油贸易结算的唯一货币，并且把所获利润用于购买美国国债、投资美国或购买美国产品，即"不可替代协议"。作为回报，尼克松向费萨尔承诺，保护沙特的油田，防范苏联和其他可能觊觎沙特油田的国家（如伊朗和伊拉克）染指沙特。沙特此举带动了所有欧佩克成员在1975年使用美元作为石油结算货币，包括伊朗。

王权之巅：石油提价

1961年，欧佩克组织成立。其中产量最大的是沙特，但它是美国的盟友，又无法直言不讳地代表石油国自身的利益。伊朗巴列维国王的统治虽然受到美国的支持，但他一直在谋求不再受美国的控制，也谋求将石油财富完全掌握在伊朗手中。他并不信任石油公司。

1957年，巴列维出台了第一部石油法案，规定在国际石油财团的区域外，外国投资者可以参与伊朗油气的新项目开发。此后，外国公司缴纳的所得税由过去的50%逐年提高到85%，外资的实际利润降到了15%。而且，这些外国公司只能签订服务和承包合同，不得参与生产，也不能获得任何产品分成，实际上获得的利润更少了。1973

伊朗阿巴丹炼油厂（摄于1958年）

年，巴列维又宣布彻底废除1954年与国际石油财团签订的石油协定，由伊朗国家石油公司来全面负责销售和生产。这样，伊朗在把握自己的石油资源上越来越独立了。

从20世纪50年代起，阿拉伯国家就一直说要用"石油武器"来对付以色列。当时，美国并不觉得油价上涨对其影响有多大，它的石油主要来自西半球，自己也是主要石油生产国，还不是那么依赖阿拉伯国家的石油。1973年8月，萨达特秘密访问利雅得，会见了费萨尔国王。他希望沙特能够配合埃及对以色列的战争，费萨尔答应了。那时，世界市场出现了石油短缺，是卖方市场：1972年7月，沙特的日均原油产量为540万桶，到1973年同期已经是840万桶，增长了约56%。这意味着，如果中东限产，世界将受到深刻影响。而且当时美元贬值，这也促使沙特削减产量。伊朗虽然不反对以色列，但与阿拉伯国家是站在一起的。伊朗的理由是，过去，产油国石油资源收入的66%都贡献给了消费国做税收，产油国所得甚少，石油输出国要重新根据市场来调节价格。

第四次中东战争结束后，欧佩克继续提价。在德黑兰的欧佩克石油部长会议上，沙特比较谨慎，建议的标价是每桶8美元，而伊朗很大胆，坚持要11.65美元。伊朗提出了决定石油价格的新概念：以替代能源，也就是当时刚刚开始出现的液化煤和液化燃料的价格作为石油价格的基础。伊朗之所以没有什么顾虑，主要是因为伊朗有自己的国有石油公司，又自主控制着石油生产和销售的许多重要环节，当时，伊朗已经培养了一批自己的工程师和技术人才，即使外国工程师都撤出去，它也能够独立维持生产。最后，大家接受了伊朗的提议。这样，油价从1970年的1.8美元、1971年的2.18美元、1973年6月的2.9美元、1973年10月的5.12美元，一路提升到11.65美元。

1975年油价处于高峰时，伊朗一年的收入达到200亿美元，与1964年的5.5亿美元相比，10年间增长了35倍多。要知道，20世纪60年代末，油价才1美元一桶！这10年中，伊朗的国民经济增长率也一直维持在7%～8%的高位，人均收入水平达到1.6万美元，但贫富差距也急剧扩大。油价飙升对美国的影响其实并不大，它对中东石油的依赖程度远不及欧洲,而且沙特、科威特、伊朗的石油收入又通过购买武器回流到了美国。美国一直把这些财富当成自己的私有财产。今天,如果沙特、科威特把存在美国银行里的钱全部取出来,美国可能就破产了。

当时,尼克松以私人名义致信巴列维,指责不稳定的石油价格导致了世界经济的灾难,要求巴列维撤销关于油价的决定。巴列维回敬说,能源对国际经济稳定很重要,但对伊朗来说,这种财富将在30年内被耗尽。随石油财富增长而自我膨胀的巴列维,虽然也在努力寻求摆脱美国,但他仍然被很多伊朗人视为美国的附庸。尼克松政府为什么容忍巴列维在油价问题上的放肆?因为巨额石油收入有相当大一部分被用来购买美国军火。正是在这个经济高速增长的时候,伊斯兰革命爆发了。

制裁与独立之路

伊朗伊斯兰革命给世界带来了第二次石油冲击和恐慌。公开反抗国王的活动在革命临近时已经遍布全国了。先是阿巴丹的一家电影院被伊斯兰主义者焚烧,接着,伊朗的石油工人到石油公司的总部(距阿巴丹不远的阿瓦士)举行罢工,参加诵经,后来军队进驻了。1978年年底到1979年年初,伊朗的石油出口量降到了100万桶以下,后来降为零,而之前,它每天生产550万桶,出口450万桶,是世界第二大石油出口国。虽然沙特和其他欧佩克国家增加了产量,但全球石油的产量还是少了200万桶,油价从每桶13美元涨到了34美元。

为什么摩萨台时期伊朗的石油禁运并未造成危机,而现在却对油

1974年,伊朗国王巴列维和妻子法拉赫·迪巴在瑞士圣莫里茨

价影响这么大?即使是在1978~1979年,伊朗也只造成了5%不到的供给短缺。除了石油消费明显增长外,重要的原因是过去那种买主和卖主一体化的紧密关系早已改变,现在有大批新买主,比如日本和印度,还有些工业企业,纷纷抢购石油,避免缺失的那一小部分降临在自己头上,从而抬高了石油价格。

1979年初,巴列维登上飞机,永远离开了德黑兰,霍梅尼乘坐法航包机回到德黑兰,组建了反对派领导的联合政府,伊朗石油开始重新对国际市场出口,但石油市场的恐慌还在持续。1979年11月,伊朗学生占领美国驻伊朗大使馆,扣留使馆人员作为人质。美国总统卡特对伊朗实行了禁运,伊朗也对美国公司禁运,伊朗的石油出口量不断下降,油价也从每桶34美元攀升到41美元,当时,伊朗卖给日本贸易公司的油开价达到了50美元一桶。西方经济陷入"滞胀"的困境与伊朗的政局变动不无关系。

伊斯兰共和国把国际石油财团扔进了大海，政府宣布取消国王时期与外国公司签订的所有合同，特许权的时代彻底宣告终结。不久，两伊战争爆发。萨达姆首先打击的就是伊朗石油工业中心，阿巴丹和阿瓦士被战斗机轮番轰炸，油港也被攻击。萨达姆以为，趁伊朗国内混乱，将战争在一周内结束，但伊朗顶住了打击，迅速还击，一打就打了8年。但是，由于战争，伊朗的石油日均出口量大幅下滑，1980年时不足100万桶，到80年代末，日均产量仍不超过300万桶，出口量少于200万桶。加上伊拉克的损失，两伊战争初期，世界石油市场每天突然少了400万桶油，油价一度达到了42美元。

但是，到了1985年，国际油价开始暴跌。主要是过高的油价抑制了需求，而且非欧佩克国家不断增产，北海油田等新油田也纷纷投产，这些国家的石油产量在1982年已经超过了欧佩克。美国、德国和日本也囤积了大量石油作为各自的战略储备。这时候，世界局势开始发生变化。美国石油开始进入世界石油市场了。1983年，纽约商品交易所开始做原油期货交易，西得克萨斯中质油成为世界原油价格的标杆，油价已经不再仅由欧佩克决定了。西得克萨斯中质油的价格1985年开始下跌，从每桶32美元跌到了年底的10美元，一些波斯湾的油只卖到6美元一桶。

市场一下子变成了买方市场。沙特不断减产，想支撑欧佩克确定的油价，但是不行。1981年，沙特石油收入曾达到过1190亿美元，到1985年，降到了仅仅260亿美元。伊朗经济也受到了巨大打击。1986年，伊朗的石油收入比1985年下降了42%，从这一年起，伊朗的经济增长率连年为负，因为石油出口少了，外汇储备几乎为零，加上战争开支，国内的通货膨胀率高达30%～40%，失业率则达到20%～30%，那是非常艰难的时期。

1988年，霍梅尼结束了战争。在拉夫桑贾尼任总统期间，伊朗经济进入了重建时代。受过专业技能培训的伊朗工程人员在革命后发挥了巨大作用，他们发现了许多陆地和海洋的新油田和天然气田，伊朗现在的石油储量占世界总储量的11%，天然气储量占世界总储量的18%，都名列世界第二。最近，伊朗科学家又在里海发现了新油田，里海-波斯湾-阿曼湾的石油还能开采90多年。伊朗国家石油公司的实力因此一直在全球石油公司的排名中名列前茅。伊朗现在也有了自己的20多条油轮，在欧佩克国家中是最多的。

拉夫桑贾尼说："经济的重要性压倒了政治的优先权"，国际上"合作取代了对抗"，并鼓励外资。但是，1993年，克林顿政府出台了封锁伊拉克和伊朗的"双重遏制政策"。美国的联合石油公司和伊朗签订了一项10亿美元的开发近海油田合同，但是美国国会和亲以色列的游说集团坚决不同意，宣布对伊朗实行全面经济禁运，然后又通过了一个"伊朗-利比亚制裁法令"，惩罚在伊朗投资超过4000万美元的所有外国公司。

这个法令立刻遭到法国、俄罗斯和马来西亚等国财团的反对。许多国家仍然迫不及待地跑到伊朗来签合同，从那时起，法国道达尔、意大利埃尼、俄罗斯天然气工业股份公司、中国的中石化和中石油等几十家大油气公司都投资了伊朗的油气开发项目，德国、瑞士、印度、韩国、土耳其等许多国家都来与伊朗做生意。为了不违反伊斯兰共和国宪法，所有的石油开发合同都是"回购合同"的形式。美国一直想说服这些公司制裁伊朗，但30多年制裁的结果是什么呢？它只是让美国损失了巨大的经济利益。

从2012年起，美国加紧了制裁，最致命的是与欧盟联合的制裁。伊朗今年（注：指2012年）已经停止了向欧洲部分买家出口石油，包括英国、法国、希腊和西班牙，正在考虑停止向德国和意大利出售石油。内贾德总统说，伊朗两三年不卖油，外汇储备也能维持国家正常运转。估计制裁很难被其他国家完全执行，比如，根据新制裁，今年7月，欧盟的承包商就不能向运载伊朗原油的油轮提供保险了，欧盟承包的油轮占了90%。但中国、韩国和印度都在考虑为本国油船提供主权担保。

从2007年起，伊朗政府就开始考虑用欧元取代美元作为石油贸易的结算货币和外汇储备货币，但国际原油价格还是根据两大原油期货的基准价来计算，单位还是美元。伊朗还提出过与俄罗斯建立天然气输出国组织，采用卢布进行结算。不过，现在的俄罗斯政府与苏联完全不同，它更关心自己，而不再那么关心国际事务，也许它不会认真考虑与伊朗合作挑战美国。

（本文写作于2012年。摄影：于楚众。）

第五章

德国：时间与存在

柏林未完成时

如果用一个时态来形容柏林,我想"未完成时"是贴切的。由于纳粹德国的历史,第二次世界大战之后,"故乡"(Heimat)这个与土地和血缘密切相联的德语词语成为一种禁忌,变得敏感暧昧。新德国人如何在废墟上重新开始?他们如何处理记忆,理解存在,寻找故乡,盛放自己?

在今天的柏林,时空参差交错,重叠平行。有多少种存在,就有多少种时间;短暂如一瞬的渺小个体,在这里融汇成没有终结的时态。对柏林人来说,"故乡"就是这些参差时间中的空间,他们栖居其中。

此时此刻

柏林,呼唤一遍它的名字,我的视线便随记忆的轨迹被牵引至西南郊达勒姆村(Dahlemdorf)附近一个叫什拉赫滕湖(Schlachtensee)的地方。踩着街沿上轻微硌脚的碎石小径走,路侧是一幢幢掩映在院墙树影中的别墅花园。这些石头砖瓦别墅大多建于1890年左右,已有130年的历史。从雕花铁门望入,越过宽敞的草坪,时常看到那些上了年纪的房子紧闭着一扇扇门,沉默不语。我极少遇上开门或关门的时刻,很少看到人影。有时不禁怀疑,这些从历史中幸存下来的老房子里,如今是否还住着人,又住着谁,会不会实际上空无一人?

就在这片中上层阶级的别墅街区里,藏着一个包豪斯风格的朴素学生宿舍。记忆触发这个标符,浮现出一间只有一张床、一个双开门衣柜、一张书桌和一个简易书架的宿舍小房间。我坐在书桌前,望着窗外的杨树叶发呆。这里静得连耳膜都能感受到空气压力的明显变化,只有时而从外面两车道上呼啸而过的救护车的鸣笛声,能划破笼罩于此的绝对寂静。每天有许多时间独处,这是一个会教人品尝孤独滋味的地方。

已是13年前的情景了。这个学生宿舍有一条蜿蜒幽静的小道,通向什拉赫滕湖。同样也是碎石路,沿路的风景不再有历史老房子戒备森严的神秘,家家户户朝小街开放的小花园里,插着彩色纸风车,点缀着活泼的小动物雕塑。小街很多以德国人的名字命名,我认得出名字的人是哲学家叔本华。穿过一个铁路桥洞,过一条马路,就是什拉赫滕湖。湖非常大,我从未能绕湖走完一周,也未曾亲眼见到过森林深处的公共浴场遗址。柏林人喜欢沿湖在茂盛的芦苇丛中与树林间散步、跑步、遛狗。到了周末,连修道院的修女也会穿着她们黑色的修女服,带着一篮子的食物,来这里野餐。湖边的露天啤酒屋在春天和夏天很热闹,傍晚太阳快落山时,人们沐浴在晚霞中喝啤酒,吃一点三明治和烤肠,日子平静惬意。

从什拉赫滕湖往波茨坦方向继续走,有一个同样宁静优美的湖,叫万湖(Wansee)。这里是更隐蔽私密的豪华别墅区,湖面上停着许多私人游艇。周末,有时我会乘地铁到万湖站下车,沿湖走一走,在地铁站边的咖啡厅坐一会儿。

柏林郊区的日子远离尘嚣，时间缓慢静谧地流淌，如世外桃源。直到有一天，随着词汇量扩大，我与"什拉赫滕湖"和"万湖"这两个词语的德语意义相遇了：Schlachten的意思原来是"屠杀"，而万湖就是纳粹德国对屠杀犹太人做出"最终决议"的万湖会议召开的地方。一段血腥残暴的历史通过这两个德语地名的字面含义浮现出来，隐匿的过去就这样在看似完全无辜的当下显露了自身。我问德国人，"屠杀湖"的名字是有意指向某一段历史吗？得到的答复是：这个名字远远早于纳粹德国的存在，它并不暗示现实中发生过屠杀。那么为什么人们还在万湖中游泳和驾驶游艇呢？"因为万湖是个湖。"然而，无论如何，这个美丽宁静的地方对我来说，已变得如同幽灵聚集之地；经由神秘命定似的地名，死者穿越进我的生活里。

实际上，柏林已成为一座死者与生者同在的城市。遍地的纪念性装置会让历史在许多时空与当下的人迎头相撞。在犹太人博物馆，玻璃展示柜陈列着被谋杀的犹太人的日用物品和信件，陈列着已逝拉比的犹太教律法书卷轴，上帝审判的声音在这里回响。在斯特勒斯曼街（Stresemann）、威尔海姆街（Wilhelm）与安哈尔特街（Anhalter）这些街道之间的"暴政地形"，指涉着纳粹德国时期"盖世太保"和帝国中央保安局曾经在这里存在过的痕迹和本质。这些街道即使在"二战"中被炸毁，20世纪70年代仍然在仅存的地基之上被还原为空间结构的纯粹形式。

在6月17日大街附近的苏军攻占柏林纪念公园里，雄伟肃穆的巨型苏联英雄雕塑如压在德国历史上的咒符。只是，正义的胜利常常有其背面和阴影：苏联军队进入柏林进行巷战时，纳粹士兵里有很多年龄不超过16岁的青少年，因此只有年幼的孩子幸免于苏军的复仇，

辛提人和罗姆人纪念碑

还有许多女人被轮奸。德国人是否有资格指责苏联人当时的暴戾？作为肇事者、战争发动者和行刑者的儿子，德国人是否被允许以受害者的身份书写被侵害的历史？

石板道（Spandau）和哈根雪市场街（Hackscher Markt）沿上嵌入地面的金属铭牌纪念装置刻着曾在这里居住过的犹太人的名字；库当大街（Ku'damm）的威廉皇帝纪念教堂尖顶保持着"二战"时被轰炸损毁的模样；柏林墙的残垣把德国分裂为东西两半，这一历史经脉持久地裸露在当下……

柏林本身就是一座历史博物馆，随处召唤记忆。

不过，除了作家、历史学家、政治家和艺术家，很少有人会愿意把沉重的历史时时安置在日常生活中。柏林是关于此时此刻的。记忆中的柏林，是夏天街头流动的红色小草莓屋；是地铁站地下通道里面包小店和土耳其肉夹馍的香气；是华沙大街夜里游走着的狂欢青年

哈根雪广场附近的一家吉卜赛餐厅，这里有不少来德国定居的移民，是德国少见的放松场所

和第二天清晨地上被摔碎的啤酒瓶；是格鲁皮乌斯大街上那些格鲁皮乌斯式建筑里开派对到深夜的人，他们从一个派对赶到下一个派对，一个晚上要赶好几场，直至天明。

满是涂鸦的塔赫勒斯（Tachles）艺术家之屋里靠艺术小作坊和纪念品小店维持生活的穷艺术家，哈根雪广场附近周末下午暂时用作舞厅的餐厅里跳着怀旧交谊舞的中年人——他们不少来自越南和东欧，是怀揣乡愁的移民，达勒姆博物馆里观看藏传佛教展览的拥挤人群，衣着考究的中老年人认真地模仿着那些佛教造像的手势，解读着手语的宗教含义，他们都是柏林人。在这座城市里，最时髦的运动休闲是印度瑜伽，印度哲学大师克里希娜穆提在这里很受欢迎。

从恩内斯特·洛伊特广场（Ernest Reuter Platz）向动物园走，偶尔会碰到穿着短裤的女孩迎面走过来要火，但她们并不掏出烟来，浑身上下也没有一个裤兜可以装烟。柏林技术大学就在这里。在朴素的咖啡馆里，你能看到学生们有的喝着咖啡，有的抽着烟，听打扮得花枝招展的女老师讲课。施彼特市场（Spittlemarkt）是土耳其人的聚居区，如果想体验热闹的异域风情，就来这里逛土耳其人的集市吧。

从维滕伯格广场（Wittenbergplatz）下车，卡迪威百货大楼（KaDeWe）就在地铁出口处。如今的卡迪威在任何一个国际大都会来的游客眼中都并不显得耀眼，带着昨日流光的铅华。它曾是柏林西方消费主义堡垒的象征，纳粹德国时期曾被反对消费主义的破坏者们打砸抢和捣毁。

曾经奉行资本主义的西柏林与曾经奉行共产主义的东柏林，如今有什么不同？西柏林汉萨区（Hansaviertel）的中产阶级公寓小区点缀着花园和绿地，给人一种轻松的生活之感。沿着原属于东柏林的菩提树下大街一路走到卡尔-马克思大街，则有许多承袭传统的新古典主义石雕立面大楼，与第二次世界大战前的庄严宏伟续接，如今它们已不再属于工人阶级，成了柏林市区昂贵的地段。

在西柏林策伦多夫（Zehlendorf）绿树成荫、精品店林立的中产阶级居住区，我喜欢在斯蒂格利兹（Steglitz）区政府附近的亚洲商店里买粉丝、辣酱和梅子。偶尔，我会留意到一些石墙上的细小弹孔，战争与废墟的图像会从那小小的黑洞中浮现。苏联攻占柏林时，曾在许多街区发生过激烈的巷战。

在地铁里穿梭久了，隧道中变化的光线、地铁站墙上的文字、站台上石柱的颜色，就成了时空通道的地理证据。从海德堡广场到波茨坦广场，究竟是多少年的时间跨度？一份土耳其肉夹馍与隔壁有机黑麦小面包之间，是否隔着一个欧亚大陆的距离？近一个世纪前，当犹太人被纳粹党徒从他们的家中带走送往集中营，他们的桌上还留着精美的瓷器咖啡杯，盛着带着温度未喝完的咖啡——他们对即将到来的厄运毫无察觉，上一秒钟与下一秒钟之间即是人间与地狱之别。

柏林的时空中，是否一直藏着这样恐怖的时间旋涡，将人的命运在一瞬间裹挟、吞噬？

到足球赛季，地铁站挤满了成群结队乘坐火车，在全国流动着看球赛的球迷。他们在火车上喝啤酒，尽兴侃球。一位德国人低声对我说："我讨厌德国球迷。每到这个季节，一些德国成年人就找到了借口，放弃他们的理性和克制，成群结队变成了幼稚的小男孩，从一个城市集体迁徙到另一个城市，挤满火车和地铁，任由酒精操纵他们的言行，时不时大打出手。他们莫名其妙地团结在一起，一个人当街尿起尿来，一队人，二十来个德国大男人，就像被传染似的全部尿起尿来。"

火车每到一站，播音员都揶揄他们，提醒他们火车停靠时间很短，切勿到站台上聚众吸烟。一些人在球赛结束后变回了正常人，另一些人则无法醒来，继续寻找对手、挑衅、打架、搞破坏。"你看，这群穿红衣的柏林人到波鸿火车站了。他们就跟手机铃声似的，一下车就全部唱起柏林队队歌，在警察护送下昂首挺胸地出站。"我望着他们的脸庞和背影，集体暴动的往事在其中投下了无形的轮廓。

记忆

诺伊库恩（Neukölln），原来的东柏林街区。我按响了临街单元门的门铃,汉娜带着她的狗下来开门。进了楼道,穿过第一道门,是中庭。四面围合的墙上挂满了绿色的爬山虎,他们一家在那里开辟出很小一块,种了一点花草。穿过中庭,再推开一道门,上一个楼道,汉娜家到了。

汉娜家有四口人,她,她的丈夫,她处于青春期的女儿和上幼儿园的儿子。在几平方米有点拥挤的小厨房里,她用天然气灶烧水,给我们泡咖啡。

"奶要热一热吗?我女儿喜欢倒一大杯奶配咖啡,所以她总是让我把奶热一热。"

窗外,中庭的爬山虎沐浴在夏日阳光中,叶子被风吹起,如一串串音符闪烁,黑猫在餐桌上踱着步。汉娜的女儿放学回家就进来倒咖啡,她穿着时尚的棕黄

汉娜(左一)和她的家人

色风衣，鼻子打了孔，戴着一对金属圆环大耳坠。

汉娜出生在萨克森州靠近波兰边境的一个小城，属于东德。在她很小的时候，她的父母决意要迁徙到柏林来，在他们心中，东柏林就是文化、政治甚至世界的中心。来了柏林，父亲说母亲在这儿有工作，母亲说父亲在这儿有工作，两个人就拿到了一套公寓，在东柏林住了下来。后来他们在东柏林真的找到了工作，父亲在诊所，母亲在一所学校。

汉娜的童年是在东柏林东北边的普伦茨劳伯格（Prenzlauberg）、威森湖（Weisensee）和克罗伊茨伯格（Kreuzberg）度过的，她的父母现在还住在威森湖原来那所老房子中。"在我眼中，柏林墙虽然是在1989年倒塌的，但许多变化很多年前就已发生了。东、西柏林一直在变得越来越像彼此：我们的生活中都出现了电视机，学校老师教的是一样的课程，街上走着一样的人。意识形态的终结是一回事，现实生活中，资本主义和消费主义这些事物已经存在了很长时间。"在汉娜幼小心灵的记忆里，以致在她青春期的观察中，"意识形态话语下的每个人其实早就都怀揣着一点怀疑"。

汉娜的童年是快乐的。"我们总是在外面玩耍，有很多自由空间，老工厂、后庭院，全是我们的游乐场。活动的范围是有限的，我们被限定在一些街区，最远绝不能超过一千米外的广播电台。即便如此，在家周围的地方，我们在街上撒开腿跑，在墙上乱涂乱画，做游戏，无所顾忌。那是一个自由自在的童年天堂。无论东德是不是一个自由的地方，我们这些孩子的幻想没有任何界限。"今天的孩子则谨慎很多，"他们更多待在家里玩，父母总是担心他们的交通安全，担心他们会不会遇上坏人和抢劫犯"。

汉娜的童年记忆给东柏林投射了不同的解读。"柏林墙倒塌后，无论是威森湖还是克罗伊茨伯格，都不断在新建超市、商场、楼房等。我记忆中那个可以自由奔跑的、野性的游乐场渐渐消失了。每当看到一片空地被划为建筑工地，兴建起土木，我就感到我内心的某个地方被改建了。每当繁华的新建筑又在某个地方拔地而起，对我来说，童年的一片幻想之地便一点点被吞噬，慢慢消失。"

但这一段记忆对她的父母来说完全是另一番模样，"他们正年轻，30岁出头，对控制下的生活满是抱怨：他们渴望能自由旅行，渴望能自由阅读他们想读的书籍，渴望能自由听他们想听的音乐，渴望不必总是小心谨慎——尽管他们很爱东德，不想离开自己的国家"。

对30多岁的年轻人来说，他们还对一种不同的未来有所希冀。柏林墙倒塌后的一两年，他们的确能去葡萄牙、意大利旅行，工作上也有了跨国交换的机会。不过，墙倒的那一刻，他们也并非在欢呼，最初那一两年他们也并非是兴奋的。他们会怀疑："我们还能在原来的职位上工作吗？""事情将怎样改变？""生活是不是将会是另一番模样，我们会不会无从适应？"对于资本主义，他们更是充满持续的疑虑。他们不停地问："它是道德的吗？""它会如何控制我们？"

历史发生时，身在其中的人其实难以意识到它意味着什么，也认不清楚它。

汉娜的外婆在少年时代加入过纳粹德国的女子少年团。"她完全看不清楚自己加入这个组织意味着什么，也并不知道自己在做什么。'二战'结束时她16岁。那一刻，她在一种巨大的震惊中理解到自己的过去。她发誓再也不会加入任何政治组织，完完全全地退回到个人生活中，过上了一种虔诚的基督徒的生活。可是，谁又不是在回首时,才理解到过去的意义的呢?"汉娜说。她的外婆是祖父辈中极少数愿意和后辈讲述那段历史的人。

"纵然许多人都是在没有完全意识的情况下卷入纳粹和'二战'的,然而,一旦大家看清过去的自己,就没有人愿意再谈论过去了。"不过,"外婆之所以能够向我们讲述,我想很重要的原因还是那时她还很年轻,罪恶的感觉并不强烈。如果她在战争结束时已经30岁,我想,她可能也会对过去保持缄默"。

幸运的是,汉娜的父亲母亲并未失去工作。她的父亲仍然在同一所医院做医生,母亲仍然在同一所学校当老师。那些与国家和意识形态相关的工作却消失了。失去工作的东德人陷入震惊和失落中,久久难以回神,对自己存在的基础和目的感到迷惘。对那些老人来说,柏林墙的倒塌则意味着大半生的消失。

墙倒的那一年,家里谈论最多的话题之一,是对熟人和近邻的新发现。随着东德档案解密,很多人提出申请调阅自己的档案。曾经为"斯塔西"(Stasi)和安全机关工作过的"线人"名单也流了出来。人们惊愕地发现,原来某个平日时常往来的邻居,某个关系不错的同事,某个经常走动的亲戚,甚至自己的妻子或丈夫,就是安插在身边监控自己的"线人"——他们曾偷偷为自己写下过日记。

这一解密过程对所有亲密关系的伤害都很深,人们难以再相互信任。被发现曾经监视邻居的人不得不迁居,有一些婚姻解体了,一些子女断绝了与父母的关系。"爸爸妈妈他们好像回过神来似的,重新认识了一个个过去的熟人,'啊,难怪他有点怪怪的','怪不得他总是不说话','原来他是故意那么大声说话的'。幸运的是,我父母并未从事过这样的活动。他们也从来没有试图离开自己的国家。"回过头看,德语里有句话,"每张桌子都长了眼睛",恰好描绘了那时政权让人恐惧的一面,只不过当时的许多人对此一无所知。

汉娜理解,这种恐惧源于20世纪60年代末至80年代的一些年轻人对自由的渴望和对政府的反抗。"自由"是20世纪60年代末的孩子,它在一夜间重新成为值得追求的东西。一些为自由而反抗的年轻人被监禁起来,政府对这类反抗行为也变得敏感。那20年是意识形态与现实开始产生裂缝并渐行渐远的过程。在此之前,一些怀旧的东德人记住的还是一个高效运转的中央集权体系和高度工业化的进程。

突然之间,文化层面的解释系统却出现了危机:人们为什么会开始对自由和美有这么迫切的需求?从这种欲望中,个人与国家开始发生冲突对立。各种关系都变得紧张、僵化起来,"即使是在墙倒以后,我们也习惯了只在相互了解的小圈子里发表政见,很少在课堂上、公司里公开谈论什么"。

僵硬感在很多东德人身上刻下了痕迹。"重新找到信任感,找到放松的感觉,对我们来说是一个艰难的漫长过程,几乎成了一件不可能的事。柏林墙已经倒塌了30年,我们到现在也难以完全放松下来。特别是对于我父母这一辈人,他们都不免有一点疑神疑鬼,容易紧张,性情变得乖戾。东德消失后,他们在一个新世界里成了自己过去履历的受害者。与西德人相比,西德的这一辈人有种一路高歌,一切很理所当然的感觉。他们体会不到为失去工作、失去存款、在新世界找不到自己的位置的焦虑感。在新国家里,我们依然说着带东德口音的'方言',听起来滞重尴尬,像是从过去来的人。的确很难,很难再找到自然的信任和被信任感。"

汉娜新近在剧院得到了一个角色，是一部关于柏林墙倒塌的戏，演给孩子们看的。一位东柏林的父亲去西柏林工作，墙建起来之后，无法再回家，就在西柏林建立了新家庭，有了小女儿；留在东柏林的母亲独自挣扎把儿子带大。汉娜扮演的小女儿在柏林墙倒塌后的一场音乐会上遇到了同父异母的哥哥，彼此很谈得来，互相倾诉父母离别这些年的故事。"希望通过这部戏，让孩子和年轻人理解他们已经不愿意再在书中阅读的那段历史，关于家庭的离散和重聚，也关于'新人'所能有的团结一致的未来。这也算是一种希望吧。"

新世界最大的惊喜是物资丰裕。琳琅满目的大型超市、世界各地汇集而来的商品和食物、立等可取的轿车，没有什么东西是买不到的。人们不再需要像东德时代那样忍受物资的匮乏，为申请买一辆车排上好几年的队。汉娜说，新世界曾让她和家人感到狂喜，"我们很快适应了消费主义，潜意识里出现的怀疑和不满也一闪而过"。可是，然后呢？"对那些在东德消失过程中失去工作的'受损的人'来说，消费主义无法成为新的意义和信念。许多人失去了方向，陷入了绝望中。他们的后代也有一种强烈的未得到公正待遇的感觉"。

汉娜小儿子上幼儿园的地方离家很远，在夏洛滕堡（Charlottenberg）。这些年柏林人口增长，在诺伊库恩这样的老街区上学变得拥挤又昂贵。汉娜并不富裕，有戏找她时她才能有收入。她不得不把小儿子送到更远的地方上学，每天骑车接送。生活对她来说并不容易。前段时间她支持德国给没有工作的人每个月发放最低补助金，她的父母却坚决反对。

父母辈的人仍然认为："国家不能养闲人，不然会有很多人游手好闲。人必须劳动。"在汉娜看来，目睹了父母一辈所经历的历史变迁,"工作"已不能成为一个人锚定存在的价值,就像消费也不足以成为存在的真实价值一样。汉娜相信,一个人可以为许多微小的价值而存在。比如,"当我骑车穿过柏林的林荫道,望向蓝天白云,呼吸着大自然的空气,我会觉得这就是我所追求的,我已获得了幸福"。

汉娜告诉我,对于今天大多数德国人来说,唯有环境问题是他们非常严肃对待的话题。一切价值失落之后,归于自然才是意义所在。

生命

在克罗伊茨伯格的一家咖啡馆,我见到了大卫·瓦格纳,一位出生在西德、定居于柏林的作家。1971年,他出生在西德一个叫安德纳赫的小镇。对他来说,柏林墙倒塌以后,消失的不仅仅是东德,西德也随之消失了。

大卫·瓦格纳的童年和青少年时代是在一个安稳的小世界中度过的。联邦德国曾是一个小国,首都波恩也是一个小城,不强求人必须有开阔的眼界,"我们都专注于现在,不再去考虑永恒的事"。统一的德国对西德人来说同样很陌生。一夜间,它再度成为一个居于欧洲中央的大国,首都也迁回日耳曼色彩更浓的柏林。突然间,"我们必须对欧洲负有更多的责任,不得不处理与美国、英国、俄罗斯这些大国的关系,不再是一个可以安居一隅的独立小国了"。

他迁居到柏林,爱上了柏林独特的表情。墙倒后许多年里,柏林仍是东西泾渭分明的城市。战后的东柏林一直没有资本注入,形如废墟,只有政府大楼、电视台这样的标志性建筑,一切都是灰色的,到处都是空地,是年轻人的冒险天堂。"那些空地曾给我一种强烈的未

德国作家大卫·瓦格纳

来充满可能性的感觉。10年之前,这种近乎于'无政府主义'的躁动状态结束了。随着一切逐渐变得'正常化',东西柏林之间的差异逐渐填平,这种可能性的感觉也随之终结。"

柏林墙倒塌那一年大卫·瓦格纳18岁,正是青春期结束的年龄,"与两个国家的终结同时发生"。不久前,他与一位同龄的东德作家合作了一本书《这里,那里》,各自讲述青春时代的东德与西德。"有意思的是,30年后回望,我们那时的成长轨迹并非如想象的那样差异巨大。"他们在几乎同样的时间节点工作、成家、有孩子,两个人都有女儿,今天两个人的生活样貌也有许多相似之处。

对瓦格纳来说,西德固然更自由,不过,也是几家报纸和杂志(《明镜周刊》和《时代》)占主导地位。西德作为东德的对立面,被认为是"资本主义"的;不过,对于许多在西德成长的年轻人来说,他们即便认可资本主义的生活方式，也对东德的理念心怀向往，"我从来没有觉得东德'邪恶'，社会主义传统在德国政治中是根深蒂固的。年轻时，我们很多人都曾信奉社会市场，即资本主义不能在不平衡工人阶级利益的前提条件下无限制地发展。'新自由主义'这个词是后来才盛行的"。

大概15年前，工人阶级的薪资不再增长，贫富差距开始不断扩大，中产阶级也不断失去自己的位置。瓦格纳生活的街区，如今挤满了非常富裕的北欧人、意大利人、俄罗斯人和亚洲人。

要说东西德最大的不同，归结到一点，还是"东德的经济体制运行失效"。1988年，他去过两次当时的东德。"最直观的差异是生活方式上的。那时我觉得，我与法国、意大利年轻人的相似性，要大于和东德年轻人的相似性。我们有不同的'气味'；直到今天，我们还能嗅出这种彼此身上不同的'气味'。"在他这个年龄或者比他年长的德国人身上，都有这一套"嗅觉系统"：说话时描述一件事物所用的不同词语，这些词语的不同组合方式，语速、发音，穿着、动作、眼神等行为方式，全部烙上了各自成长的地区的烙印，"也许我们从小听的是不同的故事，阅读的是不同的教科书"。

不过，这个特殊的"嗅觉系统"在女儿这辈人身上已不复存在。瓦格纳的女儿出生在东柏林，也在东柏林长大，"我问她是否能察觉东西德人的不同，她说，她一点也察觉不到。她已经16岁了，没有生长出这套'嗅觉系统'"。

瓦格纳从来都没有想象过东西德的统一，这个前景几乎没有人梦想过、预料过。德国历史更连续的传统是独立性很强的联邦州和城市联盟，统一帝国反倒只是近现代史中的一段。他对柏林墙倒塌的反应是"震惊"。很多东德人一觉醒来发现国家不见了,"不得不消受从天而降的、危机四伏的自由",而在他年轻、浪漫的政治幻想中,"西德要是也一夜蒸发掉,我讨厌的保守派总理科尔也可以滚蛋了"。

历史转弯时,身处其中的人都不得不重新发明自己。这个过程对"过去"在一夜间消失的东德人来说尤为艰难;对西德人来说,则是"另一个故事"。比如,德国开始需要履行更多的大国国际责任,向非洲、阿富汗派驻军队,在欧盟中发挥更多的作用等。很多西德人并不愿意接受这些变化。

瓦格纳这个年龄的德国人,很多都不得不面对父辈和祖辈在纳粹德国和第二次世界大战中的历史罪责,"我们这代很多人与上一代人的代际冲突很激烈。他们几乎都卷入过那段历史,我的祖父就全程参加过'二战'"。

柏林墙东边画廊前的恋人

瓦格纳的父母出生于20世纪40年代，"我与他们的代际冲突要弱一些，我不鄙视他们。也许是因为他们已经充分反叛过他们的父辈，也许是因为他们后来赶上了'经济起飞'的黄金时代，情感的性质发生了变化"。在他的一本小说里，他曾写到过"打网球开敞篷车的母亲"，写到过看到窗外停车场的甲壳虫车时，思念起母亲来——亲密关系有了新的载体。但无论如何，对他这代人来说，很难再接受民族主义，甚至很难再接受爱国主义。

"过去我们有了太多这种情感，才导致了自己的毁灭"，直到许多年以后，"我们才逐渐在足球场上重新体验到爱国的集体情感"。

他的成名作《生命》是他的第七本小说。Leben（生命），一个朴素简单的中性词语，在德语中，它却难以摆脱历史宿命的纠缠，会诱发幽暗的联想。有一个支撑纳粹德国扩张的概念，叫"Lebensraum"（生命空间），它的外延笼罩在侵略战争和大屠杀的阴影下。"Leben"这个德语单词，如今是否能摆脱过去意义的侵染？

书中以不可思议的冷静语气，叙述身患绝症的自己处于死亡边缘的思考和感悟。这是一个器官移植的故事。在病床上，他倾听身边变换着的病友的命运和自白，周游记忆和梦想的空间，思考自己爱过谁，为了谁值得继续活着，是谁的死让他活下来；他也思考，活下来的自己是否已是另一个不同的人。他的叙述中不带情绪的波澜，让我想起另一些德语作家对死亡的独特描述和记录。

一位是德国作家恩内斯特·威切特，乔治·斯坦纳在《语言与沉默》这本书中提到过他。威切特在布痕瓦尔德集中营待了一段时间，在整个"二战"期间处于半隐居状态，把所写的东西埋在了他的花园里。这位作家坚持留在德国，以便作为一名诚实的人为流亡的人，与那些幸存的人一起记录下德国一直是什么样子。

在《死者的森林》中,他以平静的语气记述了他在集中营看到的一切。平静,是希望用赤裸裸的真实让恐怖喊叫。他平静地写犹太人在沉重的石块下被折磨死去,平静地写犹太人和吉普赛人在警犬的追咬下死去;他也平静地描述对大多数德国人来说是田园牧歌式日子的1938年,记录下前往布痕瓦尔德集中营的犹太人因恐惧和饥渴而沿路号叫,许多之前对自己生活之外所发生的事情一无所知的德国人应该听到了这些号叫——不能说他们对于正在发生的历史全无意识。战争结束后,他把这些埋在花园里的手稿挖了出来,于1948年出版。平静是证词可信的外衣。

与德语作家平静的死亡描写相呼应的,是希伯来语作家的记录。其中一位作家是查伊姆·卡普兰,一位希伯来语历史教授和散文家。他在1939年的历史暗夜中写下日记:"只要如实、不夸大、不扭曲地书写,只要没有丧失希望,那么,哪怕犹太人的个体会被摧毁,犹太民族也不会。"

在此后的年月里,卡普兰虽身处地狱中心,却坚持以极度精确的观察抵达深刻。死亡迫近时,他以平静克服恐惧和仇恨,剖析纳粹主义作为"灵魂疾病"的病理现象。面对死亡和施虐,平静本身就是对疯狂行为的反驳。这样的平静,以及与它相伴的智慧和优雅,是一种业已失落的特定情感传统和语言实践传统。

卡普兰的日记写到1942年8月4日,随后他们一家在特雷布林卡集中营遇害。他在日记中的最后一句话是:"如果我死了,我的日记该怎么办?"好在,他的声音战胜了历史尘埃和遗忘。

行走在柏林的街巷上,我常恍惚觉得那段历史与现在并未隔着

70年光阴这么久，仿佛仍近在咫尺。保罗·策兰的《死亡赋格》之后，德语是否有了变化，以至于德国人能够摆脱历史罪行和"行刑者后代"身份的囚禁，自由地使用德语来谈论生与死？今天的德国人，与我在历史书中认识的德国人，是否还使用同一种语言，是否已是两种完全不同的人？

瓦格纳不再观察和记录他人的死亡。他从再正常不过的时间——在厨房里打开一瓶苹果糊，边吃边翻看着厨房桌子上有关蚊子的文章，猝不及防地坠落入死亡时间——嗓子痒，进浴室，突然呕吐，浴缸里全是血，立即反应过来是食道静脉爆裂，他不得不住院。

人会毫无预料地深陷死亡旋涡，寻常的生存与死亡一刻的来临之间不存在任何连续性——这不仅是历史的模式，也是时间的模式。

他平静地凝视自己的死亡。他记录自己的种种濒死体验，与家族的亡灵隔河相望；也记录自己灵魂出窍，从高处俯瞰自己和众生的见闻。他记录对许多事物瞬间的感受，一束花、一阵微风、一缕光线、一个脚步、一种声音、一阵香水味，以让漂浮的自己抓住存在的感觉。

他记录下在记忆空间里游走的思绪，从病床延伸到柏林的大街小巷、意大利的海边、墨西哥丛林和巴黎的公寓。

他也写医院病房世界里的百态，革命、战争、种族、杀戮、富裕、贫困、技术的幽灵，全都在擦身而过的人寥寥数语中呈现模样。

他与自己生病的器官交谈，与自我交谈，慢慢地看着自己在药物作用下变成另一个人——情绪低落，出现自杀幻觉，注意力无法再集中，悲伤和其他所有情感都不再由自己生成，而成为药物的化学反应。"Leben"这个词渐渐不再是一个名词，也成了一个动词：活着，活过来，活下去。

书中有一份"死亡档案"，罗列了几十起当代死亡事件，事故、凶杀、惨案、殉情。他以诗歌的句子拼接、铺陈它们，就像《死亡赋格》。他回忆起曾经的朋友吕贝卡在许多次阿富汗旅行中全身而退，避开了绑架和暴力，却在某天把两岁半的儿子送进幼儿园后走向柏林的办公室时，被一辆送货车碾过，当场死亡。

死是生的一部分，它潜伏在我们的生活中，即兴地与生命擦肩而过，让活着成为偶然。这种生命的偶然性不再是历史的谬误和人的罪责，而是无时不在、无处不在的无常。他的邻床，一位民主德国海军驱逐舰上的厨师，留给他一条生活的秘诀：每一天都是新的，现在即永远，每道菜只会吃一次，错过的机会不会回来。

瓦格纳迎来了重生。他最终因器官捐赠而得救，通过另一个人的器官而继续活下去。他不再是过去的自己，而成为一个"新人"。他与器官原来的主人一起吃饭、睡觉，每一次呼吸、每一个动作，都不再是一个人，而是"我们"。

"我们"一起躺在身体的竹筏子上，漂洋过海。固然过去的自我已然消失，可是，这样的重生难道不值得赞叹欢呼吗？他需要一个动作、一个行为来重新开始，来做点什么，找到实在的感觉。他拔去钢笔帽，写作。

死亡与痛苦不再是《圣经》中抵达天堂需要穿越的前院。活着本就值得惊叹，生命自身就是美好的。瓦格纳绝处逢生的一跃，跃出了"死亡大师"浓得无法散开的沉沉暮霭，难以消解的滞重变得轻盈。他平静地述说个体的死亡，这种生死体验在历史上不占据任何特殊之点，但对于经历过的人来说，记录仍是一种责任，以留下生命证据。

  在数百万次相互映照的死亡叠影中,生命获得了自己的正当权利,它的火焰将过去的噩梦燃尽。

(本文写作于2019年。摄影:黄宇。)

生长与消失的空间

与一般想象不同，东柏林的空间在东德时期并非只有严密控制下的单调，而是逐渐变得多元。国家触角其实有许多未曾抵达之处，在这些缝隙里，城市空间悄然复兴，生长出独特的生活形态。柏林墙倒塌后，资本逐渐流入这些真空地带，一种生活方式和观念切入另一种，在相撞与交会中彼此侵蚀，相互交融。

在过去的东柏林，有一个独特的街区空间——普伦茨劳伯格。它在"二战"中作为住宅区被保存下来，有120多年的连续历史，是一个国家权力触角未曾深入的地带，逐渐成为城市荒野。在这里生长和居住过不同于东德亦不同于西德的人，随着城市传统空间的复兴和扩张，他们的观念和生活方式最终消失于历史的缝隙中。

柏林墙倒塌后不久，从慕尼黑（过去属于西德）来的赫格纳德·格律恩伯格（Reginald Grünnenberg）就在这里住了下来，一住就是30多年。他告诉我，在那个与现在城市非常不同的地方，他历经了从过去到现在的变更和过渡，融入了柏林这个城市，那个地方也成为国家空间变迁和成长的一部分。以下是他的讲述。

卡尔·马克思大街沿线原东柏林的苏联式建筑

荒野地界

我出生在吕贝克,在巴黎和慕尼黑长大,是政治学博士。毕业后,我在西德的慕尼黑生活了一段时间。慕尼黑是个无聊的地方。它也是一座资产阶级保守派聚集的城市,如果不是巴伐利亚人,会很难融入那里,而我在政治上倾向于社会民主派。

德国统一让所有人都很震惊。我们从来没有像韩国那样成立一个负责统一事务的机构,没有任何预测、计划和准备,对东德基础设施的垮塌程度也没有任何概念。柏林墙倒塌后不久,我和当时的女朋友开车来到这里。历史正在柏林发生,我很兴奋。初到柏林,我们开车穿过柏林亚历山大广场,车窗外的景色在某一个时刻,就如两江交汇,色彩突然变成了黑白两色——我一脚踏入了异域。

那正是11月,普伦茨劳伯格的房子都没有中央空调,冻得人发

格律恩伯格，电影制作人，在普伦茨劳伯格居住了30多年的柏林人

抖。从一个繁华的全球性都会初来这里，那种感觉真的很诡异，就像进入了一部电影中。这正是我要找的感觉。离这个咖啡厅200米远的地方，就是我和我女朋友的第一个公寓。

20世纪90年代的柏林很喧闹，到处都是建筑工地，尘土飞扬，有些压抑。在西柏林很难找到公寓；幸运的是，通过朋友的朋友介绍，我们认识了前东德的文化部部长顾问，他是一位有一半印度血统的古巴人。他在街角处有一所房子，160平方米，没有暖气和热水，很破旧。东德消失后，他失去了在政府的顾问工作，变得很穷困，不得不在一个建筑工地打工。我租下了他的房子，给他保留了一个单间，他有时还可以来住。

柏林墙倒塌后的普伦茨劳伯格是一个完全的荒野之地。这一带的建筑年龄都在130岁以上，这里过去全是住宅区，在"二战"的轰炸中幸存下来。我们来到这里时，发现所有的建筑都处于废弃状态。房间内没有厕所，大部分厕所都在楼梯间和庭院里，也没有热水和暖气；那些大房子设施很陈旧，住起来很不舒适。从20世纪60年代开始，只有那些没有钱或不愿搬到其他地方的老人还留在这里，她们不少是"二战"后成为寡妇的老太太，其他人都搬到了马尔扎恩和里希滕伯格（两个东柏林的街区）有独立厕所、浴缸和中央暖气的社会住房里。这里基本空了。20世纪60年代是一个转折年代，人们开始追求舒适、美和自由，"后现代"开始了。

20世纪70年代末到1989年，越来越多的西德年轻人涌入这里。他们撞开那些无人居住的公寓的门，不经允许就在这里定居下来。这些公寓在东德都没有私人产权。这些年轻人就找街区负责部门商量，他们被允许住下来——反正这里已经空了，没人住，也没有人竞争。这些西德人都是年轻的波西米亚青年或左翼青年，有一些是乌托邦主义者和无政府主义者。他们都很穷，来这里能免费住上房子。他们在街区的垃圾堆放站点捡来被遗弃的旧家具，重新装点自己的公寓。

后来，越来越多像我这样的西德人不断涌入这里。我们同样很穷，大多是学生、知识分子和艺术家。这里所有东西都非常便宜，我们几乎一夜之间成了"富人"。博士毕业前，我在慕尼黑就读的大学每个月提供2000马克奖学金，我的女朋友也有奖学金，加起来的这笔钱在这里简直是巨款。我们有了儿子，过着"富裕"的生活。

然而，我并未实现在柏林做一个大学教授的梦想。在德国做教授是一件讲政治、讲师门和圈子的事，而我的关系都在慕尼黑，在这里没有人提携，也就没有职位。对我的职业生涯来说，东柏林不是一个好地方。我跟随那位东德的房东一起去建筑工地工作了一段时间。我在柏林的生活是从当工人开始的。我一边在洪堡大学上一些课，一边打工，每个小时赚8~9马克，工作简单又辛苦。

那时的慕尼黑很富裕，容易赚钱；我在慕尼黑的餐厅当过服务员，一个周末就能赚到500~600马克。而东柏林很穷，普伦茨劳伯格则是东柏林的贫穷黑洞。但我仍然很开心，我们都开心。与金钱相比，这里提供了兴奋刺激的生活，与资本主义社会的生活很不一样。

普伦茨劳伯格的小咖啡店和小酒吧不少，很多是非法地下经营，存在时间也不长。一杯咖啡或啤酒的价格便宜得很，它们赚得很少，也没有什么钱可以缴税，有的几周就关门了。有一些酒吧藏在中庭内一道一道的深门背后，藏着热闹的派对。这是一片被忽视的地方，权力触角没有伸到过这里，在东德时期亦如此。一些秘密政党曾在此进行活动，它们为其提供悄然存在的庇护所。政府也懒得管这些年轻人，放任他们干一些愚蠢的事，这里一直就是这么生长的，直到我们这些西德人也涌了进来。

政府的修缮工程进入这里后，我们搬离了第一个公寓，寻找新公寓。东德时期，东柏林的很多楼房和公寓没有产权和明确所有者，只有使用者；东德消失后，更没有实际所有者了。从法律上看，东德政府对一些楼房和公寓的所有权也是非法的，是延续20世纪三四十年代纳粹政府对别人房屋的占领而来的。

柏林墙倒塌之后，很多个人或机构来认领这些公寓或楼房，比如一些犹太人认领组织和过去的老业主。法律程序复杂又漫长，但很多人都认领了回来，这也是使这片街区不致一直沦为荒野和废墟的解决方案。这些过去的业主以自有资金和一些政府资助，修缮改造了这一片住宅区：粉刷了外立面，安装了中央空调，铺设了冷热水管，安装了马桶，让这里慢慢地变成了舒适的住宅区。过去这里非常难找到美食，没有人有精细烹饪的生活经验、专业技能或施展机会，找不到一个好厨师。现在，我们正坐在普伦茨劳伯格第一家能做出好甜品的咖啡厅里，它是两个东德小伙子在20世纪80年代开的。

那时我已有一点积蓄，在这个街区看中了一套漂亮的公寓，它已处于一条街之隔的原来西柏林政府部门的管辖下，政府以700马克的便宜租金租给我们。我高兴地租了下来。接待我们的政府工作人员很惊诧，竟然有人愿意租住在这种垃圾地段。在她的想象中，这里不仅贫穷肮脏，而且到处都是罪犯。这当然不是真的。西柏林人也有褊狭之处：墙倒之后，他们所见的东柏林完全是另一个星球，他们感到恐惧、无法理解。我这样一个从慕尼黑来的西德人，看到同属西德的西柏林人如何看待离他们更近的东柏林，觉得很有意思。普伦茨劳伯格对我来说，早已有一个充满异域气息、让人兴奋的城市生态，容纳着年轻音乐家、艺术家和波西米亚的生活方式。

历史的缝隙

逐渐变得舒适的生活条件，改变了这里原有的小生态。我和那些曾经快乐地过着波西米亚生活方式的人一样，后来都变成了"失败者"。资金流进来，工作职位被创造出来，食物、租金的价格也随之上升，一些富裕的人开始迁入。特别是到了2000年以后，很多富人带着资本投入这片街区，形成了一股潮流。他们通常是得到在西德的富裕家庭资助的年轻人,以对他们来说根本不算贵的价格买下这里的公寓,在这儿定居。人口成分完全洗了一次牌,结构彻底改变。今天,普伦茨劳伯格只有20%的原住民,80%来自西德和海外。原来留下来的老人逐渐去世,住不起这里的年轻穷人也搬离了。

对这样的变化,自然有过抵抗。那些在柏林墙倒塌之前就来到这里的西德人大多是左翼波西米亚,不喜欢共产党,也不喜欢西德。在历史拐弯处,他们曾试图抵抗,想从共产党的右翼实现超越。早在东德晚期,他们就通过露台集会、剧场、音乐会、文学和诗歌朗读会,来表达对西德资本主义的不满。

他们是一群怀揣浪漫主义的梦想者。面对汹涌流入的资本,实现真正的社会主义已不可能,他们都为此心怀怨恨,常在自己开的酒吧和餐厅聚会。但他们的状况不断恶化:资本按照自己的逻辑运转,他们必须有翻台率才能维持餐厅和酒吧,这意味着需要更多的人带着钱来消费。但他们死守在自己的小圈子里,只接受穷人,公开鄙视看起来富有的人,将他们拒之门外,直到最后连租金也付不起。他们的身影从这里消失了——这个咖啡馆对面的那个小酒吧就是最后的一个,2015年,小酒吧原来的主人也离开了,从此再无音讯。

他们是历史弯道处短暂的存在。20世纪80年代到90年代之间,他们从西德的莱比锡、慕尼黑、勃兰登堡来到这里,偷偷溜进东西柏林交界处的东德地界,作为东德的外国人却没有人身自由再往前深入东柏林,就以非法状态卡在了这里,卡在了历史的缝隙中。他们中有同性恋,有摇滚乐手,在东德严苛僵硬的小资产阶级社会边缘,曾享受过真正的、最大的自由。他们很穷,却获得了在东德和西德都不可能有的表达自由,与半心半意追逐他们的斯塔西(东德安全机关)不断玩着猫捉老鼠的游戏。他们的意识形态和理想就源自那段小型乌托邦的生活经历。

我的抵抗意识并不强烈，更实用主义一些。要让这片区域变得更美、更舒适、更宜居，唯有靠资本，它会顺着这种欲望和向往渗透进来。我接受把这个已破败得跟废墟差不多的地方变成一个"新"的、更好的地方。其实我有一些不喜欢那些抵抗分子。当他们的生活不可避免地被资本主义瓦解，他们的世界就与他们一起消失了，消失在废墟中。政府激励人们来这里投资房地产，提供房屋总价三分之一的修缮补贴资金，很快资金就流了进来。我的女朋友带着孩子搬到了荷兰，我独自一人留下，换了一个小房子。

柏林墙倒塌后的柏林非常穷，没有什么商业和工业，而且积累了大量债务。东柏林的经济更是在东德马克转化为德国马克的过程中崩溃掉：两种货币1∶1的兑换率仅让东德人享受了短短几个月的消费狂欢，他们手中的钱突然能够买得起汽车这样的商品，也能让他们自由旅行，第一次成为消费者。但这样的兑换率扭曲了市场价格，很快让经济无法运转。20世纪90年代，很多东柏林人处于失业状态，度过了一段沮丧的时光。当时人们批评这种货币政策很愚蠢，但30年后再回过头看，也许当时并没有别的选择。

1989年到1991年，大量东德人，特别是有专业技能和资质的东德人，抛家弃子，离开东德，从他们的家庭、过去的生活中消失，涌入西德。这股获得合法流动性的新劳动力大军对西德的劳动力价格产生了很大压力，薪酬随之降低。在当时，1∶1的兑换率至少保障了东德人不致陷入贫穷，能有时间融入西德，这或许是当时去东德化的唯一选择。对东德人来说，穿行在那个时空转换的隧道中，

柏林墙东边的画廊

阵痛很强烈。

　　柏林墙倒塌后不久的柏林，是一座表情独特的都会，能以在小村庄生活的价格在这里居住，生活成本几乎只有慕尼黑的一半。那时柏林的资本很低调，只要有钱赚就行，并不追求利润最大化。这里比巴黎、伦敦、东京和其他所有的都会都便宜，吸引了全世界的艺术家。有一些艺术家在这里成名，比如重金属摇滚乐队"德国战车"。他们是冷战时出生的一代东德人，柏林墙倒塌后曾住在离这儿不远的公寓里。我有时会在酒吧中遇见他们，成名后他们搬走了，只在这里拥有一些房产。

　　这种状态10年前结束了：住宅价格和商业租金暴涨，资本突然膨胀，柏林也逐渐失去了独特的表情。今天，柏林仍然有很多建筑工地，城区变得越来越美，越来越现代化，但很多人被这座城市排挤和驱赶，不得不离开。

这场历史变迁的平衡点在哪里？

2009年，在日本度过一年后，我回到普伦茨劳伯格，发现最喜欢的酒吧关门了。它就在公寓隔壁，像我的一间卧室，我常常在那里和邻居们一起过夜，通宵饮酒聊天。酒吧主人是个有智慧的东德人，上了年纪，左手只有两根手指，是个同性恋，特别会讲笑话，我太爱听他聊天了。他就像是那些爱聚在这个酒吧的同性恋年轻人的父亲。后来他爱上了一位阿拉伯裔美国男孩，随他一起去了摩洛哥。他有一笔不错的养老金，可以供他在艳阳下的摩洛哥舒服地度过余生。我为此哭了一场，再次感到失去了什么，仿佛我生命的一部分也消失了。

另一些事情也冲击了这个街区。东德人过去比西德人更重视家庭，家庭是一个不受权力侵蚀的私密空间。但随着东德档案解密，人们在一些材料中发现了经常相互往来的邻居的名字，才明白一直住在这里过着波西米亚生活的一些艺术家，原来曾是东德间谍。这场丑闻所带来的恶意弥漫了整个街区，原有的温情和信任不复存在，人们对道德产生了很深的怀疑。随着这场丑闻的发酵，原来从东德过来的那个旧波西米亚生活圈也解体了。加之经济上越来越无法负担，人们恍然发现，过去十多年东德边缘的自由生活不过是一场幻梦。于是，这些人流散了，只剩下屈指可数的几个人。

如今，住在这里的主要人群是从西德富裕家庭来的年轻人，其中很多人来自巴登-符腾堡州或巴伐利亚州这样有很多村镇和自然风光优美的富裕州。年轻人想到柏林这样的国际化都会来生活，很快在这里建立了家庭，加上有很多闲暇时间，这里很快成了孩子们的乐园，过去空荡荡的游乐场现在全是孩子——普伦茨劳伯格的生育率到现在也是全德最高的。这里很快国际化，从北欧、俄罗斯、日本来的外国人喜欢这里都市中心的便宜商品和休闲氛围，纷纷来这里定居，组成了各自的小社区，开了很多小型画廊、艺术和音乐工作室。

我一直没有找到教授职位：先在一家出版社做了一段时间的编辑；又在一家帮助小公司从政府筹集资助金的小型咨询公司工作，第一次学会了写商业计划书；然后又学会了写风险投资商业计划，成了另一家咨询公司的首席执行官，在哈根雪广场有过一间办公室。我的生意在成形，也见识到许多新事物：电子商务、卫星通信、计算机、各种技术驱动的生意。然后，德国股市崩溃，新经济的泡沫也破灭了。我又做过与MP3相关的数据流播，创办了一家小型软件公司，最后也关闭了。2005年，我去日本继续做软件，创业再次失败。在创业经历中，我实践了从普伦茨劳伯格获得的波西米亚精神，一边冒险，一边享受着自由。2009年以后，我不再做与技术相关的事，成立了一家小型出版社。

现在我是电影制作人，正在制作的新电影是关于一对在柏林过着隐秘生活的男人。他们和身边同龄的中年朋友都过着纵欲生活，非常聪明，孤芳自赏，喜欢嘲讽，漂浮在现实之上，享受性自由和毒品。这是变革时代的渺小人物试图逃避和超越过于沉重的历史的一种方式。今天很多德国人也不热衷于政治，觉得那是白痴才关心的事，社会内部把政治化的东西彻底地剜掉了，许多人不再具备政治生活的常识。

这群中年人的生活方式很轻盈，但他们渐渐发现，自己和周围的人其实都在撒谎，都在美化现实，都在自我欺骗。他们用工作赚来的钱整日作乐，却没有在人生中创造任何事物，事业、家庭统统没有，他们转而开始寻找真爱的救赎与真实感。这是一部关于今日柏林的电影,你在柏林的夜晚能看到很多这样的人。

有时我们感到,柏林成了一座堕落的城市:是的,我们享受到了很多,看起来一切都很好,但也逐渐感到失落,我们发现自己沉溺在消费主义中,越来越肤浅。进入21世纪第一个十年,我们有一种生活开始悄然瓦解、变得无意义的感觉,精神死亡的蜃景浮现在地平线上。也是在这个迷惘的时候,新纳粹主义又从某个历史的缝隙中横空出世。

"德国战车"乐队有一首歌叫《德国》,其中有几句歌词是这样的:

> 德国,我的心在火光中燃烧,
> 我们想要爱你,咒骂你,
> 你,过于强大,完全多余,
> 我,众人之上,令人厌烦,
> 我们升得越高,落得越深。

在柏林公交车上弹唱的街头艺人

第五章 德国:时间与存在

旧人，新人

20世纪80年代，我在密特朗任总统期间的巴黎度过了浪漫的学生时代，与一个日本女人秘密同居在一起。那十年的巴黎是悬浮在梦幻泡泡中的城市，与其他任何地方都没有什么关系，像一个自给自足的平行世界。当我回到西德，发觉这里一切都变了，变成了一个盛行消费主义、机会主义，肤浅浮夸的地方，泛滥着流行文化。

也是从20世纪90年代开始，德国家庭开始出现问题。突然间，教育理念变了。经过整个20世纪五六十年代的"经济奇迹"，西德人变得很富有，勤奋不再是特别必需的事。富有家庭的父母不再认为应该教育他们的孩子上进，更想成为他们的朋友，鼓励他们的个体自由。未来似乎有无限可能性，人们普遍接受的新理念是：教育需要娱乐，需要自由，需要快乐。

我结过两次婚，一共有7个孩子。唯一的男孩现在24岁，住在科伦坡。他身上保留着许多传统品质，喜欢阅读，善于思考，很勤奋。其他年幼的孩子则非常不同，大多很懒惰，无时无刻不在玩手机、打游戏，不再阅读，不再学习需要大量时间来磨炼技巧的乐器和手艺，没有任何才华。每个人都追随网红，想变得有名又有钱。我想当他们需要靠本事赚钱的时候，他们会有一种创伤体验。环顾四周，现在这样的孩子越来越多，看起来有点恐怖。

我是一个信奉权威主义的传统父亲，很严格，讲规矩，要求孩子一定程度的服从。我的大儿子是在这种氛围中长大的，他成长得并不坏。反而是在新教育理念下，很多孩子失去了做一些枯燥的、可能需要一些强制力才能开始和持续的事情的能力，比如阅读和才艺。如果教育理念建立在家长希望孩子喜欢自己、与孩子相互喜欢的基础上，我想，它的本质和根基已经改变——过去，尊重需要努力挣得，而不是轻松地给予。

这种观念转变，我想和"后物质主义"有关，也就是不再以创造和占有财富为导向的价值观。大概在1968年，西方国家首次出现了生产过剩危机，进入消费社会。消费主义不再鼓励人们储蓄和占有财富，而是诱导创造生活方式。其实随着经济形态的变迁，权威主义在这20年中消失了。

新一代德国人不再像过去的德国人那样勤奋、守纪律、有很强的秩序感。今天，我如果在公共场合提醒一些妈妈管好到处乱跑的孩子，会受到她们的鄙视，她们认为我干涉了孩子的自由。我想，他们会成长为与我们不同的"新人"。

柏林墙倒塌后，西德人第一次知道东德同胞穷到了什么程度。东德人也第一次知道，自己究竟穷到了什么程度。东德最令人怀念的，大概是大家都曾一样穷，人是不患寡而患不均的。在东德，如果你有一辆车，你会与大家一起用；如果你独自用一台电话，大家会怀疑你是不是在为斯塔西工作。那种质朴单纯的生活意味着人情的温暖，而人际关系在西德是冷漠的。

今天，你仍能从人们的行为举止中判断出他们从曾经的东德来，还是从曾经的西德来：西德人会打量你的衣着，判断你的经济地位，隐私意识更强，在交往中常常隐藏着另外的目的，言不由衷，老练世故；东德人通常很友好，更单纯，看重家庭，容易敞开心扉交谈，可以成为交心的朋友。这两种特质，有时使得他们相互不喜欢：东德人不喜欢西德人虚伪，西德人不喜欢东德人"傻"。不过，东德消失和苏联解体的历史重量最终缓慢地落在我们所有人身上。两种曾经对立的意识形态蒸发后，我们的信念真空逐渐被消费和享乐占据。我们正在成为"新人"，对曾经存在过的，但正在消失中的一些信念逐渐失去了感知。

虽然是一个从普伦茨劳伯格的过去而来的"失败者"，但我仍愿意定居在这里。对我来说，普伦茨劳伯格就是一座城市，一个完整的小宇宙，过去和现在于这里并存着。在这个街区里，穷人、所余不多的工人阶级、醉汉、依旧过着波西米亚生活方式的人、流浪艺术家，与那些年轻富裕的新人混居在一起；垃圾地带存在于绿荫遮蔽的时尚住宅区的空地间，它们可以安然存在下去，不会被抹去；在社会民主党人曾经与纳粹党人激战过的历史性餐厅里，社会民主党人仍然在这里聚会，仍然在这里与新纳粹争吵斗殴。这些都让普伦茨劳伯格保留着一种野性的勃勃生气。不过，许多精品小店付不起高涨的租金而搬走，进来的是有更多大资本支撑的连锁店。从前这个街区所赖以运转的小资本、小生意越来越难生存下去，都在被"大"取代。

今天的柏林，每个街区都是一个自成一体的城市——弗里德里希恩（Friedrichschain）、米特中心区（Mitte）都是另一个城市。走出普伦茨劳伯格，去克洛伊茨伯格（Kreuzberg）一趟，对我来说就像出国。那完全是另一个国家，聚居着许多土耳其人，全是陌生的面容和装束，完全不同的食物和味道，充斥着异域的生活气息和节奏。如今，普伦茨劳伯格已生长为一个稳定的街区。柏林还有很多街区像20世纪90年代的普伦茨劳伯格那样，骚动着，居于不停的变动中，充满了活力。

在柏林，我可以穿梭于不同的时空。

（本文写作于2019年。摄影：黄宇。）

第六章
旅人,在摩洛哥

对于我们这个时代的旅行者来说,
所面临的问题已不再是如何到达、如何行走,
而变成了:我们该看向何处?如何去看?

卡萨布兰卡，一座城市的名字

卡－萨－布－兰－卡，五个圆润的元音，中间一次具有对称感的上唇和下唇碰撞，音韵吞吐之间，弥散着令人遐想的神秘情调，如一阵异域之风吹过。风从哪里来？东方还是西方？卡－萨－布－兰－卡，一座城市的名字。

一座城市的名字

我何以来到卡萨布兰卡，在清早城市尚未醒来的阳台上，望向楼宇之间的马路，看轰鸣而过的有轨电车驶过前方栽种着棕榈树和蒲葵的花园广场，继而瞥见柱形宣礼塔式样的钟楼上指向6点的时针？我又何以在散发着皮鞋油味、汽油味、咖啡香气、过夜果皮酸腐味的街道上穿行，走过延绵相连的廊柱，看西装革履、在对街喝薄荷茶的黑人和阿拉伯人，将把手处护着一层绒布的雕花长嘴小银壶高高举起、倾斜，听热茶汩汩流进玻璃杯、溅起极小水花的乐声？又何以来到一座海边的青绿色清真寺，看它金碧辉煌的大理石殿堂里繁若星辰的荷叶花瓣剪影，穿过一扇接一扇的圆形拱门，久久凝望在广场上如磐石一般陷入沉思的阿拉伯人，还有光着上身的孩子在十几米临海高台上依次跳入涨潮海水的身姿——跃起时舒展的双臂如飞翔的海鸥，落下时溅没在拍岸的层层大浪中？

卡萨布兰卡的哈桑二世清真寺

也许我来到这里,仅仅因为它叫作"卡萨布兰卡",以及默念"卡萨布兰卡"这个名字时萦绕于凝神呼吸之间的玄机。我对这座陌生的城市一无所知,就如对它街头那些蒙着面纱、只露出一双眼睛的阿拉伯女郎。在我生活的旅途中,亦从未有什么征兆和线索,将我的路引向此地。我为何来到这里?

想起来了。我到这里是来寻找一个地方,一处叫"里克咖啡厅"的场所。这个地方是不真实的幻象。确切地说,一部名为"卡萨布兰卡"的好莱坞电影先于它而存在,而它不过是那个虚构世界在现实中的投影。翁贝托·艾柯宣称:"每一个虚构世界都以一个现实世界为依托,前者将后者作为其背景。"然而,对卡萨布兰卡的里克咖啡厅来说,一切正好相反:这个现实世界以虚构世界为依托,奇妙地居于

第六章 旅人,在摩洛哥

哈桑二世清真寺的大厅

哈桑二世清真寺的殿堂（左上）、陵墓（右上）、拱形回廊（右下）

第六章　旅人，在摩洛哥

前景。电影里,在一个名叫卡萨布兰卡的城市中,有过一个虚构的里克咖啡厅,那里曾上演过一个隽永的浪漫爱情故事。于是,人们就在一个同名城市之中建造了一个名字相同的咖啡厅实体。它的唯一性仅在于:卡萨布兰卡既是那座电影里城市的名字,也是一座实际存在于大西洋沿岸的摩洛哥城市的名字。

于是,从哈桑二世清真寺出发,我走过新城现代化的商务楼和大型购物商场,穿过正在修缮中、尘土飞扬的马路工地,来到老城城墙外的里克咖啡厅。它是一栋临街的白色三层小楼,地下有一层,门前有两棵棕榈树,内部是传统阿拉伯式庭院,四面回廊围合中庭,三层顶上是天台。一楼的台阶上站立着黑西装、白衬衣、黑领结的服务员,二楼临街的立面能看到圆形拱门形状的彩绘玻璃窗与安达卢西亚风格的阳台。相对于传统摩洛哥建筑来说,它的装饰并不繁复华丽,除了那些高悬的镂花吊灯。

穿过一楼台阶上那扇对开木门和前台走廊,我走入一个悬置于时间中的咖啡厅。它是对1942年首映的电影《卡萨布兰卡》的精心模仿和重建,电影胶片上的图像在这里转化为木头、玻璃、石膏、白墙、廊柱等真实的物质存在,也包括它的吧台和钢琴。然而,这里太崭新,我捕捉不到任何历史随时间推移而留下的心血来潮的痕迹。直到沿着旋转扶梯下到地下一层,一系列海报正展示着这座里克咖啡厅的档案,我才了解到它所发展出的属于自己的简史。

2001年"9·11"事件后,这座咖啡厅的创建者、美国人凯西·克里格离开她所供职的美国外交机构,到摩洛哥旅行。在当时美国"全球打击恐怖主义"的氛围下,她希望在这个伊斯兰国家做私人投资,以表达她个人的宗教宽容立场。在卡萨布兰卡,她发现那部经典的同名电影里的"里克咖啡"在现实中并不存在。它原来仅存在于华纳兄弟的电影工作室里,成为一个笼罩了世人60年的好莱坞幻影。于是,她买下这座庭院,花三年时间建成里克咖啡厅,决意把一个美国想象变为一个摩洛哥现实。电影幕布上的"里克咖啡"就这样在地理意义上的卡萨布兰卡复活了。家喻户晓的名字和电影故事赋予它的历史性传奇色彩,让它很快成为游客和当地人慕名而来的地方,也成为"9·11"之后一座象征意义上宗教宽容的小庙,与电影里那座咖啡厅所象征的自由精神遥相呼应。14年来的很多个夜晚,克里格都待在"里克"的角落里,用一只酒杯喝水,11点之后偶尔喝一点酒;弹着钢琴唱《时光流转》的不是山姆,而是摩洛哥歌手伊萨姆。曾有人问她准备何时退休,她用电影台词回答道:"我打算死在卡萨布兰卡。这是个好地方。"2018年,72岁的克里格在卡萨布兰卡去世。她本人也活进了里克咖啡厅的传奇里,成为它的一部分。

我回到里克咖啡厅二楼,一边喝卡萨布兰卡牌啤酒,一边等待晚餐送上桌来。在那段等待的时间里,我不禁自问到底置身何处。我知晓电影中的"里克咖啡"和与它有关的爱情传奇,从而来到这里,但我只是走进了一家名叫"里克"的咖啡厅,它不属于曾经的反法西斯自由战士里克,而属于美国退休外交职员克里格。这个空间,是电影中"里克咖啡"幻影的场所吗?或者说,电影中"里克咖啡"的影子映照在这个"里克咖啡"的镜子里吗?如若名字的符号已改变其所指,我仍能以"里克"的名字称呼这里吗?我环视四周,晚餐时分,咖啡厅座无虚席。我听到许多中国游客在说话,他们中很多人就是因为《卡萨布兰卡》这部电影的传奇故事来到这座城市,从而在这里开始摩洛哥之旅的。他们也有与我同样的疑问吗?

位于卡萨布兰卡老城城墙外的里克咖啡厅

这时，我看到一张红色灯芯绒帘子后面的包厢里，电视屏幕上放映着《卡萨布兰卡》，英格丽·褒曼饰演的伊莎正与亨弗莱·鲍嘉饰演的里克深情对视。那台循环播放的电视机，就像这个现实世界与虚构世界的联结通道。而电影中的卡萨布兰卡，又何尝不是以"二战"历史上作为盟军北非总部和各国情报中心的卡萨布兰卡为现实背景的呢？那一刻，在卡萨布兰卡的里克咖啡厅里，我看到虚与实互为背景、层层叠叠套在一起，如两面相对的镜子生成一连串镜像——这正是穿过清真寺一长串圆形拱廊时我所看到的景象。

在我从卡萨布兰卡启程的摩洛哥之旅中，有时会遇到和我一样长途旅行的人，他们常兴致盎然地谈起他们所到之处的见闻。他们处于一种半孤独的、超然于世的状态中，吞吐的每个句子里，那些以特别的激情操纵唇齿摩擦而迸发出的每个城市之名，都有一种不同寻常的魅力。那些名字是他们谈话内容的居所，也是他们身心的栖居地：卡萨布兰卡、拉巴特、丹吉尔、舍夫沙万、梅尔祖卡、瓦尔扎扎特、马拉喀什、撒哈拉……我聆听这些名字在他们心中唤起的欲望或记忆：一段沿海的山路，海边露台上的咖啡馆，屋顶阳台的摩洛哥苦茶，难以用语言描摹的日出、日落和星空，旷远的沙漠，钻进衣服的细沙，老城的集体祷告声，动情的相遇……我若把这些城市的名字换作阿纳斯塔西亚、吉尔玛、伊萨乌拉、莫利里亚、菲多拉、阿德尔玛、埃乌多西亚、瓦尔德拉达……也丝毫不会改变它们的内涵。

一个城市的名字，就是一类存在形式、一种形状、一个独一无二的符号、一幅无法被复制的画作，或一首不可被模仿的乐曲。它有时事先存在于我们的想象中，而现实的那座同名城市，既映照出我们的想象，又在我们的想象里投下它的影子。

旅程与归途

曾读到一篇博尔赫斯的小说,根据《一千零一夜》第三百五十一夜的故事改编。博尔赫斯借一位叫艾尔-伊萨基的阿拉伯历史学家之口,叙说了一个"双梦记"。故事大意是说,一个因乐善好施而千金散尽的开罗人在他园子里的无花果树下睡着,梦见一个人对他说,他的好运在波斯的伊斯法罕。他踏上漫长的旅程,经受沙漠、海洋、海盗、偶像崇拜者、河流、猛兽的磨难艰险,终于到达伊斯法罕,结果晚上遇上强盗闯民宅。巡夜士兵队长赶到时,强盗已逃跑,士兵队长就把开罗人捉住暴打一顿,并问他来波斯做什么。开罗人说,有人托梦叫他来伊斯法罕寻找好运,结果得到的却是一顿打。队长听了,告诉开罗人他曾三次做过同一个梦,梦见开罗有一所房子,房子后有个日晷,日晷后有棵无花果树,无花果树后有个喷泉,喷泉底下埋着宝藏。但队长说,他根本不会相信这种梦,就给了开罗人一些盘缠,打发他回了埃及。开罗人回到家,在自家园子的喷泉下挖出了宝藏,那正是队长梦见的地方。这个故事总结说:"冥冥中主宰一切的神是慷慨的。"

巴西作家保罗·柯艾略的《牧羊少年奇幻之旅》讲的其实是同一个"双梦记"故事。西班牙少年在废弃的老教堂的无花果树下梦见埃及金字塔有宝藏,他渡过地中海,穿越撒哈拉,历尽艰辛,却在金字塔下被躲避战乱的难民抢劫殴打。难民领头人告诉少年,自己重复做过一个梦,梦见在西班牙一座废弃老教堂的无花果树下有宝藏。少年遂回到教堂,挖出了宝藏。

人们可以总结说,这是两个关于梦境相通的故事,揭示出另一种超然于现实世界之外和之上的偶然神秘联系。不过，在这里重要的是，这两个故事同时也都是关于旅行意义的故事：梦促使相信它的人上路远行，在旅途中不断超越自我，最后追寻到近在身边的"天命"。旅行者最终都回到原点；但若没有足够远的艰难跋涉和旅途中不期然的相遇，又怎能找到回去的路？

这两个故事还隐喻了一层自我找寻的含义：如果说人的心灵就是整个世界，那么，真正的自我究竟在哪里？总是在旅途尽头，另一个相通的梦境才浮现出来，映照出旅行者命运的方向。这个相通的梦境，存在于最接近于我们的他人的心灵之中；它既是我，也是他生命的一部分。正如柯艾略在奇幻之旅开头提到奥斯卡·王尔德所写的故事：英俊少年在湖水中看到自己的美貌，如痴如醉，溺水身亡，湖泊为之流泪，变成一潭咸水。山林女神问湖泊为何为少年流泪。湖泊回答，它不是因为他的容貌而流泪，而是因为他面对湖水时，它能从他的眼睛深处看到自己的映像。

自从去过卡萨布兰卡的里克咖啡厅后，我对"里克"这个名字如今的含义充满好奇。我继续搜寻已故克里格的信息：她在卡萨布兰卡找到自己了吗？在卡萨布兰卡这个异乡定居和终老，对她来说意味着什么？

克里格的故事是一千零一夜式的，预兆、注定的命运，都在其间扮演了角色。1974年，克里格在家乡波特兰举办的一次电影节上看到了《卡萨布兰卡》这部电影。机缘巧合，几年后她加入了美国外交机构，负责的就是对大西洋港口卡萨布兰卡的贸易业务。她很自然地到这个城市中去寻找"里克咖啡"，也自然地发现它并不存在。2001年9月11日那天，她回到自己在马拉喀什老城的里亚德（阿拉伯式庭院)。平日从不休眠的吉德玛广场早早地空无一人,一个人突然用阿拉伯语对她咒骂起来,其他一些人则自发组织起来护送她回家。她已预料到,美国的反恐政策将会把人们引向对穆斯林的恐惧和激烈反应,她要反抗这种未来。就在那个晚上,她决定辞去在外交机构的职务,用个人投资伊斯兰国家来表明自己的立场。她决定把心仪电影中的"里克咖啡"在卡萨布兰卡变成现实:1942年电影中的卡萨布兰卡是和平的绿洲,也是欧洲、非洲、美国等国际化人群的聚集地,许多人都在这里等待通行证前往自由国家,这个历史背景在当下又再次凸显出它的意义。她打算通过证明一个美国女人可以独自在穆斯林社会中开创一项事业,来向世界展示宽容。

卡萨布兰卡的老城和马拉喀什相比,历史没有那么悠久。它曾经被葡萄牙人和地震毁灭过两次,18世纪末才重建起来。它也有一些败落的迹象:犹太人区几乎已消失,许多居民都卖掉老城的房子搬去了新城,大量农村人口流入这里,许多房子都在出售状态中。就像你在摩洛哥会听到的"命运插手"的故事一样,克里格意外地在老城一幢残破的老房子里发现了中庭和笼罩其上的八角屋顶。

"当我站在二楼看向庭院时,我已经能想象光滑的白色柱廊,柔和的灯光在白墙上投下的影子,以及觥筹交错间玻璃杯的碰撞声、钢琴声和谈话声。"在那一刻,她看见自己就是俯瞰着德国人唱歌、点头示意拉斯洛让大家唱《马赛曲》的里克。她想起方才在门口看到的两棵棕榈树,回忆起十多年前去日本旅行前,曾有一位通灵的人告诉她,她会从日本回到美国,在美国买房,然后搬去另一个大洲,最后在有棕榈树和水的地方住下,永不离开。她的卡萨布兰卡故事就是这样开始的。她写信向美国所有朋友借钱,开头第一句话即是:"世界上有那么多城市，城市里有那么多咖啡馆，这就是我的那间。"

克里格经历了一个现代人的旅途所会遭遇的各种艰难险阻：辞职让她失去了与华盛顿外交圈的社会关系，在摩洛哥她贷不到足够的款项，从美国汇款到摩洛哥变得很困难，一些投资人不再支持她，官僚系统的障碍，摩洛哥商业世界的潜规则，失信的建筑师，疯狂的主厨……经过三年旧房改造，克里格把海市蜃楼的幻象变成了一座现实小庙。装修完成后，她雇用的第一个职员是她的经理、摩洛哥人伊萨姆。伊萨姆来应聘时说他会弹钢琴，坐下来弹了一首《时光流转》。之后这位爵士钢琴手就在这里工作了14年——历史会重演它自己。

这间曾仅存于影像中的咖啡厅，映照着1942年美国最终开启北非和欧洲战场、走向全球主义的精神；在它2001年重回孤立和保护主义后，这个咖啡厅的名字再度象征着一个糟糕世界里的"绿洲"。有时，一些对特朗普当选不满的美国人会专程旅行来这里坐上很长时间，暂时避世于这块绿洲。

在来卡萨布兰卡之前，克里格在美国波特兰有过一段早已终结的婚姻。她在回忆录中写道："如果我是诚实的，我会说，我一直希望在追寻梦想的过程中找到爱人，但这件事并没有发生。"随着她在卡萨布兰卡扎根下来，这里的人渐渐都叫她"里克太太"。随着"里克咖啡"的建造，"里克太太"发觉自己与表面冷漠、内心柔软的里克的确建立了某种联系。"实际发生的事情是：当我感到里克总在背后看着我时，我找到了我自己。每当有人叫我'里克太太'时，我就意识到，我走入了一个我一生都在等待扮演的角色，虽然不是在电影布景中。"

"里克"这个名字的含义，就是对"克里格"的呼唤。

一千零一座城

卡萨布兰卡是摩洛哥城市中的一座。摩洛哥的城市都可以拆解为下列元素：一座老城（medina），一座古代土城堡垒围合的居民区（kasbah），一座在老城城墙外发展出来的新城（有些小城市则没有），是临海的港口或靠近沙漠的绿洲。老城的意象又可以分解为这些组合元素：老城墙，迷宫般的街道，清真寺和柱形宣礼塔，商铺，集市，里亚德，庭院上的天台，伊斯兰或安达卢西亚花园，咖啡厅和餐馆。正是在这些组合元素里，居住着许多个不同城市各自的场所精灵（genius loci），变幻出这些城市不同的形状和精神气质。在卡尔维诺《看不见的城市》里，曾听过马可·波罗讲述旅行所见的忽必烈发现，马可的城市几乎都是一个模样，"仿佛完成那些城市之间的过渡并不需要旅行，而只需改变一下她们的组合元素。每当马可描绘一座城市，可汗就会自行从脑海出发，把城市一点一点拆开，再将碎片调换、移动、倒置，以另一种方式重新组合"。

摩洛哥的城市，就是在这样的"一个模样"之中千变万化的；就是城墙颜色的一点不同，或街道宽度和数量的细小差别，或宣礼塔上花纹的各异，抑或天台上所见风景的略微迥然，甚至只是它在地图上的位置，让一座城成为唯一的那座城：拉巴特、菲斯、马拉喀什、丹吉尔。

然而，一座城和一处风景的生命，不仅仅存在于这些可见元素中。它们在现实世界之外的许多时空中变幻着几近无限的形状和模样：一座城市的某一个样子可能存在于我们的记忆和沉思中，或投射在另一位同行者的脑海和心间，或正随着一位沉默走向死亡的人而

黄昏时分的卡萨布兰卡街道

消亡;唯有词语和句子能够召唤出这些无形的影像。城市存在于我们各自的观看、经验、记忆与生命历程中,如一个多面体,我们每个人仅能处于它的一条棱上。走入他人的世界,浸入他人生命中的那座城,将会改变"旅行"的内涵,让我们以另一种方式看城市,看到许多更广阔的世界。

100年前,美国女作家伊迪斯·华顿从法国马赛乘上蒸汽船,走水路到达卡萨布兰卡。第一次世界大战的硝烟尚未完全散去,德国潜艇在直布罗陀海峡和非洲西北海岸的活动使她的行程极为耗时和极不舒适:在每一个停靠的港口,乘客都不得上岸游览,只能在港口等上六日到八日,直到再出发。几经周折,她到达卡萨布兰卡,然后乘坐她的朋友、一位法国驻摩洛哥将军的军用车,从地中海一路开到阿特拉斯山,旅行了1个月。那时的摩洛哥,除了丹吉尔能够找到简易零星的资料,还没有一本旅行指南。

伊迪斯·华顿敏锐地察觉到自己正身处一条独一无二、即将消逝的"历史缝隙"中：摩洛哥正处于从欧洲权威的统辖到向现代旅游地的平庸陈腐完全敞开的过渡时期。她写道："摩洛哥太美，景观与建筑太丰富，太多新意，一旦地中海交通得到恢复，它将不可避免地成为春季旅行的主流地。战争几近结束，几个月就能修建起来的公路和铁路将成为摩洛哥'旅游业'洪流的分水岭。一旦游客泛滥，也将不再有双眼能看到今天我所看到的穆莱伊德里斯、菲斯与马拉喀什。"她预言，不久之后，学者对摩洛哥的历史知识将积累得越来越丰富，但未来旅行者的视线将越来越难穿透到过去。"考古挖掘将揭示罗马人和腓尼基人占领摩洛哥的新线索，将阐明科普特人与柏柏尔人遥远的密切关系，将把巴格达和菲斯、拜占庭艺术和苏斯建筑联系起来。然而，与此同时发生的将是，老城内神奇地保存了近千年的中世纪生活逐渐消失——那是十一、十二世纪十字军战士、萨拉丁（12世纪抗击十字军东征的穆斯林领袖），甚至巴格达哈里发顶峰时期的生活方式。最后，连阿特拉斯山下神秘的游牧民族也会收起他们的帐篷，逐渐消失。"

她的预言早已应验。"一战"后，许多旅行家、探险家、画家、作家、人类学和考古学者、艺术家纷纷来到摩洛哥，随之吸引来一拨又一拨的游客，先是富裕的上层阶级，然后是中产阶级与大众游客，直至将这里变为一个旅游胜地。如今，巨大规模的旅游业已成为悬浮在城市真实生活之上的一层奶油、一个海市蜃楼的虚幻景象、一系列消费主义的套路，构造出一个个漂浮在当地人真实生活之外的孤岛。游客与当地人观看和被观看的关系，正瓦解着当地人的日常与传统，改变着构成他们生活秩序的符号系统的含义。有一个研究世界范围内旅游业的著名社会学例子：根据传统，秘鲁女人在头发上佩戴花饰是一种准备好迎接浪漫关系的暗示，但现在，她们的这种行为只是为了让游客拍照和收取小费。"花饰"这个符号不再意味着求爱，而意味着这些女人自知是被观看的对象。游客看到的，不过是旅游业逻辑下的当地人生活，离真实越来越远。

当我在巴黎转机，3个小时不到，便降落在卡萨布兰卡机场，此时我想起100年前几经周折才能到达这里的伊迪斯·华顿。对于我们这个时代的旅行者来说，面临的问题已不再是如何到达、如何行走，而变成了：我们该看向何方？看向何处？如何去看？在旅游业早已成为支柱产业的摩洛哥，这个问题显得尤为棘手。

在那些与摩洛哥有关的游记和故事里，我感受到书写者的不同目光：东方主义者的目光、猎奇者的目光、隐藏着欲念的目光、审视他者同时审视自我的目光、自知被他人观看的自审目光、完全自我的目光……种种目光交织，时而冲突，时而默契，让摩洛哥的形象令人捉摸不定。然而，在所有这些文本中，法国作家圣-埃克苏佩里饱含理解力和爱意的目光，穿透时空深深打动了我。

我很喜欢他在《风沙星辰》里写到的一个发生在摩洛哥的故事，故事的主角是一位在撒哈拉沙漠中被俘虏为奴隶的黑人"树皮"。圣-埃克苏佩里通过摩尔人翻译得知，"夜深人静时，'树皮'说起马拉喀什，流下了眼泪"，他立即理解到，一个撒哈拉沙漠里的奴隶是如何在心中保留着那座故乡之城和城里那所房子的形象，它们"已让某一天那个已被遗忘的自由人能够复活，并透过重生的过程驱赶现在奴隶的表象"。他将"树皮"赎出来，用邮航飞机带到阿加迪尔，让他从那里回马拉喀什。

"树皮"看到了一个什么样的阿加迪尔？圣-埃克苏佩里并没有直接看到，只是后来从一位阿拉伯人那里听说，"树皮"在阿加迪尔去了咖啡馆，但没有任何人为他获得重生而惊奇，他很失落。然后，他给街角一群小朋友买了金线绣花鞋，整个阿加迪尔的小朋友听说了都纷纷向他跑来，要他为他们穿金线绣花鞋。阿拉伯人说，"'树皮'高兴得发狂"，但也破产了。作家领会到"高兴得发狂"的"树皮"深沉的渴望：那是一种将自己置身于人群中，与其他人类牵系在一起的需要，"当自由毫无羁绊，他便不再能感受到自己在世上的重量"。就在"树皮"破产的那一刻，他一定重新感到了自身的重量。圣-埃克苏佩里从而看见了阿加迪尔："夕阳照在阿加迪尔时，'树皮'在灿烂光辉中展开了统治权。"这是我所读到的最有景深感的一幅摩洛哥风景画。

　　我就这样从卡萨布兰卡开始了深入摩洛哥的旅行，途径拉巴特、丹吉尔、菲斯、梅尔祖卡附近的撒哈拉沙漠和马拉喀什。我希望我的视线能穿透现实空间的墙与门，达至城市灵魂的深处，触碰到100年前的旅行者所看到的那个已消失的摩洛哥。我也希望进入人们内心的风景，看到沙漠、绿洲、海洋、星空与城市向他们呈现过的无穷模样。

　　旅途结束时，我回到卡萨布兰卡，准备踏上归途。最后那天，我收到一位马拉喀什人写来的信。在马拉喀什，是他领我踏入老城城墙上无数扇门中的一扇门内，让我看到一个隐秘的世界。他在那封信里建议我，最后可在卡萨布兰卡做一番市民式的闲逛："可以去剧院看看，距离扎哈·哈迪德的新建筑不远的地方有一所白色的教堂，临近的阿拉伯联盟公园可以作为你的起点。公园旁有许多20世纪20年代至40年代的建筑，还有法国领事馆。去穆莱阿卜杜拉步行街逛逛，看看那些紧裹着头巾和面纱的女性和露发、打扮时髦的女性如何结伴

卡萨布兰卡穆莱阿卜杜拉步行街上休息的行人

而行,还有沿街的许多新装饰主义建筑。然后去海滩边吃顿饭,喝杯薄荷茶——那是我年轻时最爱与孩子们来的地方。"

那天,我走过步行街,经过许多以法国名字命名的大道和宾馆,在新装饰主义建筑下的柱廊里闲逛,在咖啡馆看头发梳理得一丝不苟的老人整理好西装,笔挺地走出门,在公园广场的花园里看黑背和金毛犬打招呼。这些在太阳下向我展示出一些衰败容颜的街区,与丹吉尔废弃已久的、魅影般的塞万提斯剧院,和拉巴特断壁残垣上筑巢的鹳鸟及其在风中飘扬的脖颈羽毛,叠印在一起,繁华与废墟的影像同时从城市建筑、街道和所有事物的表象下涌现,穿越所有时空而来。我忘记自己身处何地,走进一个趋于无限的梦中。

(本文写作于 2019 年。摄影:张雷。)

看不见的花园与迷宫

什么是真？你描绘水的面孔，或是光的脸庞。

什么是美？一种形式，你在它后面会发现奥秘，有时还会发现神。

——（叙利亚）阿多尼斯

老城深处的花园

摩洛哥有很多负有盛名的花园。马拉喀什有法国设计师圣罗兰的马约尔花园，是游客常年络绎不绝到访的地方。但让我深深为之着迷、难以忘怀的花园，则是一座藏匿于拉巴特老城居民区深处的不知名花园。与它的相遇纯属偶然，却为我的摩洛哥之旅意外打开了一道梦境的入口。

从卡萨布兰卡乘坐城际火车抵达拉巴特时，我不慎把装着护照与现金的包忘在了前往乌达亚城堡的出租车上。司机在关门而去的我背后用阿拉伯语高喊、鸣喇叭，直到我回神拿回后座上的遗失物。感谢庆幸之余，我心头的阴霾豁开了一道缝隙，隙间照射进一束暖光：动身之前，每个来过摩洛哥的人都叮嘱我，小心这里无处不在的欺骗和陷阱。与几个世纪以来摩洛哥的探险家和旅行家所记录的简单淳朴民风不同，我听到的现代游客故事全都充满置身陌生丛林险境般的不安。

从一家天台上的咖啡馆窗口望出去的菲斯老城

环绕着乌达亚城堡的是一片居民住宅区。我依然清晰地记得,走过那道安达卢西亚式拱形雕花大门,在一排杂货铺前的水果摊那儿买的第一杯橙汁。不声不语的小老板打开他那只存储着冰块的白色塑料箱,从里面捡出5个橙子,用小刀一一对半切成10份,然后把半球体的橙子扣在像按钮一般突起的机械榨汁机上,使劲儿按压下去。橙汁缓慢地挤出来,流入杯中,直到剩下一个只有干瘪果肉的空囊。他就这样重复了10次,递给我一杯含着5个橙子的果汁,向我要了10个迪拉姆,大概8元人民币。它的诚实无欺带给我一份安全感。橙色液体顺着我的唇齿、喉咙和食道滑入体内,我想到那位卖果汁的人在这条小巷里多年岿然不动的安宁生活,想到给他送来一箱箱橙子的果农多年如一的平稳收成,还有他果园里那些每年如约成熟、不增也不减的果树,恬静地周

壁画下的猫

而复始,生生不息。我紧绷的神经放松下来,它在我心中唤起了遗失在过往文字中的温暖。

　　街对面,一只分娩的猫妈妈正舔舐着它新生孩子身上的血,拳头大小的新生儿躺在血泊中,紧闭着眼,光秃秃的小身体上还有未剪掉的脐带。10个世纪前,它也是这样在这座古城的街巷角落里诞生。我踏着鹅卵石小径,上台阶,下台阶,穿越窄街深巷,穿越刷成明媚蓝色与白色的房子,穿越点缀房门的粉红色夹竹桃、紫色三角梅和克莱因蓝花盆,穿越从某个窗户内悄悄逃逸出来的甜面包圈味、罗勒香料味、在披萨热面饼上散发着香气的橄榄味、自制玫瑰香水味,还有埋伏在某个街角的垃圾味，进入这个11世纪建成的古老生活区。

穿拖鞋的男人用向外翻的手掌稳稳托着一大盘烤银鱼经过我身边；一个在海滩游完泳的小男孩舔着彩色冰淇淋正向家走；蒙着头巾的老婆婆带着牙牙学语的小孙子在门前的手指仙人掌形状的水龙头下洗完手，推开身后有铜制把手的门，消失在高墙内；拎着好几个塑料袋的男人懒洋洋地走过，也许他的生活不乏艰辛；一个妈妈接两个背书包的孩子回家吃午饭，眼镜镜片后是她知性的双眼；拥上去争相掰着一张刚出炉大饼的孩子们，被烫得直甩手，仍然忍不住握着饼的边角开撕。还有心急火燎等着玩同一个电动玩具的孩子，抱着布娃娃玩具躲在墙角哭泣的女孩，觊觎着孩子手里染色小鸡的猫，地上有时出现的小鸡头就是它的行刑现场，把门前小路和蓝白色石灰墙布置成一串色彩流动的艳丽花园的邻里，坐在街角一把小凳上陷入沉思的老人。

我走过一段两面墙上挂满彩色羊毛地毯的长长石阶，经过一棵参天椰子树荫庇下的手工艺品店，来到一面饱经风霜的苍老土黄色砖墙前。在我穿过两道拱形门间的走廊时，我对即将迎接我的是什么毫无准备，直到我一脚跨过门槛的界线，"扑通"坠入一片神秘的静寂：紫薇花树和棕榈树在一条鹅卵石小道的两侧探身夹道迎接它们王国的来客，把他们送入茂密的灌木丛，向天空缠绕缱绻的柏树指引着来客经过如火焰般燃烧的红色木槿，再走进葡萄藤长廊。走廊尽头，碉楼上锯齿形的墙垛戒备森严地守卫着王国，黑漆漆的瞭望孔里栖居着花园的守护神，静静地注视和聆听一切。花园十字形的道路将它整齐地分为四片，每一片都高低错落层次分明，搭配着棕榈树、柏树、橄榄树这样的高大乔木，支撑起头顶的一片天空，其下是椰枣树这样的矮乔木，再低一层是丰富得我叫不出名字的热带灌木，点缀其

马约尔花园中的仙人球

间的有美人蕉、香梨树、橘子树、五色梅、百子莲、金杯藤花、牵牛花等几十种花卉果树,丰富绚丽。

我不知道在这本该热闹的花园里,是什么样的场所精灵将静谧的天使召唤而来;它们躲藏在树梢上、灌木丛中和鹅卵石下。之前在我头脑中一直轰鸣着,呼啸着来来往往,拥挤着、争吵着,让我难以安宁的许多声音,在这个花园里突然都闭上了嘴巴,乖乖地安静下来,好像被我所看到的景象吸引和驯服——我听到内心一片深深的静。

正在大树下婆娑树影间打瞌睡的猫抬起头打了一个呵欠,露出一排不整齐的小尖牙;在葡萄架下乘凉或在灌木丛花园边闲逛嬉戏的猫,如幽灵般旁若无人;站在水池边缘用舌头喝水的猫,抬起头来与我对视一眼,又不受打扰地转头回到自己的世界中;在宣礼塔下石阶上读阿拉伯诗的女孩，在葡萄藤架下长时间如雕塑般并肩而坐的恋人，久久在沉思中没有回神的老城男人……

是什么带给我如此静谧的感觉，所见一切虽如此鲜活，却都笼罩着一层朦胧迷雾？也许是土夯城墙的朴实无华和饱经风霜，也许是它四面围合所形成的内向，也许是它藏于闹市深处的隐逸，也许是热带树木野性丰沛的生命力和它们不经人工修饰的自然姿态，也许是花园里那些繁复镂空的窗户，也许是城墙与堡垒上那些锯齿墙垛将中世纪的战争烽烟收藏于它的形态中，沉睡了几个世纪的暴力意识在这里守卫着和平的花园，也许是午睡猫儿引人入梦的慵懒，也许是摩洛哥女性的细花长袍。

由一个世界踏入另一个世界的界线，终究是光与色彩的感觉造就的：老城街区明亮的蓝白色石灰墙构成了一个光的剧场，把阳光反射得更加明艳，无处不是光作为主角的嬉戏喧闹；而土夯城墙吸收了阳光，树荫遮挡和分解了阳光，使它在这里沉静下来、如遁形一般，即使有斑斓的花果树木，呈现的也是柔和清寂的色彩。如果说拱门外是一曲欢快的光之圆舞曲，这里就是一首光的宣叙调。在许多描摹摩洛哥窗口或拱门的绘画和照片中，人总是从室内或门外的暗处望向窗外或拱门内的明处。然而，如若你曾和我一样在拉巴特的老城区穿梭，闯入这个居民区的秘密花园，你就会知道，我们其实是从明亮处走进幽暗处，从而浸入梦境之中。

这个花园让我忆起在伊斯法罕造访的一些波斯园林。它们有相似的结构，也有同样沉思和超越凡尘的精神气质。实际上，摩洛哥并未创造自己的园林艺术，而是在漫长的历史中吸收了来自埃及、波斯和印度的伊斯兰造园思想。伊斯兰园林是天堂和尘世的统一物，是《古兰经》里所描述的"濒临清泉""漫漫树荫""诸河交汇"和水果丰富的天园。我无须了解这花园里植物、花卉、果实和泉水的宗教象征意义,此时,能欣赏它的美便已足够——美是超越宗教的相通体验。

不过,伊斯兰花园并非永远宁静祥和。有一次,我曾在丹吉尔城堡博物馆的花园中经历了惊心动魄的集结。当我走入那个墙内的花园时,数百只海鸥正从堡垒和城墙上纷纷起飞,在头顶鸣叫着盘旋,遮蔽了整个天空。那气势雄浑的集体呐喊声,像是在准备一场出征。

"子宫般的迷宫"

延绵的土黄色城墙内有一座城市。世界上最古老的学院在它的腹地,它最初正是为研究和传播学问所建。城内分为180多个区域,保存着360多座清真寺,石板道如血管般密密麻麻地延伸流动,把整座城联结在一起。这些小道曲折得看不到走向,总在看上去已到尽头的巷尾才显现它延续的踪迹。它们可以逼仄到一线天的地步,穿行其间的压迫感在没有任何阴翳的光天化日之下才能得到些许调剂。一些路面年久失修,飞扬的干燥尘土在阳光下如从久远过去穿越而来,曚昽飘忽。城墙已斑驳脱落,裸露出漆料下坑坑洼洼的黏土颗粒。它有上千条分岔的小径和上万个分不清属于谁家的一模一样的门,却没有一扇窗户临街而开,墙内人的内心活动完全无法窥视。

阿里巴巴与四十大盗的故事一定就发生在和它相似的城市里,如果不在门上暗中标记编号,就无法找到对的人。隐藏在那上万扇紧闭的、几乎一模一样的门内的是什么样的景象?我不能给出上万个具体答案,但我可以肯定地说,存在着上万个迥异的答案。

拉巴特的罗马时代废墟

菲斯老城的宗教学院,由伊德里斯二世所建,是世界上最古老的学院

这座摩洛哥最古老的城市,伊斯兰世界最重要的中世纪圣城,名叫菲斯。存在着另一个看不见的菲斯,亦如迷宫。它让一位想在环绕着古老皮革制造作坊周围的店铺中找到一处店铺楼上最高的天台以俯瞰有马蜂窝般染缸的作坊的游客,虽距作坊仅一墙之隔,却如相距千山万水,几乎永远无法抵达。

　　菲斯的居民接力构筑着看不见的复杂迷宫:第一个热心指路的人将把你带到最偏的店铺,登上天台下来后,让你一定得买点什么再走;第二个热心人听说了你之前的故事,许诺绝不会让你失望,他将把你带到离最高的天台近一些的店铺,同样地,在你返回时,在你正感到有所亏欠的心理状态下,开始推销商品;你明确告诉第三位带着女儿、热心指路的父亲,你已经上过了两次当,不想再出差错,他同情你的遭遇,诚实地将你径直带到最高的天台,护佑你没有任何购物负担地走出店铺,直到他提议带你转转这座城,你欣然应允,于是在无尽的迷宫中跟随他穿来钻去,最后进入他家亲戚开的玫瑰香水店。

　　绕过千山万水后,你终于回到了无处可逃的迷宫里。

　　然而,这远非菲斯的全貌。还存在着许多看不见的菲斯等着我们去发现与看见。你可知那位沿墙角踽踽而行的老盲人,不需要视力就能在这复杂的迷宫中自由行走,他心中的菲斯是何种模样?你可知那闲坐在店铺前看人流如织、经营着一家伊斯兰手工艺品小店的老板,他心中的菲斯是什么形状?你是否看见过,那些终日终年坐在卡鲁因清真寺和伊德里斯二世陵园清真寺台阶和墙角里的菲斯人,他们所经历过的喜怒哀乐、悲欢离合,心中存有的恐惧与愿望?你又可知,那位淹没在菲斯人海洋中、阿拉伯人打扮的美国人,放弃田纳西州的家、工作和所有,毅然来此定居,心中对这座城抱

菲斯老城的手工皮革鞣制工厂,以它马蜂窝般的染缸和各种香料混合的臭味而闻名

有怎样深厚的情感?

  我有幸窥见了菲斯另外的模样,其中一些存在于我的菲斯导游身上。他叫伊德里斯,在菲斯古城出生和长大,直到后来和父母一起搬去新城居住。他说,他喜欢新城公路上的汽车速度,而老城是以步行来丈量时间的;但他喜欢经常回到这里,这里总是让他眷恋,让他感到温暖,做起这份工作来也充满欢愉和自豪。在我读到的许多菲斯游记里,比如安娜亚斯·宁的日记和伊迪丝·华顿的《摩洛哥行纪》,这些以上流社会女性身份来到这里的人,都受到当地将军或朋友的邀请及庇护,这为她们的旅程搭建起一座隐形的、隔离的金钟罩;出现在她们身边的阿拉伯仆人从不说话,是背景里的装饰和沉默的存在。我想听见他们说话,想看见他们心中的菲斯,胜于透过这些尊贵游客目光的棱镜所见到的菲斯万花筒,也胜过

留在照片上的城市外貌的光影。当我把这个愿望告诉伊德里斯时,这位菲斯青年干净地笑了,彬彬有礼地答应下来。

和伊德里斯走在一起,菲斯变得多么不同啊!所有狡黠的灵魂突然藏匿得无影无踪,无数双想把钱从陌生游客口袋里骗走的无形之手也无声无息地缩了回去。光天化日之下,他带我所到之处,往日邻里、亲朋好友,无不热情呼唤他,与他握手拥抱;全城的人也都像与我熟识了很久一样,自然而友爱地对我点头示意。"伊德里斯是一个伟大的小伙子。"擦身而过的阿拉伯人头也不回地用他们那种暗号式的耳语说道。这是多么美妙的体验!然而,一旦离开他势力范围辐射半径内的孤岛,潜伏在菲斯迷宫暗处的危险动物就立即显露出真容,从四面八方向它们的猎物聚集过来,张罗好铺天盖地的大网。有一阵子,与我同行的摄影师在距离我们10米开外的地方拍照,招徕生意、要带他拍照、要给他带路的人立刻不知从何处统统冒了出来,如蝇群般嗡嗡环绕、尾随着他。他匆忙加快脚步,追赶到离伊德里斯两三米的范围内,这些人便立刻消失了。我稳稳地待在菲斯人伊德里斯的气场内,感到菲斯充满神奇的魔力。

跟随伊德里斯,我看到他曾居住过的街区。那是一个小小的不规则的广场,有一口镶着朴素的青蓝花纹瓷砖水池。从某个角度看去,广场就像一幅多点透视的三联画:左边那个通向深处的短隧道边,一个趿着凉拖鞋的男人正把盆里用过的水倾倒在干涩的路面上;两位身着鲜艳裙子、蒙着头巾的阿拉伯女人正悠闲地走过广场中央的水池;一头驮着两桶水的毛驴停在一家杂货铺前,主人兴许进了铺子去买香烟;毛驴所站立的那条小巷蜿蜒了一小段,消失在视野中——它不过是在画面的背后拐了一个急促的弯,在看不见的地方延伸下去。

菲斯的巴卜布杰罗德城门，其中一面贴着钴蓝色瓷砖，又被称为"蓝门"

就在我所站的这个地方，身后是一座四层高的砖土碉楼，只有三四层有几扇视线高度无法企及的窗户。伊德里斯告诉我，这里曾住着这个街区最富有的大家族，他们几年前全家移民去了德国，这里如今已人去楼空。德国也曾是伊德里斯年少时梦想去留学的地方。上中学时，他迷上了天文学，立志成为一位像乌鲁伯·贝格那样伟大的天文学家，就像在12～14世纪伊斯兰文明领先于世界的璀璨时代，那些最聪明的人曾经做的那样。然而，年少的梦想终究在不经意间褪色。后来，伊德里斯跟随父母搬到了新城，学习历史和外语，成为一位老城的导游。

年少时的冲动仍埋藏在伊德里斯意识的深处，成为他介绍古老的卡鲁因大学时激情的来源。伊德里斯告诉我，《古兰经》的第一个词，意为"知识"。他不止一次用阿拉伯语向我念诵起这个词，以让我能和他一样感受到，这个词的音韵里蕴藏的神秘魅力和世间万事万物的本质。他不止一次地站在学院雪松木雕刻层层堆叠的藻井下，或伫立在《古兰经》经文阿拉伯书法的阳刻前,或抚摸着精巧的手工艺瓷砖上重复、变换、循环、环环相叠相扣的伊斯兰几何图案,讲起他所归属的这个文明曾取得过的辉煌。"伊德里斯二世在这里建立了这座学院,吸引了伊斯兰世界的所有学者到菲斯来,研究经文,也研究天文、算术、建筑、地理和医学。"每当说起这句话时,他就会以演说般的语气扩大音量,以让周围熙熙攘攘的人群都成为他的听众。

伊德里斯未能成为天文学家的遗憾仅流露在闪念之间,更多的时候,是他对邻里深情的回忆。他回想起这片广场曾由邻里街坊轮流冲洗打扫,从无间断,始终保持着干净敞亮;回想起几位始终不肯随儿女搬离老城、宁愿在此终老的老人,被左邻右舍照顾得很好。他的母亲仍然保留着这里的老房子,成为她每月、每周如朝圣般必须回来探望邻居、老友和亲戚的据点。他的母亲告诉他,只有在这里的老房子里,她才能获得安宁。

菲斯,对我这样的外来者来说,充满必须警惕的陷阱,是复杂无比的迷宫,对伊德里斯却有全然不同的象征意义。他给我讲了一个童年故事。小时候的他曾趁着妈妈与邻里交谈的缝隙溜走,决意探索家和街区之外的整个菲斯世界。他欢快地跑啊跑,终于发现自己迷路了。日落天黑,他的妈妈找遍了整个街区也不见他,便动员了所有邻居,这些邻居将伊德里斯走失的消息通知了他们各自的亲朋好友,又让他们将消息继续传递下去。最后,整个菲斯老城的人都动员起来找他。很快,伊德里斯就回到了妈妈身边。伊德里斯告诉我,在他发现自己远离妈妈、独自迷路的那段时间里,丝毫不感到害怕。"我知道,最终总会有人找到我,把我送回家去。不知道为什么,在老城里我总是感到安全,直到今天也是。只要在这里,我就像身处母亲的子宫中。"

与伊德里斯同行，我开始看到一个不同的菲斯：一个想让面包坊师傅在甜面包圈里加一个鸡蛋的街坊，跑到另一个卖鸡蛋的街坊那里买来一个鸡蛋，递给面包坊师傅；一个专程来参加摩洛哥朋友婚礼的香港人，把她带来的略微肥大的旗袍送到裁缝店里改一改，主人欣然接纳；晚集上，肉店师傅把剩下的最后一条鱼和内脏留给了贫穷的邻居，包在塑料袋里悄悄递给他。我开始看到80年前安娜亚斯·宁所看到的那个菲斯，它依旧未曾改变；它戴着面纱，完完整整，无穷无尽，错综复杂，丰富无常。"我与阿拉伯人同行，为宽容的神歌唱祈祷，与他们一起蜷缩在寂静里，宁静的街道是我希望中的街道。忘却土墙后的争议与谎言，倾听铜器的敲击声，观看染布工人将丝绸浸泡在橙色染料桶里。我迷失在菲斯，重新有了对神秘未知事物的激情，对许多不明事物的激情。"

我仍记得伊德里斯带我穿过的那个喜丧店，抬新娘的雕花大轿和抬逝者的雪松木棺材都在一个店铺里。老人招呼我过去，要给我看他做棺材剩下的木屑，让我嗅一嗅它的香气，好像死亡从不是什么令人忌讳的事情。伊德里斯说，他总想象那口棺材是陪伴他走完人生最后一程的豪车，将他送往来世。"你真的相信来世吗？"我问。"我相信，"伊德里斯说，"对我来说，今生是一个实验，最终是为了去往来世。正是对来世的想象，产生了约束今生的道德。"

当我与伊德里斯一起穿越菲斯迷宫时，我才理解到：菲斯是不孤独的，是人与人紧密联结成的整体；"我"安然盛放其中，与之相互映照——菲斯即是宇宙。

（本文写作于2019年。摄影：张雷。）

撒哈拉二重奏

在我读过的许多摩洛哥游记里，柏柏尔人都只是异域景观的一个元素，没有面貌，从不说话，没有内心活动，更没有命运。他们身着民族服装，裹着各色头巾，与骆驼一起构成了漫漫黄沙中的风景。在贝托鲁奇的电影《遮蔽的天空》中，他们静默着在背景里移动，抬着棺材像幽灵般飘向远处，用听不懂的语言集体发出喧哗的噪音。而在这个爱情故事中，柏柏尔人不再是模糊的背景。

我在不同的场所和时间分别采访了文中的俞和默罕默德。途经瓦尔札札特时，我在下榻的酒店采访了默罕默德；回到北京后，我见到从上海来北京出差的俞，采访了她。他们各自讲述的声音在我听来，就如隔着时空演奏的一曲二重奏。

Ⅰ. 我是俞

我在上海生活。年轻时受流浪文学影响，骨子里渴望浪漫，向往远方。2016年9月底，摩洛哥刚对中国免签三个月，我就决定去看看撒哈拉沙漠。我那时刚离婚半年，有个10岁的女儿。也许是生活的琐碎消磨了浪漫，也许理性审慎是都市中产应有的美德，我们都知道最

俞和默罕默德

初的愿望已被消磨殆尽。我们都不愿意回到过去,但也不想去尝试新的可能。我想通过一趟旅途重新找回自己。

我到摩洛哥时,中国人去得还很少。在海上游玩时,很多当地人都跑过来跟我合影,觉得稀奇。但我也意识到,这里是一个到处都可能存在陷阱和套路的旅游地。从卡萨布兰卡到索维拉这一程,我跟的是当地旅行团,每天费用不低,但酒店档次都很低。我到酒店网上一查,每晚价格都不过200多元人民币。我对这里产生了一种不信任感。我决定从马拉喀什开始自由行,通过网站订了一家庭院式酒店,当地叫里亚德。在老城,我和另一队中国人各租了一辆SUV进入沙漠。另一辆车的司机是一个单纯又很害羞的柏柏尔青年,很少与我们说话,拍照总是躲得远远的,开车也小心翼翼,没有别的柏柏尔司机那种野性。他的名字叫默罕默德,我们叫他"小默"。

沙漠中，我们住在西班牙风情的奢华帐篷里。早晨出来跑步时，小默正在远处，我和他打了个招呼。到了菲斯，我们一行人并作一辆车，小默是留下来的司机。我们经伊芙兰到舍夫沙万，一下车就有推着手推车的人从后备箱上取行李。我不懂这里什么服务都得给小费的习惯，小默主动替我给了。在舍夫沙万跑步时，我迷失在老城墙外。正四下张望，一抬头看见出来散步的小默。他带我经过一片水池，拉我踩着一块块石头过河。我不小心滑了一下掉进水里，他过来拉我，结果两人一起掉进了水里，我们相视哈哈大笑。

下午，我想去舍夫沙万城外爬山，看山里的日落。其他两位游客都不去，小默提出陪我去。山路是碎石路，他拉着我往上走，走到半山腰，他告诉我他喜欢我，我说我也喜欢你。他想亲吻我，我推开他，告诉他"喜欢"在中文里是对朋友、亲人说的词。下山后，他一直拉着我的手穿行在舍夫沙万的迷宫小巷里。我很喜欢被人拉着走路，觉得这种感觉温情浪漫。我能感到柏柏尔人那种单纯的热情，质朴而浓烈，这是现在都市人已忘却甚至鄙视的。

可是，我内心又对这样的热情充满疑惧和顾虑：我们的文化、思想观念、教育背景完全不同，怎么可能在一起？这可能只是一次旅途中的火花，一闪耀就熄灭了。其实，在我内心深处里，他是个来自沙漠的没有见识的柏柏尔人。他那时35岁，还从未离开过摩洛哥，连飞机都没有坐过。我猜测，他喜欢我大概是因为他从没见过中国女人，有很强烈的新鲜感，特别是在摩洛哥当地女性都戴头巾、穿长袍，很神秘的情况下。我以前听说过，也见到过，摩洛哥男生对中国和欧洲女人骗钱骗色的故事。手段大部分是先说喜欢，然后找各种理由要钱，包括生病需要治疗费。一开始，我对小默存有防范之心。摩洛哥贫富

从舍夫沙万附近山上俯瞰的夜景

差距太大,贫则乱,不是一个信用很强的地方。

晚上我们一行人看星星,我一直不说话。回卡萨布兰卡的路上,他也一路沉默着。分手的时候,我告诉他,我们不合适,我有一个10岁的女儿,在上海有舒适的生活,这些是他给不了的。他说,他可以去欧洲或中国打工,"我会给你舒适的生活的"。我仍觉得不现实,但也不忍心伤害他,就给他留了我的手机号、微信号和邮箱。在卡萨布兰卡分别后,我去了西班牙。

Ⅱ. 我是默罕默德

37岁时,我第一次坐飞机。我从瓦尔扎扎特飞到卡萨布兰卡,再从那里飞到突尼斯,和俞见面。飞机起飞时,说实话,我感到有些害怕。我从未想过会有一天要去突尼斯，但我愿意为了爱情飞得更远。

我的故乡是距离大撒哈拉10公里的柏柏尔村庄嘉比（Rgabi），我在那里长大。住在村庄里的柏柏尔人属于穷柏柏尔人，富裕的柏柏尔人有成群的骆驼和羊，他们在沙漠中游牧，住在沙漠帐篷里，那是不定居的村庄。16岁时，我不想继续在村庄里那所乏味的宗教学校上学，就辍学进城打工。第一个地方是卡萨布兰卡，后来又先后在拉巴特、菲斯待过，做过油漆工人、装修工人，当过出租车司机。然后我回到家乡，在一个旅游公司当司机和导游。这一切我都适应得很轻松。在柏柏尔人的历史上，我们这片土地先是被阿拉伯人占领，然后分别被西班牙、法国殖民者占领，但我们都能生存下来。现在许多柏柏尔人都从事旅游业。比如，现在我们所在的这个地方，正倒茶的是我远房叔叔，刚才酒店大堂的前台则是我家过去的邻居。

在城里打工的经历让我很快体会到世态炎凉。阿拉伯文化在看不见的地方其实相当势利，人们按照你的穿着、财富和地位来对待你。像我这样的城市贫民，对这种耻辱感体会得尤为深刻，我无数次被那种忽略的目光打量过。柏柏尔人有自己的文化，虽然阿拉伯人已经来了数百年，但我们与阿拉伯文化仍然不同。阿拉伯人把伊斯兰教带给了我们，他们也成为这个国家政治上的领导人。我们和他们相安无事地生活，就像我们和所有外来者都可以共处一样。但我们的内心从未完全认同过另一种文化，也清楚地知道哪些是强加给我们的说辞，并默然处之。摩洛哥是个很自由的地方，很多在伊斯兰国家要遵守的清规戒律，在这里都不强制遵守。我们都知道，阿拉伯世界的王公贵族，在如阿加迪尔这样的地方修建宫殿般豪华的私人宅邸，过着极其奢华的生活。我们也知道，他们如何像对待奴隶一样使唤佣人——我

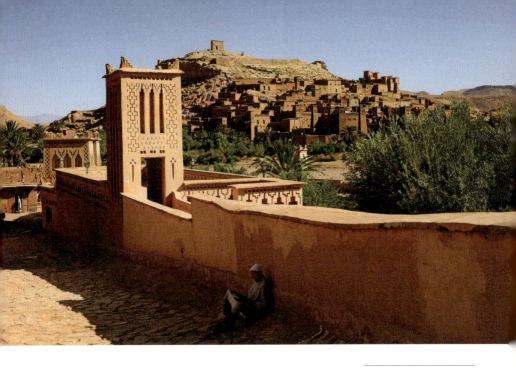

瓦尔扎扎特,摩洛哥柏柏尔人古村落,阿伊特本哈杜村坐落在阿特拉斯山脉中,是诸多好莱坞大片的取景地

们看不到,但我们心里都知道。

　　以前,我主要给欧洲和美国来的游客当导游。法国和德国旅行者喜欢七日沙漠游,进入沙漠深处。这是危险的,毫不浪漫。它真正的恐怖之处在于:你会彻底失去方向感。只要你走出帐篷一段路,就再也找不到回去的路,而帐篷中的人也再也找不到你。你四下里寻找,却只会越走越迷失,然后失踪在那里。对在沙漠里游牧的柏柏尔人来说,隔三岔五有人死亡,至今仍不是值得惊奇的事。对这些游客来说,我的职责之一,就是允许他们仅走出距帐篷很短的距离,让他们保持在我的视线范围内,保证将他们带回帐篷。

　　我喜欢俞,从她看我的眼神和跟我说话开始。从来没有一个人像她这样,毫无差别地打量我,根本不介意我只是个身无分文的穷人。我英语不太好,有时不一定能表达我想表达的意思,她却总鼓励我,和她说话。那次离开摩洛哥后,她去了西班牙。我换了个手机,装了微信,买了张国际长途电话卡,每天给她打电话。这是我人生最重要的转折。

后来,俞陆续介绍了一些中国人的旅行团来摩洛哥,我也不再做欧美团,开始专门做中国团。我算是最早开始做中国团的摩洛哥人。我慢慢熟悉了中国游客的偏好。和欧美人相比,他们比较重视吃和住得舒适,在沙漠停留的时间短,主要是观光。我总是努力寻找最好的酒店和帐篷让他们满意。不到一年时间,我们的旅游公司就做起来了。

III. 旅途

到了西班牙以后,默罕默德给我打国际长途,每天说上一会儿话。以他每个月200欧元的微薄收入,这是一笔大开销,我知道他很不容易。摩洛哥是一个贫富差距很大的国家,没有中产阶级。国王有金矿和酒店,保险业属于他的部长,但除了他们,普通人的收入基本都是一个月200~300欧元,不会有谁通过努力就能挣得特别多。这也让许多摩洛哥人有一种很强的宿命感:如果一元钱够了,就把它当作是他的一份,绝不会为了获得两元钱而努力。而当地做得好的里亚德、餐厅和沙漠中的帐篷,基本都是欧美人投资,或与当地人合资的,很少有当地人独立经营。

有一天,我在电话里告诉小默,我还没去过西撒哈拉,看我喜欢的作家三毛的故居。他说,你等两个月再来,我现在有200欧,等到我攒够了500欧,我就可以带你去了。回上海后,我被人拉进一个非洲旅游群。大家都在吐槽一路被拉着购物、住得不好这些糟糕体验。我把我住的酒店和帐篷照片发到群里,大家来问我价格。我就把我实际的价格加了200欧告诉来问的人,让他们找小默带团。他在当地有人缘,第一个月拉了4个团,赚了700多欧。我希望他有机会赚钱,这样就能平等和我对话了。等他赚够了钱,12月,我们一起去了三毛故居。

我还记得那天他在卡萨布兰卡机场接我,带来一束鲜花,像个傻子似的等在那里的样子。那次我们去了马拉喀什,在那里住了一晚,然后去了他在瓦尔扎扎特城边的家。他的家有三层楼,贴满了伊斯兰风格的瓷砖。他妈妈端来烤鸡、超大水果盘招待我。可是水果才刚端上来,他就拉起我的手走了,说他害羞,还从没带过女孩子回家。

12月30日,我们到了大撒哈拉沙漠。一路上,我觉得自己就像被捧在手心里的稀世珍宝。如果他把我单独留在酒店里暂时出去,他一定要检查好门窗,回来时一进门就会喊着我的名字急切地找我。斋月时,我鼓励他吃些东西。我告诉他,个人的选择比任何教义都更重要。我们途经塔尔法亚,开了20多个小时的车,到达三毛故居,找到了那个已经住进了人家的房子。找的过程千辛万苦,虽然它是那么普通,但站在简陋的露台上时,我对终于知道它在哪里而感到很兴奋,心想,以后我还能再来。之后,我们又连夜开车到了阿加迪尔。这里是一个冲浪胜地,有很多游艇俱乐部,也是富人聚居的地方。晚上我们在海边散步时,小默说,他过去从来没有这样快乐过,这是他生命中最好的日子。

这次旅途后,小默在摩洛哥的生意越来越旺,团越接越多。我开始以为他是一个简单、层次不高的傻男孩,喜欢一个女孩只懂得全身心投入。慢慢我发现,他有了人生规划,变得很上进。他提出要买一辆普拉多,然后是第二辆、第三辆、第四辆。买到第四辆时,他就不再买了。他认为车辆过多,保险和维修的成本太高,而且旺季需要借助其他供应商的车辆,他需要在平时了解这些供应商的司机。2017年9月我去摩洛哥过生日,正值旺季。我看到小默在酒店外指挥调度五辆从供应商那里借来的车。他不需要借用任何笔记,对每个司机和每辆车的情况都了如指掌。他对中国来的游客团很尽心,力求服务完美。我慢慢发现,虽然从沙漠里来,但其实他是一个不贪财图利、尊重他人、彬彬有礼、很有教养的人。不过有时他会说,中国游客大多只知道住什么酒店、吃什么餐厅,不知道该怎么玩,也不懂得说"谢谢"。

2017年5月,我去英国出差,然后去突尼斯和他会合。这是他第一次坐飞机,他说,他想陪我去任何我想去的地方,再远都可以。他说的没错。2018年6月,随着他的存款积累越来越多,他飞来了上海看我,梦想一个个都成真了。他以前对我说,与其在别人的宫殿里哭泣,不如坐在骆驼背上流浪。现在他说,如果失去我,他就回到沙漠骑骆驼。

有一次,他拿到一笔2万欧元的旅游基金,说不方便带上路,要放到一个当地人都信得过的律师朋友那儿。我们连夜开车去他朋友家。我在夜色中看他走进一套公寓,然后走出来,我心里惴惴不安,不清楚他这笔钱是否还能拿得回来。行程结束后,他顺利拿回了钱。他从一个穷小伙,变成了一个在当地拥有三家旅游公司的小老板,我看到了他朋友圈层的变化。

2019年,随着业务继续扩大,我们决定买一片地,自建酒店。小默说,他要造瓦尔扎扎特最好的酒店,要让所有人走进来都会惊叹。瓦尔扎扎特小镇是通往撒哈拉沙漠的必经之地,也是非洲好莱坞电影城所在地。无论是前往常规景点梅尔祖卡，还是通往小众的尔格查嘉嘉（Ergchigaga）大撒哈拉，都要在这里停驻。我们买了4000多平方米的地。里亚德从开土动工到现在接近完工，我只去过两次，其中一次是买地的时候。之后小默再没带我去过，也不让我再去摩洛哥。他说，建造的过程中满是尘土，还是要等造好之后再给我一个惊喜。从那以后，都是他来上海看我了。他在中国发现一家酒店的名字里有YU，虽不懂中文，他却发现原来我的姓还可以这么用，如获至宝。其实那是佘山索菲特中餐厅御宝轩的英文名字，他并不知道。回去以后，他就把酒店名字注册为"YU Palace"。

我身边的所有人都认为我会上当受骗。但我想，如果没有小默，也不会有今天这份摩洛哥的事业。赚来的这些钱就算都给他又怎么样？对我来说，这就是一份无意的财富。他如果骗了我，我不会为失去这份财富而伤心，但我想我会为小默感到悲哀。

IV. 建造一座房子

我以前比较懒散，休息下来就在家看电视。摩洛哥人信奉知足常乐，总体很认命。但是，现在我的生活非常忙碌，每天电话不断，旺季也没有休息。

只要不出团，我就把所有精力都投入到建造房子上。它在阿特拉斯山脚下，雪山融化恰好在这里形成一个天然河谷。水不算清澈，但在沙漠中能听到水流声，就已经很有诗意了。酒店旁有一个柏柏尔城堡，其他两面环山。我只设计了12个房间，都是朝南的景观房。我给它取名为"YU Palace"，以俞的名字来命名这座酒店。

酒店所有瓷砖都是在菲斯古城的老手工基地做的，也专门从菲斯请来工匠，做大堂的雕花柱和天花板。菲斯的手工艺是摩洛哥最精细的。它对游客来说可能是个充满陷阱的迷宫，但对当地人来说，这里有另一套运行法则。摩洛哥是一个关系型社会，办事喜欢找朋友托关系，朋友之间重情义，也很可靠。如果你的口碑好，所有人都愿意帮你；但一旦坏了口碑，就没有人再愿意跟你合作。柏柏尔人也更愿意和柏柏尔人合作。我买东西、找工匠都有朋友帮忙，也能通过朋友获得好的价格和质量。我们与酒店、帐篷之间的账目往来从来都按期结算，这样，他们旺季都愿意给我们留房间。公司里有好几位领队，之前欧洲人看他们穷，就买了车送给他们；我把他们的车辆正规化，给他们办好了执照保险。还有位人很好的领队结婚缺钱，我借了500欧给他，邀请他来公司工作，所以他对这里很忠诚。

摩洛哥银行都是按照迪拉姆结算，汇率损失大。我们当地人更愿意把大笔的款项放到一位信得过的律师那里，让他保管。摩洛哥人相互之间谈妥的事，不需要白纸黑字，也会当成契约去执行。

这座酒店的设计很多是我和俞共同的想法，她的奇思妙想很多。酒店有20多层台阶，到晚上要点亮一排烛光小灯，像走入一个梦幻世界。酒店设计了4层，顶层是宽阔的露台，做露天餐厅和观星大平台。二层是12个大房间，每个房间都有巨大的阳台，一层是阿拉伯风情的大堂和餐厅，地下一层是厨房和酒窖。把酒窖和厨房放在地下一层，是为了避免厨房的油烟气影响客人。为了让厨房有足够好的采光，我前期把整体地面都垫高了，专门砌了4米高的围墙。

俞喜欢天然石头，我就把每个房间的背景墙都贴上石头，每个房间都选择不同颜色的石头。她说阿拉伯建筑很美，但窗户太小显得

正在马拉喀什马约尔花园里打卡拍照的各国游客,这里已经成为"网红景点"

压抑,我就把每个房间都做成宽敞的落地窗。她发来在德国旅行时窗台开满鲜花的酒店照片,我就为每个房间都设计了可以种很多鲜花的大阳台。她在美国旅行时看到酒店的壁炉漂亮,我也打算在酒店大堂造一个壁炉。她在新加坡的酒店泡无边泳池,我就计划着要在酒店造一个无边泳池,而且人不会太多,很安静。她喜欢花,我就买了30棵椰枣树和430株三角梅种在酒店里。她的女儿喜欢动物,我就养了三只狗、一只猫,酒店开张后还可以养天鹅。她喜欢绿色,我就把酒店的大门漆成了绿色。

这座房子建造了两年,正一步步成型。到它建成时,我会向俞求婚吗?我想,那时应该是她要嫁给我吧。

(本文写作于2019年。摄影:张雷。)

马拉喀什的幻梦

Ⅰ.一个叫迈赫迪的人

我到马拉喀什来找一个叫迈赫迪的人。在卡萨布兰卡的里弗赫书店（Librairie Livre），我遇到这个名字。那是一本关于摩洛哥的厚书，封面是一扇朝丹吉尔海港打开的窗户，室内的幽暗对比着室外海天一色温柔的湛蓝，就像马蒂斯在丹吉尔的法国别墅酒店所作的那幅画。我打开这本书，许多大幅的油画图片和人物肖像照随翻动的书页滑过视线，一些我熟悉得能叫出名字来：德拉克洛瓦，亨利·马蒂斯，写《纯真年代》的伊迪斯·华顿，写《小王子》的圣-埃克苏佩里，拍《后窗》的导演希区柯克……而他们竟都与摩洛哥有某种关联。

这本叫作《他们的摩洛哥》的大书，猝然间把我与这个说阿拉伯语和法语的国家以全然不同的方式联系起来：透过这一层棱镜，迷失于陌生语言的原始热带丛林的我，辨识出一些迷宫般的小径。我抱着一些谨小慎微的警惕，在这些或许通向东方主义的小径里漫游。直到我注意到作者的名字：迈赫迪。凭名字判断，他应该是阿拉伯人。

见面前我们有过几次邮件往来：收到我的第一封信后，他立即回信热情洋溢地盛赞中国是伟大的文明国家，提议让我去他在老城中心的家中吃午餐，然后带我逛博物馆；我避开这份热情，回复了我的旅行时间安排，提议了见面时间；过了好几天，他才回复了一封显然热情已熄灭的短信，语气冷淡，告诉我他现在开始忙了，恐无法招待我

在马拉喀什定居 20 多年的法国画家和作家迈赫迪·格兰库尔

马拉喀什古城街头

去他家,只能在博物馆简短聊聊。我开始感到与他能否见面、以何种形式见面变得不可捉摸,唯恐仍将有变数。这让我更确信不疑他是阿拉伯人。

于是,在马拉喀什不休眠的吉德玛广场,我坐上一辆小电动三轮车,去找迈赫迪。博物馆在老城深处,数千条小街窄巷布下迷宫阵,没有人相信我仅凭手持的地图能在太阳落山前找到那里,只有仰仗小三轮车。它如一叶轻舟,荡漾进古老黏土城墙内细细弯弯的"河道"中。热热闹闹城的毛孔透过紧贴着它们而过的车窗在我眼前放大得格外清晰:裁缝在小作坊里垂着头发呆,金器店的老手工艺人坐在铺子前等生意,三个孩子争先恐后地抢着想捧一捧一只毛发刚被染成五颜六色的小鸡,三五成群的街坊围站在点心店外一边喝薄荷茶一边等着烤面包出炉,卖当地音乐碟的音响店放着摩洛哥风情的欢快民族音乐……缤纷斑斓的色彩汇成一条不断嬗变的河流

第六章 旅人,在摩洛哥

从轻舟的船舱外淌过,那是斑驳的红墙,尖头凉拖鞋的绘饰,阿拉伯纱裙上的刺绣,坊间画家画作的颜料,手工艺品上的伊斯兰繁复装饰,还有藏红花、姜黄根、肉桂,以及椰枣、油橄榄、车厘子的色彩汇集而成的河流。

这叶轻舟就这样在蜿蜒的河道中前行。有时我疑心它就要撞上迎面而来的两排距离只一臂宽的店铺,它却轻盈地从中间穿梭而过;有时它在看不到方向的尽头猛地一拐弯,一条深不见底的长廊又豁然出现在眼前。摇曳辗转、移步换景间,我恍惚身处一艘威尼斯的贡多拉上,只不过两侧的中世纪城墙更加生机勃勃,如穿越一条连续放映着电影纪录片的影廊。

小舟在一个小广场停泊,博物馆就在广场边。就在我穿过拱形的门廊之时,迈赫迪在或不在那里如约等我,仍是一件不确定的事。直到我看见正坐在前庭凉棚下等待的迈赫迪站起身来。他很瘦,身着白衣愈加飘逸。我无法辨别他的年龄,但我猜想他岁数已很大:通过他的书,我知道他曾与很多故去的老人有过交道,其中包括把马拉喀什视为第二故乡的法国设计师伊夫·圣罗兰,以及曾拍过电影《摩洛哥》的美籍德裔女星玛琳·黛德丽。

他悠然开口说道:"这座博物馆是我在马拉喀什的第二个家。20多年来,我看着它一步步成型,变成今天这个样子。"他说不出来哪里奇怪的表达方式让我疑心,他会不会就是这里场所精灵的化身,整天居住徘徊于此。但他并未带我进博物馆,而是意外地提议道:"现在,我带你去看一个惊喜。那是个游人几乎无法看到的隐秘之地。"

迈赫迪·格兰库尔作品：《阿加迪尔印象》，向德拉克洛瓦致敬的《摩洛哥的犹太人婚礼》

II. 天台上

我跟随他穿过广场,钻入老城小巷中。脚下不平整的石板道沿着不断改变方向的土黄色斑驳城墙七弯八拐。穿行在这样的迷宫中,你永远不知道下一步将迈向何方,渐渐也就忘记自己置身何处。透视空间在这里消失了,远与近不再有分别,也不再有明确的前方。这里只有一个个拱形门廊,把人带入镜像深处。在这里,每一个下一步都蕴含着无限可能,迷路就如置身浩瀚无垠的宇宙中,有一种诗意。

依稀的尘土飞扬在燥热的阳光中。老城中心的宗教学院正在修缮,脚手架将它严严实实包裹起来。几位当地工人正站在阴影下歇凉,慵懒地打量着过往的行人。我能看到他们其中一些人额头上青紫色的瘀痕,在我看不到的日常里,他们在清真寺虔诚地叩头祈祷,在傍晚随着晚祷的歌声唱和,与城中其他人的声音汇聚成能把人托起的声浪,老城内在的精神力量于此时显现。

在这铺满曲径的城市中,偶尔会出人意料地出现一些微型广场,微小得仅够放下几盆花,或是容纳一个朴素的小喷泉。这些广场并非出自任何设计意图,而诞生于那些无统一规划、任意蜿蜒的小径在此处无意的相遇。它们偶然汇聚于此,便各自停驻下来,围合成一个个广场。这些广场是无处不在的惊喜,是我愉悦的源泉,这种愉悦恰恰源自纯粹的偶然性。

我们就这样在斑驳土墙构成的迷宫内穿行了一段时间,直至走入一条笔直铺开了三四十来米的小巷。站在巷子正中,迈赫迪伸开双臂就可触碰到两侧的赭红老墙。巷子尽头有一扇并不特别的雪松木雕花门,与这条巷子,乃至整座老城对着街道开闭的其他所有门几乎没有区别。

他在这扇门前停下来,说道:"我有一个惊喜。"

我仰起头来,想寻找关于那个等待着我的惊喜的蛛丝马迹。这是我第一次意识到,在这些开着无数个相似的门的城墙上,竟没有哪怕一扇窗,也就没有哪怕一个露出的阳台或一盆养在阳台上的花,传达出哪怕一点点高墙内的信息。这些墙不仅构成深不可测的迷宫,也围合着墙内秘不可见的深闺禁苑。

门开了。我看到一条短短的廊道,就像所有老城里半掩的门里露出的极小一隅一样——有的则是一段楼梯的起始,可楼梯在三五步台阶之内就一个九十度拐弯消失在墙后。两辆自行车漆成鲜艳的黄色与蓝色,放在一眼能望见底的直角拐弯白墙角处。拐过那个直角,我进入一条细窄的长廊,那条长廊在一道拱门的尽头处,把我带入一个回字形庭院的巨大中庭花园中。我就像一脚跌入一个很深的梦境中。为了证明我仍在现实中,我径直跑向那棵挂满橙色果实的橘子树,捏了捏橘子,柔软而有弹性,如此真实的质地。迈赫迪笑了,"那是用于观赏的橘子,味道一点都不甜的"。

然后,我们穿过一段如老城里起起伏伏不规则山路的石阶,来到四层楼顶空旷的天台上。迈赫迪给我讲了一个故事。在一位十来岁少年的一个梦中,一位阿拉伯人向他走来,以"迈赫迪"这个名字呼唤他,告诉他,他将前往一个城市,那里有棕榈树、喷水池、空气与火。这座或许并不存在的无名之城萦绕着他,为了寻找它,他不断旅行。直到有一天,他来到阿特拉斯山角的一座绿洲之城。山脉阻隔了南部撒哈拉沙漠的酷热,使得这里四季如温和的初夏。

他来到老城的一扇门前。向导告诉他,如果他愿意,可以推开门进去看看:房子的主人,一位卸任下来不再富有的当地官员,有意出售这幢房子。这幢房子对街的那面墙内是这位退休官员的另一幢住宅,他们一家还住在那里。

门开了,他看到一条一眼便望到尽头的小径。如若只是从门前经过,所能看到的便只是这条狭窄短径尽头的白墙一角。然而,在小径尽头的直角拐弯处,他走进一条狭长的门廊,穿过两扇如镜像叠影的一模一样的门,然后看到一道顶部是弧形轮廓的门。一片花园出其不意地出现在门框内,那扇门于是变成了一扇弧形的窗,向他打开另一个世界。四棵十来米高的棕榈树立在花园四角,对角线的两棵橘子树上挂满了果实,清新的浅橙色在这个色彩明艳的日光之城中有种娴静淡雅的味道。花园正中是一口八边形的喷水池,池边镶满青色与蓝色混合的规整几何图案瓷砖,呈现着繁复的伊斯兰风情。时不时有经过的麻雀停下来,从池中饮水。

他仰头望向中庭上方的天空,纯净无瑕的一方蓝天中有几缕云彩飘过,他从未感到空气如此柔和宜人。庭院四面围合着四层高的楼,下面三层每一层都有环绕一圈的宽敞走廊,装饰着雕花廊柱和绿色琉璃瓦,以及数不过来的房间。最高一层则向天空敞开,是平整开阔的露台,可以眺望整座城市的天际线:无数高低、大小不一却形状相似的露台鳞次栉比,如海浪般连续,白色卫星电视锅灶和晾晒的衣服一览无余;露台组成的起伏平面之上,矗立着清真寺高大的宣礼塔、许多挺拔的棕榈树和几棵茂密的柏树。

他进入的第一间房,是底层楼生火做饭的厨房。那是一个白色墙面凸凹不平的朴素房间,却有一个大灶台和三层楼高的烟囱,可以把

红色的马拉喀什，层层拱门营造出梦境

烤肉和炖锅的热气和烟气排散出去。他意识到，棕榈树、喷水池、空气与火已按照他梦中的顺序依次出现：这原来就是他要找的城市，这座城市的名字叫马拉喀什。他就买下这幢房子，留在了这里，就像许多来到马拉喀什便决定留下来定居的人一样。

说话间，一只黑猫正在天台边缘游走，轻盈地跳跃于高低错落的围墙间。它停下来看了我们好一会儿，然后继续闲逛开，旁若无人的样子，好像我们不过是这里的访客，而它才是真正的主人。黄昏的阳光从我们背后照射过来，静默着停在脸上，一些调皮一点的光线跳跃在他眼睛里。天台上那盆仙人掌花已开了一天，现在正慢慢合上粉红色的花瓣，沉入它的梦乡。

"'迈赫迪'原来是你在梦中被赐予的名字？"我有些惊讶。

"我是法国人。我来自法国北部的一个古老家族,叫格兰库尔(Graincourt)。在巴黎,我住在歌剧院附近。"

他抚摸着一片像化石般嵌入岩石的青苔,它们的颜色已风化成黯淡的浅绿。一位植物学家告诉他,不要去动那些天然长成的东西,任由它们生长、死亡和消亡。他便小心翼翼,不去碰它们。他指向仅一街之隔的马拉喀什博物馆,用词语和句子召唤出内部逝去的情景:"整座博物馆曾是一位将军的宅邸。博物馆里的画廊是原来用作厨房的那一部分侧翼。画廊的门仍是过去的门,已有些脱落的绿色漆料下,雪松老去的纹理如暴露的青筋和细密的皱纹,断裂处缝隙里散布着死亡的气息。但它让人感到亲切和真实,它低语着隐形于此地过往的印迹:那些端着锅碗瓢盆、在这里进进出出的非洲女佣忙碌的身影,还有她们在夏天炉火的热气中渗出的淡淡汗液味。"正是在那个画廊里,他以摩洛哥为主题的一系列油画作为博物馆开幕后的第一个展览被陈列出来。

如今的庭院空荡荡,只剩下他独自居住。他的两个孩子都曾在这里学会走路,他从天台上俯瞰回廊和花园,仿佛还能看到他们蹒跚学步的小小身影。他们如今都上了大学,在法国或世界其他任何一个地方游历。三层那个沿着回廊一直延伸、长得看不到头的房间里,是他最亲爱的姨妈终老的场所——自他从小失去母亲,由姨妈抚养长大。她在这里也住了20年,在生命晚期,她完全无法自理,只能靠迈赫迪一口一口喂饭。但那些时光是令人感怀的。自姨妈故去,他把她的骨灰埋在花园的棕榈树下,她的灵魂好像还游走于庭院的各个房间和上空。

这里最热闹的时候,他们曾喜欢在这个天台上吃早餐,摩洛哥

马拉喀什的夜晚

式的烙饼、新鲜果酱和薄荷茶,或者法式煎蛋、可颂面包与奶酪。每到这时,小小的麻雀总会跑来,在餐桌上静静等待,无声地索要它们的面包屑。他时常会想起希区柯克的电影《群鸟》——希区柯克正是从这些摩洛哥的麻雀身上,获得了这部电影的灵感。

这个天台也记录着对他来说难忘的夜晚。

他说:"我12岁时就认识了我的妻子,我们那时都是少年。我们已经认识了很多年。她在突尼斯长大,对阿拉伯世界熟悉又迷恋,她很快也爱上了摩洛哥,爱上了这里友好的氛围和阿拉伯式的生活方式。后来她成为一位女高音歌唱家,有天使一般的声音。20多年前,我们搬进这里时,马拉喀什的夜晚还没有路灯。夜晚的模样不是万家灯火的海,而是静谧漆黑的。有一天晚上,我们在天台上喝茶乘凉,她兴起而歌。歌声飘荡在老城夜空中,天台之外的所有地方好像都突然寂静下来,侧耳倾听她的歌声。她用法语、意大利语、阿拉伯语和意第绪语一首歌接着一首歌地唱。我们点着的烛盏照亮天台,这里就如一个飘荡于空中的舞台。第二天,所有邻居都认识了我们。他们夸奖她是一位人间天使。"

人的一生会有多少个夜晚终生难忘,成为你不可分离的一部分?也许不超过20个,或者50个。这个夜晚就是这样一个永恒的夜晚,它如老城的小径,也如一千零一夜的传说,意味着趋于无尽。

Ⅲ. 胡桃树影下

那个十来岁做梦的少年当时正在巴黎上大学,读心理分析。大学里,其他人都选择了学弗洛伊德的心理学,他是唯一选择学卡尔·荣格的人。其实,那次旅行并非他第一次来到马拉喀什。他出生在非洲中部的布基纳法索。与摩洛哥一样,布基纳法索也曾是法属殖民地。他常随父母到摩洛哥度假,每次都住在吉德玛广场上著名的La Manounia酒店里,在马拉喀什度过了许多无忧无虑的童年假期。也许正是从那些无意识的童年回忆中,诞生了那个萦绕着他,并指引他回到马拉喀什的梦。

更有可能,是一种血缘的呼唤。他的家族与马拉喀什的联系实际已有一百多年,这要从他的祖母辈说起。迈赫迪接着又讲了一个故事,这个故事关于一个胡桃树影下的梦。

距马拉喀什60公里远的地方,有一片叫作欧里卡的山谷。这片山谷位于阿特拉斯山脉的丘陵地带,郁郁葱葱,到处是草地覆盖的山坡和戏剧性的悬崖，也是柏柏尔人的聚居地。盛夏初秋，马拉喀什变得酷热的时候，迈赫迪喜欢到欧里卡小住。他的祖父母在俯瞰河谷的丘陵高地上有一幢老房子，葡萄藤爬满了每一面墙，也穿过玻璃窗的玻璃细缝蔓延进房间里，几乎吞噬了一切。迈赫迪最喜欢这里的9月，苹果园中的苹果树被沉甸甸的果实压弯了腰，漫山遍野露水闪烁的草地让人想在里面躺卧打滚。

山谷里还有一种树，叫胡桃树。它们有茂密的枝叶，浓厚的树荫下是夏天最清凉的一隅。然而，在那阴凉处，也隐藏着危险与背叛。

迈赫迪的胡子里带一点红色。在他的整个家族中，有一位他从未谋面的长辈也有这种颜色的毛发，也就是他的姨祖母玛尔特，祖母伊冯的妹妹。每到欧里卡度假，他就听说一些关于玛尔特的故事，其中一个就与胡桃树下的阴影有关。

许多年前，他的家族还聚居在拉巴特的时候，玛尔特曾与一位摩洛哥小伙子秘密恋爱。这位小伙子是一位摩洛哥外交官的儿子，他的父亲是伊冯父亲的朋友。小伙子住在菲斯，只与玛尔特见过四次面，却不断用黑色的印度墨水和漂亮的阿拉伯书法给玛尔特写来长信。他向她讲述菲斯古城的无尽迷宫、宗教学院的宁静神圣，还有伊斯兰的深邃神秘，想象着他们一起去法国旅行，在小教堂结婚，她或许会因他转信伊斯兰教，戴上面纱，一起抚养大九个孩子。

有一天，整个大家庭要离开拉巴特，途经马拉喀什，前往欧里卡的老房子避暑。就在他们动身那天，邮递员送来了玛尔特秘密恋人的书信。但他犯了一个错误，把那封信交给了伊冯。伊冯是个爱捉弄人的调皮女孩，怎么都不肯把信还给玛尔特，无论她怎么央求都不行。伊冯还大笑着宣布，要当着玛尔特的面把信拆开，然后把信中的内容读给所有人听,"让他们都知道,你的情人原来是一个摩洛哥人!"玛尔特气得让她闭嘴,伊冯却不依不饶地说:"你感到羞耻,对不对?你明明已经到了恋爱的年龄。如果你真的够爱他,你就该自己向所有人宣布!"

第二天中午,一家人到达欧里卡,在河边的苹果园里野餐。午餐后,玛尔特在一棵胡桃树下休息。她继续央求伊冯把情书还给她,伊冯答应,午睡后给她。其他姐妹来约她们去河里游泳,伊冯答应了,玛尔特则说她想独自留下来。趁着伊冯去游泳,玛尔特从她脱下的衣服中取出了那封藏着的情书。她拿到那封信,却激动得没有力气打开它:这封信已在途中旅行了八天,她不介意再等上一小会儿。她把那封未拆封的信贴在胸前,睡着了。

待到夜晚上灯时分,人们发现,玛尔特失踪了。他们在苹果园四处寻找,待到他们发现玛尔特时,她正睡在胡桃树下,嘴角泛起浅浅的笑。她周身笼罩着一层光晕,也许是落日的余晖,也许是那条宽广河流粼粼波光的投影。她靠着胡桃树的树干坐着,齐腰的卷发散落胸前,手里还握着那封信。人们很快发现,她已停止了呼吸——她在梦中去世了。那封从未拆封的情书,一周后随着她一同下葬。

一年以后,伊冯嫁给了那位写情书的摩洛哥青年。他就是迈赫迪的祖父。那是1920年,第一次世界大战刚结束不久的短暂和平时期。成千上万的欧洲城市和农村青年在那场残酷的大战中殒命,远在摩洛哥的迈赫迪一家远离了欧洲战场的深重伤害。那一年,战后的生活热情逐渐恢复,摩洛哥反对法国和西班牙占领的独立运动也开始了。它汇入世界其他地区的反殖民斗争潮流,一直持续到第二次世界大战结束之后。

Ⅳ．又一个幽梦

黑猫如幽灵般再次出现在天台上。它趴在对面的墙垣上，慵懒地半眯着眼睛，似乎沉醉在一段回忆中。它身后的不远处，从一片看不见的阿拉伯庭院中，伸展出一棵笔直参天的丝柏树，冲破老城的天际线，如一团燃烧的墨绿色火焰，翻卷缠绕的枝叶像极了凡·高的画。

"那里住着我的一位朋友。在马拉喀什的时候，他有时会来我家，在二楼那间书房兼画室里聊他对文学、音乐和艺术的看法。他的名字叫芦丹氏（Serge Lutens），是一位香水设计师。20多年间，在马拉喀什老城陆续买下56座彼此相连的房子，他将它们打通，建成了一座隐秘的私人宅邸。最近他又入手了6套，这座宅邸还在不断生长中。"

迈赫迪有些神秘地说："几乎还从未有公众看到过里面的样子。但今天，我还有一个惊喜。"

这些惊喜就像那些看似无路可走的老城小街在其尽头为我展示的豁然开朗的别样风景一样，处处是无所期待之时的柳暗花明。于是，我又跟随他来到老城中一道向两边打开的厚重雕花铁门前，两扇门上各有一个铜制门环。它比其他的门仅阔绰一点，若我独自从这有些风尘仆仆的老城墙下走过，想必绝不会多留意它一眼。

门开了一道缝。一位西装革履的非洲人守卫将我们迎进去，那条缝立即在身后合上了。虽有一扇日式屏风立在门前，但屏风之后遮掩不住的极度繁复细密精致的几何浮雕或镂空伊斯兰图案，从天花板上、墙上铺天盖地地向我涌来，将我席卷进它的汹涌旋涡中。我已无心品尝身着阿拉伯长袍的男佣用托盘端来的蜜枣和牛奶，只想着走入屏风之后，一睹"天园"奇境的全貌。

屏风之后是空旷的前厅。雕刻着交叠错落迷宫图案的大理石墙面与镂空雪松木雕饰,清一色的深琥珀色,这连绵的暗色调创造了幽暗的氛围,门外的艳阳天消失得无影无踪,所有地方都使用了暗灯照明。可以想象,数十上百人云集站立于此,交谈寒暄,但并不停留坐卧的情景。前厅两侧有几间私密的小休息室,像阿拉伯式客厅那样,沿三面墙铺满了长沙发。我们刚在一间小休息室落座,传说中的芦丹氏突然出现在门口。他站在更深的阴影中,如阿拉丁神灯召唤出的幻影,矍铄挺拔,着西装领带,手执这个隐秘王国的权杖,用极有威望的语气欢迎我们到来。他回忆起40多年前他与可可·香奈儿访问中国的往事。在旷如原野的大厅,远处传来的回声与他的声音混响着,让我感到很不真切,恍然如梦。

他请出跟随了他40多年的非洲人助手,把我们带入一万多平方米的复杂迷宫中。我只记得穿过一条又一条的走廊,走入一个接一个完全不同的华丽房间和一个又一个不同庭院后那种眩晕的感觉。我已无法分清我进入这些数不清的房间的顺序,只有许多无序的印象留存在脑中:用柏柏尔人的文字设计成的立体几何镂空铜灯,成百上千幅以蒙面或身着军装的阿拉伯人、柏柏尔人为主题的油画,黑色大理石地板上大幅非洲图案的手工羊毛地毯,镶嵌着绿松石、玛瑙、珊瑚的摩洛哥金银首饰,拱门的圆弧上还有无数凹槽的拱廊一道接着一道地指向镜中世界的深处,藻井上层层堆叠如清真寺穹顶的雪松木浮雕,庭院里檀木雕花和绿色琉璃瓦的屋檐,帕提欧建筑一般的桌子,座位矮如帐篷坐垫、尖顶靠背高耸如哥特式教堂的椅子,守卫在壁炉里形如斯芬克斯的一对眼镜蛇石雕,保留着一座宗教学院结构原样的低矮彩绘玻璃窗,优美阿拉伯书法阳刻的《古兰经》，大理石表面上如一团火苗燃烧的雪松枝，伊甸园所描写的树荫流水、果实不断的花园，高耸入云的棕榈树、挂满果实的柑橘树、低矮的蒲葵、茂盛的常青藤、蔷薇和凌霄花，以及圆形或八角形的喷水池……那些奇形怪状、大小高低颠倒、天马行空的设计，让我觉得自己像跌入了兔子洞。

芦丹氏亲自设计了所有细节，小到柏柏尔文字的吊灯地灯、拱廊圆弧的样式、马赛克的伊斯兰图案花纹、丝绒沙发靠垫的装饰，大到花园的布局、藻井的雕刻。他以一种让时间停驻的强大控制力与连贯性，保持了这个已不断生长了30多年的宅邸所有细微之处的风格稳定一致。迈赫迪告诉我，这里有时会同时聚集上百位摩洛哥各地来的最好的手工艺人和工匠，他们一起工作，把最精华的伊斯兰艺术呈现在这里。如今，除了像卡萨布兰卡哈桑二世清真寺或菲斯阿布伊南神学院这样的地方能保存这些工艺并通过修缮让它们生生不息，很难想象还有什么工程可以将这些传统工艺大规模激活与调度起来了。

芦丹氏是个绝对完美主义者，有暴君似的权力和不留情面。曾有很多次，他推翻这些能工巧匠数周数月的雕凿工作，让他们全部从头再来。从这些比菲斯古老的神学院还要精致数倍的海量细微繁复的雕刻工艺中，从这些丝毫不随空间扩张和时间流逝改变任何一处风格的统一性中，我感受到芦丹氏强大而精确的控制力，也感受到他的某种强烈渴望——迈赫迪说，芦丹氏希望在这里重建他对马拉喀什黄金时代的幻梦；而我则感到他通过收藏摩洛哥为自己建立纪念碑的渴望，这是一种对永恒的渴望。这里的每一个深琥珀色细节若放在阳光下，都将华丽而耀眼；而他却偏偏把它们藏在不开敞的密室内，浸泡在不见阳光的幽暗中，就如藏入地窖的宝藏。

"我们正穿行在芦丹氏复杂精密的大脑内部,这里也是他灵魂的外化,"迈赫迪说,"如果可以选择,你愿意住在这样的地方吗?"

"我想我不愿意。"我回答。它如此强烈的意图和精心设计,又如此私密地被完好保存,难免给人一种博物馆式的不真实感觉。我更爱时间流逝逐渐赋予事物的偶然性,那种也许可以称作废墟之美的东西。

当我们再次回到迈赫迪的内庭院中时,炖鸡搭配茄子和甜椒的塔吉锅已送上门来。街角有家店面很小、经营了好几代人的点心店,现在年轻的作坊主与迈赫迪从小就熟识,后来他娶了那条街上做塔吉锅那家人的女儿。历史上,不同身份的人不断来到马拉喀什老城,这里原来的居民早已接触外面的世界,很多人也已搬离,去选择新的生活方式。但还有一些家庭留了下来,做着世代相传的小生意和手工艺,对时代的变迁无动于衷。夜幕已降临。一阵晚风吹过,棕榈树高高的顶上硬挺的叶片相互碰撞作响,惊起叶丛里的飞鸟;壁虎和蝙蝠也在花园里活动起来,墙上偶尔掠过它们的魅影,草丛中有窸窸窣窣的声音。

迈赫迪的一位朋友也来共进晚餐。这位到访者聊起摩洛哥近些年的许多变化:一位美国家具设计师不久前在丹吉尔买下一幢亿万元豪宅;一位香港设计师买下卡萨布兰卡许多原本经营不善的服装工厂,把它们都盘活了;越来越多的摩洛哥人开始学习英语和中文;这些年在旅游业浪潮中摩洛哥地价涨了许多倍,几个世纪前从西班牙过来的那些旧贵族因囤积大量地产而变得更加富有;旧式摩洛哥富人深藏内敛的古风已渐渐荡然无存,新贵们热衷于炫富,也把巨大贫富差距暴露在古城高墙之外的光天化日之下;几年前还非常开放的女性时尚风

马拉喀什老城街头经营了数代人的小小炸饼店

马拉喀什吉德玛广场的集市小摊

第六章 旅人,在摩洛哥

摩洛哥特色菜塔吉锅

潮逐渐走向保守,传统宗教力量展露得越来越清晰。

迈赫迪突然用有一些怅然却坚决的语气说道:"我想,摩洛哥的法国时代已经结束了。"

涌入马拉喀什的潮流总是一波接着一波,一浪接着一浪,如今,新的浪潮——英语和中文世界的浪潮正席卷这里。对他来说,这也意味着许多故人的离去。最近10年来,他的亲朋好友一个个相继离开,他是留守于此为他们送行的人:先是他百岁高龄的姨妈,然后是像伊夫·圣罗兰和皮埃尔·贝杰这样的多年好友。妻子与孩子也离开了马拉喀什,留下有一些寂寥的空楼。

他说,他开始希望能记住这里的许多人,不仅是他的法国亲友,还有许多无名的人：那位多年游荡于马拉喀什老街的佝偻老妪，腰部以上和以下的身体几乎已经断裂，她终日乞讨，把收集来的面包渣放在背上的包袱里，用来喂老城里的流浪狗；那些年岁很小就被无力养育她们的父母卖到富人家做用人的女孩，有的后来受到这些人家的资助接受了教育，有些则没有那么幸运；还有那些一生都没有机会也不会走出村庄一步的柏柏尔人，他们的观念与生活还停留在遥远的过去。他不断回忆，试图把所有的记忆盛放进文字中，如果有机会，便让它们流传下去。

我告诉他，在中国，有人会因为想阅读法文版的《追忆似水年华》而学习法语。他有些怅然的眼中放出喜悦的光芒："啊，我的曾祖母是普鲁斯特的好友，她是一位公爵夫人。《追忆似水年华》里就有一个章节写到过她，她的名字叫作格兰库尔。"

（本文写作于2019年。摄影：张雷。）

直至大陆尽头

"有位法国年轻人想在撒哈拉沙漠找到一块欧洲人还从未涉足过的地方,他走出了沙漠,但不久后死去。我曾向沙漠深处驾车八天八夜,希望追寻他留下的足迹。我找到什么了吗?没有,我最终什么也没有找到。但我想这八天的旅途已意味着全部。"

荒野

我行进在梅尔祖卡沙漠中,前往露营营地。单峰骆驼的驼峰上掌了驼鞍,人骑在垫得平得如高原坝子的峰顶处。骆驼每次起身或趴下,都能在一阵微小的颠簸和失重中感受它的峰值高度。

初入沙漠时,有几辆越野车正在沙丘之间撒欢儿。它们冲上高高的沙丘顶又冲下来,下坡时偶尔四轮离地飞翔,如巨浪里颠簸的一叶轻舟。渐渐地,这些沙漠小舟没了踪迹。举目四望,所见之处只剩下沙,如海浪般起伏的黄沙。除了与沙海相接的天空,四下空无一物,寂静无声。唯有风舞蹈着,沙丘上吹出的如细波纹般的层层褶皱就是它旋律的形状。它有时也调皮地把骆驼粪均匀掷入沙丘整齐的坡面上,像在一张光滑丝绸上揪出了许多做点缀的黑色小花球,默默无声地宣示着它的在场。完全不受遮挡的阳光在这些沙丘上投下各种光与影的组合。待到落日时分,几缕滚动着金粉的晚霞如溪流般从四面八

梅尔祖卡附近的撒哈拉沙漠,黄昏彩霞中的柏柏尔少年与他的骆驼

方汇集，中心形成了一股绚烂的旋涡，镶着灰蓝色不均匀的边。

通过谷歌地图，我知道自己正行进在一片撒哈拉沙漠的外缘地带。脸部炙烤在热浪中的体验短暂而不乏新鲜的欢愉——日落之后，这种折磨很快将不复存在，且不会再来。我很想知道，这些体验日复一日地持续下去，会演变出何种不同的体验，唯有数日甚至数月的长途跋涉才会把人带入沙漠深处。但我们的现代沙漠一日游，力求提供舒适。

到达露营帐篷是晚上8点后。营地的十来座帐篷两列排开，隔着一条长毯铺成的路对望，路旁低矮的白炽路灯亮着。在沙丘起伏的凹地中，这排散发着橙黄光芒的路灯远望就像一团盛大的篝火在燃烧。帐篷里虽没有什么装饰和家具，但床有四条腿，床边有简易床头柜，床头有电灯，还有充电插座。共用卫生间是一座独立帐篷，有马桶和淋浴。这些现代化设施让我有些意外，颠覆了我对沙漠露营条件简陋、席地而卧的想象，却不完全令我欣喜。

这全然不是博尔赫斯在《阿莱夫》里描写的梦魇般的撒哈拉，不是圣-埃克苏佩里在《风沙星辰》里远征飞行途中降落的撒哈拉，也不是保罗·鲍尔斯在《遮蔽的天空》里把性命都投注进去的撒哈拉。《阿莱夫》里食蛇为生、没有语言的穴居人国度，群婚共妻、捕食狮子和崇拜地狱的沙漠土著集居地，深居山顶凶猛粗野、生性淫荡的萨提尔人，都只存在于传说中的蛮荒世界。我们面对的是会用英语、法语、德语、西班牙语跟各国游客简单交谈的文明的柏柏尔人，他们卷入旅游业，成为这个链条上最基层的一环。蛮荒，是文明世界对沙漠最顽固的想象，好像从这蛮荒中既能摄取与众不同的新鲜，也能体验潜意识中的怀旧。幻想沙漠深处应有一出秘密戏剧正在上演，让人感到世界的恒久无垠。然而，这一片被驯服的黄沙，就如我们向它奔来

撒哈拉沙漠夜晚的篝火晚会,柏柏尔人打起鼓唱起民歌

它却一步步退去的地平线,那个寻找因无所知晓从而以无限形式存在的王国的游戏,随着我们迈入沙漠的脚步,一点点隐没。

精瘦得像肉干的柏柏尔人领队正向我走来。他看上去40多岁,这根行走的衣架上挂着一件混合着阿拉伯式样和柏柏尔人刺绣工艺的蓝色长袍。他走得快,长袍灌满了风,鼓荡着,像气球一样饱满。他向天空伸出双臂,用流利的英语戏剧性地演说道:"请不要问开饭时间,我的朋友!晚饭做好的时候,就自然会开饭。我自会招呼我的客人们,歌声会响起来,舞蹈会跳起来。大自然自会告诉我们一切。请不要问几点钟,朋友!"

浪漫

帐篷外有一批早已到达的客人,正围坐在一张桌子前聊天,等待晚饭。我加入他们的茶席。略带苦味的红茶从银色镂花细颈圆肚的茶壶中倒出来,热滚滚地穿过喉咙。相互自我介绍中,我知道我们中有两对恋人:一对恋爱了8年、结伴满世界旅行的美国人和一对从冰岛来的新婚夫妇。

那对美国恋人见多识广,滔滔不绝。在这击鼓传花说话的圆桌游戏中,他们总能慷慨地给予其他人休息良久的机会。"我喜欢柏柏尔人,他们淳朴又智慧。你们看到了吗?来沙漠路上有一些种植着土豆、番茄和洋葱的河谷,11世纪这些沙漠人就学会了从地下打井来灌溉农田。想象一下,茫茫沙漠里,他们竟然相信只要往下挖就一定能挖到水!真是不可思议!"像许多游客通常会做的那样,他们盛赞异域的一切,在不够发达的民族身上突然领悟了古老生活方式的智慧,似乎这是旅行的意义所在。

"我们是来蜜月旅行的。"冰岛新婚夫妇说。

"我身边很多人都在结婚那一刻取消了婚礼和蜜月旅行计划。你们的婚礼能顺利进展到蜜月阶段,真是不简单。"美国恋人由衷地感慨。

"你们喜欢撒哈拉吗?"有人问蜜月新人。

"我想'喜不喜欢一个地方'这个问题,大概应该分为两种类型:一种是喜欢在一个地方旅行,却不常住;一种是并不一定喜欢到那里旅行,却愿意常住下来。这样看来,我喜欢来这个地方旅行。"新郎回答。

晚饭是炖鸡和茄子搭配的丰盛塔吉锅,之后是篝火晚会。篝火晚会后,我们在黑暗中被带到一个与营地临近的沙丘顶上观星。柏柏尔人在沙地中刨出几个手臂深的沙坑,让大家依次一个个入坑躺下,再

撒哈拉沙漠中,柏柏尔人聚居的谷地种满了棕榈树和粮食作物

把下半身埋起来,以储藏着热度的柔沙为被子,抵御沙漠夜晚的寒气。

有一阵子,所有人都屏住了呼吸,不再出声。置身于浩瀚璀璨的星空下,人群的静谧融入了沙漠辽阔无边的黑夜。巨大的天穹坠满繁星,有些倒映在夜幕深蓝的湖心中,有些从蓬松的云层里浮到面上来,点缀其上。不远处,如海浪般起伏的层云中浸泡着一轮圆月,似乎酝酿着从海面一跃而起。一颗流星从穹顶迅疾划过,转瞬即逝。

"你看到了吗?"新婚的男人问妻子。

女人正谨小慎微地寻找一个可以躺下来又不至于让沙漫进头发的姿势,她错过了流星。

"看到什么?"

"没什么。"男人回到沉默中。

又一颗流星从穹顶中央以肉眼几乎难以捕捉的速度滑入天幕的黑暗边缘。

"这是第二颗。"那对旅伴恋人中的男人喃喃低语。

他的恋人没有看见。她正在适应把双腿埋得难以动弹的沙被,为小腿神经末梢传来的某种骚动感到有些惶恐。"好像有什么在沙里蠕动呢。会不会是蝎子,或者蛇?"她终于未能战胜不知是真实还是幻觉的恐惧,尖叫着推开沙被跳了起来。

"你为何,为何如此……嗯……大惊小怪?"她的恋人在她并未察觉的失望中,小心翼翼地措辞。

领队的柏柏尔人开始讲故事。爱恋中的人静默着侧耳倾听,都暗自怀着一点点补救的希冀。领队说到旅游季结束回到家乡的游牧生活,说到沙里储藏的热量曾护佑他多少个幕天席地的夜晚。然后他说到柏柏尔人的健康观念:

"我的父亲是一位沙漠医生,他从沙漠里采集清热解毒的大戟属植物做草药。柏柏尔人过着风餐露宿的生活,却完全能依仗沙漠赐予我们的一切保持健康。我时常抹阿甘油,烈日也没有损坏我的皮肤;身体不舒服,我就吃沙漠长出来的草药碾成的药丸。我一直很健康,从不去医院。你们猜猜,我今年多少岁?"

有人心事重重地沉默,有人陷入深思熟虑。我正准备开口报出"35"这个数字,这位柏柏尔人已无法忍受如此漫长的沉默,脱口而出:

"我今年26岁啦!"

每个人都感受到了句尾那个强烈感叹号的冲击。随即出现了几秒钟绝对的寂静,如银河一般横亘夜空:河的一边,所有人都陷入了一种无声的尴尬,默契地保持着心知肚明;河的另一边,柏柏尔人则在等待寂静过后爆发出的惊叹,作为一种文明对另一种文明的回击。

"天啊,这么年轻!我还以为你只是个少年!"我们中一位热情的德国游客以毫无破绽的惊叹声拯救了所有人。

柏柏尔人如期待中一般,开怀笑起来。新婚夫妇和美国恋人不约而同地从沙坑中站了起来,拍落身上的沙,拾起地上的鞋子,一言不发地向山坡下走去。空无一人的帐篷营在沙谷中散发着亮光,映衬着他们的背影。我目送他们离去。远方营地的光亮依然如一团燃烧的篝火,却不知为何,在我眼里映照出一点清冷。或许是夜更深了。

秘境

当我仰望毫无危险的璀璨星空时,我想到一个听来的故事:"有

丹吉尔著名的科隆书店经理、法国作家哈姆林

位法国年轻人想在撒哈拉沙漠找到一块欧洲人还从未涉足过的地方，他走出了沙漠，但不久后死去。我曾向沙漠深处驾车八天八夜，希望追寻他留下的足迹。我找到什么了吗？没有，我最终什么也没有找到。但我想这八天的旅途已意味着全部。"

我是在丹吉尔听到这个故事的，讲故事的人是一位法国作家，叫S.P.哈姆林，住在离圣-埃克苏佩里在丹吉尔曾下榻的公寓不远的地方。十几年前，哈姆林来丹吉尔旅行，从此在这座城市定居下来，直到成为科隆书店的经理。他的故事萦绕着我接下来的摩洛哥之旅，让我既为一位现代游客的当下处境感到一些懊恼，又从中获得了些许慰藉。那个法国年轻人真的存在吗？他真的找到过从未被人涉足过的地方吗？讲故事的人真的追寻到了他的足迹吗？这个故事里对这些问题的答案是如此模糊，使得它对我来说充满诱惑。也许法国青年与处女地都不曾真的存在,唯有那趟八天八夜的旅途是真实的。

那位法国青年的名字叫米歇尔·弗约尚吉,1904年出生于一个富裕的巴黎家庭,童年就热爱地图和冒险故事。长大后,在他哥哥的帮助下,他准备完成一次远足,目的是发现撒哈拉沙漠中的斯马拉,这个当时还完全不为人知的、沙漠深处的神秘之城。这座叫斯马拉的圣城是部落领袖、伟大学者谢赫·马埃尔·艾宁在19世纪中期修建的禁城,服务往来于撒哈拉的游牧篷车旅行者。这座城市一年中只有几个月的使用时间,由一个堡垒、一座清真寺和一个学术图书馆构成。

1930年11月,26岁的米歇尔来到寸草不生的沙漠。他准备了3年,化装成一个柏柏尔女人,在沙漠中旅行了3个月。这3个月里,他营养不良,衣衫褴褛,一路被欺骗和侮辱,但他内心藏着世界上最后一个尚未被发现的宝藏的秘密。他最终找到了斯马拉,在那里待了3个小时,再经过几个月的跋涉回到了文明世界。回到文明世界的几天后,米歇尔因患上疟疾而去世。

米歇尔死后,留下一本记录徒步游历的笔记,其中记载着他内心

菲斯至梅尔祖卡途中,阿特拉斯山间的水库

撒哈拉星空下的柏柏尔人

的朝圣之旅。几十年后的一天，已经定居丹吉尔的作家哈姆林在巴黎塞纳河畔的书店偶然遇到这些笔记，在书的最后一页找到了手绘地图。他把这些笔记翻来覆去读了上千遍，然后开始准备远行。"我读你读的所有书，梦想着你所看到的星空。我上路是为了遇见你，为了找到你的秘密和那个正确的词。"在米歇尔去世70年后，哈姆林前往斯马拉，笔记本、钢笔和一辆小汽车是他全部的武器。

"我沿着你的足迹往前走，耳边回响着乌姆·库勒苏姆天使般的音乐。我和你一样孤独，我穿越沙漠的每一步都浮现你眼中的地貌，我看到了《小王子》和阿瑟·兰波的形象，那也是你的形象。我真的和你一样，被沙漠的疯狂感动。"在给我的邮件中，哈姆林以致信米歇尔的方式这样写道。当斯马拉的海市蜃楼在远处黄沙的迷雾中出现时，他全身发抖，就像米歇尔曾经为之震颤一样。他走进斯马拉，沿着它周边走了一圈，整个夜晚都在那里徘徊。

原来,法国青年和他所寻找的古城都真的存在。哈姆林继续写道:

我来到你曾来过的同一片沙漠,寻找你所寻找的那个秘密。我相信我找到了你所寻找的,我们所共同寻找的:事物的意义,还有在沙漠深处才能找到的新词语。米歇尔,斯马拉其实什么也没有,只有虚无。这就是全部,空无一物,唯有那个正确的词语,以及事物被埋葬的意义。米歇尔,我也找到了,和你一样。我敢肯定,这是从未被说出过的本质。

(本文写作于2019年。摄影:张雷。)